The Grim Reaper and
the Sain

# 死神と聖女

最強の魔術師は生贄の聖女の騎士となる

Contents

プロローグ　白銀の死神　011
第一章　聖女暗殺　019
第二章　お友だち大作戦　097
第三章　聖女の護衛　141
第四章　仮初めの学園生活　191
第五章　騎士の矜持　245
第六章　煉獄にて　339
エピローグ　死神は聖女の騎士となる　434

# 死神と聖女

*The Grim Reaper and the Saint*

最強の魔術師は
生贄の聖女の騎士となる

Koneko Nekojishi
子子子子 子子子

illust.
南方 純

# プロローグ　白銀の死神

*The Grim Reaper and The Saint*

時刻は深夜。夜の帳《とばり》が下りきった街を駆けるふたつの人影があった。

ひとつ目は司祭服《キャソック》を着た男。彼は屋根を足場に超人的な身のこなしで民家から民家へ飛び移っていたが、跳躍を続ける男の顔には焦りの色が滲《にじ》んでいた。

男は怯《おび》えるように、一瞬だけ背後へ視線を向ける。そこにはふたつ目の人影——

夜闇《よやみ》に紛れる黒の外套《がいとう》を纏《まと》った人物が、司祭服の男をピッタリと追走していた。

焦燥に駆られる男とは対照的に、外套の人物は顔色一つ変えないまま追跡を続ける。

フードから覗く瑠璃色《るりいろ》の瞳《ひとみ》はどこまでも無機質で、感情が窺《うかが》えないガラス玉のような眼が男を捉えていた。追われる者と追う者。逃走者と追跡者。獲物と狩人。両者の関係は明白。

そして、今——懸命に逃げる司祭服の男に、外套の人物が追いついた。

「基底形態《ベイシス・フォーム》〈剣を鳴らすもの《ヒヨルスリムル》〉、展開」

外套の人物が抑揚のない声で呟《つぶや》いた瞬間、背後に大量のナイフが出現する。

宙空に浮かんだナイフは、意志を持ったような軌道で司祭服の男を背後から狙い撃つ。

「チィッ——面妖《めんよう》な！」

男は悪態を吐きながら屋根の上を駆け、振り返ることなく背後から迫る大量のナイフを躱《かわ》し続ける。足を止めれば、追いつかれる。であれば、全力で逃げ切る道しか残されていない。

しかし、男の足元をナイフが僅《わず》かに掠《かす》めた瞬間、外套《がいとう》の人物は短く呟《つぶや》いた。

「凍結せよ――Is《イス》！」

狙いを外れ屋根に刺さったはずのナイフが淡く輝き、刀身に刻まれた奇妙な記号が明滅した。

するとナイフを中心に冷気が発生し、屋根を蹴《け》ろうとした男の足を呑み込もうとする。

「クッ――!?」

男は咄嗟《とっさ》に跳躍して冷気を逃れるが、無理な動きの反動でバランスを崩して落下していく。

しかし、地面に叩《たた》き付けられる瞬間――男が何者かの名を叫んだ。

「我が守護天使。汝《なんじ》の力を与え給え――〝基礎〟より〝勝利〟を経て〈形成〉へ至れ《ツァディー・イェツィラー》」

すると衝撃を吸収するようにつむじ風が巻き起こり、男は受け身を取って着地する。

彼はすぐに路地裏に身を隠そうと試みるが――

「はぁ……はぁ……はぁ――」

男が辿《たど》り着いたのは、路地の袋道だった。彼は行き止まりの壁を背に周囲を見渡す。

乱れた呼吸を整えながら神経を研ぎ澄ませると、タイルを叩く靴音が聞こえてくる。

彼にとって不幸だったのは、この街が初めて訪れる地であったこと。

加えて、外套の人物が周辺一帯の地理を完全に網羅していることだった。

無慈悲な沈黙の後に姿を現したのは先ほどの追跡者――外套の人物だった。

「教皇庁所属の秘蹟者《サクラメント》、アーニヤ・ネデバエウス。抵抗は無駄。ここにお前の逃げ場はない」

外套の人物は、アーニヤと呼んだ目の前の男に対して淡々と勧告する。

その声は男のものより高く、小柄な体格も相まって彼女が女性であることが窺《うかが》えた。

「黙れ、帝国の異教徒！　神への畏敬《いけい》を忘れ、御業を解体する信仰の冒涜者《ぼうとくしゃ》め!!」

アーニヤは、歯を剝《む》き出しにして声を荒らげる。

瞳《ひとみ》に宿る憎悪の光は、眼前の人物こそ己が信奉する神の敵であると語っていた。

「勘違いしないで。さっきのは、ただの勧告。私はお前と言葉を交わすつもりはない」

「奇遇だな、不信心者。こちらも同感だ。我が神の恩寵《おんちょう》も貴様らには届くまいさ」

没交渉な言葉の応酬を終え、ふたりは無言のまま睨《にら》み合う。

両者の対立は避けられず、これによって取るべき行動はもはやひとつしかない。

「我が魂、主を讃《たた》えよ！　我が神、主よ！　あなたはいとも大いにして誉と威厳とを着、風を己の使者とし、火と炎を己のしもべとされる——」

先んじて動いたのはアーニヤだ。彼が叫んだ瞬間、背後の空間が蜃気楼《しんきろう》のように揺らぐ。

闇《やみ》夜を染め上げる光芒《こうぼう》が立ち上り、姿を現したのは背中から純白の翼を生やし頭上に淡い輝きを放つ光輪を頂く存在——即《すなわ》ち、聖典に語られる天使そのものである。

「来たれ、我が守護天使。その御名《みな》はアイシム！　立ち塞《ふさ》がる冒涜者を断罪せよ!!」

アイシムと呼ばれた天使の瞳が外套の女性を捉えた瞬間、突如として鎌鼬《かまいたち》のような突風が巻き起こり、時間差で風の刃に乗る形で炎が襲いかかる。

「遅い」

しかし、外套《がいとう》の女性の反応は早い。

天使の顕現と同時に駆けだし、炎と風の連撃を紙一重で回避していく。

アイシムの攻撃は絶え間なく続くが、女性は恐怖で足を止めるどころか狭い路地を縦横無尽に駆け巡り、確実に距離を詰めていった。

「おのれ、ちょこまかと――アイシム、ここで決めるぞ！」

地の利が向こうにあることを悟り、アーニヤは己の切り札を解放する。

「基礎《イエソド》より満つる御名により我を支えよ！　汝《なんじ》、炎の伝令者！　火炎と颶風《ぐふう》の支配者よ‼」

アーニヤが己の天使に働きかける言葉――聖句を告げた瞬間、ついさっきまでとは比較できない颶風と火炎が巻き起こり、路地を呑み込んでいく。

必殺の一撃を繰り出そうとして勝利を確信したアーニヤだったが、

「鈍《のろ》い」

「なっ――――⁉」

い、いつ、眼前から聞こえる声に、アーニヤは愕然《がくぜん》とした表情で目を見開く。

気づかないうちに目と鼻の先まで肉迫していた外套の女性は、右手に握ったナイフをアーニヤの喉笛《のどぶえ》へ的確に突き立てた。

「ガッ、ゥグァ……ッ！」

致命傷を受けたアーニヤは喀血《かっけつ》するが、最期の力を振り絞ってアイシムへ命令を下す。

——自分が助からないとしても、こいつは危険だ。教皇庁のために排除しなければならない。

眼前の異端者を道連れにすることが、己が果たすべき最期の責務だと瀕死《ひんし》の彼を突き動かす。

「〝勝利〟より〝慈悲〟《カフ》を経て〈創造〉《ベリアー》へ至れ——【炎風の伝令《イシム・ゼファニアー》】……ッ！」

アイシムは主の意思を汲《く》み、アーニヤを巻き込んで女性に風と炎の刃を放つ。

「…………」

外套の女性は動じることなく、アーニヤの喉笛に突き立てたナイフを引き抜く。

おびただしい流血が周囲を染め上げ、外套が返り血を浴びて赤黒い染みを作った。

「は、ははははは——ッ!!　死ね……ッ！　我が神に背いた罪、とくと味わうがいい……ッ!!!」

アーニヤは吹き荒《すさ》ぶ炎風を背に、凄絶《せいぜつ》な笑みを浮かべて謳《うた》うように怨嗟《えんさ》を叫ぶ。

女性は壊れた散水機《スプリンクラー》のように血を撒《ま》き散らすアーニヤを一瞥《いちべつ》し、

「うるさい。いい加減、耳に障る」

吐き捨てるように言い放って、アイシムへ奇妙な形状をしたナイフを投擲《とうてき》する。

それは刃幅が極端に狭く、形状は錐《きり》に近い形だった。切断性能をオミットして刺突に特化させた針のような刃が、攻撃態勢に移った天使の右手を貫いて標本のように壁へ縫い止める。

結果として攻撃の方向が上空に逸《そ》れ、風と炎の奔流が街の上空を白く染め上げた。

「な、ん……だと……？」

アーニヤは茫然《ぼうぜん》自失の体で、ただ気の抜けた声を漏《も》らすことしかできない。

彼にとって、天使とは超常の存在。人間ごときが干渉できるような代物ではない。

だが、目の前の女性の放ったナイフは天使を捉え、あろうことか動きを奪っている。

「対神武装〈神縫《かみぬ》い〉。お前たちが〝救い主《ソレ》〟と呼ぶ男を十字架へ磔《はりつけ》にした釘――〈ヘレナの聖釘《せいてい》〉の破片が埋め込まれている。天使を磔刑にするのなら、おあつらえ向きでしょう？」

アーニヤたちが救い主と呼ぶ男を十字架に磔にした際に使用された釘。

かつて奇跡を為したもの。その残り香として現存する道具――聖遺物《レリック》ならば目の前の現象にも説明がつくとアーニヤの表情が物語っていた。薄れいく意識のなか、彼は思考を巡らせる。

――自分が戦っていた目の前の人物は何者なのか？

自らの敗北を悟ったアーニヤは床へと膝《ひざ》を突きそのまま力なく倒れ込むと、壁に磔にされていた天使の姿も霞《かすみ》のように揺らめきながら消えていく。

上空に逸《そ》らされた攻撃の余波としてつむじ風が巻き起こり、女性が被《かぶ》っていたフードが外れ、下に隠されていた姿が露《あら》わになる。それはアーニヤが想像していた以上に幼い女性だった。

顔立ちはアンティークドールのように精巧で、人間味を感じさせない造形美。

齢はおそらく十代前半から半ば。年端のいかぬ少女と形容すべき年齢だろう。

フードに隠れていた白銀の髪が風に揺れ、路地の隙間《すきま》から差し込む月光を浴びている。

路地を染め上げる鮮血と煌《きら》びやかな銀髪のコントラストは息を呑むほどに美しい。彼女が頰《ほお》に付着した血液を無造作に拭《ぬぐ》うと、血化粧が白雪のような柔肌を一層と映えさせた。

しかし、アーニャは彼女の姿に見覚え――いいや、聞き覚えがあったのだ。

「きさ、ま……は……しに、がみ……」

薄れいく意識のなか、アーニャは途切れ途切れにその名を呼ぶ。

彼らの中で囁《ささや》かれている噂話《うわさ》――銀髪の秘蹟者《サクラメント》狩り。年端もいかぬ少女にもかかわらず、すでに何人もの同胞を手にかけた恐るべき帝国の猟犬。

畏怖《いふ》と侮蔑《ぶべつ》の念を込めて、彼らはその人物を――〈死神〉と呼んだ。

「〈死神〉、か……そう。きっと、私には似合いの仇名」

〈死神〉と呼ばれた少女は小さく呟《つぶや》き、既に事切れたアーニャをなんの感情もこもらない冷たい眼差《まなざ》しで見遣《みや》る。それからしゃがみ込んで脈を取って死亡を確認すると、懐に忍ばせていた端末を取り出してどこかに連絡を入れ、踵《きびす》を返して路地裏から立ち去って行く。そこにはさっきまで戦っていた者への敬意や哀悼はなく、興奮や達成感すら抱くこともなかった。

時は聖歴一九三〇年。戦車が歩兵を蹂躙《じゅうりん》し、戦闘機が空を支配する血と硝煙の時代。めざましい科学技術の発展の裏で、人知れず戦場にて暗躍する存在があった。

秘蹟者――守護天使を身に宿し、人智を超えた秘蹟を行使する者。

魔術師——魔術を修め、超常なる事象を展開する技術を駆使する者。

修めた技術こそ異なるが、人類の叡智《えいち》たる兵器を凌駕《りょうが》する破格の力を有する影の戦力。

決して表向きに語られることはない両者こそが、歴史を密かに動かしてきた。

そして、現在。欧州では二つの国家を中心に、戦火を燻《くすぶ》らせていた。

アグネス教を国教とする宗教国家であり、秘蹟者《サクラメント》と聖女を従えるヴァティカヌス教国。

列強最高峰の軍事国家であり、魔術師の精鋭部隊を擁《よう》するグロースライヒ帝国。

両国は長きにわたって対立を繰り広げ、こうした見えない戦争は泥沼の様相を呈していた。

今日に至っても秘蹟者と魔術師たちは人知れず暗闘を繰り広げ、先刻までの戦いはその一端でしかない。鉄血と戦火——魔術と天使が交差する動乱の時代。

そんな残酷な世界で、〈死神〉と呼ばれた少女は今日も自らに課された役割を果たし続ける。

「私は秘蹟者《おまえたち》を殺す——これは復讐《ふくしゅう》で、あの子にできる唯一の手向けだから」

少女は誰に言うでもなく独りごち、不意に雲の隙間《すきま》から僅《わず》かに月明かりが差し込む。

汚れのない白銀の髪と白い肌を鮮血で彩る姿は、死神と呼ぶに相応《ふさわ》しい美しさだった。

# 第一章　聖女暗殺

*Keyword*

【魔術師】


魔力を用いて超常なる事象を展開する技術――魔術を駆使する者の総称。

あるがままの神秘を行使する天使術に対し、神秘の解体者である魔術師は守護天使を体系化した理論に当てはめ、存在を定義することによって実証を行い、弱点を付与して文字通り〝解き明かす〟ことで秘蹟者と渡り合う。

魔術師は古くから世界各地に存在しているが、教国の秘蹟者に対抗し得る手立てを持っているのは現状、人神核の開発に成功した帝国のみである。

# 1

グロースライヒ帝国、首都ゲルマニア。栄光の第三帝国とも称される国家の中枢を担う帝国軍親衛隊本部にて、廊下を闊歩《かっぽ》するひとりの少女がいた。

未踏の新雪を思わせるきめ細やかな肌、怜悧《れいり》な美しさを湛《たた》える目から覗く瑠璃色《るりいろ》の瞳《ひとみ》。絹糸のような銀髪が歩くたびに揺れ、窓から差し込んだ陽光を浴びて輝く。アンティーク人形と見紛《みまが》うほどに精巧な顔立ちは、どこか人間離れした雰囲気を醸し出している。

百六十センチにも届かない華奢《きゃしゃ》な体つきは、女学生と見紛うほどに幼い容貌《ようぼう》だ。ところが身に纏《まと》う黒の軍服は、年端もいかぬ少女には不釣り合いな代物。

廊下を歩く他の軍人は少女と遭遇した途端、強張《こわば》った面持ちで仰々しく敬礼をする。それも当然の反応だ。彼女が身に包んでいる制服は、一般兵卒からすれば特別な存在。この国の統治者である皇帝直属の親衛隊特務部隊のものである。

「はぁ……ここには何度来ても、慣れない」

怯《おび》えるように敬礼をする軍人を一瞥《いちべつ》し、少女は小さく呟《つぶや》いた。

彼らにとって親衛隊とは畏敬《いけい》の念を抱く存在であると同時に、恐るべき力をふるう悪魔の集団でもある。少女の腕章に描かれた紋章の意味を知る人間ならば尚更に。

目的の執務室へと辿《たど》り着くと、少女は重厚な造りの扉をノックする。

「ビーレイグ大将。メアリ・グリームニル少尉、召集に応じ参上いたしました」

「ご苦労。入りたまえ」

メアリと名乗った少女はドア越しに声が返ってくると、扉を開けて執務室の中に入る。

豪奢《ごうしゃ》な内装の室内でも際立って目立つオーク材の執務机の前に座っている人物は、入室してきたメアリを見ると口元を緩めて労《ねぎら》いの言葉をかける。

「やあ、我が愛《いと》しきメアリ。わざわざ呼び立てて、すまなかったね」

その人物を一言で表現するならば、女王然とした威厳と美しさを漂わせる女性だ。

猛火のように揺らぐ赤髪は優雅に波打ち、整った鼻梁《びりょう》や切れ長の目は彫刻作品を思わせる絶妙なバランスで配置されている。誰もが目を見張る美貌《びぼう》だが、右目を覆う革製の眼帯や将校のみが着用を許される白の軍服と制帽が、彼女の佇《たたず》まいに威圧感を与える。

女性は形の良い唇で微笑《ほほえ》みを作るが、悪魔的な強い光を放つ目は笑っていない。

好奇と冷酷さが入り混じった視線を浴び、メアリは小さく嘆息して執務机の前まで歩み寄る。

女性の制帽や眼帯に刻まれた自らの尾を嚙《か》む蛇をモチーフにした紋章こそ、帝国軍が誇る最後の大隊《ラスト・バタリオン》。即《すなわ》ち、第三十九魔術師団【神槍騎士団《ロンギヌス・ドライツエーン》】の長官であることを示していた。

彼女の名はベイバロン・ビーレイグ。帝国軍の魔術師たちの頂点に君臨する女傑である。

「別に……任務が終わったから、報告にきただけ」

ベイバロンの言葉に対し、メアリは淡々と答える。

さっきまでの形式張った語調ではなく、知己と語らうような口ぶりはこのふたりが浅からぬ関係であることを意味していた。

メアリにとってベイバロンは上官であると同時に、身寄りのない彼女の後見人でもある。ある意味では親子のような間柄とも取れるが、生憎とベイバロンには保護者になったつもりはなく、メアリも同様に彼女に頼ることなく独力で生きる術を身につけた。

結果、帝国軍人という生き様を選んだのは、皮肉な結果なのかもしれない。

「相変わらず、つまらん反応だな。まあ構わんさ。早速、報告とやらを聞こうか」

「つまらなくて、結構。昨晩の任務は――」

メアリはやれやれと肩を竦《すく》めるベイバロンに促され、昨晩の戦闘に関する報告を始める。

「お見事。流石は我が帝国軍が誇る魔術師、といったところかな？」

ベイバロンは興味深そうに報告を聞き終え、芝居がかった所作で手を叩《たた》いた。

息の詰まりそうな空気の中に、ベイバロンの乾いた拍手だけが響く。

「茶化さないで」

淡々と釘を刺すメアリに、ベイバロンは上機嫌で笑みを深める。

「諧謔《かいぎゃく》を弄《ろう》したつもりはないさ。教国の秘蹟者《サクラメント》には、各国が手を焼いている。単身で戦車や戦闘機を破壊されては、湯水のごとく血税を注ぎ込んだ軍隊も形無しだからな。表向きには大した軍事力を有さない彼の国が、他の列強に睨《にら》みを利かせているのも秘蹟者あってのことだ」

ベイバロンの言葉を聞きながら、メアリは昨晩の出来事を思い返していた。

人ならざるもの。神秘の具現。当世において、失われたはずの秘蹟《ひせき》。

即《すなわ》ち、天使——守護天使、あるいは御使いと呼ばれる形而上の存在。

メアリはそんな埒外《らちがい》の存在を相手取り、勝利を収め帰還を果たした。

「すべての人間には己を神の領域まで高めうる潜在能力が備わっている——人は誰しも己の裡《うち》に形而上の触覚を有している。各人の心奥に内在する超感覚的知覚こそが神性であり、彼奴らの定義する天使というわけだ」

ベイバロンは「もっとも、これは我らが〈博士《ドク》〉の言だがね」と軽薄に笑う。

教国の国教であるアグネス教において、すべての人間は生まれながらにして守護天使と呼ばれる存在を宿しているという。秘蹟者《サクラメント》は己に内在する力へアプローチし、自由にコントロールする技術を〝天使術〟と称している。含みを持った笑みを湛《たた》えながらベイバロンは続ける。

「カバラの世界観における四層世界。神の領域である原型界《アツィルト》、大天使の支配する創造界《ベリアー》、天使が統括する形成界《イエツィラー》、人が住まう物質世界の活動界《アッシャー》。人間は活動界で生を受け、留まり続ける」

「だけど、秘蹟者は守護天使を介在することで活動界から最高位の原型界に到達し、完全なる人《アダム・カドモン》を目指す——それが天使術。人が神に近づこうなんて……イカロスの末路を知らないみたい」

朗々と語るベイバロンに、メアリは無表情のまま誰に言うでもなく呟《つぶや》く。

世界の四層概念は、秘蹟者の熟練度である位階にも当てはめられる。

第一位階の〈元型〉、第二位階の〈創造〉、第三位階の〈形成〉、第四位階の〈活動〉。

位階によって行使できる天使の能力は変化し、高い位階ほどより強力な力を引き出せる。

メアリが相手取ったアーニャは、第二位階である〈創造〉に該当する。

昨日、アーニャが何もないところから炎と風を生み出したように、秘蹟者は天使術を用いて自らに宿る天使を使役し、様々な超常現象を引き起こす。彼らの戦闘力は単身で戦車を粉砕し、戦闘機を撃ち落とす代物。敵からすれば文字どおり化け物だ。

「そんな秘蹟者に唯一対抗し得るのが、我々、魔術師——即ち、帝国軍第三十九魔術師団だ。〝天使〟などという化け物を相手取れるのは、我が国の精鋭くらいなものだろう」

ベイバロンは芝居がかった所作で両手を広げるが、メアリは無言のまま嘆息する。

秘蹟者が天使の力を行使して埒外の力を振るうように、魔術師もまた〝魔力〟と呼ばれるエネルギーを用いて超常的な事象を展開する。

古くから帝国は秘蹟者に対抗すべく研究を重ね、数々の魔術と魔術師を生み出してきた。

ベイバロンが長官を務め、メアリも所属している第三十九魔術師団——通称〈神槍騎士団《ロンギヌス・ドライツェーン》〉——は魔術を専門に扱った特殊部隊である。魔術師やそれに準じた知識や技術を持つ人間が所属し、帝国軍の中でも対秘蹟者に特化した役割を担っている。

「そして……メアリ・グリームニル少尉。『人神計画《プロイエクト・ツアラトウストラ》』の落とし子。我が第三十九魔術師団所属の魔術師にして、国内外から〈死神〉の名で恐れられる工作員《エージェント》。こと秘蹟者相手の任務には、貴様ほどの適任はいない。まったくもってお見事！　ワタシも貴様には期待しているぞ？」

　無言で抗議するメアリなど意にも介さず、ベイバロンは口元の笑みをさらに深める。

「さて。我らがグロースライヒ帝国と、ヴァティカヌス教国は過去に幾度となく武力衝突を繰り返してきた。世間的には隣国同士の小競り合いという認識だろうが、実情は異なる」

　ベイバロンは壁に掛けられた地図を一瞥《いちべつ》し、そこに記された両国を見て薄く微笑《ほほえ》む。

　ヴァティカヌス教国。アグネス教を国教するこの宗教国家と軍事国家であるグロースライヒ帝国は、長きにわたって対立を繰り広げている。表向きは軍事国家と宗教国家間の対立とされているが、水面下においては表向き語られることのない戦いが続いていた。

「彼の国が誇る秘蹟者《サクラメント》と、我が国が生み出した魔術師——同じく超常の理《ことわり》を修めた者同士の暗闘は、絶えることなく続いている。かくして今日も、世界から戦火は絶えない。実に嘆かわしい話だとは思わんかね？」

　秘蹟者と魔術師。片や天使術、片や魔術。人智を超えた超常なる事象を展開する彼らは古くから歴史の裏側で暗躍してきた。先日の戦いも、あくまでその一端でしかない。

　ベイバロンは芝居がかった口調で問いかけるが、けんもほろろな態度でメアリは答える。

「別に、興味ない。用事がないなら、帰るけど？」

「まあ、そう逸《はや》るな。我が帝国が誇る魔術師の中でも、こと秘蹟者を相手取った戦闘において、お前ほど憎悪を燃やす者はいないだろう。流石は〈死神〉といったところか」

ベイバロンは手元に置いた書類を手に取り、つらつらと内容を読み上げる。

薄い微笑みを浮かべるベイバロンに、メアリは淡々と言葉を返す。

「世間話がしたいなら、〈博士《ドク》〉か〈教授《プロフ》〉でも捕まえてくれれば？　私はそこまで暇じゃない」

「久方ぶりの再会だというのに、随分とつれないな。では希望どおり、本題に入るとしよう」

メアリの反応にくつくつと笑みを噛《か》み殺し、ベイバロンはようやく本題を切り出す。

一見すると険悪な雰囲気だが、ふたりにとってこれは日常茶飯事の光景だ。

「お前を呼び出したのは他でもない。次の任務についてだ」

ベイバロンは意味深に笑みを深め、もう一枚の書類をメアリの前に置く。

目に飛び込んできたその内容に、メアリは思わず息を呑む。

「我が国の諜報員《ちょうほういん》からの報告によると、『教皇が体調を崩し、崩御の可能性が出てきた』とのことだ。無論、この情報は、教皇庁からは公表されていない機密情報だ」

ベイバロンは諜報員からの報告書を読み上げながら言葉を続ける。

教皇とは教国の行政機関である教皇庁のトップで、アグネス教徒の精神的指導者。

宗教国家であるウァティカヌス教国において、教皇は国家元首に相当する人物だ。

国家の指導者が体調を崩したというのならば、帝国にとっても重要な情報である。

「現教皇は、もともと病弱……そう聞いてるけど」

「然り。だが、今回ばかりは些《いささ》か様子が異なるらしい。彼の教皇は何度か病床に伏せっているが、思いのほか重態らしく、病状次第ではこのまま崩御……という可能性もある」

ベイバロンは肩を竦《すく》めて、「あくまで可能性の話だがね」とつけ加える。

「帝国との睨《にら》み合いが続く中、教皇選挙を行っている余裕はない……そういうこと？」

メアリの言葉を聞き、ベイバロンは薄く微笑《ほほえ》みながら首肯する。

現在の帝国と教国は互いが睨みを利かせ牽制《けんせい》し合うことにより、両国のパワーバランスは拮《きっ》抗《こう》しているが、それはあくまで薄氷の上に存在する危ういものでしかない。

「教国は長年、枢機卿《すうききょう》たちによる政治闘争によって国内に混乱を招いていた。そこで教皇庁が抜擢《ばってき》したのが、初代教皇の血を引く正統な後継者だ。日ノ本には『鰯《いわし》の頭も信心から』という言葉があるが——彼奴らの見立てた偶像《イコン》は正しく機能し、教皇庁の思惑どおり内乱は平定した。ただ悲しいかな。血によって得た治政は、血によって失われようとしている」

「血統で祭り上げられた現教皇が崩御でもすれば、また内部抗争が勃発《ぼっぱつ》する。無論、帝国はそんな絶好の機会を見逃さない……そういうこと？」

メアリが会話の意図を汲《く》み取って尋ねると、ベイバロンは笑みを深めて頷《うなず》く。

教国がなにか弱みを見せることがあれば、帝国は混乱に乗じて一挙に攻勢へ転じる。

向こうもそれが分かっているからこそ、仮に現教皇が崩御しても安易に教皇選挙を経て新教皇を選出するわけにはいかない。

「となれば教国も虎の子を切らねばならない頃合いだ。そのための〝聖女〟なのだからな」

聖女という単語が出た瞬間、メアリの顔が僅《わず》かに引きつったのをベイバロンは見逃さなかった。表情が目に見えて強張《こわば》っていくメアリを見て、ベイバロンは口の端を吊り上げた。

「魔術とは即《すなわ》ち、現代において再現可能な技術の延長線でしかない。我々魔術師は魔力を用いて超常なる事象を操作するが、傷は癒やせても死んだ人間を生き長らえさせることはできない。無論、それは教国の秘蹟者《サクラメント》とて同様だが、何事にも例外は存在する」

たとえば、魔術や天使術を用いて火を起こすとしよう。

通常の手段なら燃料や火種などの道具を用意し、然るべき手順に則って着火する必要がある。しかし、魔術は魔力と術式さえ整っていれば本来必要な手順を簡略化して『火を起こす』という事象を展開することができる。これは「人間には手段や手順がどうあれ、自在に火を起こすという技術が存在する」という前提条件があるからだ。

だから人間が『死者を蘇らせる技術』を確立させない限り、魔術で傷を癒やせても死んだ人間の蘇生はできない。しかし、〝聖女〟の奇跡は違うとベイバロンの表情が物語っていた。

「聖女の実態は未知数だが、あれらが行使する力は天使術や魔術とは似て非なる。あくまで技術である天使術や魔術に対し、聖女の奇跡はただそうであるからというもの。一定の制限や法則性は存在するが、文字どおり奇跡と称するしかない。かくあれかしと叫べば死者すら蘇らせるというのだから、まったくもって興味は尽きない」

あらゆる前提を無視し、定められた事象を引き起こす能力を宿す存在——それこそが聖女。

彼女たちが行使する力は文字どおり〝奇跡〟と称するに相応《ふさわ》しい代物だ。

曰く、死者を蘇らせる者。
曰く、預言を授かる者。
曰く、軍勢を率いる者。
曰く、天使を組み伏せる者。
曰く、聖域を作り上げる者。

世界にはこのような力を持つ聖女が十人存在し、現在判明しているだけでもそのうちの大半が教国に所属している。保有する聖女の人数は国力のステータスとなっていて、教国は軍事力や技術力で後れを取っているにもかかわらず他の列強各国へ睨《にら》みを利かせていた。

「その中で今回、重要になってくるのが〈神羔《しんこう》の聖女〉と呼ばれる聖女だ。この聖女の持つ奇跡は死者を蘇らせる力——即《すなわ》ち、蘇生を司るものだという」

「神羔の、聖女……」

ベイバロンの口からその単語を聞いた瞬間、メアリの心臓は急に早鐘を打ち始める。

普段、あまり感情を露《あら》わにしない彼女がここまで動揺するのは極めて珍しいことだが、メアリの反応を楽しむように、ベイバロンは口元を歪《いびつ》に吊り上げた。

「この聖女の力は、教皇の崩御に乗じたい我々にとって邪魔な存在だ。だが同時に、是非とも帝国の手札に加えたい能力でもある」

メアリは無意識のうちに拳《こぶし》を固く握りしめ、続けられる言葉に耳を傾ける。

じっと滲《にじ》む汗が不快だったが、逸《はや》る心を抑えながら固唾《かたず》を飲んで次の言葉を待つ。

「よって帝国軍は聖女の殺害による再出現《リスポーン》を試みることにした。メアリ・グリームニル少尉――貴官には教国にいる〈神羔の聖女〉の暗殺任務を命じる。異論はあるかね？」

試すようなベイバロンの問いかけに、メアリは表情を強張《こわば》らせる。

聖女がそれぞれ冠する奇跡は異なり、同じ奇跡を持つ聖女は原則的に存在しない。

さらに聖女の総数は常に十人と決まっていて、当該の聖女が死亡した際には新たな聖女が発現する。この仕組みを再出現《リスポーン》と呼び、新たな聖女の出現先は教国全域と帝国の一部地域に限られるということもあって、聖女の死亡が確認されると帝国と教国ではいち早く新たな聖女を確保しようと血眼になって捜索が行われる。ベイバロンはこの再出現の仕組みを利用し、敵側にいる聖女を殺すことで敵の戦力を削ぐと共に自陣への再出現を狙うという作戦を立案した。

「どうした？　よもや気が乗らない……などと宣《のたま》うつもりかな」

無言のまま口を閉ざすメアリに、ベイバロンは芝居がかった口調で尋ねる。

嘲《あざけ》るように口角を吊り上げる表情には、獲物をいたぶる獣の愉悦が滲《にじ》んでいた。

「違う。そんなんじゃ、ない」

「いや、これに関しては配慮が足りなかった。なにせ、お前はかつて――」

「うるさい、黙って」

煽《あお》り立てるように嘲笑《あざわら》うベイバロンに、メアリは遮るように言い放つ。

その表情は怒りと悲哀が複雑に入り混じり、固く握り込んだ拳《こぶし》は僅《わず》かに震えていた。

「あんな力、誰にも使わせるわけにはいかない」

ベイバロンは啖呵《たんか》を切るメアリを見て、顎《あご》に手を当てながら「ふむ」と目を細める。

値踏みするような視線を向け、ベイバロンは次の言葉を待つ。

「その任務、私が引き受ける」

「よろしい。貴様ならば、そう言ってくれると思っていたよ」

ベイバロンは決意を示すメアリを見て満足そうに頷《うなず》き、追加で資料を手渡した。

「聖アグヌスデイ学園。それが現在、〈神羔《しんこう》の聖女〉が在籍している全寮制の学校だ。つまり今回の任務は、敵の本拠地へ潜入することが前提となる」

メアリは資料に目を通し、内容を目で追う。


聖アグヌスデイ学園。教皇領最南端部であるペラージェ諸島に存在する全寮制の学校。

ペラージュ諸島はロパドゥサ、ランピオーニ、アルグーサの主要三島から構成されている。その中でも最も大きいロパドゥサに、聖アグヌスデイ学園は立地していた。

教国本土からフェリーで約十時間かかる距離にあり、基本的に船の便でしか往来ができない。一見、交通の便が悪い僻地《へきち》を選ぶメリットはないが、時にその不便さは大きな利点に変わる。

「この学園は、主に教皇庁関係者の子女などが通っている。彼奴等《きやつ》にとって大切な人間を本土の戦火から遠ざける……いわば特別に用意された疎開先、というわけだ」

現在、戦火は国境付近に留まっているが、いつ帝国が中枢部まで迫るか分からない。ならば戦争が長期化し状況が悪化する前に、疎開を実行するべきだと教皇庁は判断した。

つまり、この学園の役割は、戦火からの隔離と保護になる。

「しかし、我々の目的はここではない。ロパドゥサから船でさらに一時間ほどの距離にあるアルグーサには、教国がひた隠しにしてきた施設がある」

ベイバロンはペラージュ諸島の地図を机に置き、ペンでアルグーサ島の周辺を囲う。

世間一般的にアルグーサは、全域が自然保護区に指定された無人島とされている。

一般人は立ち入ることができない区画だが、それはあくまで表向きの話だ。

「聖アグヌスデイ学園第二学舎——秘蹟者《サクラメント》候補生が通う特殊な学び舎であり、秘蹟者の養成機関だ。そして、教国が聖女たちの隠し場所としてあつらえた海上の鳥籠だよ」

メアリは資料を読み進めていき、ベイバロンが『鳥籠《とりかご》』と評した意味を理解した。

アルグーサ島は周辺海域に認識阻害や人払いの結界が張り巡らされ、一般人にはあくまで無人島としか認識できない。地理的にも侵攻が難しく、まさに自然の要塞《ようさい》だ。

島に入る経路はロパドゥサの港からのフェリーのみ。ここも徹底的に教国の管理下に置かれ、許可を下された人間のみが乗船できる。物理的にも魔術的にも堅牢に閉ざされた場所——つまり、大切な聖女を幽閉するにはこれ以上にない檻《ケージ》だ。

「目的は分かったけど……どうやって潜入するつもり？」

任務の内容は理解したが、問題はどうやって潜入するか。

メアリが訝《いぶか》しげに尋ねると、ベイバロンは予期していたように意地悪く口元を歪めた。

「案ずるな。抜け道がないのならば、正々堂々と正面から入ればいい」

「正面から？　もしかして——」

厳重に管理された学園への潜入は困難を極める。

メアリは当然の疑問を口にするが、不敵に笑うベイバロンを見て不穏な胸騒ぎを覚える。

「秘密裏に侵入することができないのならば、秘蹟者《サクラメント》候補生として正式に入学すればいい。かつて、秘蹟者だったお前ならばそれができる——違うかね？」

「…………ッ」

ベイバロンが謳《うた》うように尋ねると、メアリは言葉を詰まらせた。

沈黙するメアリを見て、ベイバロンは嗜虐《しぎゃく》的な笑みを深めながら続ける。

「残念ながら、魔術を修めた者が秘蹟者になることはできない。神秘の解体者である魔術師にとって、宗教など数ある信仰基盤のひとつ、研究材料でしかないからだ」

魔術師と秘蹟者の違い。その最たるものは、神格に対するスタンスだ。

魔術とは世界各地に存在する神性や神話的起源を研究し、効率化や汎用化を進め時代と共に研鑽を重ねてきた技術。つまり、魔術師にとって神とは術式における原型《アーケタイプ》を抽出するものであり、畏れ敬い信仰を捧げるものではない。

「だが、秘蹟者は違う。彼奴《きやつ》らにとって、神とは唯一無二の存在。そして、守護天使とは、神が遣わせた御使い。己の内に天使が在ると疑いもしないある種の狂気——これを持たぬ者には、天使術は扱えない。つまり、神秘の捉え方の問題。多神教と一神教の観点による違いだな」

一方、秘蹟者にとっての神とは、聖書に語られる救い主、そこから派生する天使や聖人、といった限定的なものだ。魔術は広く浅く多様な神格を網羅してきたが、天使術はひとつの信仰を愚直に掘り下げたものだ。

つまり、魔術的な視点を持つ者に天使は認識することはできず、天使術は扱えない。

だが、物事に例外は存在する。もし、秘蹟者が何らかの理由で信仰を失い、後天的に魔術を修得したならば——その例外がメアリである、とベイバロンは言っている。

「だとしても……簡単に学園へ入学が果たせる、とでも?」

「安心しろ。段取りはこちらで用意する。教国とて決して一枚岩ではない。子細までは口にできないが、現教皇が崩御して得をする人間は我々だけではないということだ」

メアリが尚も食い下がると、ベイバロンは悠然と笑いながら答える。

彼女の口ぶりから察するに、教国内に協力者がいると見て間違いない。

戦争とは決して綺麗《きれい》事ではない。それが国家間での争いとなれば尚更に。

どのような人物がベイバロンに力を貸しているのか定かではないが、お膳立ては既に整っていることだけは理解できた。ならばこれ以上、メアリも迷うことはない。

確かにこれは自分ならば――否、自分にしかできない任務だと決意を固める。

「無論、貴様が行くのは文字どおり、敵の巣窟。失敗すれば、命はないと思っておけ。対秘蹟者《サクラメント》の戦闘に長けているとはいえ、極めて危険な任務だ。それでもやるかね？」

ベイバロンはさも楽しげに笑いながら尋ねるが、メアリにとっては笑い事ではない。

しかし、これはいつものことなので、もはや呆れる気すら起きない。

「当然。他でもない〈神羔《しんこう》の聖女〉がターゲットなら、この任務は誰にも譲らない」

たとえいかに危険な任務だとしても、メアリの答えは変わらない。

何故ならば帝国軍人として仕官しているのも、全てはこのために他ならないからだ。

メアリは待っていた――再び〈神羔の聖女〉と巡り会うその時を。

ならばこの任務こそ、彼女が本懐を遂げる千載一遇の機会なのだから。

「うむ。良い答えだ。お前の働きに期待するとしよう。さっきは少し脅かしたが、現地には協力員も手配している。そちらの裁量で好きに使って構わない。せいぜい上手くやれ」

「待って。まだ、聞きたいことがある」

メアリは待ったをかけ、上機嫌に微笑《ほほえ》むベイバロンに質問を浴びせる。

「この資料には、ターゲットの情報が記載されていない」

メアリが渡された資料には学園の概要などが詳細に記されていたが、ターゲットである〈神羔の聖女〉の情報は写真おろか名前など一切記載されていない。

「ついさっき言ったばかりだぞ？　現地の協力者を上手く使え、とな」

ベイバロンはメアリの問いに対し、やれやれと露骨に肩を竦《すく》めた。

「〈神羔の聖女〉の情報は機密情報だ。貴様を信用していないわけではないが、万が一にでも情報が漏洩《ろうえい》する事態は避けたい。よってターゲットの情報は現地で調達しろ」

情報とは戦争において大きな価値を持つ。帝国はその重みを理解しているからこそ、多くの工作員を投入して情報戦で他国にアドバンテージを得ている。仮にメアリが失態を演じれば、工作員が必死にかき集めたそれらの機密が白日の下にさらされてしまう。学園への潜入に危険が伴う以上、必要最低限の情報で臨むべきだとベイバロンは言っている。

「……分かった。すぐにでも準備に取りかかる」

「『祖国に勝利を』。お前の働きに期待しているよ、メアリ」

メアリが呟《つぶや》くように答えると、出口に向かって歩き出す。

ベイバロンは薄い微笑《ほほえ》みを浮かべ、去りゆくメアリの背中に餞別《せんべつ》の言葉を贈った。

「さて、これで役者は揃った。結果は神のみぞ知る、というヤツだ」

メアリが部屋から出ていくと、ベイバロンは机の引き出しから一枚の写真を取り出す。

遥か昔に撮影したまだ幼さの残るメアリと並ぶ己の姿を見て、ベイバロンは歪《いびつ》に口の端を吊り上げる。これからメアリに降りかかる試練へと思いを馳《は》せ、今は静かに笑うのだった。

# 2

ベイバロンから正式な指令が下って一週間後。メアリはアルグーサ島行きのフェリーに乗船していた。大半の荷物は寮に送ってあるので、旅行鞄《かばん》ひとつの身軽な旅路だ。

教国本土にあるシキリア港から約十時間の航路を経てロパドゥサ島へ辿《たど》り着き、そこから一時間かけてアルグーサ島へと向かう長旅だったが、生憎と強行軍には慣れている。

「見た限り、人間が住めるような場所には見えないけど……」

メアリが舷窓から外を伺うと、目的地であるアルグーサ島が見えてくる。

緑が生い茂る景観は町どころか港すら見当たらず、本当に学園が存在しているか疑わしい。

名目上は自然保護区に指定された無人島なので人の手が入っていないのは当然だが、事前に話を聞いていなければ、こんな辺鄙《へんぴ》な離島に隠匿された学園があると考えもしないだろう。

「魔術的な隠蔽《いんぺい》も施されているはずだけど、今のところは――」

　メアリはそう呟《つぶや》きかけたところで、言葉を呑み込んでしまう。筆舌に尽くしがたい嫌悪感――全身を粘液で包まれたような悪寒――を感じ、咄嗟《とっさ》に身構えて周囲を見渡す。

「敵影は、感じられない。今のは、いったい……？」

　メアリはホルスターに差したナイフへ手をかけるが、悪寒はすぐに引いて周囲に異常も感じられなくなる。警戒を維持しつつ再び舷窓を覗き込むと、メアリは言葉を失った。

「洞窟が、ある……もしかして、あの中に？」

　まるで瞬間移動したように、フェリーはいつの間にか岸壁に面した入り江に近づいていた。

　岩肌には船が通れるほどの洞窟があり、フェリーは岩の隙間《すきま》を縫うように正確な運転で中へと進んでいく。海面の色が反射して壁面が青く染め上げられた洞窟を航行していくと、船舶の停泊が可能なドックが見えてくる。どうやらここを港として利用しているようだ。

「領域内に踏み込むまで察知させず、視覚的にも魔術的にも外界と遮断する高度の結界……天使術か聖女の奇跡か分からないけど、随分と厄介な代物」

　メアリは狐《きつね》につままれたような心地だったが、同時に納得する。

　島全体を覆うほどの広域。更に視覚や距離といった認識の齟齬《そご》を誘発する隠蔽力。

　帝国の魔術師の中でも、この要素を両立させられる人間はメアリの知る限り存在しない。

　これから赴く学園にはそんな化け物じみた術者が存在している――上陸を前に気持ちを引

き締めると、計ったようなタイミングで船内に入港を告げるアナウンスが響く。

メアリは鞄《かばん》を持って出口に向かい、乗務員へとあるものを提示した。

「それでは拝見いたします。メアリ・マクダレン様、ですね」

ひとつは学園から事前に発行された生徒手帳。次に修道院から学園への紹介状。

このふたつが身分証の役割を果たし、乗船の際もこのように確認を行った。

乗務員が紹介状の内容をしげしげと眺めスタンプを押すと、その紹介状が淡い輝きを放つ。

原理としてはスタンプや書類の偽造を防止するため特殊なインクを使用していて、それらに込められた微量な魔力が変色を引き起こしたようだった。

「確認いたしました。下船の際は足元にどうかお気を付けください」

乗務員は生徒手帳と紹介状を返すと、恭しく頭を下げてメアリを見送る。

メアリがタラップからドックに降りると、洞窟内特有の湿った空気が全身に纏《まと》わりつく。

周囲を見渡すとそれなりに整備されていて、港としての機能も問題なさそうだ。

メアリはフェリーから荷物を降ろしている作業員を傍目に、出口を目指して歩き始める。

剝《む》き出しの岩肌に備えつけられたライトが照らす通路を進んで行くと、出口と思《おぼ》しき場所から光が差し込んでくる。薄暗い洞窟を出た瞬間、颯爽《さっそう》と潮風が吹き抜けていった。

ペラージェ諸島は地中海に属している。ついさっきまで洞窟内にいたので実感が薄かったが、どうやらアルグーサも例に漏《も》れず温暖な気候らしい。

「なるほど。確かにこの立地なら、聖女の隠し場所には妥当」

メアリは頭上で燦然《さんぜん》と輝く太陽に目を細め、眼前に広がる景色を見て呟《つぶや》いた。

カルデラと思しき急勾配な内壁の窪地は、白みがかった石灰岩の山肌に囲まれている。

鬱蒼《うっそう》と生い茂る自然は人の手が入った整然さがあり、世間一般に公開されている自然保護区の写真とは大きく異なる。ここは無人島ではなく、人の営みが存在する証だ。

岩肌に切り取られた緑地の中心部には、一際目を見張る建造物が佇《たたず》んでいた。

散策がてら辺りを見渡しながら足を進めると、ついにメアリは目的地に辿《たど》り着く。

「ここが……聖アグヌスデイ学園」

メアリは校門の前に佇みながら荘厳な造りの建物を見上げ、さしたる感嘆もなく呟く。

ルネサス様式とバロック様式の特徴が入り混じった石造りの学舎は、この島が原産と思しき石灰岩《ライムストーン》を建材として配している。建築や美術に明るい者ならば見とれてしまうほどの建造物かもしれないが、それはあくまでそのような感性を持つ人間に限られる話だが。

「待ち合わせの時間は、もう過ぎてるけど……」

メアリがポケットから取り出した懐中時計に視線を落とすと、先方から提示された時間をそれなりに過ぎている。だが、学園側の人間が姿を見せる気配は一向にない。

門を開けてもらおうにも、生憎と門衛や警備員といった人間の姿は見受けられない。

メアリがどうしたものかと考えていると、不意に重苦しい金属音が周囲に響き渡る。

視線を向けると目の前の門がゆっくりと開き、扉と扉の隙間《すきま》を縫うようにひとりの女性が小走りで駆けてくる。

ヴェールこそ着用していないが、ワンピースタイプの聖服と胸にかけられた銀の十字架《ロザリオ》は一般的な修道女の服装に近い。二十代前半から半ばくらいという容姿から、彼女がこの学園の教師、もしくは用務に携わる人間であることが推察できた。よほど急いでいるのかサイドダウンにまとめた栗毛が、彼女の動きに応じるように跳ね回っている。

「遅くなって――ごめんなさ～い！」

女性は顔を合わせるなり、手を合わせて「このとおり！」と拝み倒す。

メアリは突然の出来事に、じっと女性を観察しながら視線を向ける。

「待たせちゃったよね？　本当にごめんなさい！　授業の後片付けが長引いちゃって……」

女性はしきりに視線を送り、おそるおそる尋ねてくる。

メアリが無言のまま観察を続けていると、女性は苦笑交じりに続けた。

「えーっと……貴方が編入生のマクダレンさん、よね？」

「ノヴェツェラ修道院から来たメアリ・マクダレンです。本日からお世話になります」

メアリはペコリと頭を下げて、今回の任務で使用する偽名を口にした。

「わたしは、ユディト・メラリ。この学園で教師をしています。担当科目は……これは後でいっか。あとは貴方のクラス担任、かな」

　ユディトと名乗った女性は安堵《あんど》したように表情を緩め、自分が教師であること——加えて学園ではメアリの担任教師という旨も——を告げる。

「田舎者でご迷惑をかけるかもしれませんが、よろしくお願いします」

　ユディトに社交辞令を返し、メアリは今回の任務で使用するプロフィールを思い起こす。

　メアリ・マクダレンという少女は、アルトにあるノヴェツェラ修道院出身の修道女だ。

　アルトという土地は帝国と教国の国境沿いに位置し、先の大戦では帝国へ割譲されたが、軍事協定の締結に伴って数年ぶりに教国へと返還される運びとなった。

　教国への帰属に際してメアリは秘蹟者《サクラメント》の適性が認められ、晴れてこの学園へ入学が許された。無論、これは「同化政策を拒み続け、信仰を貫いた敬虔《けいけん》な信徒」というイメージを与え、なおかつ帝国の人間としてボロを出した時の保険という二重の意味がある。

　今回の任務を見越してアルトの返還を決定した——と疑いたくなるようなタイミングだが、深く考えることは避けた。だが「ベイバロンならばあり得る」と思ってしまうのも事実だ。

「とにかく、長旅お疲れ様。アルトからだとここまで結構かかるでしょ？」

　メアリが考えに耽《ふけ》っていると、ユディトがにこやかに話しかける。

　出会ってからころころと表情を変えているが、そういった雰囲気が学生くらいの年頃には親しみやすいのだろうか？　確かに二十代前半ほどの外見と気さくな人柄は、教師というよりも年上のお姉さんというような印象だ。

「お気遣い、ありがとうございます。思っていたよりも早く着いて驚いたくらいです」

「そっかそっか～。あっ、そういえば――本当なら学園長先生のところへお通しするところだけど、生憎と多忙でね。今は出張中なの。だから代わりに、生徒会長が挨拶《あいさつ》したいって」

「生徒会長？」

　ユディトは警戒するように周囲の様子を窺《うかが》い、声を潜めて耳打ちする。

「ここだけの話……ウチの学校は基本的に放任主義だから、生徒会長が教師たちよりも発言力が大きかったりするのよ。悪いことは言わないから、あまり逆らわないようにね」

「分かりました。ご助言、痛み入ります」

　突然の話にメアリは生返事をするが、ユディトは構わずに説明する。

「この学園は純粋な秘蹟者《サクラメント》育成機関って言うよりも、教皇庁の息女方や聖女様の保護を目的とした場所なの。だから教師も秘蹟者のセカンドキャリアというか、左遷というか、とにかく本土に回せないような訳ありの人材ばっかりってワケね」

　メアリは事前に読み込んだ学園の資料とユディトの説明を照らし合わせながら納得する。

　確かに本格的な秘蹟者を育成しようと考えれば、このような辺鄙《へんぴ》な離島は選ばない。

　あくまで聖女の保護を念頭に置いているのだから教育は二の次、ということだろうか。

「でしたら――先生は、どこかお怪我をしてここへ？」

メアリは説明を聞くと、ユディトの左足に視線を送りながら問いかけた。

「あら……どうして、そう思うの？」

ユディトは驚いたように目を瞬《またた》かせるが、すぐに笑みを浮かべて尋ね返す。

「左足を庇《かば》いながら歩いている節があったので。勘違いでしたらすいません」

ユディトは初めて会った時から、左足を庇う足運びや重心の移動をしていた。だから彼女は怪我《けが》で秘蹟者を退役して学園配属されたのではないか、とメアリは推察していた。

「すごいわね、大正解よ。実はこう見えて以前は秘蹟者をやってたんだけど、任務中にしくじっちゃってね……それで、退役後は島流しってワケ。ちなみにこの左足は義足よ」

ユディトは不躾《ぶしつけ》な問いにもかかわらず、あっけらかんと笑いながら舌を出す。

それからスカートをめくってストッキングに包まれた太ももを露《あら》わにするが、端から見ても義足とは気づけなかった。

「日常生活に支障が出ないくらいにはリハビリもしたし、そこまで苦なワケじゃないけどね。もう前線に出ることもないだろうし、バカンス気分で……って、流石にそれは無理か」

ユディトは空気が重くならないように笑い話を交えながら話すが、クスリとも笑わない真顔のメアリを見てコホンとわざとらしく咳《せき》払いをする。

「えーっと……まずは生徒会室へ行こっか。あの子たちも待ってるだろうし」

「分かりました。よろしくお願いします」

ユディトは気を取り直して歩き出し、メアリはその背中を追う。

ふたりが階段を登って三階まで来ると、長い廊下の突き当たりに目的地が見えてきた。

「ふー……相変わらず、緊張するなぁ」

「先生は教師なのですから、そこまで萎縮《いしゅく》する必要はないのでは？」

ドアの前でそわそわとするユディトを見て、メアリは不思議そうに尋ねる。

ユディトは声を潜めて、表情を強張《こわば》らせながら耳打ちした。

「甘い。甘いわ、マクダレンさん。さっきも言ったけど、ここでは教師よりも、一部の生徒の方が発言力あるの。生徒会長ともなれば、木っ端教師の懲戒なんて朝飯前なんだから」

ユディトは忠告を終えるとメアリからそそくさと離れ、意を決してドアをノックする。

数秒後に室内から「どうぞ」と返事があり、ユディトは勢いよく扉を開け放つ。

「やっほー、ウルスラさん！　例の子を連れて来たわよー」

「お疲れ様です、ユディト先生。お待ちしておりました」

窓際に備えつけられた机の前に座っていた人物――ウルスラと呼ばれた少女は、メアリたちに視線を向けるとイスから立ち上がって声をかける。

学生にしては随分と大人びた雰囲気の少女だった。黒に近いダークブラウンの髪は腰元まで真っ直ぐに伸ばされ、端から見ても手入れが行き届いているのが分かる。

背筋をピンと張り、切れ長の黒い瞳《ひとみ》でこちらを見据える凛とした佇《たたず》まいは、彼女が生徒会長という責任ある役職に就いていることを語らずとも理解できた。

「ありがとうございます。その件に関しては感謝を。ですが、少しばかり――いいえ、それなりに予定の時刻を過ぎています。まさか、貴女が遅れた、わけではない……ですよね？」

ウルスラは壁面にかけられた時計を一瞥《いちべつ》すると、訝《いぶか》しげに目を細めて詰問する。

ユディトは露骨に視線を逸《そ》らして、白々しく惚《ほう》けてみせた。

「あはは、なんのことカナー？」

「これも良い機会です。貴女とは一度腹を割って話をしたい、と常々考えていました」

ウルスラは薄い笑みを作ってユディトを見据えるが、その目はまったく笑っていない。

ユディトはウルスラの言葉の端々から滲《にじ》む怒気を察し、メアリの後ろに回り込んで強引に背中を押す。

「せっかくだけど、遠慮しておくわ！　それじゃっ、あとはよっろしくー!!」

ユディトは口早にそれだけ言い放ち、一目散にその場から逃げ出した。

義足とは思えない軽快な足取りを見て、メアリは逆に感心する。

「まったく、あの人は……教師たるもの生徒の規範として、己を律するべきだというのに」

ウルスラは遁走するユディトを見て大きなため息をつく。

やがて残されたメアリに視線を向け、部屋にあるソファーに視線を向けて着席を促す。

「ああ、申し訳ありません。そちらのソファーにどうぞ」

「失礼します」

メアリは勧められるままソファーに腰をかけると、改めて部屋を観察する。

校舎と同じく石灰岩から作られた白壁に囲まれた室内はどこか寒々しいが、床に敷かれたラグや壁面に飾られた色とりどりのタペストリーがわびしい印象を中和している。

調度品もアンティーク調の落ち着いたものが選ばれていて、ここが生徒会室だと考慮すると執務に取り組むのには良い環境だと判断できた。

しかし、この部屋の中でも、メアリの目を引くものがひとつあった。額装されて壁に吊《つる》された水晶の板からは微量ながら魔力が感じられる。水晶は魔力を蓄える鉱石として魔具の媒介として広く利用されているので、通信機器のようなものだろうかと思考を巡らせていると、

「さて、改めてですが――当学園へようこそ、メアリ・マクダレン。私《わたくし》は生徒会長を務めているウルスラ・レドゥホフスカヤです」

ウルスラは対面から真っ直ぐメアリを見据え、場を仕切り直すように自己紹介をする。

メアリの情報は既に把握しているようで、そのまま矢継ぎ早に言葉を続けた。

「ノヴェツェラ修道院からの推薦、とのことですが……院長のエンゲルハルト氏はお元気ですか？　直接の面識はないですが、親戚が懇意にしていただいていると伺っています」

「はい。院長先生はご高齢ですが、ブドウの季節には子供たちと一緒に収穫に励んでいます。

昨年は豊作でしたので、ワインの出来映えが楽しみだと心待ちにしているようです」

ウルスラの問いに、メアリは澱《よど》みのない口調で答える。表向きには単なる世間話だが、メアリの素性が事前に提出されたものと合致しているか確かめている可能性もある。

こうして世間話を交えて、猜疑心《さいぎしん》を抱かせずに自然な流れで確認を行うためだろう。

その後も話題を変えつつ修道院での生活内容を何度か尋ねられたが、メアリは問題なく返答していった。するとウルスラは時計を一瞥《いちべつ》して、おひらきの旨を告げる。

「さて……時間も時間ですしおひらきにしましょう。貴女も長旅で疲れているでしょうし、ゆっくりと休んでください」

「お気遣いいただき、ありがとうございます。それでは、失礼いたします」

メアリはソファーから立ち上がって一礼をすると、出口に向かって歩き出す。

ウルスラはふと思い出したように、メアリの背中に声をかけた。

「帰りに生徒会の人間をつけましょうか？　案内役も逃げ出したようですし」

「パンフレットは持っているので、このままひとりで回ってみようと思います」

「そうですか。もし困ったことがあれば、いつでも生徒会にいらしてください」

メアリが軽く会釈をして生徒会室を去ると、図ったようなタイミングで声が聞こえてくる。

「ウルウル、お疲れ～！　こっちは問題なかったよー」

ウルスラが視線を壁に向けると、先ほどまで単なる水晶だったはずの板に少女の姿が映し出されている。ここが学園であるにもかかわらず明らかに寝間着と思《おぼ》しき服装で、ナイトキャップを頭に被《かぶ》っているが、収まりきらないぼさぼさの茶髪がところどころ飛び出ている。

明らかに場違いな格好であったが、ウルスラは気にする様子もなく言葉を返す。

「アギー、ご苦労様。こちらも特に問題はなさそうね」

メアリの推察どおり、これはとある用途を目的に作られた魔具だった。

ディスプレイのような画面の中から、彼女は気安い様子で言葉を続ける。

「りょうかーい。なら、今回の子も〝シロ〟ってことで良さそう?」

ウルスラの労《ねぎら》いの言葉に、アギーと呼ばれた少女――アガタ・カターニアは小首を傾げた。

「この学園を守る〈神域《しんいき》の聖女〉である貴女がそう判断したのなら、彼女は間違いなく我々の同胞でしょう。私が面談した限り、不審な点も見つからなかった」

あどけない顔立ちと、小柄で全体的に凹凸のない体型は童女のようだが、彼女は歴《れっき》としたこの学園の生徒。彼女こそ、学園に在籍する聖女のひとり――〈神域の聖女〉アガタ。

そして、ウルスラもまた〈神旗の聖女〉の名を冠する聖女のひとりだ。

「新しい子が入る度に、まずはこうやって疑いにかかる……本当に因果な仕事ね。だけど、それが学園の治安を守るためならば、生徒会長である私が率先して泥を被りましょう」

「あはは!　相変わらず、ウルスラは真面目だな～」

物憂げに嘆息するウルスラを見て、アガタはへらへらと気の抜けた笑みを浮かべる。

ウルスラはアガタに視線を向けたまま、真剣な表情のまま言葉を続けた。

「貴女にはいつも苦労をかけているわね。この学園を守護する結界は、〈神域の聖女〉の奇跡による賜物。つまり、我々の平穏が維持されているのは、貴女の尽力に他ならない」

島全体を覆う広範囲の結界は〈神域の聖女〉の奇跡によって構築され、外部からの認識を欺き、侵入者から学園を守っている。

メアリが島の海域に入った際に感じた悪寒は、アガタが結界を介在してメアリが天使を内在した人間――秘蹟者《サクラメント》、もしくはその素養が有るか検査したことが原因だ。

「だけど……代償として貴女の活動時間を制限するのは正直、心苦しいわ。生徒会長の立場はもちろんだけど、貴方の友人として不自由を強いているようで……」

聖女は奇跡を行使する際に〝代償〟と呼ばれる対価《コスト》を要する。アガタの場合は強力な結界を展開する代償として、常人より多くの睡眠を取る必要がある。

結界の展開や保守に脳のリソースを注ぎ込んでいるため、彼女の平均的な睡眠時間は約二十時間。つまり、一日の大半を睡眠に費やすことによって、学園を守る結界は維持されているのが現状だった。こうして会話しているのもアガタ本人でなく、天使術の術式によって睡眠を妨げることなく意識のみを抽出し魔具を介して意思疎通を成立させているに過ぎない。

アガタの本体は学園地下の自室で、今もなお学園の結界を保守しながら睡眠を取っている。

だからこそウルスラは、アガタに負い目を感じていた。

アガタは〈神域の聖女〉としての役目のため授業への出席免除など多くの特権を与えられているが、一般的な学生とかけ離れた生活は彼女に負担を強いているのではないだろうか？

「あはは、ウルウルは重く考えすぎだって！　アギーはお昼寝し放題でダラダラできるし、別に気にしてないかな。それで学園やウルウルのためになるなら、結果オーライでしょー？」

「相変わらず、優しいわね。だけど……貴女にだけ負担を強いるのは私も本望ではないわ」

悩ましげなウルスラの苦悩とは対照的に、アガタはのんびりと笑いながら答えた。

しかしながら、ウルスラの懸念はそれだけではない。

「この学園のセキュリティーは、貴女の力に依存し過ぎている。〈神域の聖女〉の奇跡だって、万能ではないというのに……以前から進言してるけど、一向に改善が見られないわ」

「それに関しては考え過ぎじゃない？　誰かが結界に接触すれば、こっちの方で感知できるし。そもそも、秘蹟者《サクラメント》以外は島に入れない条件設定もしてるし、問題ないでしょ！」

〈神域の聖女〉の奇跡は、聖域の構築と守護を司っている。

メアリが考察したように、アルグーサ島や周辺海域には広域の結界が展開されている。

視覚などの感覚に訴えかける認識阻害や、物理的攻撃から保護する作用は魔術や天使術でも再現可能だが、この結界には聖女の奇跡でしか為し得ない特殊な効果が存在する。

それは秘蹟者以外の人間が立ち入ることができない、という概念的なもの。

もしも、メアリが元秘蹟者でなく純然たる魔術師であれば、自らの意思にかかわらず結界への接触と同時に船外へ放り出されただろう。

ただし、島を出入りするフェリーの船員など一部の例外は、別個に例外設定を施すことで結界の効果を免れている。このように聖域の管理人であるアガタは、結界の領域内に存在する人間へある程度の干渉を行える。

「敵は必ずしも、国外の人間とは限らない。万が一——いや、これ以上愚痴を吐いていても仕方ないわね。アギー、お疲れ様。もう通信を切って構わないわ」

ウルスラは懸念を口にしかけたところで、咄嗟《とっさ》に言葉を呑み込む。

これは単なる愚痴であり、友人に吐き出すべきものではないと自制したからだ。

アガタは小首を傾げるが、次の瞬間には持ち前の脳天気さでにへらと笑った。

「りょーかい。じゃあ、おやすみ～。ウルウルも、あんま無理しないでね？」

「おやすみなさい、アギー。どうか良い夢を」

水晶板の画面からアガタの姿が消えると、室内は静寂に支配される。

「確かに事前調査と整合性も取れていたし、不審な点は見受けられなかった。しかし——」

ウルスラは小さくため息をつき、先ほどまで相対していたメアリの姿を思い返す。

つかみ所のない少し変わった少女、というのが第一印象だった。しかし、何故だろうか。ただそれだけで片付けていい人物ではない——つい、そんな胸騒ぎがする。

「こんな時、貴方がいてくれたら……いつもみたいに『考え過ぎだ』って笑い飛ばすのかしら？」

ウルスラは誰に言うでもなく、脳裏にとある人物を思い描きながら独りごちる。

生徒会副会長にして、ウルスラの筆頭〈騎士〉を務める人物――文字どおり、ウルスラの懐刀である彼女は現在、本土に出向いた学園長の護衛としてこの島を離れている。

人に頼ることが得意ではないウルスラにとって、彼女はこの学園で心を許せる貴重な存在だ。

しかし、生徒会長として留守を任された以上、弱音など吐いてばかりはいられない。

「まあ、単なる気のせいかもしれないわね。さあ、仕事に戻りましょう」

ウルスラは自らに言い聞かせ、承認待ちの書類の束を机の上に置く。

迷いはあるし、葛藤もある。しかし、自分はこの学園を預かる生徒会長として――あるいは聖女のひとり〈神旗《しんき》の聖女〉として為すべき事を行うだけだ。

# 3

メアリは生徒会室を後にすると、ひとりで校舎内を見て回っていた。

校舎の内部構造はパンフレットどおりで、特に苦労することなく一通りの場所を巡ることができた。メアリは校舎から出ると、人目を気にしながらひとりになれる場所を探す。

鬱蒼《うっそう》と生い茂る木々をかき分け、開けた場所に出ると鞄《かばん》から一枚の札のようなものを取り出す。一羽の鳥が描かれた札に魔力を注ぎ、メアリは滔々《とうとう》と呪文を唱えていく。

「鴉神《フラヴナグズ》の肩を止まり木とし、思考と記憶の鴉《からす》は報《しらせ》を囀《さえず》る――黎明《れいめい》の空を征《ゆ》け、我が従者」

メアリが詠唱を終えると札は淡い光に包まれ、やがて一羽のカラスを象《かたど》っていく。

闇《やみ》に紛れるような漆黒の翼。猛禽類《もうきんるい》のような鋭い嘴《くちばし》と爪《つめ》を持ち、全長六十センチを越える体躯《たいく》を有する黒いワタリガラスは、メアリの使い魔《ファミリア》であるフギンだった。

「行って、フギン」

メアリが指示すると、フギンと呼ばれた使い魔は上空へ羽ばたいていく。

使い魔とは魔術的に構成された疑似生命体で、術者の操作やあらかじめ定められた命令に従って動く。メアリは使い魔を利用して、学園を覆う結界の解析を試みる。

「やっぱり、見たこともない術式――島に来た時も感じたけど、構成や組成がかなり複雑」

メアリはフギンを介して結界の情報を解析するが、結果は芳しくない。

結界は学園を基点として半径約二十キロメートルにわたって展開され、驚くべきことにその範囲はアルグーサ島全域を優に超え、周辺海域にまで及んでいる。

島をまるごと覆い尽くす規模の結界を常時展開していることは驚嘆に値するが、それ以上に興味深いのは結界の構成や組成が類を見ない術式で構成されている点。

メアリは過去に類を見ない特殊な結界に、どうしたものかと思考を巡らせる。

「魔術でも、天使術でもない……もしかして、これは聖女の奇跡？」

無理と道理を同時に通し、不可能を可能にする。その唯一の手段が聖女の奇跡である。

メアリの仮定が正しいなら聖女の奇跡に真っ向から魔術で対抗するのは得策ではない。天使術や魔術には力の源――元型となる神格が存在し、術式は神格から必要な要素を抽出して術者が望む事象を引き起こすが、同時に術式は神格が有する弱点も再現してしまう。魔術師はこの原理を利用して、術式の元型となる神格にアプローチを試みて活路を見いだす。

しかし、聖女の奇跡はそのように一筋縄ではいかない。技術や論理を無視した超越的な事象――かくあれかしと叫べば為し得る故に、文字どおり〝奇跡〟なのだ。

ならば結界そのものを突破するよりも、聖女本人を始末する方がまだ現実的だ。学園の結界は一朝一夕でどうにかなる代物ではないと判断し、ひとまずフギンを呼び戻す。

「フギン、戻って」

上空から舞い戻ってきたフギンは札の状態へと戻り、メアリは宙に浮かんだ札を掴《つか》んで鞄《かばん》の中に戻す。この島への渡航にあたって使い魔との魔力接続を解除していたが、学園への潜入が済んだので改めて接続を結んだ。以降は詠唱などの手順を踏まずとも、召喚が可能になる。

とりあえずの目的を果たし、メアリは校舎の方角へ歩き始めた。

「文字どおり、ゲーテッドコミュニティ――脱出するには、骨が折れそう」

メアリはフギンを通して上空から辺り一帯を俯瞰《ふかん》してみたが、この学園は周囲を断崖に囲まれた窪地になっている。学園の敷地内は整備されているが、現在メアリがいる場所のように中央から外れた区画は鬱蒼《うつそう》と生い茂る木々で覆われている。

崖の下にも港どころか船が停泊できるような場所もなく、やはり洞窟内のドックを経由しないと上陸することは難しいだろう。正規の手段以外で、脱出することは難しい。

「考えなしに対象を暗殺して離脱、というわけにはいかない。正直、想像以上の厄介さ」

教国の至宝とも呼べる聖女が在籍しているのだから当然の対策だが、メアリにとって無視できない問題である。メアリは校舎のある区画へ戻ると、視線を足元に向けた。

傾いた陽が影法師を細長く斜めに地に映し、既に時刻は夕方に移り変わっていた。頭上を見上げると暮れなずむ宵空が、影絵のような校舎の黒さを浮き彫りにしている。先刻より時間が経ったので既に生徒の姿は見受けられず、敷地内はしんとした静寂が支配している。そんな中、不意に木陰から飛び出した小さな影が目の前を過《よぎ》っていく。

「……猫？」

メアリが誘われるまま後を追っていくと、石造りのアーチに沿う形でレモンの木がトンネルのように生い茂っていた。木々を越えて四方を回廊に囲まれた中庭へ辿《たど》り着くと、まず目についたのは中央にそびえ立つ大樹だった。高さは校舎を超える勢いで、かなりの樹齢だと予想できる。花壇には季節の花々が咲き誇り、よく手入れされている印象を抱いた。

大樹を囲む形で木製のベンチが四つ配置されていて、普段ここで生徒たちが時間を過ごしているのかもしれない。肝心の黒猫は木の下で、頭上を見上げながら何度も鳴いていた。

「ねえ……どうしたの？」

メアリはしゃがみ込んで黒猫へ話しかける。

無論、猫に人間の言葉が通じるはずもなく、黒猫はみゃあと小さく鳴くのみだった。

黒猫の視線の先をメアリが追うと、枝の上でじっと身を丸くしている仔猫の姿があった。

「もしかして、下りられなくなった?」

よく見ると仔猫はしきりに鳴いていて、下にいる猫へ助けを求めているようでもあった。

——もしかしたらこの二匹は親子なのかもしれない。

メアリがどうしたものかと思考していると、仔猫の止まっている枝がゆさゆさと揺れ始めた。何事かと思って周囲を見渡すと、

「お願い——あともう少し、だから……!」

そこには木の幹をよじ登りながら仔猫のいる枝へ手を伸ばす少女の姿があった。

どうやら仔猫を助けるためにここまでやって来たようだが、件《くだん》の枝は人間の体重を支えるには心許なく、みしみしと不安を煽《あお》るような音を響かせながら揺れている。

「大丈夫……きっと、大丈夫だから……!」

少女は仔猫を安心させようと優しい声色で話しかけ、どうにか手が届く位置まで近づく。

「よーし、もう大丈夫……はぁ、良かったぁ」

震える仔猫を抱き寄せ、少女は安堵《あんど》したように表情を緩める。

危なっかしい救出劇が無事に大団円を迎えたと思ったのも束の間、突如として強い南風が吹

く。突風は大樹の枝を揺らし、少女のいる木の枝も同様に揺さぶっていった。

「きゃあぁぁぁっ⁉」

両手で仔猫を抱いている少女は枝を摑《つか》むことができず、バランスを崩して宙へと身を投げ出される。木の上から落下してくる少女は腕の中にいる仔猫を庇《かば》うように強く抱き、数秒後に訪れるであろう衝撃への恐怖に目を瞑《つぶ》っていた。

「…………ッ‼」

事前に学園の校則へ目を通したが、授業以外で天使術を使う場合は申請が必要らしい。

今はそんな悠長なことは言っていられないが目撃者がいる以上、帝国式の術式を使うことは避けたい。一瞬のうちに判断を下すとメアリは無詠唱の簡易術式で身体強化を発動し、先んじて落下点に滑り込んで枝の上から降ってくる少女を受け止めるべく手を伸ばす。

「――――」

メアリが少女を受け止める瞬間、落下してくる少女の姿がスローモーションのように映り、数秒が数分にも引き延ばされるような錯覚を抱いた。腕に軽い衝撃を感じたと同時に、金色の渦を巻いてきらきらと震えるブロンドの髪がふわりと視界いっぱいになびく。

それは金糸のように煌々《こうこう》と輝き、夕陽を浴びて眩《まばゆ》さを一層と際立たせていた。

芸術に造詣が深いわけでもないメアリでも、ある種の芸術美に触れたような心地だった。

「あ、れ……あたし、助かったの……？」

メアリの腕の中に収まる形で事なきを得た少女は、ぎゅっと瞑《つぶ》った目をゆっくりと開いておそるおそる呟《つぶや》く。

「大丈夫？」

少女は澄み渡る青空のように微塵《みじん》の濁りも見せない碧眼《へきがん》でメアリを見上げると、状況を理解できずしきりに目を瞬《またた》かせていた。

「困った。もしかして、打ち所が悪かった？」

メアリは少女の様子をじっと見つめていたが、ぽつりと呟くように言う。

「あ、あの！　大丈夫だから……！　だから、その……お、下ろして……!!」

少女は無表情のまま淡々と呟くメアリの姿を見て、ようやく自分が抱きかかえられていることと——それが俗にいう〝お姫様抱っこ〟という体勢だと——に気づく。

瞬間、少女の頰《ほお》は熱を帯び、リンゴのように赤く染まった顔で急にあたふたしはじめた。

「ん、分かった」

メアリは少女の様子に首を傾げるが、要望どおり彼女をそっと地面に下ろす。

すると少女の足元へ木の下にいた黒猫が駆け寄っていき、胸に抱いた仔猫が少女の腕をすり抜けて地面へと着地する。猫の親子は再会を喜ぶように鼻の頭を擦《こす》りつけ合うと、メアリたちを一瞥《いちべつ》してから一気に視界の外へと走り去っていった。

「あっ——もう、あんな高いところに登っちゃダメだからね？」

再会を果たした猫たちの様子を見て、少女はどこかやり遂げたような顔をする。

少女は去って行く猫たち見送ると、視線をメアリに移しておずおずと尋ねた。

「あの……もしかして、あなたが助けてくれたの？」

「猫を助けたのは、あなた」

どこか嚙《か》み合わない会話に痺《しび》れを切らし、少女はコホンと咳《せき》払いをする。

「そうじゃなくって！　あなた、秘蹟者《サクラメント》なんでしょ？」

少女の言葉を聞く限り、どうやら魔術師だとバレていないようだった。

メアリはひとまず胸の内で安堵《あんど》すると、真顔のまま忠告した。

「うん。一応。木の上で手を離すのは感心しない。危ないから」

「はい……以後、気をつけます」

少女も危険は承知の上だったのか、気落ちしたように項垂《うなだ》れながら忠告を聞き入れる。

そのまま大きくため息をつくと、少女はぶつぶつとひとり言を呟《つぶや》き始めた。

「困ったなあ。リザにも『お転婆はほどほどに』って言われてるのに、また怒られちゃう」

メアリは突然、聞き覚えのない人物の名前が出て、怪訝《けげん》そうに首を傾げる。

少女はすぐにハッとした表情になり、慌ててつけ加えた。

「リザっていうのは、あたしの〈騎士《ダーマ》〉で――」

少女は言葉を途中で呑み込んで、メアリをじっと見つめる。

そのまま考え込むように逡巡《しゅんじゅん》すると、彼女は改めて問いを投げかけた。

「制服も着てないし、教師っていう年齢でもなさそうだし……あなた、もしかして学園の生徒じゃないの？」

「正確には、明日からここの生徒になる。つまり、編入生」

メアリの答えを聞いて、少女は納得したように頷《うなず》く。

「そっか、編入生……まあ、これはノーカンってことでもいいかな」

少女は表情を陰らせてぼそっと呟き、何事もなかったかのようにメアリへ笑いかける。

「あたしは、ステラ。ステラ・マリスよ」

「私は――」

メアリも名乗ろうとした瞬間、ステラの笑顔となにかが重なっていく。

フラッシュバックと共に、視界をノイズが埋め尽くす。途切れ途切れに再生される音声は、まるで針の飛んだレコードがぶつ切りに奏でる音色のようだった。

『ねえ、メアリ。愛《いと》しいあなた』

――声が聞こえる。だけど、どうしてだろうか？

音として言葉は聞き取れるが、異国の言葉のように何を意味しているのか理解できない。

『約束よ。だから、ね――』

雑音に埋め尽くされた視界の中で、モザイクのかかった不明瞭な幻影は口元に笑みを湛《たた》えていた。どんな表情をしていたのか分からないが、かろうじてそれだけは理解できた。

まるで陸に打ち上げられた魚がもがくような息苦しさを感じる中、メアリはそっと目を瞑《つぶ》って乱れていた呼吸を落ち着かせていく。

――あの子はもう、いない。他でもない自分が殺したのだから。

「えっと……ねえ、大丈夫？　もしかして、さっき怪我《けが》をしたんじゃ……」

メアリは自分自身に言い聞かせ、ゆっくりとまぶたを上げる。

視界に飛び込んできたのは、心配そうにこちらの様子を窺《うかが》うステラの姿だった。

会話の途中に急に黙ってしまったのだから、彼女の反応は正当なものだろう。

「大丈夫。問題、ない。私は……メアリ・マクダレン。よろしく、ステラ」

メアリが平静を装って答えると、ステラは嬉々《きき》として目を輝かせた。

「ねえ、メアリ。あなたはどこから来たの？　よかったら〝外〟の話を聞かせて――」

ステラの言葉を遮るように、重々しい鐘の音が学園内へと響き渡っていく。

どうやら午後の六時を告げているらしく、それを聞いたステラはハッとした顔になる。

「いけない！　もうこんな時間!?　ゴメンね、続きはまた今度で……！」

ステラはメアリに一言断ってから、駆け足で中庭から去っていく。

メアリはステラの姿が見えなくなるまで、その場で立ち尽くしていた。

「どうして……あの子とは、別人のはずなのに」

　メアリは顔を俯《うつむ》かせて、ぽつりと呟《つぶや》き漏《も》らす。だが、それも一瞬のことだった。即座に思考を切り替え、成り行きとはいえ我ながら無駄なことをしてしまったと内心で反省する。

「……私も、そろそろ寮へ行かなきゃ」

　気を取り直して再び足を進めると、メアリは今度こそ寮へと向かっていく。

　しかし——あの時、確かに感じたとある情動。

　胸の奥に燻《くすぶ》る違和感から目を逸《そ》らしていたことを、メアリ自身は気づいていなかった。

# 4

　ステラと別れたメアリは、寄宿予定の学生寮を訪れていた。

　壁面は校舎と同じく石灰岩《ライムストーン》だが、粘板岩《スレート》と鉛板仕上げの屋根や両側の突き出た棟《ウイング》はカントリーハウスの様式を汲《く》んでいるようだった。荘厳な景観の校舎とは異なり、機能性重視で質素な印象を受けるが、学生の下宿先としては充分な造りかもしれない。

　メアリは玄関に備えつけられたベルを鳴らし、ドアに手をかけ寮内に足を踏み入れる。

　エントランスポーチを抜けてホールに出ると、床にモップをかけている人物と目が合う。

　小柄で、あどけない顔立ちの少女だった。身長も百四十センチに満たず、手に持ったモップの柄よりも小さいくらいだった。まだ年端もいかない童女、とも形容できる。少女は値踏みするようにメアリをジッと睨《ね》め付け、モップを引きずってつかつかと歩み寄ってきた。

「おい——もしかしてお前、今日から入寮予定の新入りか?」

少女は決して大柄とは言えないメアリを見上げ、くりくりとしたつぶらな瞳《ひとみ》で尋ねる。

可愛らしい外見に似合わずぶっきらぼうな口調だったが、メアリは構わず小さく頷《うなず》いた。

メアリはまじまじと少女を凝視し、一言だけ呟《つぶや》くように問いかける。

「……子供?」

「ああん? 喧嘩《けんか》売ってんのか!? こちとら歴《れっき》とした十八歳だっつーの!」

無表情のまま首を傾げると、少女は露骨に眉《まゆ》を吊り上げて反論する。メアリの感想がよほど不服だったようだが、上目遣いで凄《すご》まれてもいまいち迫力に欠けていた。

「十八歳? とてもそう見えないけど」

「うっせーよッ! これは、その……発育が少しばかり年齢に追いついてねぇだけだ」

少女はメアリに真顔のまま言われると、気まずそうに視線を逸《そ》らしながら言葉を濁す。

「ったく、出会い頭に失礼な奴だな……よく聞け、俺はドリス・イサルコ。ここの寮長だ」

ドリスと名乗った少女は一向に動じないメアリに痺《しび》れを切らせ、モップの柄の先を突きつけ、口をへの字に曲げながら自らの身分を名乗った。

「この第一寮——通称・一般寮は、俺の管轄だ。新入りだろうと共同生活の輪を乱すような真似《まね》したら、ただじゃおかねーぞ。分かったか?」

「第一寮？」

「あー、まずはそこからかよ……いいか、新入り。耳の穴をかっぽじって聞け」

メアリが聞き慣れない単語に首を傾げると、ドリスはやれやれ顔で説明を始めた。

「この学園には四つの寮がある。まずは第一寮、通称・一般寮。まあ、ここのことだな。文字どおり一般学生が住む寮で、基本的にはふたり一組の相部屋だ。寮費や食費みたいな生活費は学園側が負担する代わりに、炊事洗濯掃除その他諸々の雑事は寮生たちが分担して賄《まかな》ってる。まあ、働かざる者食うべからずってヤツだ。俺たちは大半が修道院上がりだからな。学園側も金を取る相手は選んでるんだろ」

ドリスが言うように、この学園の生徒は修道院から推薦を受けた人間――つまり、身売りされた人間が大半だと聞いている。学園側がそういった境遇の生徒たちを金銭的に援助するのは慈善事業などではなく、秘蹟《サクラメント》者候補生を定期的に補充するためである。

修道院側も世話を見る子供の頭数を減らし、紹介料として報酬を受け取ることができる。ただし、現在は戦時中。学園としても湯水のように貴重な資金を垂れ流すこともできず、一般寮の生徒たちは自助努力で質素な生活を送っているのだろう。もっとも、修道院の生活に比べれば、幾分かマシなものであると想像はできるが。

「次に第二寮、通称・上級寮。やんごとなき身分の息女様方が住む寮だ。一般寮とは違って個室制で、こっちはしっかり寮費やら諸々が徴収される。あとは一般寮の生徒が使用人として働いていて、お嬢様がたの面倒を見ている。言ってみりゃあ、お客様扱いだわな。まあ、上級寮の生徒たちの寄付で俺たちはただ飯を食らってるワケで、感謝こそすれども文句は言えない立場だな。間違っても、お嬢様がたとは揉《も》めるなよ？」

どこか皮肉めいた口調で告げると、ドリスは声を潜めて警告する。

一般寮生からすれば学園に金銭的利益を与える上級寮生の存在はありがたくもあり、同時に複雑な心境なのかもしれない。身寄りもなく秘蹟者《サクラメント》として前線に送り込まれる運命の者と、恵まれた家庭環境を享受して蝶よ花よと愛でられ育った者。両者の溝は深く、もしかしたら確執が発生しているのかもしれない。

「その次が第三寮、通称・職員寮。学園の教師や職員、その他の大人が住んでいる。一般寮の学生が使用人として働いているが、それ以外だとあんまり関わることはないと思う。だが、変なことをやらかして目を付けられないよーに」

第一寮と第二寮とは異なり、ドリスは少し声のトーンを落として淡々と語る。

ユディトもこの学園では教師よりも生徒の方が発言力を有していると言っていたが、ドリスの口ぶりを聞く限り生徒側も近い認識を持っているようだ。

「最後が第四寮、通称・貴賓寮。聖女様が住んでいる邸宅で、寮っつーよりも屋敷だな。聖女には各々一戸建ての住まいを与えられてるが、ここには聖女本人と〈騎士《ダーマ》〉、それから聖女が直接雇っている使用人なんかが住んでる。ここには絶対、近づくんじゃねーぞ？」

ドリスはこれが本題と言わんばかりに表情を険しくして、語気を強めて警告する。

確かに聖女ともなれば寮ではなく戸建ての住まいが用意されているのも納得だが、少し気になることがあった。

「〈騎士〉というのは？」

思い返して見ると、先刻に会ったステラもその単語を口にしていた。

つまり、それが意味することは――

「〈騎士〉ってのは、聖女のパートナー……いや、どちらかというとお付きの侍女、みたいなもんか？　まあ、そこら辺は話すと長いから、別のヤツにでも聞いてくれ」

明らかに面倒臭そうに話を打ち切ると、ドリスはひらひらと手を振りながら言う。

メアリとしては〈騎士〉についてもう少し深掘りしたかったが、どうやらドリスはそこまで話す気はないようだった。

「寮の種類については、まあこんな感じだな。学園には職員を含めて五百人くらい在籍しているが、一番の大所帯がこの一般寮だ。A棟、B棟、C棟に百人ずつ。トータルで三百人が暮らしてる。棟ごとに共同浴場や食堂が備えつけられていて、基本的に自分の所属する棟の施設を使うのが決まり事だ。まあ、棟の移動は基本的に自由だが、夜の十一時以降は棟を繋《つな》ぐ渡り廊下が閉鎖されるから門限はしっかりと守るよーに」

ドリスの説明によると、大半の生徒はこの一般寮に寄宿しているとのことだった。

食事は朝食が五時半から七時、夕飯は十八時から二十一時の間で各々が好きな時間帯に食堂に来て注文するようだった。平日は校舎にある学生食堂を利用し、休日のみ寮で昼食が出されるらしい。

「あとは奉仕活動についてだ。最初の説明でも言ったとおり、俺たち一般寮生は身の回りの雑事を全員で分担してる。大まかに分類すると、こんな感じだな」

ドリスによると、奉仕活動の内容は以下の四つに分類されるらしい。

家政係……一般寮内の清掃、食事の準備・配膳、洗濯や縫製などの家事全般を担当。
奉公係……上級寮や職員寮の家事全般を担当。場合によっては他寮で生活することも。
農耕係……学園の敷地にある農作物の管理や収穫、出荷や加工を担当。
卸係……全寮の備品や消耗品を管理し、島外への発注や補充を担当。

生徒に任せるにしてはかなりの仕事量だが、そもそも修道院育ちの人間は日常的にこうした雑事を行っている場合が多いので、特に不満もなく受け入れられるのだろう。

同時に学園の在り方を考えれば、納得もできる。生徒以外の不純物を極力排し、聖女の安全を確保するには、生徒による自治体制を与えるのが一番だ。だからこそ、この学園は生徒が大きな発言力を有している。

「家政係は清掃班、炊事班、衣服班みたいに細分化されてるが、基本的に寮内の仕事で完結してる。他の係は学園全般や他の寮が絡む仕事だな。まあ、ここらへんは本人の希望や適性を見ながら割り振るから、お前も考えておけよ」

どうやら今すぐにでも係に割り振られるわけではないようで、メアリは小さく首肯する。

ドリスはあらかたの説明を終え、ふと思い出したように口を開いた。

「ただし、聖女の〈騎士〉や使用人に指名されたヤツは、奉仕活動が免除される。この学園で聖女様は絶対だからな。まあ、あまり縁がないとは思うが、一応な」

ドリスは腫《は》れ物に触るような言い回しでつけ加える。

ここまで彼女の話しぶりからして言いたいことははっきりと言うタイプだと推測できるが、聖女に関してはどこか歯切れが悪く言葉を選ぶような物言いが目立っていた。

ユディトも言っていたが、この学園において聖女は特別な立ち位置らしい。

「まあ、今日は初日だし、このくらいでいいだろ。分からないことがあれば、同室のルームメイトにでも聞いてくれ。お前はA棟の部屋だから、俺がこのまま案内してやるよ」

ドリスはモップを壁に立てかけると改めてメアリに向き合い、無言で右手を差し出した。

その行動の真意が読み取れず、メアリは小首を傾げてしまう。

「おいおい、言わせるんじゃねーよ。ったく……これから世話になる人間に、手土産のひとつもないんじゃねえだろーな？　Chi ben comincia è a metà dell《初めが良ければ仕事は半ばできたようなものだ》って言うだろ？」

　ドリスに呆れ顔で催促され、メアリはこれから合流する現地の協力員から学園に来る際、持参するよう指定されたものがあったのを思い出した。

「つまらないものですが」

「おぉ、ワインか！　しかも、ノヴェツェラ産のピノ・ネーロじゃねぇか⁉　もしかしてお前、アルト出身か？」

　メアリが木箱を差し出すと、ドリスは蓋《ふた》を開けその中身を見るなり歓喜の声を上げる。瓶を取り出してラベルを見ると、愛《いと》おしそうに頬《ほお》ずりしながら上機嫌に言葉を続けた。

「もー、早く言えって！　いやー、悪いなぁ。こんな上等な代物もらっちまって。お前とは今後とも、仲良くやれそうだ。困ったことがあればいつでも相談しろよ？」

　ドリスは途端に上機嫌になり、ニコニコと笑いながら背伸びをしてメアリと肩を組む。

　メアリも当初は何故ワインを持参するのか理解できなかったが、どうやらこの用途で合っているようだった。教国では十六歳から飲酒が可能なので問題もない。こうしてメアリは愛おしそうにワインのボトルを抱えるドリスに連れられ、寮を案内されるのだった。

# 5

「んじゃ、案内も終わったし、俺は寮長室に戻るわ。寮に届いてた荷物の類いはもう部屋に運び込んであるから安心しろよ。んじゃ、他にまた何かあれば、いつでも来いよー」

メアリはドリスに寮内を案内されると、自分に宛《あて》がわれた部屋の前まで連れられる。

ドリスはメアリの肩を叩《たた》き「仕送り、楽しみにしてるからな」と念を押してから去っていった。まるでスキップでもしそうな足取りだったが、ひとまず気に入られたのは収穫だ。

「失礼します」

メアリはドアの前に向き直り、一定のリズムでノックをする。数秒後、ドア越しに同じリズムでノックが返ってくると、メアリはドアノブを捻《ひね》って部屋の中へ入っていった。

部屋の中には野暮ったい黒縁眼鏡《めがね》をかけたくせっ毛の少女が立っていて、彼女はにこやかに笑いかけながらメアリを出迎える。

「はじめまして。今日からルームメイトになる、メアリ・マクダレンです」

「学園へようこそ。わたしはココ・ボヌールよ」

メアリは挨拶《あいさつ》を交わしながら室内を観察する。

黒ずんだ木製の勉強机とベッドが二組、そして共用のクローゼットがひとつ。必要最低限の調度品が揃えられた質素な部屋だった。印象としては学生というよりも、修道士の部屋に近い。床に敷かれたパッチワークキルトとテーブルの上に置かれた花瓶に活けられた椿の花が殺風景さを多少なりとも紛らわせている。

「来て――フギン」

ひとしきり室内の観察を終え、メアリはポケットから使い魔《フギン》の札を取り出して小さく呟《つぶや》く。

札は一瞬で全長六十センチを越える体軀《たいく》を有する黒いワタリガラスに姿を変え、一連の光景を目の当たりにしたココは素《す》っ頓狂《とんきょう》な声を上げた。

「カ、カラス!? というか、急に現れて──」

「少し、黙ってて。あとで説明する」

慌てふためくココをピシャリと制し、メアリはその場に膝《ひざ》を着く。

「Ansur《アンスール》、Ken《ケン》、Peorth《ペオース》、Eolh《エオロー》──」

メアリは淡々と呟きながらマーキング用のチョークを床に走らせる。最初は四隅、次は中央、最後はそれらを結ぶ形で床に記号のようなものを書き記していくと、チュークの塗料が淡い輝きを放って室内を照らしていった。

「フギン、お願い」

メアリが命じると、フギンは狭い部屋の中を窮屈そうに旋回する。

状況を理解できないココは不安そうにフギンを目で追うが、メアリは特に気にする様子もなく床に記した紋様に真剣な眼差《まなざ》しを向けていた。

「走査完了。フギン、そのまま待機」

メアリが命じるとフギンは器用に窓枠へ降り立ち、そのまま微動だにしなくなった。

「安心して。盗聴の心配は、なさそう」

メアリがチョークをしまうと床の記号が消え、そこから立ち上がる光も収まっていく。

メアリは改めてココに向き直るが、肝心のココはポカンと呆気に取られている様子だった。

「……あの子は私の使い魔で、私はこの部屋に盗聴の類いが仕掛けられていないか調べていた」

「えっ……使い魔？　盗聴？　あの……」

メアリが簡潔に状況を説明するが、ココは唖然《あぜん》としたままで話にならない。

「……あなたが、協力員？」

メアリが改めて尋ねると、ココは我に返り慌てて姿勢を正す。

「は、はひっ！　ごっ、ごごご、ご挨拶《あいさつ》が遅れて申し訳ございませんっ！　諜報員《ちょうほういん》のガブリエラ・シャネル――この任務においては、ココ・ボヌールとして活動しておりますっ……!!」

ココは直立不動の体勢で畏《かしこ》まって敬礼をするが、何故か彼女は涙目になっている。

メアリはそれを疑問に感じつつ、本題に入る。

「ビーレイグ大将から聞いていると思うけど、私はメアリ・グリームニル。階級は少尉。今回の作戦における〈神羔《しんこう》の聖女〉暗殺の任を受けてここへやって来た」

メアリは萎縮《いしゅく》するココに構うことなく言葉を続ける。今回の任務ではメアリが上官になるため、当たり障りのない言葉をかける。見るからに気弱そうな風貌《ふうぼう》の少女を見据えながら、メアリは事前に与えられていた情報と照らし合わせていく。

ガブリエラ・シャネル――国家保安本部の中でも外国諜報を担当する第六局所属の諜報員。

今回の作戦のためメアリに先んじて、学園へ派遣されていた現地協力員である。

「あのぅ……つまり、あなたがエージェント〈死神〉、でしょうか?」

ココは盗み見るようにメアリに視線を送り、腫《は》れ物に触るように尋ねる。

〈死神〉という呼び名は、教国だけでなく帝国内でも大きな意味合いを持っている。

脅威の任務達成率を誇る冷酷無比な軍属の殺し屋。秘蹟者《サクラメント》狩りのスペシャリスト。

少なくともココにとって〈死神〉の名は、本人を前にするだけでも怯《おび》えてしまうほどに影響力があるものだった。

「その呼ばれ方は、好きじゃない」

「も、ももも、申し訳ございません……っ!? えっと……では、メアリ様とお呼びすればよろしいでしょうか?」

メアリが無表情のまま淡々と告げると、ココは完全に萎縮《いしゅく》して大仰に頭を下げる。

ココの反応に小さくため息をつき、メアリは気を取り直して言葉を続けた。

「メアリでいい。下級生相手に、敬称は適切じゃない」

メアリは任務遂行に相応しい呼称を要求する。この学園でメアリは一年生として編入してきたが、ココは去年の新入生として入学しているので現在は二年生に籍を置いている。

だから先輩が後輩に対して畏《かしこ》まった呼び方をしていると不自然だ、とメアリは答えた。

「え、ええっ!? そ、そそそ、そんな恐れ多いこと……」

ココは後ずさりながら勢いよく頭を振るが、痺《しび》れを切らしたメアリは淡々と釘を刺す。

「個人的感情は、関係ない。これは任務に必要なこと、だから」

「そ、それもそうですね。あっ、でも……」

ココは迫力に気圧されて頷《うなず》くが、遠慮がちに視線を対面に座るメアリに向ける。

目の前の人物は〈死神〉という禍々《まがまが》しい仇名には似付かない可憐《かれん》な少女だった。百戦錬磨のエージェントと聞き及んでいたので、もっと筋骨隆々とした逞《たくま》しい姿を想像していた。

だが、この華奢《きゃしゃ》な身体で幾人もの秘蹟者を屠《ほふ》ってきたとは俄《にわか》に信じがたいのが本音だ。

「どうしたの？　何か問題でも？」

メアリはじっと視線を向けるココに、怪訝《けげん》そうに尋ねる。

「い、いえ！　なんでもありません……あはは」

ココは内心を悟られないように、曖昧《あいまい》な笑みでごまかすことにした。「思ったよりも可愛くて安心しました！」などと思ったことを口にすれば、きっと酷《ひど》い目に遭うだろう。

「わ、分かりました。コホン……ハァイ、メアリ！　今日も元気かしら!?」

気を取り直して咳《せき》払いをし、ココは明らかに無理をしたテンションでウィンクをした。

「挙動が不自然すぎる」

メアリは一瞬だけ呆気に取られ目を瞬かせるが、すぐ訝《いぶか》しげに目を細めて言う。

「へ？　頼れるお姉さんを目指してみたんですけど……やっぱりダメでしょうか？」

「うん。それと敬語」

「はぅッ!?　ご、ごめんなさい……」

ココはメアリに容赦なく指摘され、がっくりと肩を落とす。しかし、彼女はおもむろに眼鏡《めがね》を外して、ポケットから取り出した髪飾り《バレッタ》で髪をまとめた。

「ゴメンなさい。本国の人に会うのは久しぶりだったから、少し緊張しちゃったのかも」

ココは一転してふっと柔和に微笑《ほほえ》み、ごく自然にメアリへ話しかける。ついさっきまでの頼りなさは消え失せ、知り合いの上級生としての立ち振る舞いに変化していた。

『今のは……自己暗示？』

課報員《ちょうほういん》は現地の生活に溶け込み諜報活動を行う。時には当局からの支援も受けられず、単身で潜入を行うこともある。彼らにとって、正体の露呈とは死に直結する。よって、諜報員は潜伏するコミュニティに適した人物像を幾度もシミュレートし、現地では自らが組み上げた設定を演じ続ける。その際に用いられるのが自己暗示――自分自身を欺くマインドコントロールである。自己暗示にはトリガーを設定し、特定のリアクションをした際に演じたい設定を真実のようにロールプレイする。今しがたの行動がココにとってのトリガーで、彼女が帝国の中でも選ばれた逸材である証左とも言える。最初こそ頼りないと思ったが素の彼女はともかく諜報員としては信頼に値するかもしれないと評価を改める。

「それはそうと……さっきのが魔術？　話には聞いてたけど、見るのは初めてで」

ココはふと思い出したように口を開き、窓枠に留まっているフギンを一瞥《いちべつ》する。

ベイバロンの話ではココは秘蹟者《サクラメント》の素養はあるものの、魔術に関しては素人とのことだった。むしろ、そんな彼女だからこそ、秘蹟者候補生としての潜入に抜擢《ばってき》されたのだが。

「あれは探知術式。この部屋が第三者に盗聴されていないか、痕跡《こんせき》を調べていた」

「へぇ、そんなことまでできるのね。端から見たら床に記号？　を描いてたみたいだけど」

「それはルーン文字。北欧神話の主神であるオーディンが見出したとされる文字群。文字そのものが複数の意味を有し、刻むだけで術式を起動させる魔術的刻印」

「えっと……どういう意味？」

メアリの説明を聞いて、ココは頭上にクエスチョンマークを浮かべて首を傾げる。

どう説明したものかと逡巡《しゅんじゅん》しながら、メアリはベッドに腰をかけて再び口を開いた。

「まず、魔術を行使するには、精神的なエネルギーが必要になってくる。魔術においては魔力、もしくはオド。天使術ではマナ。呼称は違っても、どちらも本質は同じ」

「確かに授業でも『天使術の行使にはマナが必要』って言ってたわねぇ」

ココはうんうんと頷《うなず》きながら相槌《あいづち》を打つ。メアリは続けて、

「次に術式と呼ばれる精神の回路に魔力を注ぐことで、はじめて魔術は発動する。このトリガーとなるのが、呪文、あるいは聖句などの力ある言葉《パワー・ワード》を唱える動作——つまり、詠唱」

「ふむふむ……んん？」

ココはつらつらと流暢《りゅうちょう》に説明を続けるメアリに、感心した様子で首肯する。

しかし、徐々に首を傾げていき、最後には表情から余裕の色が消え失せていった。

「術式とは機関そのもの。魔力を注げば、魔術が発動する、詠唱はそのためのトリガー」

「えーっと……つまり、どういう意味?」

完全にお手上げだと目を泳がせながら言うココに、メアリはポケットから真鍮《しんちゅう》製のオイルライターを取り出す。彼女の意図が分からず、ココは更に首を傾げてしまった。

「難しく考える必要はない。たとえば、このライターはヤスリを回転させると火打ち石《フリント》から摩擦で火花が散り、燃料に浸された芯《しん》に着火して火が灯《とも》る。つまり——」

メアリがヤスリを回転させると、ライターに火が灯る。何度かこの動作を繰り返しながら説明を続けていると、ココはぱっと表情を明るくして声を上げた。

「なるほど! これを魔術に置き換えると、ヤスリや火打ち石といった装置部分が術式で、燃料は魔力。そして、ヤスリを回転させるという動作そのものが詠唱——つまり、動力である燃料《魔力》を充塡し、ヤスリを回転《詠唱》すれば、火が灯る《魔術が発動する》ってことね」

言わんとすることをココが先んじて口にすると、メアリは小さく頷《うなず》いて肯定する。

彼女は魔術に関しては素人同然だが、頭はそれなりに切れるらしい。それが諜報員《ちょうほういん》として培ってきた能力かは定かではないが、知識を授ければ最低限の働きは見込めそうだ。

「話を最初に戻すけど……ルーンは、文字そのものが圧縮された術式。たとえば、さっき使ったAnsur《アンスール》は智慧《ちえ》、Ken《ケン》は火もしくは松明《たいまつ》、Peorth《ペオース》は秘密、Eolh《エオロー》は保護を意味している。わたしは上記のルーンを組み合わせて『松明の火と智慧で隠された秘密を暴き、外部からの干渉から保護する』という術式を組み上げた」

「へぇ、文字一個だけで術式になっちゃうんだ。便利なのねぇ」

ルーンは刻むだけで効力を発揮して組み合わせることで異なる術式を生み出し、一度刻まれたルーンは削り取られるなど刻印が形を失うまで効力を発揮する。

長い詠唱を必要とせず、最低限の動作で術式を行使できるため、帝国式魔術においてルーンは根幹となる技術とも言える。また、口で唱えることで効果を増幅させるガンドラ律や唾や水といった透明な液体で相手に気づかれないようにルーンを仕込む密刻印《ルーン・ガンドウル》といった手法も存在する。だが、それは蛇足になるので、メアリは口を閉ざした。

「他に、何か質問は？　任務に当たる前に、なるべく不安要素は排除しておきたい」

「えっと……じゃあ、もうひとつだけ」

ココはメアリから尋ねられると、控えめな所作で挙手した。本音を言うと「無口そうに見えて、意外と喋《しゃべ》るのね」などと口走りかけたが、寸前で別の問いを投げかけた。

「魔力とマナは呼称が違うだけで同じ物って話だったけど、どうして呼び分けているの？」

同じ物を異なる名称で呼ぶことは文化の違いとも言えるが、メアリの語り口に僅《わず》かな違和感を抱いてしまった。

「聖書においても魔術師の起源は、聖職売買《シモニア》を持ちかけた邪術士のことを指す。だから秘蹟者《サクラメント》は魔術師と同列に語られないように、『魔術師は邪《よこしま》な術を扱う異端者で、逆に自分たちは神から正しい秘跡を授けられた者』と主張している」

「同じような力を使っているのに、一緒にされたくないの……？」

メアリが端的に答えると、ココは要領を得ない様子で首を傾げた。

「そもそも、魔術師と秘蹟者《サクラメント》は基本理念から相容れない。天使術とは己に内在する守護天使を介して、神々の上層世界である原型界《アツィルト》に至り、完全なる人《アダム・カドモン》を目指すための手段」

メアリが「カバラの四層世界の概念は分かる？」と尋ねると、ココは真剣な顔で頷《うなず》く。

「これに対して魔術とは神格という上層世界の概念に接続し、己が最下層の〈活動《アッシャー》〉にいながら神の力を引き出して行使するもの。つまり、天使術とはあくまで目的に対する手段だけど、魔術の行使はそれ自体が目的そのものになる」

秘蹟者も魔術師も人間である以上、最下層の活動からスタートするが、自らの存在を昇華させ上層世界への到達を目指す秘蹟者に対し、魔術師は最下層に留まりながら上層世界の力を引き出す。それは秘蹟者にとって最上の存在である神を最下層に引きずり下ろし、世界の理《ことわり》そのものを破壊しかねない所業である。

「天使術はあくまで人間が神に近づくための手段だけど、魔術は人が人でありながら神の力を借りる……あちゃー、なるほど。そんな不遜《ふそん》な考え、アグネス教徒は看過できないわね」

メアリの説明を聞き、ココは苦笑しながら納得していた。

聖書における楽園追放や神の怒りに触れた都市《ソドムとゴモラ》の滅亡然り、人間が不遜に神に近づけば必ず裁きが下るというのがアグネス教の教義である。人間が人のまま神が如き力を手にしようという魔術師の在り方は彼らにとって許されざる堕落であり、秘蹟者と魔術師は決して相容れない。

「魔術と天使術が似たようなものなら、魔術師と秘蹟者の強さも同じくらいなの？」

「それは、難しい質問。術者の実力は、魔力量や技量、術式の相性で変動するけど……仮に術者同士の能力が同等と仮定すると、単純な出力では秘蹟者に軍配が上がる」

ココの素朴な疑問に、メアリは歯切れの悪い答えを返す。

「魔術師は術式を用いて神格から力を引き出し、術者の望む事象を展開する。これに対して秘蹟者は守護天使――己に内在する神格から直接、力を引き出せる。神格と肉体と直接結びついているから術式のプロセスが単純化され、低燃費かつ高出力で力を行使できる」

「ええっ!?　じゃ、じゃあ……結局、秘蹟者の方が強いってこと？」

大仰に驚くココに対し、メアリは小さく頭を振って淡々と説明を続ける。

「無論、帝国もただ手をこまねいていたわけじゃない。出力の差を克服するために帝国軍が開発したのが、神々の偉業を宿した遺物――秘蹟者がいうところの聖遺物――を魔術師の肉体に移植することによって、飛躍的に術式の出力を向上させる人神核《じんしんかく》というシステム」

人神核の採用により現在、魔術師と秘蹟者のパワーバランスは拮抗《きっこう》している。

魔術師は他国にも存在するが、人神核という革新的な技術を生み出した帝国だけが秘蹟者《サクラメント》という人間兵器を擁《よう》する教国と対等な関係として肩を並べているのが現状だった。

「じゃあ、メアリちゃんも……その、人神核を？」

強張《こわば》った表情でおそるおそる尋ねるココに、メアリは小さく頷《うなず》いて肯定する。

メアリの所属する第三十九魔術師団こそ、人神核の実戦運用を目的とした『人神計画』のために結成された実験部隊であり、当然、メアリもその被検体である。

「ちなみになんだけど……メアリちゃんには、どんな聖遺物《もの》が？」

「それは、答えられない。人神核の詳細は、私たちにとって重要な情報――『弱点を教えて欲しい』と言っているようなもの。私以外の相手には絶対、口にしないほうがいい」

興味本位で尋ねるココに、メアリは「最悪、殺されても文句は言えない」真顔で釘を刺す。

「あはは、気をつけます……って、笑い事じゃないわね」

メアリからさらっと重い内容を告げられ、ココは思わず苦笑した。

「……あとはこの部屋を活動拠点にするにあたって、私の使い魔――フギンを常駐させる」

メアリが「来て」と命じると、フギンは窓枠から飛び立ち、メアリの肩に降り立った。

「この子、フギンって言うんだ……よろしくね、フギンちゃん。いや、フギンくん？」

メアリの肩に停まるフギンに、ココはおそるおそる話しかける。

「そういえば、メアリちゃん。使い魔っていうのは、魔女の使役する黒猫……みたいな感じ？」

「細かく説明すれば違いはあるけど、今はその認識で構わない。使い魔は魔術的に構成された疑似生命体。術者――フギンの場合は私――の操作やあらかじめ定められた命令に従って動く」

多少は慣れたのか、フギンを興味津々と観察するココに、メアリは説明を続ける。

「フギンは私の使い魔だけど、他の人間も魔力を登録すれば一部の機能を使用できる」

「ん？　登録……って？」

「説明するより、実際にやった方が早い」

メアリが目配せすると、フギンは急にココの肩へと飛び移る。

「わっ、ビックリした！　え？　これ、どうすればいいの!?」

「大人しくしてて。今からあなたの魔力をフギンに覚えさせる」

どうすればいいか狼狽《うろた》えるココに、メアリは淡々と告げた。

フギンはココの瞳《ひとみ》をじっと見据え、やがて用は済んだと言わんばかりにメアリの元へ戻る。

「これであなたはフギンを介して、私と通信することができる」

「通信？　それってどういう――」

メアリがなにを言わんとしているのか分からず、ココは怪訝《けげん》な顔をするが、

『それは、こういうこと』

ココの頭の中に直接、メアリの声が響く。ハッとしてメアリを見遣《みや》るが、唇は動いていない。

つまり、メアリは言葉を介さず、フギンを介してココの脳内に直接語りかけている。

「頭の中に直接――なるほど、ESP《超感覚的知覚》でいう念話《テレパス》みたいなものかしら?」

『これなら第三者に会話を聞かれることもない。さっきの探査で盗聴の危険性も排除済み』

「いやー、魔術って本当に便利ね。じゃあ、今後もよろしくね、フギンちゃん?」

ココは感心したように呟《つぶや》き、メアリの肩に停まるフギンに笑いかける。

しかし、フギンは逃げるように飛び立ち、窓枠へと戻っていった。

ココは「フラれちゃった」と冗談っぽく舌を出し、おもむろに机に向かって歩き出す。

机の前に立ったココは引き出しを開け、一見するとなんの変哲もないキャンパスノートを取り出した。

「それじゃ、顔合わせも済んだところで……お近づきの印にどうぞ」

ココはメアリの前まで歩み寄り、先ほどのノートを差し出してくる。

メアリが表紙に『数学』と科目が記されたそれを受け取り、じっと観察するように眺める。

「今回の任務における資料よ。表向きは、ただの学習ノートだけどね」

メアリの疑問を代弁するように、ココは悪戯《いたずら》っぽくウィンクする。

手渡されたノートにメアリが目を通すと、確かに内容は授業をまとめたものだった。だが、ここに帝国式の暗号を当てはめると、作戦に関する情報として読み解くことができる。

「まず、目を通して欲しいのは、今回のターゲット――〝星《シュテルン》〟についてね」

〝星〟――即《すなわ》ち、今回の任務における暗殺対象を暗喩《あんゆ》する隠語を口にすると、ココは自分自身のメモに視線を落としながら説明を始める。

メアリもベイバロンからは「ターゲットの情報は現地で手に入れろ」と言われていたので、今日まで名前はおろかその姿さえ知らなかった故に黙々と情報を頭に叩《たた》き込んでいく。

メアリがターゲットの情報が事細やかに記載されているページをめくっていると、不意にココが一枚の写真を差し出してくる。

「彼女が今回のターゲット――ステラ・マリス。教皇庁が擁《よう》する二十二代目〈神羔《しんこう》の聖女〉よ」

メアリは写真越しに仏頂面で睨《にら》みつけてくる少女に見覚えがあった。それも当然のこと。

今回の任務における暗殺対象こそ、ついさっき中庭で出会った少女その人だった。

メアリは彼女が自分の殺すべき相手だったと知り、写真を見つめながら「皮肉なものだ」と胸中で独りごちる。

「どうしたの？　なにか気になることでもあった？」

ココはメアリの反応を不思議に思ったのか、怪訝《けげん》そうに顔を覗き込んでくる。

「……いや、別に」

メアリは小さく頭を振って答え、写真に写るステラを改めて見る。

表情に乏しい能面のような顔は、ころころと目まぐるしく表情を変えていた彼女とは程遠いものだった。その差異に違和感を抱いたが、一瞬のうちに胸の奥へとしまい込む。

『殺すべき相手とふたりきりだったなんて――本当に、皮肉な話』

件《くだん》のターゲットを助けたばかりか、あまつさえふたりきりで会話していたなんて。

少なくともココに話すことはできない、とメアリは胸の内に秘めることにした。

メアリは動揺を悟られぬように資料を読み進めるが、そこには気になる記述があった。

〝入学以来、対象はひとりの例外を除き、学園で孤立を貫いている。その没交渉な生活はある種の信念を感じるもので、彼女に近づく上で避けて通れない点となっている〟

「ちなみにひとりの例外、というのは？」

「それは行動を共にしている付き人──この学園において〈騎士《ダーマ》〉と呼ばれる存在よ」

ココの口から〈騎士〉という単語が出ると、メアリはドリスとの会話を思い出していた。

「さっきも耳にしたけど……〈騎士〉について、教えて欲しい」

「有り体に言えば、特待生みたいなものね。後ろ盾のない修道院出身の人間は、聖女に取り入って〈騎士〉に選任してもらうのが出世ルートだって話もあるくらいだし」


聖アグヌスデイ学園に在籍する聖女は入学時、もしくは入学後に付き人を指名できる制度が存在する。かつては聖女が私的に世話係や護衛を選任していたが、後に学園側が正式な制度として制定した。

〈騎士〉は入学試験の免除、進級および卒業までの単位免除、学費の免除、内申点の加算、進学への特別推薦、幹部生として教皇庁への就職斡旋《あっせん》など様々な特権が与えられる。

「聖女と、騎士……」

メアリはココの説明を聞くと、資料に目を落としながら呟《つぶや》きを漏《も》らす。

学園における騎士制度。端から見れば中世の騎士物語のように華やかだが、利権に絡めば綺《き》麗《れい》事では済まないだろう。それが外界から隔離された場所ならば尚更にだ。

「この学園では聖女がヒエラルキーの頂点だけど、〈騎士〉はそれに次ぐ位置ってことね。教師であろうと聖女や〈騎士〉には口出しできないから、一般生徒からも特別視されているのが現状ね」

「生徒と教師なのに、立場が逆転してる」

「生徒は生徒でも相手は教国の至宝で、世界に十人しかいない聖女様ですもの。教師といっても突き詰めれば、単なる信徒のひとり。口出しできる立場じゃないってことね」

率直な意見を述べるメアリに、ココは苦笑いを浮かべて続ける。

「特に生徒会長のウルスラは、一番厄介な人物だから絶対に逆らわないで。〈神旗の聖女〉であり生徒会長でもある彼女は、文字どおりこの学園の実権を握っている要注意人物だから」

「そこまで厄介な人物なの？　今日、生徒会室に呼ばれて、話をしたけど」

メアリはココの言葉を聞き、平然としたまま口を開く。

ユディトからは生徒会長と紹介されていたが、聖女のひとりだとは知らなかった。

「ええっ!? もしかして疑われてる!? いや、わたしも学園に来た初日は生徒会に呼ばれたからそういうわけじゃないかもしれないけど……それで、具体的にどんな用件だったの?」

「別に。ただ世間話をしたくらい。素性を確かめる意味合いがあったかもしれないけど、抜かりなく答えられたと思う」

メアリの言葉を聞いて、ココは眉間《みけん》にシワを寄せて考え込む。

彼女の口ぶりからすると、他の生徒も同様の対応をされているようだった。

「質問がある。誰が聖女なのかという情報は、学園の人間なら誰でも知ってるの?」

「基本的に誰がどの聖女かって情報は開示されてるけど、例外は〈神羔《しんこう》の聖女〉だけね。それは彼女が担っている役割が関係してるんだけど……」

自身の命を代償に奇蹟を起こす〈神羔の聖女〉。その役割の本質は生贄《いけにえ》に他ならない、だからステラが〈神羔の聖女〉という事実は表向きには伏せられている。

だが、人の口に戸は立てられない。ココが既に情報を摑《つか》んでいるように、一部の人間ならば知りえる情報——つまり、公然の秘密ということだ。

「なるほど。なら基本的に、聖女は他の生徒たちにも認知されている……ということ?」

「認知というよりも、神格化ね。この学園では聖女がヒエラルキーの頂点に君臨してるわ。今回のターゲットである〈神羔の聖女〉の他にも〈神域の聖女〉、〈神焔《しんえん》の聖女〉〈神餐《しんさん》の聖女〉、〈神心《こうしん》の聖女〉、そして〈神旗の聖女〉が学園には在籍してるけど……中でもウルスラは特別よ」

学園に在籍する六人の聖女。その中でも注意すべきなのが生徒会長でもある〈神旗の聖女〉――ウルスラ・レドゥホフスカヤなのだとココは忠告する。

「ウルスラは教皇に次ぐ権力者であるレドゥホフスカヤ枢機卿《すうききょう》の息女。学園側が彼女の統治を全面的に支持しているのも、一説では教皇が斃《たお》れた後の後継者に据えるつもり……なんて噂《うわさ》もあるくらいなんだから」

「でも、件《くだん》の枢機卿は、現教皇を支持してる穏健派。そんな可能性は低いと思うけど？」

メアリが疑問を口にすると、ココは苦笑交じりに答える。

「だから、これはあくまで信憑性《しんぴょうせい》のない噂話よ。でも、それくらい、彼女は危険ってことね」

ココはあくまで冗談半分で言っているが、メアリはそれを与太話と笑い飛ばすことはできなかった。教皇に次ぐ権力者の娘という立場に加え、聖女という奇跡の象徴。

確かにこの肩書きだけでも、次代の統治者としてある程度のカリスマは補償されている。

「たとえば聖女は自由に〈騎士〉を選任できるんだけど、他の聖女がひとりからふたりくらいなのに、ウルスラの場合は十人もの〈騎士〉を選任してる」

「つまり、彼女はそれだけのカリスマを有している」

「ええ。それほどに、彼女に心酔している人間は多い」

ココは片目を瞑《つぶ》って「文字どおり『命を捧げてもいい』ってくらいね」と嘆息する。

「疑問がある。この学園にいる聖女はすべて〈騎士〉を選任しているの？」

「原則的にはそうだけど……例外なのは〈神餐の聖女〉くらいかな。彼女は誰も〈騎士〉を選任していないし、貴賓寮にも住んでいない。まあ、そんな聖女は彼女に限った話で、今回のターゲットである〝星〟はひとりの〈騎士〉を選任しているわ」

つまり、一部の例外を除いて、基本的に聖女と〈騎士〉はペアということになる。

聖女の暗殺を行う上で、これは無視できない要因となるだろう。

「彼女の名前はエリザベス・ロザリウム。教皇庁から派遣された秘蹟者《サクラメント》で、この学園に籍を置いている生徒でもあるわ」

「教皇庁の秘蹟者、というのは厄介」

「彼女は代々、教皇庁に仕えている名家の出身みたい。〝星〟とは年齢も近いこともあって、幼い頃から世話係として側にいるらしいわね」

メアリはココの言葉を聞きながらノートのページをめくっていく。

ステラに関する記述の次には、件《くだん》のエリザベスについての情報が記載されていた。

エリザベス・ロザリウム。ロザリウム家とは、教皇庁における最高戦力〈使徒十二聖《しとじゅうにせい》〉に名を連ねる人間を多く輩出してきた教国の名家である。次期当主と名高いエリザベスの姉は既に秘蹟者として多くの功績を掲げていて、次代の十二聖候補とさえ囁《ささや》かれている。帝国軍に所属するメアリにとって、ロザリウムという家名はそういった意味も持つ。

ココの説明に耳を傾けつつ、メアリは中庭でステラが口にした言葉を思い返していた。

『リザっていうのは、あたしの〈騎士〉で――』

エリザベスという名前の愛称は、リズやリザといったものが一般的だ。

あの時、ステラが口にした人名は、このエリザベスを指していると見て問題ないだろう。

「任務を遂行する以上、彼女は無視できない存在ね」

「少なくとも真正面からやり合うよりも、護衛の目をかいくぐって始末した方が安全」

護衛のエリザベスがいる以上、暗殺には慎重を期さなければならない。

リスクを覚悟で強硬手段に打って出てもエリザベスの目がある以上、成功率は格段に下がる。上手く彼女を始末できても、その後に本命のステラに逃げられてしまえば元も子もない。

「だから私は〝星〟の友人として接近して、護衛の目をかいくぐる」

「うん。それが現状では一番だと思う」

「だけど……ひとつだけ問題がある」

ココはここまで淡々と作戦について話してきたメアリが深刻そうな表情になると、固唾《かたず》を飲んで続きを待つ。〈死神〉の名で恐れられる凄腕《すご》のエージェントがここまで深刻そうな素振りを見せる以上、相当な問題点なのかもしれないと身構える。

「そもそも――同年代の子と、どうやって仲良くなればいいの？」

「……へ？」

メアリが険しい表情のまま重々しく告げると、ココは気の抜けた声を上げてしまった。

「えっと……普通に趣味や日常生活とか、そういう話題で仲良くなればいいんじゃない？」

「ごめんなさい。私には、その〝普通〟が分からない。これまで同年代の子と一緒に生活したことはないし、趣味と呼べるものも特に思いつかないから」

ココは苦笑交じりに無難な提案をするが、メアリの表情は曇ったままだった。

これまで帝国軍に所属する魔術師として任務に明け暮れていたメアリにとって、ココの言う普通という概念は未知の代物だった。

「だから授業を受けたこともないし、学校という場所にも初めて通う。あなたの言う〝普通〟の定義が、私にはわからないの」

メアリとしては素朴な疑問を投げかけたつもりだったが、ココは言葉を失っていた。

ココが抱くものとメアリの中にある普通という概念は、きっと異なるものなのだ。

同年代の人間が教室で一緒に授業を受けるというごく当たり前のことも、きっとメアリにとっては未知の領域なのだろう。

そんな彼女が戸惑いを覚えてしまうのは当然で、ココは改めて目の前の人物が冷酷無比な死神などではなく年相応の少女なのだと理解し――気づけばメアリの手を取っていた。

「メアリちゃん！」

メアリは急に手を握られ、びくっと身体を震わせる。もっとも驚いたのではなく、反射的に手を振り払ってカウンターの目潰《めつぶ》しを放とうとする自分を制止するためにだが。

「……ッ、急にどうしたの？」

メアリは爛々《らんらん》と目を輝かせるココを目の当たりにし、困惑気味に尋ねる。

「わたし、頑張るから！　そういうことは、お姉ちゃんにドーンと任せておきなさいっ」

ココは鼻息荒く熱弁するが、呼び方も何故かちゃん付けに変わっている。

「とりあえず、お姉ちゃんと作戦会議しようね？　ね？」

「離れて。顔が近い」

メアリは鼻息荒く迫って来るココの顔を押し退け、辟易《へきえき》しながら言う。

最初のように変に恐がられても困るが、今度は逆に距離が近すぎる。かといってきつく注意して、また振り出しに戻るのも面倒臭い。どうしたものかと考えた結果、最終的にお姉ちゃんを自称するココを諦念《ていねん》と共に受け入れ、その日はベッドに潜り込む。

そんなふたりの姦《かしま》しいやり取りをフギンはじっと見つめているのだった。

# 第二章　お友だち大作戦

*Keyword*

## 【秘蹟者《サクラメント》】

己に内在する守護天使を介して、神々の上層世界である原型界《アツィルト》に至り、完全なる人《アダム・カドモン》を目指す術理——天使術を修めた者の総称。

秘蹟者の多くは教皇庁に所属し、その中でも教理の番人と称される検邪聖省が擁する〈使徒十二聖〉は教国の最高戦力として国内外に多大な影響力を有している。

秘蹟者は表向きに軍事力を持たない教国にとって要となる戦力で、単身で戦車や戦闘機を圧倒する埒外の戦闘力は他の列強各国からも危険視されている。

# 1

翌日の朝。メアリは少し早めに登校して、職員室を訪れていた。

今日から正式に学園の生徒になるので制服を着ているが、学生のごっこ遊びをしているような気分になっていた。生まれてこの方、軍服以外の制服に袖を通したことがなく、学生服という文化に初めて触れるためか違和感が拭《ぬぐ》えない。

メアリは職員室に入ると、目的の人物であるユディトの姿を探した。

初日の今日は、ユディトと一緒に教室に向かうことになっている。

「おはようございます、ユディト先生」

「あら、ごきげんようマクダレンさん」

メアリが声をかけると、授業の準備をしていたユディトが振り返る。

「昨日はごめんなさいねぇ。ほら、大陸の言葉でも『三十六計逃げるに如かず』って言うじゃない？　あれは戦略的撤退というかなんというか……」

ユディトはメアリを見るなり、申し訳なさそうに顔の前で手を合わせた。

「お気になさらず。パンフレットの出来が良かったので、ひとりでも迷いませんでした」

メアリはさして気にする様子もなく、淡々と言葉を返した。

ユディトはメアリの反応を見て安堵《あんど》の息をつくと、「そういえば」と話を切り出す。

「そういえば――マクダレンさんは秘蹟者《サクラメント》候補生よね？　どの程度、天使術が使えるの？」

秘蹟者が身に宿す守護天使には四つの形態が存在し、天使術と同様に守護天使も経験を積むことで技能の習熟《レベルアップ》――位階の昇華が可能になる。

第四位階の〈活動《アッシャー》〉は初期位階で五感や身体能力の強化等、天使の力を限定的に使用できる。この状態でも魔術的な要素がない武器では、秘蹟者の肉体に傷を与えるのは難しい。

第三位階の〈形成《イェツィラー》〉は天使の属性に応じた能力が行使可能になる。象徴器《アトリビュート》と呼ばれる天使固有の道具が顕現可能となり、この位階から高度な戦闘能力を発揮できる。

第二位階の〈創造《ベリアー》〉は像《ビジョン》と呼ばれる天使のエーテル体を具現化させ、天使の固有能力である権能を行使することが可能になる。権能とはいわば秘蹟者にとっての切り札であり、その能力は天使が持つ伝説や聖書における記述によって左右される。

第一位階の〈元型《アツィルト》〉は秘蹟者の到達点。守護天使と完全なる同調を果たし、あらゆる罪悪から解き放たれた原初の人《アダム・カドモン》の領域に足を踏み入れた状態。この位階に達した秘蹟者は天使と同等の存在となるとされるが、実在しているのかも怪しい眉唾物《まゆつばもの》の位階でもある。

また、天使術の定義を魔術に強引に当てはめると、〈活動〉位階が通常の魔術に該当するらしい。つまり、〈活動〉位階と称していれば、最低限の魔術を行使しても「〈活動〉位階の天使術である」とごまかしが利くというのがメアリの見解だ。

位階についての質問は想定内だったので、メアリは事前に用意していた回答を口にした。

「はい。一応、現在の位階は〈活動《アッシャー》〉ですが」

「うんうん。そこで注意なんだけど、基本的に授業以外で天使術の使用は禁止なの。と、いっても……自主的に鍛錬に励む生徒も多いし、ほとんど形骸化《けいがいか》してる校則なんだけどね」

「それは……教師が言っていいこと、でしょうか？」

「あはは、マクダレンさんは真面目ねぇ。でも、いいのいいの。技術っていうのはある程度の知識を得たら、あとは実際に使って磨いていくものだから」

あまりにもあけすけにユディトから言い放たれ、メアリは返す言葉に困ってしまう。

ユディトは楽しそうにけらけらと笑い、「流石に遅刻しそうだから身体強化でばびゅーん、とかはダメだけどね」とつけ加える。昨日、ステラを助けるためにやむなく術式を使ってしまったが、どうやらその程度は問題ないらしい。

「でも、気兼ねなく天使術が使いたいなら、生徒会に許可を取るのもアリね。うちの学校、申請すれば生徒間の決闘もオッケーだし、生徒同士が切磋琢磨するのは良いことよね。わたしも在学中はそれなりにやんちゃしたものよ」

ユディトの話をどこまで信じていいのか分からないが、授業以外でもある程度の術式行使は目を瞑《つぶ》ってもらえるようだった。

無論、メアリの扱っている術式は帝国式の魔術なので、大々的に使用するわけにはいかない。それでも学園側の人間から、そういった情報が聞けたことは思わぬ収穫だった。

しかし、今までの話で、少しだけ気になる箇所があった。

「もしかして……先生は、この学園の生徒だったのですか？」

「ん？　ああ、言ってなかったっけ。一応、ここの卒業生だけど──あら、もう時間ね」

ユディトは質問に答えようとするが、卓上に置かれた時計を見て声をあげる。

メアリと世間話に興じているうちに、始業時間が迫っていたらしい。

「こっちも準備終わったし、そろそろ行きましょうか」

ユディトは教材や出席簿を手に取り、メアリを連れて教室に向かっていく。

道中で他愛もない会話を交わしつつ、メアリは編入先のクラスの前へと辿《たど》り着いた。

教室の中からは、生徒たちの賑《にぎ》やかな話し声が聞こえてくる。

「じゃあ、わたしが合図をしたらマクダレンさんは入ってきてね？」

ウィンクをして教室内へと入っていくと、ユディトは中にいる生徒たちへ朝の挨拶《あいさつ》を交わしていく。やや乙して教壇に立っていたユディトが、開けたままの扉の外に立つメアリへ目配せして「中に入ってきて」と手招きをする。

「さーて、本日はみなさんに編入生を紹介します！　マクダレンさん、こちらへどうぞ」

メアリがユディトに促されるまま教室の中へ足を踏み入れると、たった今まで沸き立っていた生徒たちが一斉に口を閉ざして視線を向けてくる。

「今日からクラスの仲間になるメアリ・マクダレンさんです」

メアリが好奇の視線に晒《さら》されながら教壇の下までやって来ると、ユディトは教壇から降りて自己紹介するように促した。

「メアリ・マクダレンです。よろしくお願いします」

メアリは教壇に上がりクラス全体を見渡して、淡々と自己紹介を始めた。

最低限の挨拶《あいさつ》にもかかわらず、いまさっきの静寂が嘘《うそ》のように盛大な拍手が返ってきた。

「彼女はまだ学園に来てから日が浅いので、みなさん仲良くしてあげてくださいね。じゃあ、マクダレンさんの席は――」

ユディトはメアリの自己紹介を締めくくり、クラスメイトたちは口々に歓迎の言葉を口にする。メアリは小さく会釈し、促されるまま空席だった窓際の席に腰をかける。

その視界の先――最前列に先日遭遇したステラの姿があることを確認する。

クラスメイトたちがメアリに好奇の視線を向ける中、ステラだけは我関せずといった表情で窓の外を眺めていた。しかし、時折視線を向けてくるあたり、興味はあるのかもしれない。メアリが観察を続けていると、不意にステラと目が合ってしまった。

「――――ッ!?」

ステラはメアリに気づき、あからさまに狼狽《うろた》えた表情で身体を硬直させた。

「…………？」

メアリはステラの真意が読み取れずに首を傾げる。

昨日とは随分と態度が違うようだが、なにか気に障るようなことをしたのだろうか？

本人に直接確かめるため、メアリは休み時間を待ってステラの席を訪ねることを決める。

一限目の授業が終わり、席を立とうとしたタイミングでメアリは声をかけられた。

「やあ、ごきげんよう。少し、話いいかな？」

メアリが視線を向けると、そこにはひとりの女生徒が立っていた。

短く切り揃えられたダークブロンドの髪と、大粒の翠玉《エメラルド》を連想させる緑の瞳《ひとみ》。

身体のラインは女性らしいしなやかな曲線を描きつつ、中性的で涼やかな麗貌《れいぼう》を湛《たた》える姿は『まるで絵本の世界から飛び出てきた王子様』という印象である。

「はじめまして、メアリ。学園へようこそ。僕はジェシカ・フランソワ。このクラスで級長を任されている。気軽にジェシーって呼んでよ」

ジェシカと名乗った生徒は、友好的な笑みを浮かべながらメアリに右手を差し出す。

どうやら彼女は級長として、編入生であるメアリに声をかけてくれているようだった。

「はじめまして。私はメアリ・マクダレン。よろしく、ジ、ジェ、ジェシカさん」

「ははは、ジェシーで構わないのに。メアリは照れ屋さんなのかな？」

メアリは自らの名を告げて握手に応じる。ジェシカは愛称でなく名前で呼ばれたことが少し不満そうだったが、さして気にする様子もなくふたりはそのまま握手を終える。

その様子を見守っていたクラスメイトたちは新たな仲間を祝福するように喝采《かっさい》を送り、ジェシカの歓迎の挨拶《あいさつ》を皮切りに多くの生徒たちが一気にメアリへ殺到していく。

「メアリさんって何歳なの？」「好きな食べ物は？」「いつ頃ここへ来たの？」「趣味は⁉」

クラスメイトたちは編入生の存在がよほど珍しいのか、誰も彼もが興味津々に目を輝かせながらメアリに質問を浴びせる。

機関銃《マシンガン》のように容赦なく投げかけられる問いの嵐に、メアリは辟易《へきえき》してしまう。

「みんな、少し落ち着いて。メアリが困ってるよ」

収拾が付かなくなったタイミングで、ジェシカが窘《たしな》めるように口を開いた。

その瞬間、メアリに殺到していた生徒たちがさっと引いていく。

ジェシカはその様子を見て安堵《あんど》の息をつくと、一同を代表して言葉を続けた。

「この学園の生徒は、教皇領から出たことのない子がほとんどでね。だから、君に興味津々なんだ。でも、悪い子たちじゃないから、良かったら仲良くしてよ」

「善処する」

「あはは！　そうしてくれると助かるよ。さっきも言ったけれど、僕はこのクラスの級長だから、困ったことがあれば遠慮なく頼ってね」

鷹揚《おうよう》に笑いかけるジェシカを見て、メアリは思考を巡らせる。

級長を務めているということは、これからの任務でもなにか役に立つ場面があるかもしれない。ならば関係を良好に保っておいた方が今後のためだろう。

「ジェ、シカ様はとっても頼りになるんだから！　メアリさんの力にもなってくれるはずよ」

「ありがとう。君たちからそう言ってもらえると、級長として鼻が高いよ」

生徒のひとりがメアリとジェシカの会話に割り入ると、ジェシカは笑顔で答える。

だが、メアリはジェシカが同級生から様付けで呼ばれていることに首を傾げてしまった。

「ジェシカ様……？」

「はい！　ジェシカ様はフランソワ大司教様のご息女なんですよ！」

「高貴な生まれにもかかわらず、秘蹟者《サクラメント》としての実力も素晴らしいんだから！」

メアリの呟《つぶや》きが聞こえたのか、取り巻きのたちが嬉々《きき》として声を上げる。

爛々《らんらん》と目を輝かせながら語る様からは、ジェシカや件《くだん》の大司教への深い畏敬《いけい》が感じられた。

「そんなことないって。凄《すご》いのはお父様で、僕はみんなと同じ学生なんだから」

ジェシカは周りから声高に讃《たた》えられると、困ったように苦笑する。

彼女たちの言動をまとめると、ジェシカという女生徒は大司教の息女という立場を見込まれて、このクラスのリーダーに選出されたのだろう。

爵位制度のない教国において、聖職者の位階が為政者のステータスとなる。

大司教は教皇に次ぐ枢機卿《すうききょう》に続く位階で、教国内において有数の権力階級だ。一般市民からすれば雲の上の存在で、その息女となれば向けられる尊敬と羨望《せんぼう》の眼差《まなざ》しの熱さは推して知るべしだろう。

「メアリはアルトのほうから来たんだって？　あそこは長らく帝国軍に占領されていたとか。これまで大変だったね」

「まあ、それなりに」

「なんて痛ましい！　みなさん、お聞きになった？　メアリさんも苦労されたのですね」

「ああ、お可哀想そう……お可哀想に！」

「ですわですわ」

経歴について既に聞き及んでいるのか、ジェシカは痛ましそうにそっと目を伏せる。

会話を聞いていた周囲の生徒たちも、メアリへの同情を口にしたが、その姿を見たメアリはなんとなく彼女たちが近づいてきた理由を察した。

さっきのジェシカが口にしたように、この学園の人間は刺激に飢えているのだろう。

教国の外の世界を知る機会を与えられず、鳥籠《とりかご》のような閉じた学園で日々を暮らす彼女たちは文字どおり籠の鳥だ。特にジェシカのように高い身分の生まれは、蝶よ花よと愛でられ純粋培養の教徒として育てられてきたのだから。メアリのように外から招かれた人間は、そんな彼女たちにとってゴシップ代わりに消費できる刺激的な娯楽なのだろう。

「そうだ！　よかったらお昼休みは一緒に食事でもどうかな？　みんなもきっと、メアリの話を聞きたがってると思うし」

「ごめんなさい。昼休みは、予定がある」

「そっか。仕方ないね。じゃあ、放課後はどうかな？」

「ごめんなさい。放課後も用事がある」

「ははは！　そっか。メアリは忙しいんだね」

なおもめげることなく誘ってくるジェシカにも、メアリは屹然《きつぜん》と断り続ける。

ジェシカ本人は特に気にしている様子もなかったのは幸いだが、周囲の取り巻きたちの反応は少し冷ややかだった。しかし、メアリは特に気にすることなく話を切り出した。

「彼女……ステラ・マリスさんについて、少し聞きたいことがあるんだけど」

メアリが視線を向けると、我関せずといった態度で外を眺めているステラの姿があった。

ジェシカはメアリの口から脈絡もなくステラの名前が出ると、驚いたような顔をする。

「メアリは、あの方……ステラ様と知り合いなの？」

「まあ、そんな感じ」

一度会って多少話しただけの相手を知り合いにカウントしていいのか微妙だが、まったくの他人というわけでもない。メアリは深くは語らず、少し言葉を濁しながら答えた。

「凄《すご》いね！　僕、彼女がエリザベスさん以外と話してるところなんて見たことないからさ」

「同じクラスなのに？」

メアリが怪訝《けげん》そうに尋ねると、ジェシカは「面目ない」と苦笑する。

級長のジェシカでそんな有様ならば、ココの資料の信憑性《しんぴょうせい》が増していく。

「あの……悪いことは言わないから、あの方と関わるのは止めたほうが」

ステラの話題になった途端、露骨に表情を曇らせていた取り巻きのひとりが会話に割って入ってくる。

「私、今でも覚えてます。何事かと思って視線を向けると、彼女は義憤に駆られるように語り出した。

たしに関わらないで』って突き放すように言われたんですよ！」

「ちょっと、やめなって……」

「だって!!　ジェシカ様はお優しい方ですので、クラスのみなさんと分け隔てなく仲良くしていらっしゃるんです。だけどあの人は！」

隣にいる取り巻きの制止も聞かず、怒りを露《あら》わにしながら口早に続ける。

どうやらこうしてメアリに声をかけたように、ステラに対してもジェシカは交友を結ぼうと試みたのだろう。

『だけど、〝星〟……ステラはそれを拒んだ。どうして？』

メアリはステラの行動原理を理解するために考えを巡らせるが、納得のいく答えは出てこない。考え込むメアリを見て、ジェシカは慌ててフォローを入れた。

「あれは僕のお節介だったんだから、この話はこれで終わりにしよう。あの方は聖女として、僕たちには想像もできない大きな役目を背負ってるんだから」

ジェシカの口から〝聖女〟という言葉が出ると、それまで怒りを露わにしていた生徒たちの表情が強張《こわば》っていく。このクラスにおいてステラはタブー的な存在だが、彼女たちは意図的に聖女という言葉を避けていた。しかし、どうやらジェシカだけは違うらしい。

「僕がしたことは、不躾《ぶしつけ》な振る舞いだったのかもしれない。今では反省しているよ」

ステラを非難する面々を制するように、ジェシカは表情を陰らせながら言う。

これまでの話を聞いている限り、彼女はそこまで悪い人間ではないのかもしれない。

確かに人によっては余計なお世話かもしれないが、学校というコミュニティにおいてはジェシカのような存在が潤滑剤として必要なのだろう。

彼女が多くのクラスメイトから慕われている理由も朧気《おぼろげ》だが理解できたような気もした。

「僕が傷つく分には構わない。自業自得だからね。だけど、まだこの学園に来て間もないメアリが、気を悪くしてしまわないか心配なんだ」

「心配してくれて、ありがとう。だけど、大丈夫」

こちらを気づかうようにジェシカが言うが、メアリはそのまま席から立ち上がる。

メアリが急に席を立つと周囲の生徒たちも何事かと顔を見合わせるが、当の本人は構うことなく教室内を闊歩《かっぽ》し始めた。向かった先は――ステラの席だった。

「少し、いい？」

「……へ？」

メアリはステラの席までやって来ると、躊躇《ためら》いもなく声をかける。

ステラはぼんやり窓の外を眺めていたが、やや数テンポ遅れてメアリの方へ顔を向けた。

「な、なにか用かしら？」

ステラはメアリの来訪に動揺して、緊張に声を上擦らせながら用件を尋ねる。忠告を無視して真正面から対面するメアリを、クラスの面々は緊張の面持ちで見守っていた。

「偶然。まさか、同じクラスだったなんて」

「……なんのこと？」

メアリは教室中の視線が注がれているとは知らず、ステラを見据えながら真顔で言う。

しかし、ステラの反応は淡泊で、彼女は視線を逸《そ》らしたまま素っ気なく言葉を返した。

「あたしたちは、はじめまして、、、、、——そうでしょ？」

ステラは念を押すようにメアリに問うが、彼女の言葉には有無を言わさない迫力——明確な拒絶の意——が込められている。

どうやらステラの中では、先日の出来事はなかったこと、、、、、になっているようだった。

「いや、初対面じゃない。昨日、中庭で……」

だが、メアリはステラの迂遠《うえん》な言い回しを意に介さず、平然と言葉を返した。

「ちょっと!?　そこは空気を読みなさいよ!!」

ステラは想定外の反応に、思わず声を上げてしまう。

「空気は読むものではなく、吸うもの。いや、場合によっては使うものかも」

メアリは不思議そうに首を傾げ、ステラを見つめながら真顔で続けた。

「だーかーらー！　そういう意味じゃなくって、言葉の裏を読みなさいよ!?」

「言葉に表も裏もないのでは？」

「あんたねぇ……本音と建て前、って知ってる？」

「ほん・ね【本音】本当の気持ちや考え。また、それを言い表すことば。建前は――」

「めっちゃ詳しいじゃない……って、そういう意味じゃなくって！」

ステラはメアリから返ってくるとんちんかんな反応に、ペースを完全に崩されていた。

露骨に顔を引きつらせ、いい加減に会話を打ち切ろうとするが、

「そんなことより」

「そんなこと!?　とっても重要な話をしてるんだけどっ!?」

メアリはステラの様子を気にすることなく、本題を切り出した。

「ステラ・マリスさん――私、あなたと友達になりたいの」

メアリがぴくりとも表情を動かさず、真顔のまま端的に告げた瞬間。まるで水を打ったよう

に教室内が静まり返る。言葉を向けられたステラでさえも、面を食らい絶句していた。

しかしながら、メアリも伊達や酔狂で、このような申し出をしているわけではない。

学園の生徒として活動する以上、暗殺の現場を見られることを避ける必要がある。

強硬手段では学園の関係者からの横槍《よこやり》が入る可能性が高く、任務遂行時に学園から無事に離脱できる可能性も下がってしまう。常に他の生徒の目がある学園でそれを遂行するためには、然るべきタイミングでの決行が重要になってくる。つまりステラの友人としての立場を手に入れれば、暗殺の成功と学園からの離脱の両方が可能となる目算だ。

「…………は？」

メアリは任務遂行のため至って真面目に言ったつもりだが、ステラを含む教室内の人間はみな同様に「え？」と鳩が豆鉄砲を食らったような表情をしている。

「え？　ええ――――ッ!?」

ステラはしばらく唖然《あぜん》としていたが、我に返るなり素《す》っ頓狂《とんきょう》な声を上げてしまった。

「聞こえなかった？　私、あなたと友達になりたいの。念のため、もう一度。私……」

「そうじゃなくって……ッ!!」

メアリは意味が伝わってないと判断したのか、顔を近づけて念を押すように続ける。

腫《は》れ物扱いされているステラに突拍子もないことを言い放つ編入生に、教室の生徒たちは騒然となる。色めき立つ衆人環視により、ステラの顔は羞恥《しゅうち》で真っ赤に染まっていった。

「きゅ、急にそんなこと言われても困るからっ！」

「……？　だったら事前にアポイントメントを取ればいいの？」

「だーかーらー！　そういう問題じゃないの!!」

ステラが顔を紅潮させながら言うと、メアリは不思議そうに小首を傾げる。

そのやり取りの中で「あ、こいつは話が通じないタイプの手合いだ」と判断したステラは、勢いよく席から立ち上がって眼光鋭く睨《にら》みつけた。

「とにかく！　あたしに話しかけないで……迷惑、だから」

ステラは最初こそ語気を荒らげるが、徐々に勢いが削がれていく。

最後にばつが悪そうな顔になると、彼女は小走りで教室から出て行ってしまった。

「へぇ、驚いたなぁ。ステラ様のあんな反応、初めて見たよ」

ここまで一部始終を見守っていたジェシカは、感心した様子で呟《つぶや》きを漏《も》らす。

他のクラスメイトたちは「だから言ったのに」と声を潜めてささやき合っているが、つい今しがたの光景を見てジェシカはメアリに対する印象を改めていた。

『僕には無理だったけど、彼女ならあるいは――』

ステラに拒絶されてもなお、臆せず立ち向かっていく胆力。それはジェシカにはないもので、良い意味で空気を読まないメアリならばこの現状を打破できるかもしれない。

ジェシカは口元に笑みを湛《たた》え、編入初日から波乱を招く編入生に期待を寄せるのだった。

「……なにがいけなかったの？」

一方その頃。騒動の張本人であるメアリは、不思議そうに首を傾げるのだった。

## 2

翌日の始業時間前。メアリが教室に行くと、ステラは自分の席で本を読んでいる。

メアリはステラを発見すると、昨晩にココと行った作戦会議の内容を思い返していた。

『まずは相手が興味のあることを話題にするのはどうかな？』

ココ曰く、初対面の人間同士で盛り上がるには、共通の話題を作ることが重要らしい。

確かに相手に興味がない場合でも、自分の好きなものに関する話題を振られれば、多少は食指が動くかもしれない。

メアリはステラの席までやって来ると、まずは真顔のまま挨拶《あいさつ》を投げかける。

手にはココが用意した台本のメモ書きが握られていて、これを参考に会話をする予定だ。

「おはよう。今日は良い天気だね」

ステラは窓の外を一瞥《いちべつ》して「曇天なんだけど」と呟《つぶや》き、メアリに冷たい視線を送る。

確かに今日は朝から曇り空が続いている。ココに渡された台本をそのまま読んでしまったのは失敗だったかもしれない。

ステラはすぐに視線を手元の本へと戻してしまうが、メアリはめげることなく続けた。

「それは小説？」

「…………」

「本、好きなの？」

「…………」

メアリがひっきりなしに尋ねても、ステラは答えることなく退屈そうにページをめくる。

——少し話が違う。おかしい。台本では、もう会話を交わしている頃なのに。

メアリは疑問を抱きつつも、ココから教わったテクニックを実践してみることにした。

『もし、相手の趣味に造詣がない場合はどうするの？』

『ふっふーん、そういう時は「興味があるから、オススメを教えてくれない？」って上目遣いで聞けばイチコロよ！』

メアリは得意満面のココを思い出しつつ、「上目遣いとはなんだろう？」と首を傾げる。

「私、あまり本を読まないから。なにかオススメがあったら教えて欲しい」

「はぁ……昨日、言ったでしょ？　あたしには話しかけないで、って」

ステラは露骨にため息をつき、ようやくメアリに視線を向ける。

眉《まゆ》をひそめて声を低くするステラの顔には、明確な苛立《いらだ》ちが滲《にじ》んでいた。

「うん。覚えてる」

「えっ……じゃあ、なんで平然と話しかけてきてるの？」

ステラはメアリが即答すると、想定外の反応に呆れ顔で問いかける。

「それも昨日、言った。私はあなたと友達になりたいから」

平然とメアリが答えると、清々《すがすが》しい回答にステラは言葉を失ってしまう。

ここまで辛辣《しんらつ》な態度で接せられても、どうして諦めないのかと甚だ疑問だった。

「と、とにかく！　もう授業が始まるから自分の席に戻ってなさいよ」

「ん、そうだね。分かった」

ステラはわざとらしく咳《せき》払いをして、強引に話を打ち切る。

始業時間が迫っているのも事実なので、メアリも教室の時計を一瞥《いちべつ》して頷《うなず》いた。

「じゃあ、また来るから」

メアリは去り際に右手を挙げて言うと、そのまま自分の席に戻って行く。

「はぁ……なんでそうなるのよ」

ステラは呆気にとられたように閉口し、最後に大きくため息をつくのだった。


メアリはその後も宣言どおり休憩時間になるたび、ステラの席を訪れたが、ステラの反応は相変わらずだった。最終的に机に顔を伏せて、狸寝入りを決め込む始末である。

しかし、ステラもやはり気にはなっているのか、授業中に何度かメアリを盗み見ていた。

「はーい、時間なので、午前の授業を終わります」

勝負は休憩時間の長い昼休み――メアリは午前中最後の授業中もステラに接触する機会を窺《うかが》っていた。やがて時間になるとチャイムが鳴り、授業を担当していたユディトが号令をかけた瞬間、ステラは号令が終わるなり教室から駆けだしていく。メアリはその後を追おうするが、

「マクダレンさん、ちょっといい？」

不意に授業の後片付けをしていたユディトから声をかけられた。

「なんでしょうか？」

「クラスの子から聞いたけど、あの子……ステラさんと友達になりたいんですって？」

「はい。今日もこれから一緒にお昼を食べる予定です」

メアリはステラを追いたい気持ちを堪《こら》えながら早々に会話を切り上げようとする。

ユディトはどこか複雑そうな表情で、苦笑交じりにメアリを見つめる。

「そっか。なかなか難しい立場の子だけど……仲良くしてくれると、担任としても嬉《うれ》しいかな」

「問題ありません。では、彼女を待たせているので」

「うん、呼び止めちゃってゴメンね。ステラさんは多分、中庭にいると思うから～！」

手を振ってこちらを見送るユディトに会釈し、メアリはステラの後を追い始める。

想定外の事態で距離を離されたが、メアリも帝国で名を馳《は》せたエージェント。素人の追跡など朝飯前である。他の生徒たちの間を縫うように廊下を進んで行くと、小走りで駆けていくス

テラの後ろ姿を発見する。

「ここ、は……中庭？　そういえば、さっき――」

メアリはユディトの言葉を思い出しながら尾行を続けていくと、やがて中庭へと辿《たど》り着く。

中庭には木製のテーブルが設置されていて、そこにひとりの女生徒が座っていた。

たおやかなアッシュブロンドの髪を後ろでまとめている女生徒は、息を切らしながら駆けてくるステラに気づくと驚いたような顔になる。

「はぁ……はぁ……はぁ……お待たせ、リザ」

「ステラ様？　いったい、どうされたのですか」

ステラは息を切らしながらイスに座り、リザと呼ばれた女生徒は心配そうに尋ねた。

「ちょっと面倒臭いヤツに絡まれてね……でも、撒《ま》いてきたから安心して」

「はぁ。面倒、ですか？」

ステラがため息混じりに言うと、リザは不思議そうに首を傾げた。

「聞いて、リザ！　あたしが『もう関わらないで』って言ってるのに、何度も何度も話しかけてきて……あんな子、初めてよ」

「まあ、それはそれは」

ステラは話を聞いてもらいたかったのか、堰《せき》を切ったように話し出した。

怒り心頭といった調子で頬《ほお》を膨らませるステラに、リザはくすっと笑みを零《こぼ》す。

「ちょっとリザ？　なんで笑ってるのよ？」

ステラはリザの反応が不満だったのか、訝《いぶか》しげに目を細め非難するように問いかける。

「そこまでタフな方ならばステラ様とお友達になってくださるかも、などと思いまして」

「どういう意味？　言ったでしょ。あたしは……友達なんて、作らない」

「そう、でしたね……」

ステラが表情を曇らせながら言うと、リザもまた少し悲しそうな顔で目を伏せた。

「だって――あたしにはそんな資格、ないんだから」

ステラが悲しげな顔で呟《つぶや》いた瞬間、いつのまにか背後に立っていたメアリが声をかける。

「あなたはいつも、ここでお昼を食べてるの？」

「ええ、そうよ……って、うわぁ!?」

ステラは声をかけられてようやくメアリに気づき、悲鳴を上げながら席を立つ。

「で、出たわね！　確かに振り切ったと思ったのに、なんでついてきてんのよ!?」

ステラはリザの背中に隠れ、猫が毛を逆立てて威嚇《いかく》するように睨《にら》みつける。

メアリはあくまで動じることなく、真顔のまま平然と答えた。

「お昼、一緒に食べようと思って」

「は、はぁ……？　そんなことのために、ここまでついてきたの？」

メアリが無言で首肯すると、ステラは呆れ顔でため息をつく。

「あのねぇ……あれだけ言ったのに、まだ分からないの？　あたしは——」

ステラはもう何度目になるか分からない拒絶の言葉を口にしようとするが、ふたりのやり取りを見守っていたリザが急に口を挟んでくる。

「ステラ様。せっかく足を運んでいただいたのに、追い返すのは少しばかり酷では？」

「リザ!?　あなた、なにを言って——」

ステラはリザに宥《なだ》められ、素《す》っ頓狂《とんきょう》な声を上げてしまう。

味方だと思っていた彼女の裏切りは、ステラにとって想定外だった。

「はじめまして。わたくし、ステラ様から〈騎士〉の任を拝命いたしましたエリザベス・ロザリウムと申します」

ココの資料にも記載されていたステラの〈騎士〉。リザこと、エリザベス・ロザリウム。

彼女は狼狽《うろた》えるステラを横目に、スカートの裾を摘まんで恭しく頭を下げる。

一連の流れるように洗練された所作からは、彼女が名家と呼ばれるロザリウム家で相応の教育を受けてきたことが覗える。ステラの場にいるだけで鮮烈な華やかさを醸し出す印象とは真逆で、リザの穏やかな物腰と柔和な笑みを絶やさないたおやかな立ち居振る舞いは場を和ませてくれる清涼剤のようだった。

「メアリ・マクダレン。メアリでいい。先日、ステラと同じクラスに編入してきた」

「まあ、ご学友様でいらっしゃいましたか。わたくしたちは今から昼食にしようと思っていた

のですが、よろしければご一緒にいかがでしょうか?」

リザは微笑《ほほえ》ましそうに口に手を当て、ごく自然な流れでメアリを昼食に誘う。

「ちょっと、リザ!　急になに言ってるのよ!?」

ステラはリザの対応に面を食らって目を瞬かせるが、すぐに抗議の声を上げる。

「せっかくだし、お言葉に甘えさせてもらう」

「ありがとうございます、メアリ様。ささ、ではこちらへどうぞ」

リザはステラの抗議を笑顔で聞き流し、空いていたイスを引いてメアリに着席を促す。

メアリは遠慮することなく席に座り、ステラは恨みがましそうにリザを見た。

「ステラ様、お優しいご学友で良かったですね」

「う、うぅ〜!　リザの裏切り者……なにが良かったのよぉ」

「おや、心外です。わたくしはいつも、ステラ様のことを一番に考えておりますのに」

リザは頬《ほお》に手を当て残念そうに言うが、ステラの耳に顔を近づける声を潜めて囁《ささや》いた。

「第一、ステラ様も仰っていたではないですか」

「……?　なんのこと?」

ステラは最初こそ怪訝《けげん》な顔をするが、思い当たる節があったのか額に冷や汗を滲《にじ》ませる。

「あれは確か……そう、夕食の時だったはずです」

「————ッ!?」

耳元でエリザベスに囁かれると、ステラの脳裏を過《よぎ》っていくのは一昨日の光景だった。

『ねえねえ、聞いてリザ！　今日ね、見ず知らずの子に助けられちゃって』

『その子ね、とっても綺麗《きれい》で素敵なの。しかも大人びてるというか、クールで――』

ステラは一昨日の晩の出来事を完全に思い出すと、途端に顔が熱を帯びて紅潮していく。

確かにあの時のメアリは、ピンチに颯爽《さっそう》と駆けつける王子様のようで格好良かった。

メアリは同性でも見とれてしまう端正な顔立ちで、なんというか運命的な出会いをしたように錯覚していた。もちろん、それは本当に錯覚だったと後々で思い知るのだが。

「せっかくですし、これを機にお近づきになってはいかがでしょう？」

「よ、余計なお世話よっ！　それにこの子、見た目よりヤバいヤツなのよ⁉」

「まあまあ、ひとまず食事しましょうか」

ステラは小声で抗議するがリザも手慣れたもので、軽くいなすと「さあ、ステラ様も座ってください」と急かす。

なにか言いたげな視線を送るステラだったが、途中で諦めたのかしぶしぶ席につく。

「メアリ様は、なにかお嫌いなものはございますか？」

「特にない。大抵の物は食べられる」

「健康的でなによりです。本日の昼食はサンドイッチなのですが、少し多く作り過ぎてしまったようで。メアリ様にも手伝ってもらえるとありがたいです」

リザが柳の枝で編まれたランチバスケットのふたを開くと、中から色鮮やかな具材を挟んだバゲットサンドイッチが姿を現す。そのまま、リザは中身について説明を始めた。

「本日は生ハムとルッコラ、スモークチキンとトンナート、モルタデラとパプリカの三種類をご用意しています。どうぞお好きなものを召し上がってください」

「わかった。いただきます」

メアリは促されるままモルタデラとパプリカのサンドイッチに口に運ぶ。モルタデラとはソーセージに近い食感で、塩気の効いた肉の旨みにパプリカのマリネの酸味がよく合う。

「うん、美味しい」

「それはよかったです。まだまだあるので、好きなだけお召し上がりくださいね」

メアリが無表情のまま淡々と感想を口にすると、リザは嬉《うれ》しそうに表情を綻《ほころ》ばせた。

ステラもふたりのやり取りを見て空腹感が刺激されたのか、サンドイッチをじっと見る。

「さあ、ステラ様もどうぞ。いつまでもいじけていると、わたくしが好物のトンナートを食べてしまいますよ？」

「わ、分かったわよ……あむ。うん、美味しい」

ステラはリザに急かされ、観念してサンドイッチを口にする。

すると浮かべていた仏頂面が一気に晴れ、目を輝かせて夢中になって食べ進めていった。

「そう言ってもらえると、作った甲斐があります。さあ、どんどん召し上がってください」

「それじゃ、遠慮なく」

メアリはリザの言葉を聞くなり、次々とサンドイッチを口に放り込んでいく。

ハムスターのように頬袋《ほお》を膨らませるメアリを見て、リザは微笑《ほほえ》ましげにしていた。

「あっ、ちょっと!?　リザの分がなくなっちゃうでしょ?」

ステラはハイペースで食べ進めるメアリを窘《たしな》めるが、リザは笑顔のまま答える。

「わたくしは残りのものを食べるのでご安心を。おふたりとも、どうぞお好きなものを召し上がってください」

ステラは無表情のまま恐るべき速さでサンドイッチを咀嚼《そしゃく》するメアリを見て、自分も慌てて食べ終わると次に手を伸ばす。

リザは競うようにサンドイッチを食べ始めるふたりを微笑ましげに眺めているのだった。

# 3

それから三人は時折ぎこちないながらも会話を交わし、リザの用意したサンドイッチに舌鼓を打った。ぎっしりと詰まっていたバスケットはいつの間にか空になり、食事を終えたメアリは手を合わせて言う。

「ごちそうさま。美味しかった」

「お粗末さまでした。お口に合ったのなら、なによりです」

リザが後片付けをしながら笑っていると、ステラはそっと席を立とうとする。

このままリザとメアリが話している隙《すき》に逃げだそうというつもりだったが、

「どこに行くの？」

メアリはリザとの会話に興じながら目を光らせていたので、ステラを見逃さなかった。

「ついて来ないで」

「どうして？」

ステラはメアリの問いに答えず、無言のまま席を立つ。

メアリはずんずんと歩き出すステラの後を追い、怪訝《けげん》そうに再び問いかけた。

「お手洗いよ、お・て・あ・ら・い！　だからついて来ないで、って言ってるの!!」

ステラは自分でも恥ずかしくなり、顔を羞恥《しゅうち》に染めながら半ばヤケクソ気味に言い放つ。

メアリも強引に振り払われると、これ以上追うのは得策ではないと足を止めた。

「あの……気を悪くされたのでしたら、申し訳ありません」

リザはふたりのやり取りを見守っていたが、ステラが去ると頭を下げて謝罪する。

ステラの振る舞いに対して少し思うところがあるのか、どこかばつが悪そうだった。

「いや、別に。さっきは、私が悪かった」

「……メアリ様は不思議な方ですね」

「そう？　自分では特にそう思ったことはないけど」

「ふふっ、申し訳ありません。別に悪く言ったつもりはないのです」

リザは無表情のまま淡々と答えるメアリに、思わずクスッと笑みを零《こぼ》した。

「ステラ様がご学友と一緒にいる姿がとても新鮮で……わたくしも少々、はしゃいでしまったのかもしれません」

リザは苦笑交じりに続けるが、彼女の表情はなんとも言えない複雑なものだった。

「さっきのサンドイッチは、あなたが作ったの？」

メアリはそんなリザの姿を見て、疑問に思っていたことを問いを投げかける。

「ええ。ステラ様のお食事は、いつもわたくしが作らせていただいております」

「そのタイの色……あなたの方が年上なのに、どうしてステラを様付けで呼んでいるの？」

「それは……」

メアリが矢継ぎ早に尋ねると、リザは言い淀《よど》んでしまう。

既にココの資料からリザとステラの関係性は把握している。だが、ここまでのふたりのやり取りを鑑みるに、単なる聖女と騎士以上の関わりがあるのは間違いない。

もしかしたらそれは、ステラに近づく上で有用な情報に繋《つな》がるかもしれない。

「わたくしは少々特殊な家系の生まれでして。ステラ様には幼い頃から仕えております」

「ステラは、高貴な生まれなの？　たとえば、高位の聖職者とか」

「あの方の出身は孤児院ですが——重大な役目を仰せつかり、教皇庁に迎えられました」

メアリはリザの話を整理しながら思考を巡らせる。ここで言う重大な役目とは〈神羔《しんこう》の聖女〉で間違いないだろう。孤児院の生まれで教皇庁に迎え入れられたというのも、聖女としての力が発現したタイミングで身柄を保護されたというのならつじつまも合う。

「メアリ様も薄々気づいておられると思いますが、ステラ様はこの学園で友人を作ることを避けています。無論、それもすべては責務のため……あの方は自らの負った役目に対して、並々ならぬ覚悟を持っておられます」

ステラはリザの言葉どおり、教室では意図的に他者を遠ざけていた。

わざわざ嫌われるように立ち振る舞うことに、いったいなんの利点があるというのか？

現時点では皆目見当が付かないが、リザと話していたときの姿が素のステラであることはメアリにも理解できる。

「でも、それは自分を犠牲にしているようで……忍びないのです。これはわたくしのわがままですが、せめて今だけはステラ様にご学友と楽しいひとときを送って欲しいのです」

消え入るように呟《つぶや》くリザを見てメアリは逡巡《しゅんじゅん》する。資料に目を通した限り、リザは教皇庁がステラを監視する名目で護衛として派遣していると認識していた。しかし、目の前のリザはステラのことを真剣に慮《おもんぱか》り、より良い学園生活を過ごして欲しいと願っている。

「ですから、メアリ様。無理なお願いをしているのは百も承知ですが……ステラ様のことを嫌いにならないでくださいませんか？」

リザは意を決して悲壮な面持ちで頭を下げるが、メアリは一切の躊躇もなく即答する。

「当然。頼まれなくても、そのつもり」

任務のためステラに近づきたいメアリにとって、これは願ってもない提案だった。

あまりに清々《すがすが》しいメアリに、リザは顔を上げてぽかんと呆気にとられていた。

「……？　どうしたの？」

「いえ……本当に、不思議なお方ですね」

リザはメアリから小首を傾げて問われ、緊張で強張《こわば》った表情を緩めてふっと笑みを零《こぼ》す。

ステラは彼女のことを『変なヤツ』と称していたが、確かに変わった人となりであるのは間違いないようだ。もしかしたらそんな彼女なら——誰よりも近くでステラのことを見てきたリザは、不思議な魅力のあるこの少女を信じてみたくなっていた。

「ありがとうございます。これに懲《こ》りず、今後ともステラ様をよろしくお願いします」

「うん、任せて」

リザは頭を下げたあとに手を差し出し、メアリは感情の読めない表情で握手に応じる。

「よかったら、ステラのことを教えて欲しい。きっとあなたが一番知ってると思うから」

「力になれるか分かりませんが……わたくしにできることなら、是非とも協力させてください」

メアリとリザは互いに握手を交わし、仮初めの協力関係を結ぶ。

意外な人物の協力も取り付け、メアリはステラと友人になるべく動き出すのだった。


その頃、中庭の木陰にて。ステラは木の幹に隠れながら、ふたりの様子を眺めていた。

「はぁ……完全に戻るタイミング、失っちゃったじゃない」

トイレに行って少し頭も冷えたので、素知らぬ顔で戻ろうとしたら自分抜きでなにやら深刻な雰囲気で話している。こうして身を隠しながら機会を窺《うかが》っていたが、どうやら戻るタイミングを逸してしまったようだった。

「リザも本当に、お節介なんだから……あたしのことなんか放っておいて、自分だって学園生活を楽しみなさいよ」

ステラが天を仰ぐように顔を上げると、暖かな木漏《も》れ日が降り注いでくる。朝方の曇り空が嘘《うそ》のような眩《まぶ》しさに目を細め、ステラは聞こえてきた会話に抗議するように呟《つぶや》く。

「まったく……本当に、しょうがないんだから」

ステラは現在進行形で会話を交わすふたりを見て、やれやれと肩を竦《すく》める。

呆れるような言葉とは裏腹に、彼女の表情は穏やかなものだった。

# 4

意外なことに翌日から、ステラには平穏な時間が訪れていた。昨日まで強引に距離を詰めてきたメアリは急に大人しくなり、自分の席でジェシカたちとなにやら談笑している。

「リザと一緒にどんな作戦を考えてきたのかと思ったけど……とんだ期待外れね」

ほっと胸をなで下ろすステラだったが、心の奥底では名状しがたい感情が燻《くすぶ》っている。

ステラは授業中もそわそわしながら様子を盗み見るが、メアリは真面目に授業を聞いていてこちらを一瞥《いちべつ》もしない。いつもなら懲《こ》りずに視線を送ってくるはずだが、今日に限っては違うらしい。休み時間になってもステラの席を訪れないし、調子が狂ってしまう。

「まさか、あたし——あいつが来るのを、待ってるの？　いやいやいや、それはない。絶対にない……と思うけど」

ステラが悶々《もんもん》と思考を巡らせていると、昼休みを告げるチャイムが鳴る。

メアリは自分の席にぽつんと座っていて、ステラの元へ向かう素振りも見せていない。

ステラとしては歓迎すべきことなのだが、どうしてか胸がざわついてしまう。

あんなに酷《ひど》いことを言って、拒絶したのは自分なのに。いざ愛想を尽かされることを恐れてしまうのは、矛盾しているし筋が通らない。ステラは堂々巡りの中、自己欺瞞《ぎまん》に嫌気が差してしまい、逃げるように教室から出て行く。

その際、メアリが自分を追って来ないことに、一抹の寂しさを覚えてしまうが――

「……リザの裏切り者」

ステラが中庭に行くと、そこにはリザと共にテーブルを囲むメアリの姿があった。

メアリはリザの隣に座り、ひょうひょうとした様子で片手を挙げて声をかけてきた。

「今日は遅かったね、ステラ」

「遅くて悪かったわね。で……どういうつもりよ、リザ？」

ステラはずかずかとふたりの元に歩いていき、対面に座るなり仏頂面になる。

非難するように視線を向け、ステラはこの状況を作り上げたであろう張本人に問いかけた。

「実は……わたくし、メアリ様とお友達になりまして」

リザもステラの反応は想定済みで、すまし顔のままにこやかに答えた。

「はぁ？　なによそれ……初耳なんだけど？」

「私も初耳」

「ちょっと！　本人が否定してるんだけど⁉」

ステラは何故か便乗するメアリに対して、反射的にツッコミを入れてしまう。

「メアリ様。少しお耳を拝借いたします」

リザは笑顔を張り付かせたまま手招きし、メアリの耳元で囁《ささや》きかける。

「ここはわたくしに話を合わせてください。よろしいですね？」

「ん、分かった」

リザが声を潜めて口早に告げると、メアリはコクリを頷《うなず》く。

「あんたたち……人の目の前で堂々と作戦会議するなんて、良い度胸してるじゃない」

ステラはいかにも怪しいふたりのやり取りに、あきれ果てた顔で投げやりに言う。

「実は昨日、ステラ様がいなくなった後にいろいろあって意気投合しまして。だからこうして、今日はわたくしの友人としてお昼に誘ったのです」

「設定が雑ッ！　そのいろいろってのを説明しなさいよ！　本気で騙《だま》す気あるの⁉」

ステラは再びツッコミを入れてしまったが、状況は芳しくない。リザの言葉が真実ならば、この場におけるイニシアチブは多数決で向こう側に握られているということになる。

このままではマズい――ステラは焦燥を募らせながらメアリを見遣《みや》った。

「意気投合……つまり、ソウルブラザーズ」

「メアリ様。わたくしたちの性別は女性なので、この場合はソウルシスターズかと」

「なるほど、一理ある」

「一理もあるわけないでしょ！　なんなのよ、もうっ‼」

メアリが訂正に真顔で頷くと、メアリとリザは「イェーイ」とハイタッチする。

ステラはそんな光景を目の当たりにして、我慢の限界だと頭を抱えながら叫んだ。

「うぅ……いいわよ、いいわよ。今日はひとりで学食に行くもん……」

ステラは完全にいじけてしまい、席を立ってこの場を立ち去ろうとする。

リザはとぼとぼと歩くステラの背中に、ひとり言のように呟《つぶや》きを漏《も》らした。

「残念ですね。本日の献立は以前ステラ様が食べたいと仰っていた冷製パスタ《パスタ・フレッダ》なのですが」

リザがバスケットからメイソンジャーを取り出すと、ステラの動きがピタリと止まる。

外気に晒《さら》された容器は結露し、冷蔵庫に保管していたものをわざわざ持ってきたことが察せられる。ステラはごくりと固唾《かたず》を飲み、リザはその反応を見逃さなかった。

「デザートも、ステラ様がお好きなカンノーロをご用意いたしましたのに。ええ、本日はリコッタチーズがたっぷりの地中海風クリーム仕立てです」

リザは笑顔のまま畳みかけると、白々しい言葉にステラはわなわなと身体を震わせる。

昨日、メアリに協力することを決めたリザは、逃げられないようにあえてステラの好物を献立に選んでいた。特にデザートはいつも振る舞われるわけではないので、甘党のステラとしては千載一遇の機会とも言える。現に今のステラの脳内は、サクサクした生地とリコッタチーズをふんだんに使った濃厚なクリームのマリアージュで埋め尽くされていた。

「今日はいつにも増して良い出来映えだと思ったのですが、ステラ様は召し上がってくださらないのでしょうか……わたくし、悲しいです」

リザがあからさまな泣き真似《まね》をすると、傍らのメアリが真顔でポンと肩に手を置いた。

「大丈夫。私が残さず食べるから」

「まあ、それは心強い！　さあ、メアリ様。ステラ様は学食へ行かれるようですので、いっぱい食べてくださいね。ぜーんぶ、食べてしまっても……構わない、ですよね？」

「任された」

リザが悪戯《いたずら》っぽく笑いながら視線を送ると、ステラは急に踵《きびす》を返して無言のままふたりの元へと戻って来る。その様子を見て、リザはニッコリと笑みを浮かべてしまう。

「勘違いしないでよ。あたしはただ、リザの料理が食べたいから帰って来たの。別にあんたと仲良くなるつもりはないんだからねっ」

ステラは投げやりにイスへ腰を下ろすと、口をへの字に曲げながら言う。

リザはくすっと笑みを漏らし、メアリも感情の読めない表情でおもむろに口を開いた。

「分かってる。ステラは食いしん坊」

「ちょっと!?　言い方ァ!!」

「大丈夫。あなたくらいの年齢だったら、しっかり食事で栄養をとっておいた方がいい」

「あんたも同い年よね？？？？」

メアリが真顔のまま言うと、ステラはむきになって抗議する。

リザはじゃれ合うように言葉を交わすふたりを横目で見ながら配膳を終えた。

「ふふっ、さあ用意も終わったので召し上がってください」

「いただきます」

メアリが話を中断して手を合わせると、ステラはそのマイペースさに呆れてしまう。

「ちょっと！　話は終わって……はぁ、あとでいいわよ、あとで」

「はいどうぞ、召し上がれ」

ステラは諦めたようにため息をつくと、倣《なら》うように手を合わせて食事に手をつける。

リザはそんなふたりのやり取りを微笑《ほほえ》ましそうに眺めていた。

「ん……美味しい」

リザが説明したように、今日の献立は冷製パスタと、デザートにはカンノーロが用意されていた。よく冷えたパスタを口にすると、メアリは素直な感想を口にする。

「初めて食べたけど、このソースは好きかも」

「そのソースはリザ自家製のハーブドライトマトとチーズのオイル漬けを使ってるのよ」

ステラはリザが褒《ほ》められて嬉《うれ》しかったのか横から説明するが、会話に加わるつもりはなかったのか途中で「しまった」と口に手を当てる。

「なるほど。エリザベスは料理上手」

「お褒めいただき光栄です。でも、ステラ様もお菓子作りがご趣味なのですよ」

「それは初耳」

リザが話題を振ると、ステラは困り顔になりながらも気恥ずかしそうに答えた。

「だって……別に言う必要ないでしょ」

「今度、なにか作って欲しい」

「そ、そんなの自分で作ればいいでしょ？」

「料理はあまり得意じゃない。だから教えて欲しい」

「う、うぅ～リザァ……」

ステラが助けを求めるように視線を送ると、リザはにっこりと微笑んで提案した。

「では今度、メアリ様も我々の寮へ遊びに来られてはいかがでしょう？　貴賓寮には製菓もできる上等なオーブンもありますし、ふたりで料理をするスペースもございます」

「ちょっと!?　なんでリザまで乗り気なのよ！」

「よろしいではありませんか。この三人でお茶会などしてみても楽しいかもしれませんよ」

ステラは困惑気味に反対するが、リザが「お好きな菓子も用意しますので」とつけ加えると思わず黙り込んでしまう。僅《わず》かな逡巡《しゅんじゅん》を挟み、ステラは消え入りそうな声で尋ねた。

「……スフォリアテッラとかは？」

「お安いご用です」

「パンナコッタを追加しても？」

「ええ、構いませんよ」

「はぁ……仕方ないわね。それなら付き合ってあげてもいいわ」

ステラはリザ特製のお菓子に釣られ、最終的に提案を飲んでしまう。ある意味御しやすいステラを見て、リザは「そういうところも可愛らしいのですけど」と心の内で呟《つぶや》いた。

「そういえば……もしかしてメアリ様は、どちらから学園にいらしたのですか？」

リザはお茶会の予定も決まったところで、メアリにとある質問を投げかけた。

「出身はアルトのノヴェッェラ修道院。私は俗に言う、アルト侵略の生き残り」

メアリが淡々と答えると、リザは思わず言葉を失ってしまう。帝国によるアルトの侵略は教国の人間にとって痛ましい事件で、当事者ともなれば口に出すことも憚《はばか》られる話題だ。

「失礼なことを伺ってしまい、申し訳ありませんでした。非礼をお詫びいたします」

帝国軍によるアルトの占領は、教国民にとってタブー視される事件だった。

リザは不快な思いをさせたと考えてすぐに謝罪するが、

「どうして謝るの？　私は質問に答えた。それだけ。別に、あなたは悪くない」

メアリは頭を下げて謝罪するリザに真顔のまま淡々と答えた。

「同情しているのならお門違い。私はこうして生きている。それ以上でもそれ以下でもない」

ステラは毅然と答えるメアリに驚きを禁じ得なかった。他人から見れば目を背けたくなるような境遇に陥っても、メアリはそれを不幸と嘆かずに決然と同情をはね除けている。

そんなメアリの姿に、ステラはある種の気高さを感じたような気がした。最初の印象は綺麗《きれい》な人。次は変なヤツ。そして、今は――気づけばメアリに目が釘付けになっていた。

「別に怒ってないから安心して。あとこのカンノーロも、美味しい」

メアリの言葉を最後に会話が途切れ静寂が場を支配していたが、デザートのカンノーロに手を伸ばしたメアリが口を開くとリザは少し安堵《あんど》して表情を緩めた。

「あんたは表情が変わらないから、感情が読みにくいのよ」

場の空気が少し和らいだところで、ステラの方から初めてメアリに話しかける。

「そうなの？」

「自覚ないんだ。ほら、鏡を見てみなさいよ」

ステラがポケットから手鏡を取り出して渡すと、メアリはそれを真顔のまま見つめる。

鏡の中に写っているのは、真顔のままじっとこちらを見ているメアリの姿だった。

ステラは「ほら、言ったでしょ？」と悪戯《いたずら》っぽく笑う。

「なら、これでどう？」

メアリがぎこちない作り笑いを浮かべると、ステラはたまらず噴き出してしまう。

「あはははは！　なにそれ!?」

「笑顔、のつもりだけど」

「ダメダメ。そもそも目が全然、笑ってないでしょ」

「目が笑っていない……？　笑う、というのは表情の表現では？」

「難しいことを考えてないで、もっと素直に笑えるようになりなさいよ」

「難しい……具体的な指示が欲しい」

ステラはぎこちない笑みを作って首を傾げるメアリを見て、けらけらと楽しそうに笑う。

メアリとステラはいつの間にか互いの肩が触れ合うような距離で、鏡を一緒に覗き込んでいた。これまでよりも近くにメアリを感じながら、ステラはふっと笑みを零《こぼ》した。

「変なヤツって思ったけど——訂正する。あなた、面白い人ね」

「それは……褒《ほ》め言葉?」

「さあ、どうかしら」

メアリが言葉の真意を尋ねると、ステラは笑いながらはぐらかす。

そこには当初のようなとげとげしさはなく、どことなく気安さが感じられる。

リザは笑い合うふたりを見守りながら、安堵《あんど》したように微笑《ほほえ》むのだった。

# 第三章 聖女の護衛

*Keyword*

【聖女】


天使術や魔術とは似て非なる事象――奇跡を行使する存在。

魔術や天使術はあくまで体系化された技術だが、聖女の奇跡は一定の制限や法則性は存在するが代償《コスト》さえ支払えば、万物の理を無視して人智を超えた文字通りの〝奇跡〟を引き起こす。

聖女になった者には身体に聖痕《スティグマ》という特徴的な痣が出現し、啓示と呼ばれる知識の刷り込みによって誰に習うわけでもなく己の奇跡の詳細などを理解する。

# 1

ステラとのお茶会の約束を取り付けてから数日が経過し、今日はその当日である。

聖アグヌスデイ学園ではアグネス教が定める安息日である日曜が休日となっていて、一般寮生も日々の奉仕活動が免除されている。つまり、お茶会には最適の日取りだった。

「うんうん、やっぱりわたしの目に狂いはなかったよ。ガーリー路線も良いけど、メアリちゃんは大人びた雰囲気もあるからクール目のモード系が似合うと思ってたんだ！」

ココはメアリを姿見の前に立たせ、彼女の服装を眺めながら嬉々《きき》として語り出す。

今日のメアリはいつもの制服ではなく、青のチュニックシャツに、グレーのテーパードパンツというコーディネートだった。髪も僅《わず》かにパーマがかけられていて、毛艶《つや》も日頃に比べて良くなっている。目を凝らさなければ分からない程度のナチュラルメイクも、メアリの地顔の良さを相乗的に引き立てていた。

「まさかココにこんな特技があったなんて。意外」

メアリは鏡越しに自分を見て、感心したように呟《つぶや》く。この服はデザインから型紙の作製、果ては縫製までココが手がけていて、市販品と遜色《そんしょく》がない出来映えだった。

「ふっふっふっ、これも衣類係の役得だね。わたしは服飾班で衣類の補修を担当してるから、余った布とか糸をもらえたりするんだ。それを地道にやり繰りして、ねっ！」

「最近、夜遅くまで起きてると思ったら……これ、作ってたんだ」

メアリは爛々《らんらん》と目を輝かすココを感心半分、呆れ半分といった様子で見ていた。

近ごろ就寝時間を過ぎてもココが作業をしていたが、今日のために服を作っていたらしい。

「だって、今日は大切な日だからね！　服装もメイクも気合いを入れてバッチリだし、今のメアリちゃんは世界で一番かわいいよ！」

「ありがとう。相応の成果を挙げられるように努力する」

ウィンクをして太鼓判を押すココに、メアリは真顔で答えた。

ステラの暮らす貴賓寮の情報は、今後の任務において重要になるだろう。無論、ステラとの交流を深め彼女に近づくのも目的だが、貴賓寮の内状を把握する下見が目的でもある。

「でも、いいなぁ……わたしもメアリちゃんとお茶したいなぁ」

「私と？　どうして？」

不意にココがぼそっと呟くと、メアリは不思議そうに尋ねた。

「だって……つまりは女子会だよっ、メアリちゃん！」

「女子会」

「せっかくだし、ガールズトークとかしたいじゃない？」

「ガールズトーク」

「そしてガールズトークといえば……恋バナだ、よ恋バナ！」

「恋バナ」

ココは両手で頬《ほお》を押さえ、「キャーッ！」と色めき立っている。

メアリはココの熱弁がいまいち理解できず、頭にクエスチョンマークを浮かべていた。

「メアリちゃんは、そういう話題には興味ない？」

「ブリーフィングやミーティングなら経験はあるけど」

「そういうのとは少し違う、かなぁ。中身なんてないけど、ただ喋《しゃべ》ってるだけでも楽しい……目的のために会話するんじゃなくて会話そのものが目的、みたいな？」

「そんな非生産的な行為、意味あるの？」

メアリにとって会話とは、あくまで手段であり目的ではない。自らの意識を任務以外に割くことは思考の無駄で「会話そのものに意義がある」と言われても釈然としなかった。

「意味はないけど、意義はあるかな？　気心の知れた間柄ならそれだけで楽しいと思うよ」

「私とあなたは、そういう間柄なの？」

メアリが素朴な疑問を投げかけると、ココは少し困った顔になる。

「えっと、それはこれからの期待というか……メアリちゃん次第、じゃないかな？」

ココは照れながら「もちろん、そうなれたらいいなって思うけど」とつけ加える。

メアリは考え込むように沈黙するが、ひとまず回答を後回しにすることにした。

「わかった。検討しておく。でも今は、任務が最優先」

「はぁ……そうだよね。わたしもこの任務をしくじったら、もう帝国に戻れないだろうし」

「悲観する必要はない。任務を遂行すれば、あなただって大手を振って帰国できる」

「メアリちゃん……！」

ココは毅然として言い放つメアリに、感極まってしまう。諜報員《ちょうほういん》とは敵地に身を置き、常に危険と隣り合わせの立場である。そんなココにとって、メアリはこの上なく頼りになる存在だ。彼女が味方であることが、学園に潜入しているココにとって心の支えになっていた。

「おっと、そろそろ時間かな？　メアリちゃん、今日は頑張ってねっ！」

ココは思い出したように卓上の時計を見ると、少し早めの時間だが話を切り上げる。

メアリも小さく頷《うなず》いて、ココに見送られながら部屋を後にするのだった。

# 2

メアリは寮を出ると、ステラの待つ貴賓寮のある区画までやって来ていた。

貴賓寮は校舎のある中央区画や一般生徒たちが暮らす生活区画から少し離れた場所にあり、日曜にもかかわらず他の区画に比べると見かける生徒の数もまばらだった。

やがてメアリの視界に、貴賓寮と思《おぼ》しき建物が飛び込んでくる。宮殿を思わせる豪奢《ごうしゃ》な造りは見識が人間ならば見惚《みと》れてしまうだろうが、メアリにとってはさしたる感動もない。

ただし、メアリが暮らしている一般寮とは一線を画していることは理解できた。

「ここ、かな？」

メアリが周囲を見渡しながら呟《つぶや》いていると、玄関口に誰かが立っていることに気がつく。

見覚えのある人影はメアリの姿を見つけると、小走りで駆け寄ってきた。

「あっ——いらっしゃい。よく来たわね」

その人影——ステラはメアリを前にすると、口元に微《かす》かな笑みを浮かべて出迎える。

「待っててくれたの？」

「そ、そんなんじゃないわよ。だって、ひとりじゃ部屋の場所とか分からないでしょ？」

ステラは図星を突かれ慌ててごまかそうとするが、メアリは素直にお礼を口にした。

「助かる。ありがとう」

メアリは改めてステラをまじまじと見つめ、ぼそっと呟きを漏《も》らした。

「今日のステラは、なんだかいつもと違う」

「そ、そそそ、そんなことないんじゃない？　まあ、確かに……服装は、違うけど」

ステラの言葉どおり今日の彼女は、いつもの制服でなく私服姿だった。

純白のワンピースは燦々《さんさん》と降り注ぐ陽光を弾き、よく磨かれた真紅のパンプスの鮮やかさを映えさせていた。髪型も今日はウェーブがかったブロンドの髪を髪飾り《バレッタ》でハーフアップにまとめ、いつもとは異なりどこか大人びた印象を与えていた。

「服だけじゃなくって、雰囲気が違う。いつもより、綺麗《きれい》」

「き、綺麗!?　な、ななな、急になに言って……」

「もしくは、美しい。あるいは、美麗。それ以外だと――」

メアリが真顔のまま思ったことを口にすると、ステラの顔は一気に紅潮していく。

「もういい！　もういいから!!　あんたはあたしを辱めるつもり!?」

「そんなつもり、なかったけど……」

ステラは大仰な仕草で手を振って言葉を遮るように声を上げるが、メアリは「あくまで賞賛したつもりだったのに、どうして辱められていると思ったのか？」と首を傾げていた。

「これは、その……リザが勝手にやってくれた、というか……べ、別に今日のために気合いを入れたわけじゃないんだからね！」

ステラはあたふたとしながら言い訳をまくし立て、わざとらしく咳《せき》払いをひとつ。

「そっちこそ、随分とめかし込んでるじゃない。そんなに楽しみだったの？」

ペースを狂わされていたステラは、メアリをからかうことによって話の主導権を奪い返そうと画策する。だが、ステラの思惑を知らないメアリは、迷う素振りもなく即答した。

「うん。だから、いろいろと頑張ってみた。ルームメイトにも協力してもらったし」

服装に関して頑張ったのは主にココだが、メアリはあえて口にはしない。

メアリは唖然《あぜん》とするステラへ追い打ちをかけるように、無自覚のまま尋ねる。

「今日は、楽しみにしてたから。あなたは、違うの？」

「はぁっ!?　それはぁ、そのぉ……」

メアリから真剣な表情で尋ねられ、ステラは露骨に視線を泳がせる。

そのまま声にならないうなり声を上げるが、最後には観念するように答えた。

「そりゃ、その……少しは楽しみだった、けど……」

「うん。なら、よかった。改めて、今日はよろしく」

「わ、分かればいいのよ、分かれば。それじゃ、着いてきて？」

ステラはしどろもどろになり、会話を切り上げて先導するように歩いていく。

メアリは玄関から中に入り、ステラの後を追って寮内へと足を踏み入れる。

貴賓寮の中に入ると、まずメアリの目に飛び込んできたのは聖堂を思わせる広々としたエントランスホールだった。天井にはベネチアン・グラス製の豪奢《ごうしゃ》なシャンデリアが吊《つる》され、壁には壮大なフレスコ画が描かれている。一般寮とは一線を画した建物の雰囲気に「なるほど」と得心する。豪華絢爛《けんらん》な内装は、確かに聖女の住処《すみか》として相応《ふさわ》しい。

貴賓寮という言葉どおり、学園にとってステラは丁重にもてなすべき人物なのだろう。

『玄関や窓みたいな出入り口には鍵があるけど、あくまでそれは物理的なもの。天使術や魔術に類するセキュリティーは設けられていない。少し、拍子抜け』

メアリは周囲の様子を窺《うかが》いながら、館内のセキュリティーについて考察する。侵入経路に関しては注力しているが、内部からの犯行には想定が甘い。そもそも周辺海域を覆う広大な結界は秘蹟者《サクラメント》以外の進入を防ぐので、内部のセキュリティーが薄いのは当然かもしれない。

「そういえば、エリザベスは？」

メアリが前を歩くステラに問いかけると、彼女は振り返りながら得意げに笑った。

「今はお菓子の準備をしてるわ。だからあたしが案内しに来たってわけね」

「なるほど」

こういった役目はリザが率先してやるイメージがあったが、メアリの疑問が氷解する。

「お茶会はテラスでやる予定だから、準備が整うまであたしの部屋で待っててもらえる？」

「分かった」

メアリにとって思いがけない幸運が舞い込んできた。あくまで今日は下見なので暗殺を実行するつもりはないが、本番に向けて部屋の間取りを確認できる絶好の機会である。

ステラとメアリが廊下を進んでいくと、やがてステラの部屋にたどり着く。

「じゃあ、どうぞ。別に大したおもてなしはできないけど」

「お邪魔します」

メアリがステラに促されて入室すると、豪奢な造りと煌《きら》びやかな調度品で彩られた室内が目に映る。必要最低限の調度品のみが備えつけられた一般寮とは雲泥の差である。

メアリは室内のセキュリティーを確認するため周囲に視線を巡らせていくが、不意にとある物を発見して思わず首を傾げてしまう。

「ぬいぐるみ……？」

オーク材で作られたテーブルやクローゼットの上にはぬいぐるみがところせましと飾られていた。種類も様々で、定番のテディベアから始まり、猫や犬といった実在の動物からユニコーンやペガサスなど空想上の生き物などバリエーションに富んでいる。

「……なによ。あたしがぬいぐるみ好きじゃ悪い？」

「いや……別に」

メアリが無言でぬいぐるみを見つめていると、ステラは唇を尖《とが》らせいじけたように尋ねてくる。ステラにも自覚があるのか、彼女の顔は羞恥《しゅうち》でほのかに赤く染まっていた。

「じゃあ、今の間はなんなのよ？」

「可愛いところもあるんだな、って思ってた」

「なっ――!?」

メアリが言い放つ予想外の言葉に、ステラは思わず絶句してしまう。

ステラはぱくぱくとなにか言いたげに口を動かすが、思うように言葉が出て来ない。

「か、からかってるの……？」

ステラは視線を床に落とすが、すぐに顔を上げてメアリを上目遣いで見る。

消え入るような声は、羞恥だけでなく不安にも揺れていた。

「人の趣味は、それぞれ。だからそれを私が可愛いって思うのも、ただの趣味」

淡々と答えるメアリをじっと見つめ、ステラは思考を巡らせる。いつものように感情の読めない顔だが、なぜかそれは心からの言葉のような気がした。理由は分からない。だが、おそらくメアリは言葉を飾る術を知らず、率直な物言いしかできないのかもしれない。

捉えようによっては誤解を招きかねないが、揶揄《やゆ》や嘲《あざけ》りといった悪意は感じない。

「この人形はね、リザがあたしのために作ってくれたの」

ステラはベッドのヘッドボードの上に置かれたウサギの人形を手に取り、わずかな逡巡《しゅんじゅん》を挟んでからぽつりぽつりと語り始める。

「あたしはずっと、ひとりだったから。例外はリザだけ。あの子はきっとそれを不憫《ふびん》に思ったんでしょうね。ある日、リザがこの子を持ってきたの」

ステラはウサギの人形を愛《いと》おしそうに抱きながら昔の話を始める。

それは在りし日の記憶。まだ幼かったエリザベスとの思い出だった。


教皇庁からステラの身柄を託されたロザリウム家は彼女を屋敷で保護し、年齢が近いリザが世話係に宛《あて》がわれた。保護といっても実情は軟禁に等しく、ステラは学園へ進学するまで大半の時間をロザリウムの屋敷で過ごしていた。

ステラの代わりに屋敷の外へ出かけることの多かったリザは、不自由な生活を送るステラを不憫《ふびん》に思い、ある日、ひとつのぬいぐるみを抱えてやって来た。

『見てください！　ステラ様のお友達を作ってみました！』

『お友達？』

『そうです！　リザが作りました！　これからはリザだけでなく、この子も一緒です』

『すごい！　すごいわ!!　ありがとう、リザ』

それからリザはいくつもステラのために人形を作るようになった。

リザがいないときは彼らが孤独なステラに寄り添い、学園に入学する際も全てを持ってくることはできなかったが可能な限りを寮の自室に持ち込んだ。


「この子は一番初めの子だから、リザは見られるのが恥ずかしいって言ってるけどね」

「うん。私も可愛い、と思う」

ステラは愛《いと》おしげにぬいぐるみを抱き、はにかみながら締めくくる。

メアリからすれば単なる古ぼけたぬいぐるみにしか見えないが、ステラにとっては一緒に長い年月を過ごしてきた大切な〝友達〟なのだと彼女の表情が物語っていた。

「リザは、とても良い人。ステラのこと、いつも思っている」

「でもね――リザは好きであたしと一緒にいるんじゃないの」

メアリの言葉を遮るように、ステラは少し寂しそうに笑って口を開いた。

「あの子は家に命じられて、仕方なくあたしの側にいるから。もしかしたら……あたしのこと、恨んでるかもね」

ステラが自嘲《じちょう》まじりに呟《つぶや》くと、メアリの脳裏にはかつてリザが口にした言葉が過《よぎ》る。

『わたくしは少々特殊な家系の生まれでして。ステラ様が幼い頃から仕えております』

『無論、それもすべては責務のため……ステラ様は自らの負った役目に対して、並々ならぬ覚悟を持っておられます』

ステラはリザが家から命じられて〈神羔《しんこう》の聖女〉に仕えていることを知っていた。

おそらくそれがステラにとっての重石となり、リザの自由を奪ったという罪悪感を抱かせるに至ったのかもしれない。

「それは違う、と思う」

しかし――メアリは、その言葉を否定する。

ステラは驚いたように目を丸くして、思わずメアリを見つめてしまう。

「リザから言われた。『ステラ様のお友達になってあげて』って」

「なにそれ……じゃあ、あんたは頼まれたからここにいるって言うの？」

ステラは顔をしかめ、一気に不機嫌そうな表情になる。

メアリは誤解されないよう必死に言葉を選んで、慎重になりながら続けていく。

「違う、そうじゃない。私は最初から、あなたと友達になりたかった。でも、上手くいかなくて……だから、リザは協力してくれた」

「あんたが友達になれば自分は厄介事から解放される……リザはそう思ったんじゃない？」

「本当に、そう思ってるの？」

ステラはメアリに遊びのない真剣な表情で問われると、思わず口を噤《つぐ》んでしまう。

彼女もうすうす分かっていた。単なる義務や使命でリザが自分の側にいるわけではないと。

しかし、そうでも思わないと心苦しくなってくる。たとえリザ自身が望んでいるとしても、ステラという存在がひとりの人物の生き方を決めてしまったのは事実だ。

だから罪人が懺悔《ざんげ》するように、誰かから糾弾されることで罪の所在を明確にしたかった。

「ステラを大切に思っているから、彼女は私にあなたの友達になって欲しいって言った。少なくとも、私はそう思っている」

「そんなの……余計な、お世話よ……」

ステラはメアリに尋ねられ、今にも泣き出しそうな顔になってしまう。

こんな面倒な女のことなんて考えず、リザにはひとりの人間として人生を謳歌《おうか》して欲しかった。でも、リザは苦に思うどころか自身を置き去りにしてまで、ステラの幸せを切実に願っている。それが心苦しいと思うと同時に、どこか嬉《うれ》しさを感じている自分を嫌悪する。

リザにとって誰よりも大切にされているという実感と、それに優越感を覚えてしまう己の罪深さをステラは恥じていた。

「どう思うかは、自分次第。でも、あなたは、ひとりなんかじゃない」

だけど、それでもいいと目の前の少女は言う。

メアリはいつものように言葉を飾らず、ただ率直に思ったことを述べている。

「少なくとも、あなたにはリザがいる。この子たちもいる。それに――」

メアリは最後に言葉を区切り、僅《わず》かだがふっと口元に笑みを浮かべた。

「私も、いる」

メアリが自らの胸に手を当てて笑いかけると、ステラは初めて見る彼女の笑顔に、視線が釘付けになっていた。呼吸すら忘れてしまい、ただじっとその微笑《ほほえ》みに見入ってしまう。

会話は途切れてしまうが不思議と気まずさはなく、心地よい静寂が場に満ちていた。

「えっと、あの――」

ステラが幾何《いくばく》かの逡巡《しゅんじゅん》を挟んでから声を絞り出そうとした瞬間、ノック音と共にドアを隔ててリザの声が聞こえてきた。

「ステラ様、メアリ様、お待たせしました。準備が整いました」

「リザ!?　え、ええ、分かったわ。メアリを連れてすぐに行くから、リザは先に行ってて!」

リザは閉ざされたドアの前に立ち、扉越しに聞こえたステラの上擦った声に首を傾げる。

「……?　承知いたしました。では、ごゆるりとお越しくださいませ」

リザは深く追求することなく、ステラの言葉に従ってテラスに向かっていった。

「はー……ビックリしたぁ」

ステラはリザが立ち去ると、安堵《あんど》の息を漏《も》らした。心臓はバクバクと早鐘を刻み、額にはじっと冷や汗が滲《にじ》んでいる。こんな姿をリザには見せられない、と内心で自嘲《じちょう》していた。

「さっき、なにか言いかけなかった？」

「あー……いいの、気にしないで」

そんな姿を見てメアリは怪訝《けげん》そうに尋ねるが、ステラは強引に話題を打ち切ろうとする。

「そういうわけにはいかない」

「いいから！　早く行かないと、せっかくのお茶が冷めちゃうでしょ？」

「……分かった」

メアリが食い下がっても、ステラは強引に話題を変えてしまう。彼女がなにを言いたかったのか気になるが、ムキになってるステラにこれ以上の質問は逆効果だと判断した。

「……嬉《うれ》しかったから」

ステラは部屋から出るためにドアの方へと歩いて行くが、途中で急に足を止めてぽつりと消え入るような声を漏らす。注意深く聞き耳を立てていなければ聞き逃してしまいそうな呟《つぶや》きだったが、その真意が分からずメアリは小首を傾げながら問いかけた。

「なにが？」

「だから、その……さっきの話のことよ」

ステラはばつが悪そうに答えるが、要領を得ない迂遠《うえん》な言い回しにメアリは再び尋ねた。

「それは分かったけど、具体的になにが嬉しかったの？」

「だーかーらぁ――『私もいる』って言ってくれたことよ！　少しは察しなさいよ‼」

ステラが気恥ずかしさに顔を赤らめながら言い放つと、メアリはようやく得心が行き「なるほど」と手を打った。

「ゴメン。だけど会話は簡潔にした方が、お互い楽だと思う」

「っぷ――あはははは！　もうっ、そういうところだからね？」

メアリに真顔で窘《たしな》められると、ステラは堪《こら》えきれなくなってけらけらと大笑いする。

ステラは笑いすぎて目に涙を浮かべるが、どうしてここまで笑っているのかメアリには理解できなかった。

「はぁ、なんというか……あなたって、本当に面白い人ね」

「面白く振る舞ってるつもりはないけど」

「はいはい、分かった分かった。そういうことにしておきましょうね」

「そういうことって、どういうこと？」

「まったく、仕方ないわね……」

ステラは状況が飲み込めていないメアリに苦笑すると、ゆっくりと歩み寄っていく。

「あたしの負けよ。だから――ねえ、メアリ。あたしの友達になってくれない？」

ステラはキョトンとしているメアリを真っ直ぐ見据え、手を差し出して笑いかけた。

「……うん」

メアリは差し出された手の意味に気づくと、自然とその手を握っていた。

いつもなら「勝敗があるということは、私たちは勝負していたの？」などと思ったことを口にしていたが、今日に限ってはどのような思いで歩み寄ってきたのか理解できる。

「でも、いいの？」

「嫌だって言っても、諦めるつもりはないんでしょ？」

「そのつもりだったけど」

メアリが尋ねると、ステラは苦笑交じりに答える。どんなに拒絶されても決して諦めることなくステラにぶつかってきたのは、目の前のメアリが初めてだった。

「だから言ったでしょ？　あたしの負け、ってね」

もしかしたら一時的な気の迷いかもしれない。ただ疲弊していただけなのかもしれない。

だけど初めてリザ以外の人間が側にいてもいいと思ってしまった。

だから今だけは、自分の気持ちに素直になることにした。

「それじゃあ――今後ともよろしくね、メアリ」

# 3

それからメアリはステラと一緒にテラスへ向かい、予定どおりお茶会が始まった。リザが用意したお茶とお菓子に舌鼓を打ち、三人で談笑しながらお茶会の時を過ごしていた。

リザは当初はぎこちなかったステラとメアリのやり取りが明確に変わったことを察してかアシストに徹し、いつしかふたりは自然に会話を交わせるようになっていた。

「名残惜しいですが……そろそろ門限の時間ですね」

「もうそんな時間なの？」

リザが懐中時計を見ながら言うと、夢中になって喋《しゃべ》っていたステラは驚いてしまう。日が落ちてから時間が経ったと感じていたが、気づけば空には夜の帳《とばり》が下りきっていた。

「誠に残念ながら。ですので、そろそろおひらきにしましょうか」

「あのね、リザ。門限くらい多少は破ってもいいと思うの」

「ステラ様……少しばかり融通が利く我々とは違って、門限を破ればメアリ様は寮長に怒られてしまいますよ？」

メアリたち一般寮生は明確に門限が定められているが、ステラたち貴賓寮の住人はある程度は自由に寮を出入りすることができる。

リザもそういった事情を鑑みて、メアリに迷惑がかかることを慮《おもんぱか》っていた。

「私は、大丈夫。寮長は交渉次第で懐柔できる」

メアリが真顔で答えると、ステラは花が咲いたように表情を明るくする。

「ほら、メアリもこう言ってるじゃない！」

「いけません。いくらステラ様の頼みとはいえ、わたくしの目が届くところで大切なご学友にみすみす規則を破らせるわけには参りません」

ステラが「良いでしょ？」と上目遣いでおねだりするが、リザはピシャリと却下する。

「ぶー、リザのケチ」

「エリザベスはケチ」

ステラが頬《ほお》を膨らませて言うと、倣《なら》うようにメアリが続ける。

それがおかしくてステラは笑みを零《こぼ》し、メアリに「ねー」と悪戯《いたずら》っぽく笑いかけた。

「おふたりが仲良くなられたのは喜ばしいことですが……今日の所はわたくしに免じて、お引き取りくださいませ。こういった機会はまた、設けさせていただきますので」

仲睦まじげに笑い合うステラとメアリを見てリザは苦笑交じりに言うが、言葉の端々からは喜びが滲《にじ》んでいる。クラスメイトに対して壁を作っていたステラがここまで心を許せる友人を得たことが、幼い頃から仕えていたリザは本当に嬉《うれ》しかった。

「それじゃ、今日はありがとう。おやすみなさい」

メアリは帰り支度を終え、リザから渡されたお土産が入った袋を片手に別れを告げる。

「ステラ様。このような時間ですし、メアリ様を近くまで送ってきてはいかがですか？」

名残惜しそうなステラの心境を汲《く》んで、リザはとある提案する。

「え？　でも……本当に、いいの？　このあとは後片付けとかあるでしょ？」

ステラは嬉しそうに声を弾ませるが、テーブル上の食器類を見て遠慮がちに尋ねた。

「そちらは、わたくしにお任せください。ですから、寄り道せず帰ってきてくださいね？」

ステラはリザの言葉に背中を押され、彼女の心遣いを素直に受け取りメアリに向き直る。

「ありがとね、リザ。じゃあ、行きましょうか」

「分かった。よろしく」

メアリは小さく頷《うなず》いてステラの後ろについて行くが、去り際にリザが声をかけてくる。

「メアリ様。今日は本当にありがとうございました」

リザは深々と頭を下げると、ゆっくりと顔を上げて微笑《ほほえ》みかける。感極まって目端に涙を浮かべている姿は、ステラに友人ができたことを心から喜んでいるように見えた。

「こちらこそ。あなたの協力があったから、私はステラと友達になれた」

答えた瞬間、不意にメアリの胸中で燻《くすぶ》っていた感情に火が灯《とも》ったような気がした。

自分はステラを暗殺するために近づいたというのに、リザは心から感謝している。端から見れば滑稽《こっけい》極まりない。暗殺者としてのメアリは、リザを愚かだと嘲笑《あざわら》うべきだろう。

しかし、どうしてもそんな気持ちにはなれない。ステラを思うリザの思いを知り、多少なりとも彼女の人となりに触れた。その上で一笑に付すことが、メアリにはできなかった。

「ちょっとメアリ？　どうしたのー？」

「……ごめんなさい。今、行くから」

メアリが思考の迷路に陥って佇《たたず》んでいると、不意にステラの声で現実に引き戻される。同時についさっきまでの矛盾した感情をなかったものとして処理し、強制的に思考をニュートラルな状態に戻す。メアリは改めてリザに会釈し、小走りでステラの元へ急いだ。

「リザとなんの話をしてたの？」

「お土産のクッキー。できるだけ早めに食べて、って」

メアリはステラに追いつくと、隣を歩きながら会話に興じる。

件《くだん》のクッキーはお茶会でも食べたが焼きたてということもあって、今までで食べた中でも一番美味しかった。だからメアリは、ココにもお裾分けでもしようかなとも考えていた。

「焼き菓子って湿気ですぐ駄目になっちゃうのよねぇ。でも、リザのクッキーは美味しいから、あとに取っておこうと思ってもすぐに食べちゃうの」

「うん。確かに美味しかった」

楽しそうに話しかけてくるステラに、メアリは当たり障りのない言葉を返す。

同時に〈死神〉の名で恐れられるエージェントとして、冷酷無比な暗殺者として、いかに暗殺を遂行するか思考を巡らせる。

——もしも今、ステラを暗殺しようとしたら、無事に成功するだろうか？

リザの気配も探知の術式を用いて探知してみたが、どうやら尾行してくるわけでもない。

もはや邪魔立てする者はいなくなり、こうしてふたりきりでいるこの瞬間は絶好の機会とも言える。今日は潮汐の関係から、荷物を運ぶため船が港へ停泊している日だ。

つまり、ここでステラを始末しても、事態が発覚する前に逃げ切れば任務は果たされる。

死体を処理する場合は、ココに連絡して協力してもらえばいい。完全に隠蔽《いんぺい》できなくとも、学園側がステラの行方を探索している隙《すき》を狙って学園を脱出すればいい。失踪と同時に姿を消すのはよからぬ疑念を与えるだろうが、〈神羔《しんこう》の聖女〉の暗殺という難易度の高い任務の成功と引き換えならばベイバロンも叱責はしないだろう。

ココは万全を期すために時間をかけるべきだと主張していたが、会話を交わしながらステラの細い首筋へ視線が釘付けになる。この距離なら武器は必要ない。ただ頸動脈を締め上げるだけで、悲鳴を上げさせることなくステラの生命活動を停止させられる。

大丈夫、自分ならできるはずだ。明日から再び、秘蹟者《サクラメント》を相手取る日々に戻ろう。

メアリは脳内でシミュレーションを済まし、ステラの首に手を伸ばそうとするが——

「——」

伸ばした手は躊躇《ためら》うように宙をさ迷い、メアリは気づかれないうちに手を引っ込める。

そのまま立ち止まると、メアリは先を歩いていたステラに声をかけた。

「ここまでで、いい」

「そう？　その……あたしは、もう少し一緒でもいいんだけど」

メアリが立ち止まって後ろを振り向くと、ステラの頬《ほお》は薄闇《うすやみ》の中でも血の色が差してほのかに赤らんでいる。名残惜しそうに言葉を濁らせ、ステラは毛先を指でいじっていた。

「早く帰った方が良い。遅くなると、エリザベスが心配する」

「うん、分かった。それじゃ、今日はありがとう」

平静を装いながらメアリが窘《たしな》めると、ステラは素直に頷《うなず》いて別れの言葉を告げた。

「それじゃ――」

メアリはステラの言葉を待たずに、彼女の横を通って足早にその場を去ろうとする。

一刻でも早く、この場から逃げ出したかった。このままここにいれば、自分の大切なものが壊れてしまう。そんな気がした。それはダメだ。絶対に許容できない。だから――

「あ、あの……！」

ステラはメアリの服の裾を掴《つか》み、なにか言いたげに上目遣いで視線を向ける。

急なことに戸惑うメアリに、ステラは意を決して口を開いた。

「また明日――明日、教室で会いましょう！」

ステラの言葉を聞いた瞬間、メアリは絶句する。彼女はメアリが暗殺を目的に近づいたことなど露ほども疑わず、なけなしの勇気を振り絞って初めてできた同い年の友人にまた明日会おうと告げている。普通の人間にとってなら自然な光景だろうが、生憎とメアリは違った。帝国の魔術師として明日なき戦いを繰り広げ、いつしか〈死神〉と畏怖《いふ》されるようになった。

そんな彼女に「また明日」などと宣《のたま》う者はおらず、メアリも当然だと思っていた。

しかし、今、自らの手で刈り取らなければならない命が、目の前で笑いかけてくる。

死神の鎌を喉元《のど》に突きつけられているとも知らず、ステラは無邪気に微笑《ほほえ》んでいた。

「うん……また、明日」

メアリは喉の奥から必死に声を絞り出し、踵《きびす》を返してその場を後にする。

いつものように淡々と言うが、今のメアリは感情が掻《か》き乱されていた。

その後、ステラがなにか言っていたような気もするが、メアリは聞こえないふりをする。

――絶好の機会であるというのに、どうしてステラに手をかけなかったのか？

ココの「慎重を期すべき」という言葉に従ったから？　違う、そんな理知的な判断ではない。

もう自分でも分からない。ああ、早鐘を刻む心臓の鼓動が不快だ。動悸がとまらない。許されるならば、このまま叫んでしまいたかった。少なくとも、こんな感情は生まれて初めてだった。

いや、違う。かつて、一度だけ。こんな状態になったことがある。

『メアリ。愛《いと》しいあなた。泣かないで』

――ノイズに混じって、声が聞こえてくる。

『あなたは死なせない。わたしのすべてを捧げても助けてみせる』

——声が聞こえる。だけど、どうしてだろうか？

『だからお願い——生きて』

——音として言葉は聞き取れるが、それが何を意味しているのか分からない。

メアリは幻聴から逃げるように一刻でも早く立ち去ろうとする。

その時周囲の魔素《マナ》が奇妙な揺らぎを発生させていることに気づき、メアリは足を止めた。

たった今までの動揺が嘘《うそ》のように収まり、代わりに意識が研ぎ澄まされていく。

「——Freya《フライヤ》！」

メアリは咄嗟《とっさ》に一帯を対象に探査術式を展開し、魔素の揺らぎが発生した場所を特定する。

幾重にも巧妙な欺瞞《ぎまん》が施されているが、裏を返せば存在を悟らせたくない何者かが存在している証左だ。その思惑を理解した瞬間、メアリの顔からさっと血の気が引いていく。

導き出されたポイントは僅《わず》か十数メートル後方——つまり、今さっきまで、ステラと一緒に歩いていた場所を示していた。

「基底形態《ベイシス・フォーム》〈剣を鳴らすもの《ヒョルスリムル》〉、展開——間に、合って……！」

メアリはステラが危ないと判断して咄嗟に踵《きびす》を返し、身体強化の術式と共に靴底に刻んだ車輪《ラド》のルーンを発動させる。一気に加速して木々を揺らしながら引き返すと、視界に飛び込んできたのは靄《もや》のような黒い人影に腕を掴《つか》まれているステラの姿だった。

「やめて！　離して……っ⁉」

ステラは悲鳴と共に腕を振り払おうとするが、人影は微動だにせず掴んだ腕を捻《ひね》り上げる。

動きを奪われもう逃げらないと悟ったステラの表情は、深い絶望に染まっていた。

「助けて、リザ……！」

ステラは恐怖に支配された表情で、ぎゅっと目を瞑《つぶ》って悲痛に助けを呼ぶ。

黒い人影は右腕でステラの自由を奪い、左手をゆっくりと彼女の顔に近づける。

「お願い、助けて……」

ステラの口から漏《も》れた言葉は命乞いではなく、神に捧げる祈りに近いものだった。

都合の良い願いというのは分かっている。ピンチの時に駆けつけるヒーローなど空想の産物でしかない。現にリザは、未だやってこない。

諦念《ていねん》に支配されそうになるが、ふと脳裏に過《よぎ》るのはメアリの顔だった。

彼女とはまだ知り合っても間もないし、この状況に遭遇しても自らの安全を優先しても責めることはできない。誰だって自分の命は大切だ。総じて死とは恐ろしいものだ。

正直に言ってしまえば、この願い《祈り》は叶わないと分かっている。

しかし、人は叶わぬことを願うように、不可能だと分かっていても祈らずにはいられない。

だから、名前を呼ぶ。彼女の名を。恐怖で震える身体を奮い立たせ、残された力を必死に振り絞って。喉《のど》の奥から懸命に、今日できたばかりの友人の名前を叫ぶ。

「助けて、メアリ……ッ!!」

「ステラ——ッ!!」

ステラが祈るように呟《つぶや》いた瞬間。木々の間から枝を揺らしてメアリが飛び出してくる。

いつもの感情が乏しい表情とは打って変わり、力の限り自分の名を叫ぶメアリの姿を目の当たりにして、ステラは愕然《がくぜん》とした顔のまま言葉を失う。

信じがたいことに、彼女はステラの危機に駆けつけてくれたのだ。

それはまるでおとぎ話に物語られる王子様のようで、思わず「夢でも見ているのだろうか?」と自問するが、空気を震わせるメアリの雄叫《おたけ》びがこれは現実だと理解させた。

「ステラから——手を、離せ……ッ!!」

メアリは激情に突き動かされ、憤怒の形相で叫ぶ。事実、今のメアリの心を支配しているのは、明確な怒りだった。ステラを脅かす存在を目の当たりにした瞬間、獲物を横から掠《かす》め取ろうとするソレが許容できなかった。〈神羔の聖女〉は自分の獲物だと——ステラ・マリスを手にかけていいのは、メアリだけだという身勝手な衝動が胸中を駆け巡っていた。

「Thorn《ソーン》——!!」

メアリは人影に向かってナイフを投擲《とうてき》するが、人影はステラから手を離して後方へ飛び退く。しかし、回避されるのは承知の上。むしろ、それこそがメアリの狙いだった。

地面に刺さったナイフにはルーンが刻まれていて、ナイフを基点として展開された魔法陣は人影を捕捉していた。荊《いばら》を意味するソーンの特性は、遅延と足止め。

魔法陣から発生した荊は人影に絡みつき、その自由を奪っていく。

「雷の荊よ、雷神の戒めをここに——雷霆の戒め《ドンナー・シュタッヘル》」

更にメアリが術式を発動させると、人影を捕らえた荊から電撃が迸《ほとばし》る。

ソーンには遅延と足止めの特性の他に、北欧神話における雷神トールの象徴を意味している。メアリは荊での拘束と同時に、雷撃によるダメージを狙っていた。

雷撃を受けた人影は動きを停止させ、その隙《すき》を縫ってメアリは一足飛びでステラの元へと着地する。金縛りに遭ったように戦況を見守っていたステラをお姫様抱っこの形で抱きかかえると、そのまま後方へ飛び退いて人影との距離を取る。

メアリは動きを封じた人影を注視するが、拘束された途端に人影は姿を崩し、靄《もや》のような気体となって霧散していく。やがて魔法陣から離れた場所で人影は再び人と思《おぼ》しき姿を象《かたど》っていくが、依然として身体の輪郭は捉えどころのない蜃気楼《しんきろう》のように揺らいでいる。

「ステラ。私の後ろに隠れてて」

「ダメよ、メアリ！　危ないわ……!!」

メアリは抱えていたステラを地面に立たせ、彼女を背で庇《かば》うように人影と相対する。

背後でステラが悲痛な声を上げるが、彼女を安心させるために言葉を続けた。

「大丈夫。ここは私に任せて」

「分かった。でも……絶対に、無茶はしないでね？」

短く言い放ったメアリの言葉は、ステラの胸中に渦巻く不安を払拭していく。

ついさっきまでの恐怖が一気に和らぎ、小さいはずのメアリの背中が今は大きく見えた。

『あの能力は……秘蹟者《サクラメント》？』

メアリは多少の落ち着きを取り戻したステラを見て、薄闇《うすやみ》に蠢《うごめ》く人影へ視線を戻す。

正体を確かめるため走査術式を放つが反応はなかった。すなわち、黒い靄《もや》のようなものは守護天使の能力である可能性が高い。

秘蹟者は〈創造《ベリアー》〉位階から像《ビジョン》と呼ばれる天使の姿を顕現させ、天使にちなんだ固有の能力を行使可能となる。〈創造〉位階の能力は秘蹟者にとって切り札となる一方、自分の正体を相手に知られるリスクを孕《はら》んでいる。用心深い秘蹟者の中にはみだりに〈創造〉位階の能力を使わず、勝利を決する盤面でのみ用いる者も存在する。相手が自分の素性を伏せたままステラの誘拐を企てているとすれば、天使の正体を開示する〈創造〉位階の能力の使用は避けたいはず。

「〈創造〉でないとすれば……あの靄は象徴器《アトリビュート》。つまり〈形成《イェツィラー》〉」

〈形成〉に達した秘蹟者は、自らの守護天使を象徴する道具を具現化することができる。

象徴器の形態は武具や道具以外にも、炎や雷など概念的なものまで様々な形態が存在している。正体を隠している霧は象徴器である、とメアリは仮定した。

「随分と、舐《な》められたもの。生憎、〈形成〉の力だけで勝てるほど私は甘くない」

メアリは暗に「〈創造〉位階《切り札》を使ってみろ」と挑発するが、人影は沈黙を貫いている。

相手は自らの素性を知られることを恐れていて、こうしてメアリという第三者が現場に駆けつけた時点でその目論見《もくろみ》は破綻《はたん》している。だが、メアリの優勢というわけでもない。

秘蹟者との戦いにおいて、魔術師の定石は相手の守護天使を看破することである。

数多《あまた》の神格を元型として多彩な術式を操る魔術師は汎用性を武器とするが、守護天使というただひとつの神格を究めた秘蹟者は出力においては魔術師を遥かに凌《しの》ぐ。

つまり、正面を切って戦えば力負けは必至で、それ故に相手の守護天使の聖書や神話におけるエピソードから属性や特性を抽出し、弱点として紐《ひも》付けることによって勝利を目指す。通常は戦闘を介してそれらを見極めるが、ステラを庇《かば》いながらでは難しい。

だが、この場において必ずしも戦闘への勝利が求める結果ではない。

「Sigel《シゲル》――!」

メアリはポケットからルーンが刻まれた小石を取り出し、おもむろに頭上へ放り投げる。

短く詠唱を終えると小石からは眩《まばゆ》い光が生まれ、宵闇《よいやみ》に鮮やかな閃光《せんこう》を描く。

「シゲルのルーンは太陽を意味する。これは本来、遠隔地に合図を送る術式だけど――」

メアリの投げた小石は複数あり、それぞれが連鎖して夜空にはいくつもの閃光が弾ける。

さながら打ち上げ花火のような光景だったが、メアリはここまで沈黙していた人影が僅《わず》かに震えたのを見逃さなかった。

「もうじき、人が来る。早く立ち去った方が身のため……だと思うけど？」

淡々と挑発的にメアリが言い放つも、人影は沈黙したまま動きを見せない。

あくまで当て推量だが、目の前の人物は正体が露見することを恐れている。そして、メアリがこのまま術式を放ち続ければ、騒ぎに気づいた人間がここへ大挙するのも時間の問題だ。

つまり、この場に留まる時間が長引くほど、人影は不利になっていく。

メアリとしてもステラを庇《かば》いながら能力不明の襲撃者を相手取ることはリスクが高い。

よって相手の逃走を見逃す代わりに、ステラの安全を確保することを選択した。

向こうもそれを悟ったのか、人影は黒い靄《もや》となって薄闇《うすやみ》の中へと紛れていった。

「……逃がした、か」

メアリは人影が跡形もなく姿を消すと、苦々しく吐き捨てる。あれはおそらく姿を隠すことに特化した能力だろう。今から追っても、有効な手がかりを見つけることは難しい。

みすみす相手を逃がしてしまったことを僅かに悔やむが、ステラの安全を確保するという目的は果たせた。メアリは緊張の糸を切らさないまま、背後のステラを見遣《みや》った。

「ステラ、大丈夫？」

メアリが焦燥感に駆られながら尋ねるが、ステラは熱っぽい表情のまま答える。

「もしかして……さっき、なにかされた？」

「えっ!?　う、ううん……違うの」

ステラはハッと我に返り、慌てて首を振ってぽつりと答える。

「なら、よかった。じゃあ――」

メアリはステラの無事が確認できたところで、安堵《あんど》の息を漏《も》らした。

「……メアリ？　もう大丈夫なの？」

「多分、逃げたと思う。だけどまだ、周囲に潜んでいるかもしれない」

「わ、分かった……気をつける」

メアリはおそるおそる尋ねるステラに、強張《こわば》った顔のまま警戒を促す。

ステラは緊張の面持ちで頷《うなず》き、メアリの服を掴《つか》みながら必死に身体を密着させた。

「ステラ……それじゃ、動けない」

「だ、だってぇ……！」

「私が側にいるから。少なくとも、さっきよりは安全」

「……分かった」

メアリに宥《なだ》められると、ステラは服から手を離して頷く。

ステラの様子を見て安堵したメアリは、周囲への警戒を怠らないまま問いかけた。

「いったい、なにがあったの？」

「分からない……メアリと別れて寮に戻ろうとしたら、いつの間にかあの影が現れて……」

ステラは状況を思い返しながらたどたどしく説明するが、彼女自身も混乱しているのか襲撃者の正体を特定できるような情報はなかった。だがメアリが魔素の揺らぎを感知したタイミングで姿を現したならば、ステラが襲われたのはメアリと別れてすぐということになる。

「その、あの……来てくれる、って思ってなくて」

ステラは顔を俯《うつむ》かせると、消え入るような声で呟《つぶや》く。

彼女の表情は窺《うかが》えないが、恐怖心によるものか身体は小刻みに震えていた。

「ううん、違う。本当は助けて欲しいと思ってたけど、そんなのは無理だと思ってて……でも、来てくれて嬉《うれ》しくって……あれ、おかしいな？　あたし、なに言ってんだろ……」

ステラの声は徐々に震えていき、やがて嗚咽《おえつ》がまじる。

メアリは目の前でステラに泣かれると、どうしたらいいのか分からなくなってしまう。

慰めの言葉をかけるべきだろうか？

あるいは「もう怖くないよ」と抱きしめてあげればいいのだろうか？

リザやココなら――メアリは思考を巡らせるが、自然と言葉が零《こぼ》れていた。

「間に合って、本当によかった。あなたにもしものことがあったら、私は――」

メアリはそう告げた瞬間、己の行動における矛盾に気づいて瞠目《どうもく》してしまう。

そもそも、ステラを殺そうとしていた人間が、彼女を守る資格があるのか？

ステラを害しようする点で、あの襲撃者とメアリは同類。本当にステラの命を狙っていたのかは不明だが、彼女の殺害を目論《もくろ》む身としては見殺しにするべきではなかったのか？

身柄をさらわれて消息不明になってもらっては困るので、生死ははっきりさせておきたかったという理由は確かにあった。しかし、本当にそれだけだったのか？

魔力の揺らぎの発生点がステラの近くだと分かった時、筆舌に尽くしがたい焦燥感に駆られた。ステラの手を摑《つか》んだ襲撃者の姿を見た瞬間、形容しがたい怒りが沸き立った。

自身の腕の中でステラを守り切った際、メアリは言葉にならない安堵《あんど》を覚えた。

それは暗殺者として獲物の横取りを阻止したことによるものか。或いは――

「メアリ……」

ステラはメアリの手を握り、ゆっくりと顔を上げる。

彼女の涙に濡れた瞳《ひとみ》に捉えられ、熱を帯びた視線を浴びるとメアリは言葉を失った。

「ごめんなさい……今だけは、こうさせて」

ステラは断りを入れると、メアリの胸に顔を埋める。

『……温かい』

メアリは服越しにぬくもりを感じ、さっきまで恐怖に震えてたステラの身体が今では落ち着きを取り戻していることに気づく。彼女は何故こんなに安堵した声でいられるのか？

ステラはメアリの正体を知らないとはいえ、ターゲットが自分の命を狙っている暗殺者に身体を預けている理解しがたい状況がメアリから正常な思考を奪っていた。

もしかしたら、自分は帝国軍人として恥ずべき行いをしているのかもしれない。

こんな体たらく、ベイバロンが知ったらなんというだろうか？

メアリが必死に思考を巡らせていると、遠くから誰かが駆け寄ってくる。

「――ステラ様！」

メアリが視線を向けるとそこには、慌ててこちらに向かってくるリザの姿があった。

メアリに身体を預けていたステラはすぐに離れ、ふたりは妙な距離を取ってしまう。

「リザ……!?」

「ステラ様！　ご無事だったのですか……!?」

リザは慌てて駆け寄ると、ステラの肩を摑《つか》んで混乱と安堵《あんど》が入り混じった顔で尋ねる。

「少し帰りが遅いとは思ったのですが、てっきりメアリ様とご歓談されていたものと……しかし、ついさっき奇妙な光が空に打ち上がったのを見て、慌てて駆けつけた次第です」

「あの、リザ……心配かけて、ごめんなさい」

「よろしいのです。ステラ様がご無事なら、わたくしはそれだけで充分です」

リザは顔を俯《うつむ》かせ謝るステラを責めることなく、震える身体を優しく抱きしめる。

「でも……本当に、無事でよかった。ステラ様になにかあれば、わたくしは……」

「リザ……」

リザに涙声で言われ、ステラはハッとした顔になる。いつも気丈なリザが涙を見せるのはあまりないことだったので、罪悪感を覚えつつも彼女の心遣いに嬉《うれ》しくなってしまった。

「メアリ様……よろしければ、お話を聞かせていただけますか？」

リザはステラを庇《かば》うように抱き留めながら、メアリに警戒心を滲《にじ》ませて説明を求める。

憔悴《しょうすい》するステラの様子を見てただ事ではないと察したのか、リザの表情は険しかった。

「落ち着いて聞いて欲しい。実は——」

ここまでの事情を知らないリザからすれば、メアリに不信感を抱くのも当然だ。

メアリは神妙な面持ちで頷《うなず》くと、たったいま起きた出来事をかいつまんで説明する。

「正体不明の襲撃者、ですか……」

「相手の能力なのか、こちらでは看破できなかった。なにか心当たりは？」

「申し訳ありません。生憎とわたくしも、皆目見当がつきません」

「……そう」

リザの芳しくない返答も、メアリの想定の範囲内だった。

元々、手がかりもなにもない状態で正体を看破できたら苦労はしない。

「ですが、こちらでも調べてみます。教皇庁のデータベースを利用できれば、少しはお役に立てると思うのですが……」

「ありがとう。そうしてもらえると助かる」

あくまでメアリは帝国の人間で、学園にいる以上はどうしても行動の範囲が狭められる。

しかし、教国側の——それも教皇庁に携わる——人間であるリザから協力が得られるのは朗報だ。もしかしたら思わぬところで、有用な情報をもたらしてくれるかもしれない。

「しかし、メアリ様がいてくださって本当に助かりました。わたくしはステラ様の〈騎士〉だというのに、これでは顔向けができません」

リザは襲撃者の正体を探る算段が立ったところで、面目ないと己の不明を恥じる。

「ううん、リザは悪くないわ。でも……本当にありがとうね、メアリ」

ステラはフォローを入れると、少しは落ち着いたのか改めてメアリに改めて感謝する。

「だけど、リザ。メアリってば、すごかったのよ！　稲妻みたいなスピードで駆けつけてきて、あの変なヤツを追い払っちゃったんだから」

ステラは興奮冷めやらぬ、といった様子で熱っぽく語る。

メアリは胸の内で「襲撃者も変なヤツ呼ばわりされては形無しだ」と苦笑いする。

「ひとまず、今後のことは学園の指示を仰ぎましょう。わたくしたちだけで対処できる問題でもなさそうです」

「うん。妥当な判断」

メアリとしては、これが大事になってステラの警備が強化されるのは大きな痛手だ。しかし、正体不明の襲撃者に四六時中付け狙われるリスクを考慮すれば頷《うなず》かざるを得ない。

なによりここで反対意見を述べても、不信感を与えてしまうだけだ。

「おそらくもうじき、騒ぎに気づいた風紀委員の方々がここへやって来ます。ここは現場ですし、なにか証拠が残されているかもしれません。ひとまず、彼女たちに相談して――」

リザは周囲を見渡しながら今後の対応を口にする。彼女の話では、この学園において風紀委員とは警備員のような役割も担っているらしい。有事には生徒会長であるウルスラの指示で、彼女の〈騎士〉でもある風紀委員長を筆頭として現場に駆けつけるらしい。

「――それはダメ!!」

リザは風紀委員の到着を待とうと提案するが、意外なことにそれを遮ったのはステラだった。血相を変えて声を荒らげたステラは「しまった」と咄嗟《とっさ》に口を覆う。

「なにを仰っているのですか？　ステラ様の身を守るためには、学園側の協力を――」

「ステラ。なにか理由、あるんでしょ？」

リザは突然のことに狼狽《うろた》えるが、メアリはステラの瞳《ひとみ》を見据えて静かに言葉を続けた。

「私は、口裏を合わせてもいい。たとえば……私がステラに花火を見せたかった、とか？」

「メアリ様までなにを……!?」

リザは愕然《がくぜん》としたまま声を上げるが、メアリは視線を逸《そ》らさずにステラを見つめていた。

ステラの顔には躊躇《ためら》いが残っているが、それでも彼女なりの決意が滲《にじ》んでいる気がした。

「だから――ちゃんと、理由を聞かせて。リザもそれを聞いて納得できなかったら、学園側に全てを話せばいい。もうすぐ、人が来る。その前に決めて」

メアリが提案を終えると、遠くから人の話し声が聞こえてくる。ぼんやりと薄闇《うすやみ》を照らすライトの光が徐々に迫り、もはや議論をする余地はなく即決即断を迫られていた。

「あたしがこうして学園に通わせてもらっているのは、ひとえに教皇陛下のお慈悲なんですもの……もし、学園側に危険だって判断されれば、きっと――」

ステラはメアリから目配せされ、困惑するリザを横目に躊躇《ためら》いながら口を開いた。

「ステラ様……」

ステラが独白のように言葉を漏《も》らすと、リザはハッとした表情で顔を俯《うつむ》かせる。

普通の学生とは異なり、ステラは特殊な事情で学園に在籍している。

この学園生活は薄氷の上にあるようなもので、きっかけがあれば一瞬で失われてしまう。

リザもステラがどのような思いで日々を過ごしているのか痛いほど分かっているので、痛みに耐えるような顔でただ沈黙することしかできなかった。

「それに……生徒会長のウルスラは、あたしを目の敵にしてる。きっと、今回のことを理由に、保護って名目で学園から追い出されるかもしれない」

ステラとウルスラの確執は初耳だが、どうやら穏やかな話ではないようだ。

ふたりの不仲はリザも把握しているようで、気まずそうに口を閉ざしていた。

「分かった。なら――これから私が護衛役として、ステラの側にいる」

メアリは沈痛な面持ちのステラとリザを見て、おもむろに口を開く。

思わぬ提案を聞いたふたりは、慌てて顔を上げてメアリを見る。

「メアリ様？　急になにを仰っているのですか？」

「もちろん、〈騎士〉の仕事は邪魔しない。あくまで私は、その補助。ふたりなら交代でステラの側にいられるし、協力してあの襲撃者を捕まえることができるかもしれない」

メアリは困惑しながら尋ねるリザに淡々と返答する。

学園側に相談するのは当然の対応で、メアリも不信感を与えないように賛同した。

しかし、暗殺者の立場として、警備の厳重化や学園から遠ざけられてしまう事態は極力避けたい。ならば、ここはあえてステラの意志を尊重するポーズを取り、自然な流れで彼女の側に近づく。護衛という大義名分を手に入れれば、ステラを監視しつつ襲撃者に対応もできる。それだけメアリにとっても、あの襲撃者の存在は看過できるものではない。

襲撃者の正体が分からない以上、このまま放置しておくのは後顧の憂いとなる。

向こうがどのような目的でステラを狙ったのかを突き止め、必要ならば排除する。

それが最終的に帝国の国益になると判断し、一旦暗殺の任務の優先順位を下げ、襲撃者の特定を優先するのが現時点での最善手だと判断した。

「本気……なのですか？」

「学園側に事を知られず、かつステラの安全を確保するにはそれしかない」

リザも自分たちで犯人を捕まえるという発想はなかったようで躊躇《ためら》いがちに逡巡《しゅんじゅん》するが、

「わたくしは、反対です。ステラ様を囮《おとり》にするような真似《まね》なんて……」

やはりステラのことが気にかかり、リザはそう簡単に首を縦には振らなかった。

しかし、ステラは顔を上げて、真っ直ぐメアリを見据える。

「リザ。あたしは、それでも構わないわ」

「ステラ様!? 急になにを仰るのですか……！」

リザは窘《たしな》めるように口を開くが、なおもステラは言葉を続ける。

「もちろん、メアリが危険な目に遭う可能性もあるし……だけど、あたし……」

ステラにとってメアリは一介の学生でしかない。そんな彼女を〈神羔《しんこう》の聖女〉の諍《あらそ》いに巻き込むのは、確かに軽率かもしれない。だけどその上で自分の側にいて欲しいと訴える。

今までのステラからは考えられない行動に、リザは瞠目《どうもく》してしまった。

「ステラ様。お気持ちは分かりますが……メアリ様を巻き込むわけには参りません」

リザは険しい顔で窘める。本来、ステラの護衛は〈騎士〉であるリザの役目だ。

気を利かせたつもりでステラの命を危険に晒《さら》した落ち度が自分にはあるが、あくまでメアリは部外者。軽率に巻き込むことはできないとリザは諫言《かんげん》した。

「ご不満なら教皇庁の力を借りましょう。休学は避けられませんが、仕方ありません」

「私は、大丈夫。それに……これは私が提案したこと。危険も承知している」

「メアリ様!?　それは本気で仰っているのですか?」

一気に表情を明るくしたステラとは対象的に、リザの表情は愕然《がくぜん》としていた。

「リザは私たちと学年が違う。クラスも同じ私の方が、より近くステラのことを守れる」

「それは……」

メアリはリザを説き伏せるように、険しい表情で続ける。

いくらリザが護衛に専念すると言ったところで、学年の違いはどうにもならない。

加えて日常生活でもステラから目を離さないということはひとりでは難しいので、ふたり体制によって足りない部分を補い合う、というのがメアリの提案だった。

「私からもお願いする。どうか一緒に、ステラのことを守らせて欲しい」

メアリが深々と頭を下げて請願すると、リザは戸惑い言葉を濁らせる。

リザの性格からしてメアリが時間を盾に選択を強要すれば、どのような判断を下すかは概ね想像できる。ステラたっての希望ならば、なおさらに彼女は判断能力を鈍らせる。

リザの優しさやステラへの執着心に付け込むことになるのを承知の上で、メアリは決断を迫った。メアリの思惑どおりリザは険しい表情のまま逡巡するが、ついに現場へ到着した風紀委員の生徒たちがライトを片手に声をかけてくる。

「みなさぁぁぁん!　落ち着いてくださぁぁぁいッ!!　我々はぁ、風紀委員でぇぇぇすっ!」

やたら声の大きい風紀委員がメアリたちをライトで照らし声を上げると、彼女の後ろにいた人物が呆れ顔で制する。宵闇《よいやみ》に紛れるようなダークブラウンの髪を揺らし、姿を現したのは生徒会長であるウルスラだった。

「リタ、仕事熱心なのは結構ですが、夜にあまり大きな声を上げるものではありません」

「ウルスラ様、申し訳ございませぇぇぇん！　以後、気をつけまぁぁぁすッ!!」

リタと呼ばれた風紀委員は敬礼をして声を張り上げる。まったく話を聞いていない様子だった。ウルスラは嘆息しながら現場の状況を把握しようとメアリたちに話しかける。

「貴女がた、ご無事ですか？　怪我《けが》人がいれば、処置を施しますのでこちらに――」

ウルスラはステラの姿を目に留めると、一転して冷ややかな眼差《まなざ》しを向け再び嘆息した。

「正体不明の光源の発生点を辿《たど》って来てみれば――貴女でしたか、ステラ・マリス」

「――ッ、ウルスラ……どうして、あなたが？」

ステラは蛇に睨《にら》まれた蛙のように硬直するが、どうにか喉《のど》の奥から声を絞り出す。

「我が〈騎士〉のひとり――風紀委員長のドロテアには、別件の仕事を任せています。ならば、彼女の穴を埋めるのは生徒会長である私《わたくし》の仕事でしょう？」

ステラは怯《おび》えるように身体を竦《すく》ませるが、ウルスラの反応はあくまで事務的だった。

以前、生徒会室で接したような毅然としながらも心遣いが感じられる物腰とは異なり、どこか感情を抑えたような淡泊な態度にメアリは違和感を抱いた。

「ウルスラ様の仰るとおぉぉぉりッ！　筆頭が不在の今、我々の真価が問われるのでありまぁああすッ!!　学園の平和を守るためぇぇぇぇッ！　一目散に駆けつけた次第ッッッ!!」

ウルスラに賛同するようにリタは声を張り上げるが、すぐにウルスラが「静かに」と睨みつける。リタは慌てて口を手で覆い、コクコクと真剣な表情で頷《うなず》いた。

「さて……状況を説明していただけますか？　その様子では事件性はなさそうですが」

ウルスラは気を取り直すように咳《せき》払いをして、視線を再びステラへと向けた。

「そ、それは……」

「私が、説明する」

メアリはステラを庇《かば》うように、ウルスラの前に立って口を開く。

ウルスラはメアリがこの場に居合わせていることに驚くが、それも一瞬のことだった。

「貴女は……いいでしょう。ステラ・マリスでは話にならないようです。続けてください」

メアリはリザに提案したとおり、「空に打ち上がった光はステラに花火を見せるため、天使術で再現したもの」だと説明する。ウルスラはやはり事件性がないと納得すると強張《こわば》った表情を僅《わず》かに緩めるが、確認のためにリザへ真偽を尋ねた。

「リザ、今の話は本当なのですか？」

「はい、ウルスラ様。この度はお騒がせしてしまい、面目次第もございません」

深々と頭を下げて話を合わせるリザを見て、ウルスラはため息交じりに続けた。

「授業以外で天使術を使う場合は、教員の立ち合いか生徒会への手続きが必要です。加えて、夜間に多くの生徒へ影響を与えかねない規模の術式を行使することは、公序良俗に反するものだと断じます。友人を喜ばせようとする心遣いは結構ですが——」

ウルスラは渋面を作り滔々《とうとう》と説き、最後には疲れの見える表情で話をまとめた。

「まったく……〈騎士〉である貴女がついていながら、嘆かわしい限りです。貴女たちも、このような事態が再発しないように、しっかりと注意を払いなさい。いいですね？」

ウルスラは呆れ顔で念を押すと踵《きびす》を返して来た道を戻って行くが、途中で一度だけ立ち止まってリザに向かって言い放つ。

「では、私は執務に戻ります。ここまでの騒ぎになった以上報告書を作成する必要があるので、風紀委員たちに改めて状況を説明しておくように。いいですね？」

「お任せくださぁぁぁいッ！　このリタ・カーシア、必ずや期待に応えまぁぁぁすッ‼」

ウルスラは張り切るリタを死んだ魚の目で見遣《みや》り、呆れ顔でその場から立ち去って行く。

リタ以外の風紀委員たちも互いに顔を見合わせ、リザへの事情聴取を始めた。

メアリはその光景を横目に見ながら、ステラの元へ歩み寄っていった。

「ステラ、大丈夫？」

メアリが声をかけると、ステラはおそるおそる顔を上げる。

ウルスラの姿が見えなくなるまで無言のまま俯《うつむ》いていたので、それが気がかりだった。

「うん……なんとか、大丈夫」

「そうは見えないけど」

　本音を言えば、ステラとウルスラの間に何があるのか知りたかったが、明らかに気落ちしている姿を見て今は追及すべきではないと判断した。

「そういえば、聞きたかったんだけど」

　メアリはステラの気を紛らせる意味合いで、ふと感じた疑問を口にする。

　ステラは急に話題が変わりキョトンとするが、

「ステラが今回のこと、隠しておきたい理由……他にあるんじゃない？」

「へっ!?　あの、そのぅ……どうして、そう思ったの？」

「別に、なんとなく。ただ、ステラが自分のことだけ考えて学園に残りたいって……それが少し、違うと思った」

「凄《すご》いなぁ……メアリはあたしのこと、なんでもお見通しなんだね」

　メアリはステラの言い分を聞いて、頭の隅でそんな違和感を燻《くすぶ》らせた。

　あくまで直感じみたものだったが、ステラは感心したように呟《つぶや》く。

「学園に残りたいのは本当よ？　だけど……それ以上に嫌なのはあたしが学園を去るなら、きっとリザは『自分も学園を辞める』って言うから」

　ステラは寂寥《せきりょう》の色を帯びた顔で、困ったように笑った。

「昔から、ずっとそうなの。リザはあたしのことを第一に考えてくれる。だから今まであたしの側にいるために、学校にだって行ってなかった」

「もしかして……ステラがこの学園に入学した理由は」

「うん。同年代の子たちに囲まれて、他愛のないお喋《しゃべ》りで盛り上がって……もちろんそれはあたし自身の願いでもあったけど、ずっと苦労をかけてきたリザに普通の女の子みたいな生活を送って欲しかった。それを取り上げてしまうのは、あまりに酷《ひど》い話だと思うから」

ステラの自分を省みずに他者を優先する献身、或いは自己犠牲。

その精神性をメアリは理解できないが、それでも彼女らしいとメアリは思ってしまった。

「なるほど、納得した。やっぱり……ステラは、優しい」

メアリは何か裏があるかと勘繰ったが、彼女らしい理由を聞いて無意識に表情が和らぐ。

ステラが事を荒立てたくない本当の理由が分かり、メアリは決意を新たにする。

「そ、そうかな？　そうなら、いいんだけど……」

ステラは気恥ずかしそうに頬《ほお》を赤く染め、口籠《くちご》もりながら顔を俯《うつむ》かせる。

「だけど……こんな理由でメアリを巻き込んじゃって、本当にごめんなさい」

「ううん、安心して。私がいる限り、あの襲撃者の好きにはさせない」

「メアリ……だけど、あなたが強いのは分かったけど、無茶だけはしないでよ？」

「死なない程度に、やってみる」

「もう、それじゃダメよ！　分かった？　いのちを　だいじに　だからね？」

「了解。ステラの安全を第一に考えつつ、自分の無事も考慮する」

「もうっ、メアリは自分の安全を第一に考えてってば！」

常に死と隣り合わせの危険な任務に従事していたメアリにとって、任務を遂行するためならば命さえ失わなければあとは構わないというのが当然の考え方だったが、ステラにとって決して褒《ほ》められた結果ではないらしい。

「それはできない。だって——」

ステラは念を押すように言うがメアリも一向に譲らず、真っ直ぐステラの瞳《ひとみ》を見据えてはっきりと言い放つ。

「あなたを守ると決めた。どんな手段を使ってもでも、私はそれを遂行してみせる」

メアリの告げる言葉に揺るぎはなく、彼女の瞳に宿る意思の光は煌々《こうこう》と輝きを放つ。

〈死神〉と呼ばれた少女は、この時だけは聖女の護衛となることを決意するのだった。

この決断がなにを意味するのか——この時、メアリ自身は気づいていなかった。

図らずもこの選択が帝国から下された命令ではなく、初めて自分の意思で決めたものとなったことを。

# 第四章　仮初めの学園生活

*Keyword*

【騎士《ダーマ》】


聖アグヌスデイ学園独自の特待生制度。

騎士に選任された生徒は入学試験の免除、進級および卒業までの単位免除、学費の免除、内申点の加算、進学への特別推薦、教皇庁への就職斡旋など様々な特権が与えられる。

騎士の選任は原則的に聖女からの指名が必要で、立候補などは認められていない。

聖女がヒエラルキーの頂点に君臨する学園において、騎士はパートナーの聖女と共に一般生徒から羨望の眼差しを一身に受ける存在である。

# 1

風紀委員たちからの事情聴取を終えた後、メアリたちは貴賓寮に戻ってきていた。

メアリはまだ襲撃者が周辺に潜伏している危険性を考慮して警邏《けいら》を買って出たが、そろそろ一般寮の門限が迫っている。リザはこの件に関して考えがあるようで、ステラを先に部屋に戻すとどこかへ電話をかけ始めた。

「メアリ様。だいたいの話は通しておきましたので、後はよろしくお願いいたします」

リザはしばらく通話をしていたが、途中でメアリに受話器を渡す。

「わかった。もしもし――」

メアリが促されるまま電話を替わると、受話器越しに聞き覚えのある声が返ってきた。

『おう、マクダレンか！　さっき〈騎士〉様から話は聞いたぜ。聖女様から直々に、使用人に指名をされたんだって？　かーっ、栄転じゃねぇかよ!!』

「……ありがとうございます」

声の主は一般寮の寮長であるドリスだった。リザはメアリをステラの使用人として迎えたいと打診したようで、ドリスは興奮気味にまくし立てていた。

確かにドリスに話を通せば、門限の問題だけでなく今後動きやすくなる。

『前にも言ったが聖女本人から雇われた使用人は、その他の奉仕活動が免除される。だから一般寮《こっち》の仕事は気にしなくていい。今日は貴賓寮《そっち》に泊まってくんだろ？』

「はい。一度、荷物を取りに戻りますが、その後はしばらくこちらに滞在する予定です」

メアリが状況を理解して話を合わせると、ドリスは受話器越しに笑いながら「同室のボヌールには伝えておくからよ」とつけ加える。

『いやー、しかし人嫌いで有名なあの〈神羔《しんこう》の聖女〉様がなァ……いったいどんな手品を使ったんだか。まあいい。しばらくは試用期間だが、働き次第じゃ正式採用もあり得る。せっかくのチャンスだ。気合い入れてモノにしろよな？』

「はい、頑張ります。それでは、失礼します」

メアリはしみじみと呟《つぶや》くドリスに断りを入れ、受話器を置いて通話を終える。

ドリスの口ぶりからすると、聖女の使用人は一般寮生にとって好ましい待遇のようだ。

「ありがとう、エリザベス。おかげで話が早かった」

メアリが側で待っていたリザに声をかけると、彼女は複雑そうな表情で答える。

「イサルコ寮長を騙《だま》すのは少し心苦しいですが……きっと、これが最良の手段でしょう」

「おかげで随分と動きやすくなった。それじゃ、私は今から警邏に行くから」

メアリが警邏を行うため外に向かうと、リザは呼び止めるように声をかけた。

「あの……本当にわたくしが先に仮眠を取って良いのですか？」

「問題ない。エリザベスも今日は疲れてるだろうし、その方が私にも好都合」

リザが申し訳なさそうな表情で言うと、メアリは構わないと答える。

メアリが先に警邏《けいら》に出て、その間にリザが仮眠を取るというのは事前の取り決めどおりだ。襲撃者が表立って動きにくくなる夜明けまで安全を確保できれば、メアリも明け方には荷物を取りに一般寮へ戻ることができる。ステラはひとりで深夜の警邏にあたるメアリを心配していたが、メアリは「心配しないで」と宥《なだ》めて強引に押し切っていた。

「分かりました。それでは、気をつけて行ってらっしゃいませ」

リザは深々と頭を下げ、警邏に出向くメアリを見送る。

夜更けということもあり外は完全に静まり返っていたが、メアリは念入りに警邏を行っていく。ひとしきり巡回を終えたところで、メアリはため息まじりに呟《つぶや》いた。

「広域の走査術式にも反応なし。痕跡《こんせき》も見つからず――本当に、隠れるのが上手」

そう易々《やすやす》と痕跡や手がかりが見つかるとは思っていなかったので、これも想定内である。

むしろ、警備を買って出たのは、ステラやリザの目をかいくぐって寮にいるココに連絡を取ることが目的だった。

「視界、同調……疑似神経、構築――」

メアリは意識を集中させ、視界を寮の部屋にいる使い魔のフギンと共有する。

やがてフギンの目を通して、机に突っ伏して寝息を立てているココの姿が見えてきた。

どうやらココはメアリからの連絡を待っているうちに、うたた寝をしていたらしい。

「こちら〝鎌《ゼンゼ》〟――応答せよ、〝椿《カメリア》〟」

『ふぁい……もしもし？　こちら〝椿〟……って、メアリちゃ……じゃなかった！』

メアリが通信用の識別記号で呼びかけると、寝ぼけたような声でココが応対する。

ココはやや遅れてメアリからの連絡だと気づき、素《す》っ頓狂《とんきよう》な声を上げて飛び起きた。

『コホン……〝鎌〟、寮長から話は聞いたけど、改めて状況を説明してくれない？』

「こちらから連絡できなくて、ごめん。事態が急変して、対応に追われていたから」

ココが慌てて咳《せき》払いをして平静を取り繕うと、メアリはこれまでの出来事を説明する。

『えっと、ちょっと待って――展開が急過ぎて、いろいろと混乱してるんだけど……』

ココは混乱のあまり素が出かけていたが、戸惑いながらも必死に状況を整理する。

『その襲撃者は、本当に秘蹟者《サクラメント》だったの？』

「おそらく。断定はできないけど、あれは少なくとも帝国式の魔術じゃなかった」

『つまり……〝星〟を狙ったのは、教国側の人間？』

「現時点では、その可能性が高いと考えてる」

『じゃあいったい、なんのために？　現時点で教国側が〝星〟を拉致《らち》する意味は？』

ココはメアリからの報告を聞きながらメモ帳のページをめくり、懸命に思考を巡らせる。

『犯人が教国の人間だとして、〈神羔《しんこう》の聖女〉の拉致で得をするのは？　逆に損をするのは明白。教皇が延命の手立てを失えば教皇庁は大打撃を受ける。じゃあ、逆説的に考えて、教皇の延命を防ぐことによって利益が生じるのは……？　つまり、狙いは聖女そのものじゃなくて、延命の阻止だったと仮定すれば――』

ココはぶつぶつと呟《つぶや》きながら、書き殴るようにノートに筆を走らせる。

『メアリちゃんは今回、どうして〝星〟の暗殺が命じられたのか覚えてる？』

「体調を崩した現教皇の延命を防ぎ、崩御させるため……そう聞いてる」

メアリがベイバロンの言葉を思い返しながら答えると、ココは神妙な表情で頷《うなず》く。

『じゃあ、もう一つ。これはわたしに関してもだけど……この学園に潜入できたのは、教国側の助けがあったから。そうだよね？』

「うん。少なくとも、ベイバロンはそう言っていた」

『つまり、教国側の協力者は、今回の暗殺計画を知らされている――もしくは、全貌《ぜんぼう》まで知らされていなくても、おおよそ何をやろうとしているか感づいている……かもしれない』

ココは表情を曇らせると、そのままぽつりと独白めいた言葉を吐き出した。

『あくまで可能性のひとつだけど……わたしたちは、その協力者に利用されているのかも』

「利用？　だとすれば、なんのために？」

『メアリちゃんは反教皇派、って知ってる？』

「存在は知ってるけど……どうして、ここでその名前が？」

ココの口からその単語が出た途端、メアリの表情が険しくなっていく。

教皇庁は最高位の聖職者である教皇を頂点に据えた組織だが、これは『教皇がアグネス教の精神的指導者で神に最も近い存在である』という教義を前提に成り立っている。

対して反教皇派とは空位主義者とも呼ばれ、彼らは救い主から〈天国の鍵〉を授けられた初代教皇以外を正統な教皇ではないと主張している。歴史を見ても反教皇派は幾度となく教皇の統治に異を唱え、現代でも教皇の統治を崩す機会を虎視眈々《こしたんたん》と狙っていると囁《ささや》かれている。

『もしも、ビーレイグ大将の協力者が反教皇派の人間だったら、いろいろと辻褄《つじつま》が合うの。彼らにとって崩御による空座化は教皇による統治を終わらせる上で、これ以上にない好機だと思う。だけど、そのためには崩御を妨げる〈神羔《しんこう》の聖女〉が邪魔になってくる』

「だから、教皇の崩御まで〈神羔の聖女〉の身柄を拘束すれば、教皇の崩御と聖女の使用権の確保――その一挙両得が狙える……そういうこと？」

奇跡を行使する代償に命を落とす〈神羔の聖女〉は、言わば使い捨ての道具と同義。

体調を崩している現教皇にとって、延命と蘇生の奇跡を有する〈神羔の聖女〉はこれ以上にない保険だろう。この二点を鑑みるに教皇の延命を阻止しつつ、貴重な聖女を手に入れ温存することが反教皇派の目的であるとココは言いたいのだろう。

『だけど、〈神羔の聖女〉に万が一のことがあれば、まず疑われるのは教皇庁と敵対している反教皇派の人間――だから反教皇派は自分たちにかけられる嫌疑から逃れるため、全ての罪を敵国の人間……つまり、わたしたちに被《かぶ》せようとしてるのかもしれない』

「反教皇派が帝国に協力を申し出たのも、体《てい》の良いスケープゴートが欲しかったから？」

『現段階では断定できないけど、そういう可能性もあるって話として聞いておいて。加えて言えば……帝国側もそれを承知で受け入れた、っていうのが最悪のシナリオね』

「反教皇派は〈神羔《しんこう》の聖女〉を手中に収める、あるいは始末されれば、いずれにせよ教皇の延命を阻止できて崩御が実現できる。帝国は聖女の暗殺が成功しても、反教皇派に身柄を確保されても、どんな形であれ崩御が起きれば混乱に乗じて攻勢に転じられる——つまり、両者の利害は『現教皇の崩御』という点で一致している」

メアリとココが仮定を重ねて自分たちの置かれている状況を把握していくと、ここまで冷静だったココが急に慌てふためき始める。

『……ど、どどど、どうしよう⁉　わたしたち、かなりピンチじゃないかな⁉』

「落ち着いて。仮にそうだとしても、向こうの目論見《もくろみ》どおり罪を被《かぶ》るつもりはない」

『メアリちゃん……？』

メアリはしどろもどろになるココを諭すように、冷静な口調で言葉を続けた。

「結局、やることは変わらない。襲撃者を捕まえて、誘拐を妨害する。そうすれば、向こうの企みは阻止できるし、私たちに危害が及ぶこともない」

『でも……もし、協力者が報復で、こっちの情報を教皇庁側に流したら？』

「他人に罪をなすりつけようとする保身的な人間が、万が一にも足が着くような真似《まね》はしないはず。協力者の情報を握っているのは、帝国も同じだから」

「そっか……帝国側が今回の件を教皇庁に暴露すれば、向こうの協力者も道連れなんだよね」

「帝国からすればエージェントと諜報員《ちょうほういん》なんて、替えの利く存在でしかない。報復合戦になって互いが害を被るにしても、末端を切り捨てればいいだけの帝国のほうが傷は浅い」

メアリはあくまで客観的に状況を推察する。

報復で痛み分けになったとしても、帝国は末端でしかないメアリたちを切り捨てればいい。

一方、教国側に身を置く協力者は、素性を暴露されれば破滅は免れない。

蜥蜴《とかげ》の尻尾切りをすればいいだけの帝国と、築き上げた立場を失うわけにはいかない協力者。

どちらの被害が甚大かは語るまでもなく、報復のような不毛な行為をするメリットは薄い。

「最良の結果は、言い逃れのできない証拠を得ること。反教皇派との繋《つな》がりが立証できれば、ベイバロンを介して牽制《けんせい》ができる。今後、向こうも下手な横槍《よこやり》は入れないはず」

『そのためには誰が襲撃者か……もしくは反教皇派の人間が分かればいいんだけど……』

「学園内の反教皇派に心当たりはあるの？」

メアリは今後の方針が固まってきたところで、ココに対して肝要な問いを投げかける。

『残念だけど、そこまでは……反教皇派って普段は一般信徒を装ってるから、仲間以外が存在に気づけるのは稀《まれ》なんだよね』

ココは露骨に言葉を詰まらせ、視線を逸《そ》らしながら答える。

「分かった。ひとまず、目星がついただけでも大きな進歩。頼りになるね」

『そ、そうかな？　よーし、じゃあお姉ちゃん頑張っちゃうぞー!!』

メアリは僅《わず》かにだが語調を和らげ、感謝の言葉を継げる。

ココは虚を突かれて目を瞬かせるが、すぐ顔を綻《ほころ》ばせながら意気込んでみせた。

「〝星〟については、私に任せて。今後は泊まり込みで警護を行う予定。可能なら襲撃者の正体も探りたい。寮には朝方、荷物を取りに戻るけど、以降はしばらく戻れないと思う」

『オッケー。そういうことなら――』

メアリがそのままの流れで言うと、ココは途中で言葉を詰まらせてしまう。

だが、それも一瞬のことで、ココは何事もなかったように言葉を続けた。

『えっと……今日から学園内の反教皇派について探りを入れてみるから、そっちは〝星〟の方をお願いね？』

「了解。反教皇派について、なにか進展があったら連絡して」

メアリはリザと警備を交代したら一度部屋に帰る旨を伝え、ココとの通信を切る。

ココは接続が断たれたフギンを見て大きく息をつき、誰に言うでもなく呟《つぶや》きを漏《も》らした。

「わたしたちの目的は〝星〟の暗殺なのに、メアリちゃんは襲撃者から当然のように彼女を守るって……それが矛盾していることに、気づいているのかな……？」

初対面の時のメアリは感情の起伏が少なく、いわば機械じみた無機質さすら感じた。

だが今、メアリは穏やかな声で自分に対して労《ねぎら》いの言葉を述べた。ほんの些細《ささい》なことだが、たった数日間の間にどんな心境の変化があったのだろうか？

ココには分からないが、おそらく今回のターゲットであるステラが関係しているだろう。

普通なら情緒の成長だと喜ぶべきところだが、それは暗殺者にとって不要な機能だ。

完成された〈死神〉というエージェントに訪れた変化――その先に待ち受けているのがなんであるか。ココは胸騒ぎを感じつつ、脳裏を過《よぎ》る答えからそっと目を逸《そ》らすのだった。

# 2

メアリはココとの通話を終えた後、所定の時間になるまで見張りを行った。それから仮眠明けのリザと交代し、荷造りのため寮の自室へ戻る。ある程度の荷造りはココがしていたらしく、健やかな寝息を立てる彼女に感謝しつつベッドに潜り最低限の仮眠を取った。

やがてカーテンの隙間《すきま》から差し込む朝日で目を覚ますと、まとめた荷物を持って数時間ぶりに貴賓寮へと戻ってきた。メアリは呼び鈴を鳴らすか迷ったが、早朝ということもありそのままドアを開けて寮内へと足を踏み入れる。

メアリが広大なエントランスを抜けてホールまでやって来ると、中は朝の静けさが満ちている。ホールを歩きながら意識を研ぎ澄ませると、厨房で僅《わず》かに物音がするだけで他に人の気配は感じられなかった。

「おはようございます、メアリ様。わざわざお越しいただき、ありがとうございます」

メアリが周囲の様子を観察していると、厨房から足音が聞こえてくる。

視線を向けるとリザが小走りで姿を現して、メアリに恭しく頭を下げて出迎えた。

「おはよう。あれから、どうだった？」

「メアリ様が寮へお戻りになってからも特に異常はなく、わたくしも今は朝食の準備をしていたところです」

「ならよかった。そういえば……ステラは他の聖女みたいに、使用人は雇っていないの？」

メアリはドリスの話を思い返しながらリザに尋ねる。聖女の住居として提供されている貴賓寮はそれなりの広さで、家事を担当する使用人がいるのも頷《うなず》ける。

しかし、先日屋敷を訪れた際にも、使用人らしき人間はひとりも見かけなかった。

「ステラ様は、わたくし以外の人間をお側に置きたがらないのです。ですからステラ様が不在の折に、イサルコ寮長に臨時で一般寮生の方を派遣してもらうこともありました」

苦笑まじりに答えるリザを見て、メアリは昨晩のドリスの口ぶりを思い出す。

昨晩の通話でもドリスは『あのい、〈神羔《しんこう》の聖女〉様が』と口にしたが、ステラの偏屈ぶりはリザから臨時の使用人の融通を頼まれていた彼女も知るところだったのだろう。

「じゃあ、普段はエリザベスがひとりで家事をしてるの？」

「はい。家事の類いは得意ですし、幸いにもこの寮ではステラ様とわたくしのふたり暮らしですので。おそらく、メアリ様が考えているほど負担はないと思います」

メアリが尋ねると、リザは微笑《ほほえ》みながら答える。言葉どおり仕事を負担に思っているような素振りも見せない。おそらく本心から、ステラの世話をすることが好きなのだろう。

「私も、何か手伝おうか？」

「ありがとうございます。ですが、これもわたくしに任された大切な仕事ですので。お気持ちは嬉《うれ》しいですが、メアリ様の手を煩わせるわけにはいきません。ですが――」

メアリの申し出にリザはやんわりとした口調で断るが、ふと思いついたように続けた。

「よろしければ、ステラ様を起こしてきてくれませんか？　もうじき朝食ができるので」

メアリはリザの提案に小さく頷き、階段を登ってステラの部屋を目指す。

二階にやって来るとステラの部屋の前に立ち、ドアをノックして扉越しに声をかけた。

「ステラ、起きてる？」

「メアリ――戻ってきてくれたの!?」

返事が返ってくる前にドアが開き、鈴を転がすような声がメアリを出迎える。

メアリの視界に飛び込んできたのは、ネグリジェ姿のステラだった。

寝起きなので当然だが今のステラは、フリルがふんだんにあしらわれたネグリジェを身にまとっている。艶《つや》やかなシルクの生地に窓から差し込む朝陽が当たり、きらきらと輝いている光景はまるでおとぎ話に物語られるお姫さまのようだった。

メアリが息を呑んで魅入られたように見つめていると、ステラは怪訝《けげん》そうに首を傾げる。

「どうしたの、メアリ？」

メアリはステラに問われ、ぶんぶんと頭を振って言葉を返した。

「……ただいま、ステラ。その服、似合ってるね」

「へっ⁉　ど、どどど、どうしたの急に⁉」

メアリは動揺を悟られないように言葉を続けると、ステラは慌てふためきながら尋ねた。

「別に。ただの感想」

「う、うぅ……メアリのいじわる……」

ステラはまるで茹《ゆだ》ったタコのように顔を紅潮させ、俯《うつむ》きながら小さく呟《つぶや》いた。

「ゴメン。からかうつもりは、なかった」

メアリは口元に僅《わず》かな笑みを浮かべて歩み寄り、自然とステラの頭に手を伸ばしていた。

これまで幾人もの秘蹟者《サクラメント》の命を刈り取ってきた手は、優しくステラの頭を撫でている。

「うん、分かってる……メアリって、あんまり冗談言わないから」

「そう？　冗談くらい、たまには言うけど」

ステラはメアリの手が頭から離れると、小さく「あっ」と声を漏《も》らす。

ゆっくりと顔を上げるステラの視線は名残惜しそうにメアリを見つめ、他愛のない会話を交

わしながらステラとメアリの瞳《ひとみ》は互いを捉え合う。

「あのね……朝起きたとき、メアリがいなくて不安だったの」

ステラは不安に揺らぐ瞳でメアリを見つめ、独白のように続ける。

メアリは貴賓寮を出る前、リザには声をかけていたが、ステラは眠っていたので起こさないように出て行った。彼女からすれば突然、メアリが消えたような心地だったのだろう。

「おかしいよね。今まではそれが普通だったのに」

「昨日、あんなことがあったんだから。不安になって、当然」

メアリは自嘲《じちょう》気味に笑うステラを諭し、気遣うような言葉を返す。エージェントとして数々の死線を潜ってきたメアリと違って、ステラは特殊な立場であるとはいえ年頃の少女でしかない。命を狙われるような体験をすれば、精神が不安定になるのも仕方ないことだ。

「だからね……今だけは、こうしてていいかな?」

ステラはすっと身を寄せて、遠慮がちにメアリの手を握る。

「分かった。落ち着くまで、そうしてて」

メアリは想定外の事態に身体を強張《こわば》らせるが、ステラを受け入れるように絡めた手を握り返す。最初は冷たかったステラの手に、メアリの熱が移っていく。

「……ありがと、メアリ」

ステラはメアリに身を預け、安堵《あんど》したように呟《つぶや》く。

彼女が穏やかな顔で告げる言葉は、メアリに向けた心からの感謝だった。

「…………ッ」

メアリは寄りかかってくるステラの温《ぬく》もりを感じ、徐々に息苦しくなっていくような錯覚を抱いた。心臓が早鐘を打ち始め、呼吸が浅くなる。おかしい。尋常ではない。

こんな情動は初めてだった。敵から毒を浴びたときも、熱量を確保するため傷んだ食料を口にしたときも、死に瀕《ひん》する傷を負ったときでさえも、このような感覚を抱いたことはない。

微睡《まどろ》むような心地良さと、胸を焦がすような焦燥感が奇妙にも同居している。

「……ステラ。そろそろ、時間」

「もう少しだけ……ダメ、かな?」

メアリは混迷を極める思考から逃れようとするが、ステラは甘えるように懇願する。

途端にメアリは何も言えなくなってしまう。ステラの名誉のために断っておくが、決して不快ではない。むしろ、ずっとこうしていたいと思ってしまうほどに甘美な誘惑だった。

同時にこれまでの自分が「このままではまずい」と脳内で警鐘を鳴らしている。

「ねえ、メアリ。あのね――」

メアリが必死に思考を巡らせていると、ステラは熱を帯びた眼差《まなざ》しを向ける。

ふたりの視線が絡み合い、吐息すら聞こえてきそうな距離にて。

普段のステラとは異なる艶《つや》やかな雰囲気に、メアリは思わず息を呑むが――

「ステラ様、起きていらっしゃいますか？　エリザベスでございます」

そんなふたりの間に割り入ったのは、ドアを隔てて聞こえてくるリザの声だった。

リザはメアリとステラがいつまで経っても食堂に降りてこないので、心配して部屋までやって来たところだった。リザは閉ざされた扉の前に立ち、ステラの反応を待つ。

「お、おおお、起きてるわよぉ!?　そう、そうだ！　メアリも一緒なの!!」

ステラは突然の来訪に慌ててメアリから離れ、上擦った声のまま慌てて答える。

「はぁ、存じておりますが……予定よりも早く準備が終わりましたので、伺った次第です。おふたりとも、食事が冷めますのでなるべく早く食堂までいらしてくださいね？」

リザは少しばかり間を挟んだ後に、気を取り直して朝食の準備ができた旨を告げた。

「ええ、わかったわ！　すぐに行くから!!」

「承知いたしました。では、お待ちしていますね」

リザがドアの前から去って行くと、ステラとメアリの間に沈黙が流れる。メアリは先刻の余韻に浸るようにぼーっとしていたが、ステラは気を取り直したように声をかける。

「じゃ、じゃあ行こっか？」

「……うん」

ステラが苦笑交じりに言うと、メアリは釈然としないまま小さく頷《うなず》いた。

「そうだ！　あたし、着替えなきゃ！」

ステラは自分がパジャマだったことを思い出したようで、慌てて着替えを探し始める。

「じゃあ、私は部屋の外で待ってる」

メアリはステラに断りを入れてから一旦、部屋の外に出て行こうとする。

「すぐに行くから、ちょっとだけ待っててね」

ステラが着替えの制服を片手に弾けるような笑顔で言うと、メアリは口元に僅《わず》かな微笑《ほほえ》みを湛《たた》えながら今度こそ部屋から出た。

「おかしい……さっきの感情は――」

メアリは部屋の外に出てひとりになると、さっきの感情がなんだったのか考える。

いまだかつて、経験したことのないような感覚。あれはいったい、なんだったのか？

いくら悩んでも答えは出ず、着替えを終えて出てきたステラと食堂に向かうのだった。

# 3

朝食を取り終えたメアリたちはいつものように学園へ出発し、上級生であるリザと途中で別れてから自分たちの教室へと向かっていた。

メアリは昨晩の誘拐騒動も考慮して周囲を警戒しながら廊下を歩いていたが、今日は普段よりも多くの視線を感じていた。廊下にたむろしていた生徒たちは、連れ添って歩くメアリとステラを見て、ひそひそと声を潜めて言葉を交わしていた。彼女たちの興味はステラに注がれているようで、ステラは人目に晒《さら》され顔を俯《うつむ》かせながら頬《ほお》を赤く染めていた。

「ね、ねえ、メアリ……なんだかあたしたち、すごく目立ってない？」

「うん。理由はよく分からないけど」

メアリの所感では生徒たちが向ける眼差《まなざ》しは単純な好奇心といった様子で、悪意でない以上放っておいても問題ないと判断していた。しかし、ステラはそう簡単に割り切れない様子で、メアリの背中に隠れるように身体を密着させていた。

「ステラ。歩きにくい」

「う、うぅ……だってぇ……」

「ほら、もう教室だから」

そんなやり取りを交わしながら、ふたりはいつの間にか教室の前まで辿《たど》り着いていた。

メアリが先んじて室内へ入っていくと、教室内で談笑していたジェシカと目が合った。

「やあ、メアリ。ごきげんよう」

ジェシカは席を立って教室の入り口まで歩み寄ると、メアリに向かって挨拶《あいさつ》をする。

「うん。おはよう」

メアリがジェシカに挨拶を返すと、ジェシカの友人たちも「ごきげんよう」と後に続く。

ここまではいつもの風景だったが、ステラが続けて顔を出すと教室内の空気が一変した。周囲の人間は誰もが目を丸くして絶句するが、ジェシカだけは意味深な笑みを浮かべていた。

「おや――これは珍しい。メアリ、今日はいったいどうしたんだい？」

ジェシカはステラとメアリを交互に見遣《みや》ると、微笑《ほほえ》みまじりに問いかける。

騒然とするクラスメイトたちの中で、ジェシカだけがいつもの立ち居振る舞いだった。

「昨日から臨時で、ステラの使用人になったから。今日は、一緒に登校した」

「なるほど、そういうことだったんだね」

メアリが答えると、ジェシカはしきりに頷《うなず》きながら笑みを深める。

メアリはクラスメイトの反応を見て、ようやくステラに向けられていた視線の意味を理解する。これまでのステラは〈騎士〉であるリザ以外の人間と行動を共にすることがなかったが、今日はメアリと一緒に登校してきた。それが彼女たちには物珍しかったのだろう。

「ステラ様、ご挨拶が遅れ申し訳ございません。本日もご機嫌麗しゅうございます」

ジェシカは物怖《ものお》じすることなく、ステラの前に出てにこやかに挨拶をする。

しかし、ステラは急に声をかけられ驚いたのか、すぐにメアリの背中に隠れてしまった。

「ステラ。挨拶は？」

「わ、分かってるわよ！」

メアリに促され、ステラは躊躇《ためら》いがちにジェシカへと視線を向ける。

だが、すぐに不安になってしまい、助けを求めるようにメアリを見た。

「冷静に考えて……今まで散々失礼な態度を取ってきたのに、今更迷惑じゃない？」

ステラは声を潜めて耳打ちをするが、対するメアリの返答は素っ気ないものだった。

「……さあ？」

ステラはメアリの言葉に突き放すような印象を受け、いじけながら指で彼女の背中にぐるぐると渦巻き模様を描く。

「さあ、って!?　う、うぅ……他人事だと思ってぇ……」

メアリはステラの不可思議な行動に首を傾げるが、構わずに言葉を続けた。

「私はフランソワさんじゃないから、彼女の気持ちは分からない。だから不安なら、本人に聞けばいい」

「そんなこと言われても……」

ステラは不服そうにぶつぶつと呟《つぶや》くが、メアリの言葉が正鵠《せいこく》を射ているのも理解している。結局のところ「他人の考えなど分かるはずがないのだから、くよくよ悩んでいる暇があるなら行動を起こせ」とメアリは発破をかけているのだ。

これまでのステラなら逃げ出していたが、こちらをじっと見つめるメアリと視線が合う。

ステラは決意を固め、ジェシカに向かってゆっくりと歩み寄っていく。

ジェシカの目の前までやって来ると、ステラは固唾《かたず》を飲んで口を開こうとする。

意図せず声にならない声が漏《も》れるが、今度はめげずに喉《のど》の奥から言葉を絞り出した。

「あ、あの……おは、よう……ございます」

「ええ──ステラ様。おはようございます」

ステラの挨拶《あいさつ》は緊張のせいか尻すぼみだったが、それでもジェシカには充分だった。

ジェシカはふっと笑みを零《こぼ》し、にこやかにステラへ挨拶を返す。

「────ッ!!」

ステラは無事にジェシカと挨拶を交わし合い、表情を明るくして後方のメアリを見る。

メアリは真顔のまま親指を立ててステラを労《ねぎら》い、満足そうに何度も頷《うなず》いていた。

「えっと……じゃあ、そういうことで！」

ステラは目的を果たし心地よい満足感に浸っていたが、これが今の彼女の限界でもあった。

ジェシカに一声かけ、ステラは一目散に自分の席へと向かって行く。

「もう終わりなの？」

「今はこれが限界なの！　ちゃんと挨拶できただけでも大きな進歩でしょ？」

「目標が低すぎる。もう少し、持続的かつ実現可能な設定を進言する」

「うぅ……本当に、そういうことなんだからっ!!」

「ちょっと待って。そういうこと、ってどういうこと？」

「はぁ？　そういうことはそういうことでしょ？」

「具体例でお願い」

「ああ、もうっ！　メアリのバカ～!!」

メアリが足早に逃げ去るステラに尋ねると、「察して」との言葉が返ってくる。

ふたりのやり取りはどこかじゃれ合っているようで、周囲の人間は呆気に取られていた。

「使用人、って……さっきの話、本当なの？」

「さ、さあ……？　でも、あの方が誰かと一緒に登校したことなんて――」

その場に残されたクラスメイトたちは、ステラとメアリの漫才めいたやり取りに首を傾げていた。しかし、ジェシカだけは笑いを必死に堪《こら》え、くつくつと肩を震わせていた。

「驚いた――まさかとは思っていたけど、本当にやってのけるなんてね」

ジェシカは現在進行形でずれたやり取りを繰り広げるふたりを見守りながら、新たな一歩を踏み出したステラを祝福するように微笑《ほほえ》むのだった。


以降、直属の使用人という大義名分を得たメアリは、人目を憚《はばか》ることなく教室内でもステラに対して友人のように親しく接していた。以前はメアリが一方的につきまとう形だったが、今のステラは満更でもない様子でメアリを受け入れていた。これまでの経緯を遠巻きに眺めていた人間からすれば、ステラの心変わりに困惑するのも致し方なかった。

「ステラ。トイレに行くならついて行く」

「う、うん……じゃあ」

「次の授業は移動教室。じゃあ、行こう」

「ええ、そうね」

「お昼だから、庭へ行こう。エリザベスが待ってる」

「今日のお弁当はなんなのかしら？　楽しみね！」

メアリは休み時間を挟むたびに足繁くステラの席に通う。冷たくあしらわれていた頃とはまったく状況が異なっていた。教室内で孤立していたステラがメアリと行動を共にするようになった光景には、他のクラスメイトたちも面を食らっているようだった。

それから件《くだん》の襲撃者も姿を見せることなく、メアリとステラは無事に放課後を迎える。

ふたりは帰り支度を終えて教室から出ようとするが、不意に後ろから声をかけられた。

「やあ、少しいいかな？」

メアリが振り返ると、そこにはジェシカを筆頭に何人かの生徒たちが立っている。

彼女たちの視線はメアリではなく、隣にいるステラへと向けられていた。

「ステラ、呼ばれている」

「え？　あたし⁉」

メアリはジェシカたちの様子を見てあらかた察すると、傍らのステラに視線を向ける。

急な出来事にあたふたとするステラに、メアリは「話を聞いてあげて」と目配せした。

「違うんだ。今日はふたりに話があって。いいかな？」

「えっと、いいけど……なに、かしら？」

ステラは大きく深呼吸をすると、ジェシカの顔を見てばつが悪そうに尋ねる。

これまで彼女に辛く当たってきたことに負い目を感じ、ステラの瞳《ひとみ》は不安に揺れていた。

「ありがとうございます、ステラ様。では、改めて――僕はジェシカ・フランソワ。このクラスで級長を務めています」

ジェシカが改めて自己紹介をすると、ステラは気まずそうに答える。

「……うん、知ってる。前に声、かけてくれたよね？」

ステラの記憶に残っているのは、教室でひとりぼっちだった自分に声をかけてくれたジェシカの姿だった。ステラはあの日、彼女の行為を無下にして、挙げ句の果てに拒絶した。

だからジェシカにとって、ステラの印象は最悪だと思っていた。

「良かった！　覚えてくれたんですね」

身構えるステラに対し、ジェシカは嬉《うれ》しそうに表情を綻《ほころ》ばせていた。

ステラは予想外の反応に思わず、びっくりしたように目を丸くする。

「あの時は余計なお節介で気分を害させてしまい、本当に申し訳ありませんでした。なので今回は、改めての謝罪をさせていただきたく参りました」

「ち、違うの！　フランソワさんは悪くないの!!」

目を伏せて表情を陰らせるジェシカを見るなり、ステラは慌てて否定する。

ジェシカが厚意で声をかけてくれたのは分かっている。非があったのは自分の方だ。

「ステラ様……？」

ステラの反応が意外だったのか、今度はジェシカが瞠目《どうもく》して眼前のステラを見つめる。

「その、だから……あの時はフランソワさんが声をかけてくれたのは嬉しかったけど……でも、あたし、誰かと友達になる資格なんてない、と思ってて……」

ステラは当時のことを思い返すと、今でも胸が苦しくなってくる。当時は正しいと思った行動だったが、ジェシカが去り際に見せた寂しげな顔が記憶の片隅に引っかかっていた。

同時に級長である彼女に酷《ひど》い仕打ちをした以上、クラスの一員としてみんなの輪に加わる資格を失ったとも考えていた。

「だけど、今は少し考え方が変わってきて――それは多分、ただ逃げていたんじゃないかって思って。この子が……メアリが、それを気づかせてくれたの」

ステラは相好を崩して柔らかな微笑《ほほえ》みを浮かべ、傍らにいるメアリを見る。

この気持ちはメアリが気づかせてくれたものだ。使命という殻の中にこもっていた自分を引っ張り出し、こうして日の当たる場所に連れ出してくれた。

メアリのことを考えると、自然と表情が和らぎ穏やかな気持ちになっていく。

ジェシカはステラの変化を目の当たりにして、魅入られたように視線を注いでいた。

「急にこんなこと言っても『なんだそれ？』って話よね。都合のいい話だとあたしも思う」

　ステラが口にしたように、これはあくまで彼女自身の中での話だ。どんな事情があったにせよ、ジェシカに酷《ひど》い仕打ちをしてしまった事実は変えられない。今すぐにこの場から逃げ出したい衝動に駆られるが、必死に心を奮い立たせ真っ直ぐにジェシカを見据える。

「だけど、もし……本当にもしもだけど！　フランソワさんが許してくれるなら……こんなあたしだけど、その……仲良くしてくれると嬉《うれ》しいな、って」

　ステラは上擦った声で懸命に言葉を絞り出す。場は静寂に包まれるが、決して気まずいものではない。初めて歩み寄ってきたステラに、ジェシカの友人たちも言葉を失っていた。

「ええ、喜んで！　不肖、ジェシカ・フランソワ。謹んでお受けいたします」

　ジェシカはハンカチで目頭を押さえ、一気に表情を明るくして満面の笑みで答える。

　ここまで心配そうに様子を見守っていた友人たちも、顔を見合わせて笑い合う。

「あと、ね……ステラ様じゃなくって、〝ステラ〟って呼んで欲しい。ダメ、かな？」

　ステラは気恥ずかしそうにはにかんで「できれば敬語もなしで」とつけ加える。

「もちろん！　こちらこそよろしくね、ステラ」

　ジェシカはステラの頼みを快諾すると、友人に接するようなフランクさで言い直した。

「……！　ありがとう、フランソワさん」

「せっかくだし、僕のことはジェシーって呼んでよ」

　ジェシカがウィンクをして提案すると、ステラは困ったように視線を泳がせた。

「えぇっ!?　あー、急にそれはハードルが高いかな……?」

「別に、難しいことじゃない。ね、ジェシー?」

メアリが助け船を出すように会話に入り、ジェシカに目配せをする。

ジェシカはその意図を汲《く》み、愉快そうに笑みを零《こぼ》してしまった。

「あはは！　うんうん、ようやくメアリもそう呼んでくれたね。さあ、ステラもどうぞ?」

「メアリ!?　う、うぅ……裏切り者ぉ……」

ステラはジェシカとメアリに迫られ、いじけたような顔で呟《つぶや》く。

やがて覚悟を決めたように「よし」と自らを鼓舞して、消え入るような声で言った。

「ジェシー……これでいい?」

ステラが羞恥心《しゅうちしん》が抜けきっていない様子で尋ね、ジェシカは満足そうに頷《うなず》いた。

「今日はなんて素晴らしい日だろう！　ステラ、メアリ、これからよろしくね」

ジェシカがそう締めくくると、遠巻きに見守っていた友人たちがステラへ遠慮がちに声をかけてくる。内容は他愛もない四方山話の類いだったが、それでもぎこちなく談笑するステラは確かに彼女たちのクラスメイトとして迎えられたようだった。

はにかみながら彼女たちと言葉を交わすステラを見て、メアリは小さく微笑《ほほえ》むのだった。

# 4

教室を後にしたメアリとステラはリザと落ち合うため、待ち合わせ場所の中庭へと向かっていた。メアリは道中でおもむろに、傍らのステラへ問いかける。

「さっきの誘い、本当に断ってよかったの？」

あの後、メアリたちはジェシカからお茶会に誘われたが、例の襲撃者の件もあり安易に彼女たちを巻き込むことはできないので、ステラは迷いながらも誘いを辞退していた。

「だって……あの子たちを巻き込みたくないし」

「そう。ステラが良いなら、それでいい」

「でも、ジェシーも言ってたでしょ？　『今度はきっと参加してね』……って」

別れ際、ステラが申し訳なさそうに誘いを断った時、ジェシカはそう言って笑いかけた。

思えばステラにとって、クラスメイトとこんな約束を交わしたのは初めてのことだった。

騒ぎが一段落した際は――とステラは胸中で決意する。

「そう」

「……うん」

メアリもステラの判断に異を唱えることなく、ふたりの会話は途切れてしまう。

だが、不思議と気まずさはない。放課後の喧騒を遠巻きに眺めながらこうしてふたりで歩いていることが、自分にとっていつしか自然な光景になっていることにステラは気づく。

これまでステラの隣にはリザしかいなかったのに、今ではメアリが当然のように傍らにいる。ステラはそれが無性に嬉《うれ》しくて、おもむろに口を開いた。

「あのね、メアリ」

「……？　どうしたの？」

「本当に、ありがとね」

メアリは改めてお礼を言われ、きょとんとした顔になってしまう。

ステラはくすっと笑みを零《こぼ》すと、穏やかな表情で言葉を続けた。

「メアリがいなかったら、あたしはジェシーたちとあんな風に言葉を交わせなかったと思う。きっと今でも、あの教室でひとりぼっちだった」

ステラは足を止めると、そのまま真っ直ぐメアリを見据える。

メアリも倣《なら》うように歩みを止め、ステラに視線を向ける。窓から差し込む夕陽を浴びたステラは、宗教画に描かれる聖人のように神秘的な美しさを感じさせた。

メアリは魅入られるようにじっとステラを見つめ、そのまま言葉の続きを待った。

「今までのあたしは、使命を遂げることこそが自分の生きる意味だと思ってた。だからメアリのことも、正直言って最初は煩わしかった」

ステラはメアリとの出会いを思い返し、苦笑を浮かべながら続ける。

最初はとんでもないヤツが編入してきたと思った。他者を拒み己の殻にこもっていた自分の領域に土足で踏み込み、無遠慮に関わってきたのだから。

だけど、そんな人間は初めてだった。いや、ステラに関わろうとした人間は確かにいた。だがステラに拒絶されると、ジェシカのように誰もが諦めて去っていった。

ステラにそれを咎《とが》める資格はない。何故ならばそれは当然のことだから。

誰だって、他人に拒まれるのは辛い。否定され、疎まれ、拒絶されれば傷ついてしまう。だから人間は気の合う者同士で交流し、最適化されたコミュニティを築いていく。

誰に習うわけでもなく、知らず知らずのうちに身につける処世術というものだ。

しかし、メアリは年頃の少女ならば当然の行動をしなかった。空気を読まず、何度拒まれてもめげずにステラへ向かってきた。やがてステラにとって、メアリは変なヤツから不思議な人になった。そして今のステラにとって、メアリは——かけがえのない大切な人だと断言できる。

「だけどね、メアリのおかげで気づいたの。あたしはきっと、自分が傷つくことが怖かったんだって。臆病《おくびょう》な自分の弱さを使命のせいにして、ずっと逃げてたんだと思う」

ステラは穏やかな表情で笑いかける。かつての他者を拒む苛烈《かれつ》さはなりを潜め、呪縛から解き放たれたような晴れ晴れとした顔は、等身大の少女そのものだった。

「メアリが来てから、ずっと嬉《うれ》しいことばかりなの。昨日のことは怖かったけど……でも、あなたがいてくれるから、きっと大丈夫」

嬉々《きき》として語るステラとは対照的に、メアリの心は急速に冷え切っていく。

もしもメアリが「あなたの暗殺を目論《もくろ》んでいる」と告げたら、ステラはどんな顔をするだろうか？　こうして護衛をしているのも襲撃者の動向を探るためであり、自分が信頼を預けている人間が単なる人殺しだと知った時、彼女は――

『だから、私には……感謝される資格なんて、ない』

ステラはとても楽しそうに話を続けているが、メアリの頭の中には内容が入ってこない。

肩が触れ合う距離にいるのにもかかわらず、ふたりを隔てる心の距離はどこまでも遠い。

片や教国の聖女、片や〈死神〉と呼ばれる帝国のエージェント。

互いの立場の違いが、メアリに最後の一線を越えることを躊躇《ため》わせる。

『勘違いするな。私は、〝死神〟だ……そう、だから――』

そして――メアリは己の迷いを断ち切るべく、とある決意を固めるのだった。

# 5

その後、メアリとステラはリザと合流して貴賓寮に戻った。そして三人は、リザが用意した夕食を食べたあと、ステラの提案で部屋に集まってトランプでのゲームに興じていた。

思いのほかにゲームは白熱し、気づけば時刻は夜の九時。リザは屋敷周囲の警邏《けいら》に出るため部屋を後にし、メアリとステラは入浴を済ませて就寝の準備をしていた。既にベッドへ潜っているステラは、メアリが髪を乾かし終わったタイミングで声をかけた。

「本当にあたしだけ寝ちゃっていいの？」

「うん。寝ている間は、私が見張ってるから」

リザが外の見回りに出ているとはいえ、襲撃者が彼女の目をかいくぐってこの部屋にやって来る危険性もある。だからメアリはリザと交代するまでベッドの脇で警護をするつもりだった。

しかし、ステラは自分だけ先に寝てしまうことに罪悪感があるようだった。

「今のステラは、しっかり休むことが仕事。だから、安心して」

「そっか……じゃあ、おやすみなさい。メアリ」

「おやすみ、ステラ」

ステラはメアリと最後の言葉を交わすと、ゆっくりとまぶたを降ろす。

室内には沈黙が満ちるが長続きしない。ステラは寝付けないのか、メアリに話しかける。

「ねえ、メアリ……あなたに、話しておきたいことがあるの」

ステラは天井を見上げながらおもむろに口を開き、メアリは黙って続きを待った。

「あたしには大切な使命がある——前に話したけど、そのことについて。メアリは〈神羔《しんこう》の聖女〉って呼ばれている聖女について、どんな役割があるか知ってる？」

ステラはベッドに横たわったまま、視線をメアリへと向ける。

メアリが無言を貫いていると、ステラは独白のように言葉を続けた。

「〈神羔の聖女〉の奇跡――それは聖女の命を代償に死者を蘇らせ、命を繋《つな》ぐ御業。だから教皇猊《げい》下《か》が危機に陥った際、自身の命を捧げて猊下の命を繋ぐ。それがあたしの使命なの」

メアリは言い聞かせるように告げるステラを見て、無意識のうちに唇を噛《か》み締める。

ステラはこれから、いずれ自らが辿《たど》る末路を語ろうとしている。

メアリは友人としてどんな顔でそれを聞けばいいのか、判断ができなかった。

「その反応からすると……メアリは〈神羔の聖女〉の役目、知ってるんだね？」

ステラは黙りこくるメアリの顔を見て、苦笑まじりに言った。

「あたしの命はこの国、ひいては教皇猊下のためにある。だからこれまであたしは、親しい人間を極力作らないように生きてきた。例外は〈騎士〉のリザくらいね」

ステラは「リザは教皇庁に所属している秘蹟者《サクラメント》なのよ」と誇らしげに語る。

慈しむように穏やかな声は、いかにリザを慕っているのかが分かる。

ステラはリザのことを語り終えると、物憂げに声を沈ませる。

「昔ね、仲が良かった子に言われたことがあるの……『キミは残酷だね』って」

ステラは過去の光景を脳裏に思い描きながら続ける。

純粋無垢《むく》だった当時のステラにとって、それは価値観を塗りつぶす衝撃的な言葉だった。

「『親しい友人も、尊敬する師も、愛する隣人も、キミは使命のため彼らを置き去りにする。

それはとても残酷なことだ』――そう言われた瞬間、ゾッとした。あたしが〈神羔《しんこう》の聖女〉である以上、親しい人間を作ればその人たちを悲しませてしまう」

ステラは「その結果は知ってるでしょ？」と自嘲《じちょう》気味に笑うが、メアリは何も言えなかった。

「それから親しい人を作るのが怖くなった。リザ以外の人間を遠ざけるように振る舞った。だからこの学園……あのクラスでも、あたしはひとりぼっちだった。使命を遂げることがあたしの存在証明だと必死に信じようとしていた」

ステラは語る。こうして自分は生贄《いけにえ》としての運命を受け入れたと。

まだ年端もいかぬ少女は、どのような思いで残酷な運命を受け入れたのだろうか？

「これまでは、それで良いと思ってた。望まれたことを望まれたままにすることが、与えられた役目だって。でもね、メアリ。あなたと出会って気づいてしまったの」

ステラは諦念《ていねん》が滲《にじ》む声ではなく、どこか晴れやかな口調で続けた。

「他人のことを第一に考えるふりをしても、結局は自分が怖いだけだった。もし大切な人ができても、お別れしなきゃいけない――そう考えると恐ろしくて仕方なかった」

別離とは恐ろしいものだ、とメアリも思う。己の身を以て、その痛みを知った。

さっきまで楽しくお喋《しゃべ》りしていた人間が、次の瞬間には物言わぬ屍《しかばね》になっている。

それは悲しいと言うよりも、ただ恐ろしい嵐のような激情だろう。

だからメアリには、別離を恐れるステラの気持ちが痛いほど分かる。

「結局のところ……あたしは自分を守るため、孤独を望んだ。いずれ訪れる別れに怯《おび》え、恐怖から目を逸《そ》らすために。つまり、あたしは使命より大切なものを失うことが怖かった」

メアリは自嘲するステラを見て考える。きっと彼女は気づいてしまったのだろう。

神に身を捧げることを厭《いと》わない献身者。その行いの裏には、自らの打算的な目論見《もくろみ》があることに。だが、それを責めることはできない。とどのつまり、人間とは己の利益を優先する生き物だ。たとえ教義を掲げ殉教を名誉とする信仰であっても、最後の瞬間まで神に身を委ねる者がいたとすれば、それはすべてを都合の良い偶像に丸投げした奴隷でしかない。

メアリは信仰を免罪符に思考を放棄して、ただ己の裡《うち》に創り上げた〝神〟などという虚像に縋《すが》る人間を軽蔑している。しかし、どうだろうか。ステラは利己的な自分を受け入れた上で聖女の役割を全うしていた。メアリにとって、それは瞠目《どうもく》に値する出来事だった。

「でもね、自ら望んだ孤独だったくせに、あたしは学校っていう場所に憧れてた。他愛のないお喋りで盛り上がって、昼食を一緒に食べて、放課後は友達の部屋に遊びに行って……そんなありきたりな普通を体験したくて、あたしはこの学園への入学を志願した」

メアリはステラの話を聞いて、これまでの学園生活を思い返す。

ステラが切望した普通とは、同年代の女学生ならば意識せずとも体験しているはずのものだろう。そんな当たり前がどうしても欲しくて、彼女はこの学園に来たという。

「矛盾だらけでしょ？　散々わがままを言ってリザにも協力してもらったのに、いざ普通の生活を手に入れようとした瞬間……失うことが怖くて、自分の方から突き放した」

だけど、ステラは恐れた。あれだけ熱望したものがようやく手に入るのに。自ら手を伸ばせばすぐ届くはずなのに。手に入れるよりも先に、失うことが怖くなってしまった。

ステラが利己的な人間であれば、このような状況に陥ってはいなかった。

彼女の思慮深さ。言葉を飾らずに言えば、その臆病さがあと一歩というところで決意を鈍らせてしまった。皮肉なものだ、とメアリは思う。

「だからクラスのみんながあたしを敬遠するのは当然ね。あんな酷《ひど》いこと言ったんだから」

あまりにも重すぎる宿命を背負った少女は、寂寥《せきりよう》感の滲《にじ》む顔で自嘲《じちよう》気味に笑う。

「だけどね、メアリと出会ってから気づいたの。自分はただ己を守るために殻の中に閉じこもっているだけで、手を伸ばせば望むものは手に入ったんだって」

メアリは自分の名前が出た瞬間、咄嗟《とつさ》にステラを見る。視線の先には、メアリを見て微笑《ほほえ》むステラの顔があった。ステラは口元に微笑を浮かべて、穏やかな表情で続ける。

「無遠慮に、無鉄砲に、無邪気に、メアリはあたしがこもっている殻を壊してくれた。視界を閉ざして諦めきっていたあたしを、広い外へと連れ出してくれた」

ステラが切望した普通とは、メアリにとっても初めてのことだらけだった。

メアリも最初は任務のために接近したが、いつの間にかステラと一緒に過ごす時間がかけがえのないものになっていたのだから。

「それがね、嬉《うれ》しかったの。今まで自分が勝手に恐がっていたことが嘘《うそ》みたいに、嬉しくて嬉しくて――だからね、それで良いんだって気づいたんだ」

メアリは穏やかに笑うステラを見て、ふと考えてしまう。

暗殺者が身分を隠し、暗殺対象の友達のように振る舞う仮初めの学園生活。

ベイバロンが見れば、両手を叩《たた》いて笑うであろう諧謔《かいぎゃく》。帝国が誇るエージェントとしてあるまじき醜態。そんなことは、メアリ自身がよく分かっている。

だけど、たとえままごとのように滑稽《こっけい》なものだったとしても――

ステラはそんなメアリを本物の友人だと思ってくれたのだろうか？

「確かに別離は悲しいけれど、楽しかった思い出までは消えない。だから失うことを恐れる前に、メアリやリザ、それからジェシーたちとも……お別れの瞬間になっても絶対に後悔しないくらいたくさんの思い出を作って、あたしは聖女としての使命を全うする」

力強く断言するステラには、もう別離の恐怖に震える少女の弱さはない。

新たな一歩を確かに踏み締めるステラの姿に、メアリの視線は釘付けになってしまう。

「あたしは、ここから始めるの。一歩一歩、地に足を着けて。もう自分の人生から目を逸《そ》らさない。安易な諦めに逃げないで、最期の瞬間まで笑ってみせる」

メアリは気丈に笑うステラを見て、思わず言葉を失ってしまう。

目の前のステラは決して、信仰に耽溺《たんでき》する愚者ではない。世の中に蔓延《はびこ》る理不尽を受け入れ、それでもなお前に進もうとする強靭な意志――己の弱さを知る故に、得ることができた強さ。メアリは彼女の高潔な姿に、思わず息を呑んだ。

「だからね。あたしのこと、ずっとずっと覚えていて欲しいの。そうすればたとえ死がふたりを分かつとも、メアリの中であたしはずっと生き続けていくから。そのためにはふたりで、みんなで、一緒に楽しい思い出を作っていきたんだ」

かつて己の殻に閉じこもり、別離の恐怖に震えていた少女はメアリに笑いかける。

ステラは聖女の責務の先に待ち受けている運命が避けられない死だとしても、その命が尽きるまで刻みつけると誓った。己の魂に、自分と関わりを持った人間の魂に、ステラ・マリスという少女が在ったという軌跡を残す――だから、もう彼女は恐れない。

「ダメ……かな？」

ステラは縋《すが》るようにメアリを見つめるが、彼女の瞳《ひとみ》は徐々に不安へと揺れていく。

もう迷いは振り払ったが、メアリが自分についてきてくれるかは分からない。

こんな重い話をされて、今までと同じように接してくれるのだろうか？

「そんなことはない。私でよければ、これからもよろしく」

メアリは僅《わず》かな沈黙を挟んで答えるが、脳内で冷静な自分が「どの口で」とせせら笑う。

ステラが〈神羔《しんこう》の聖女〉である以上、メアリに残された道は決まっている。

なんなら襲撃者に濡れ衣を着せ、騒動の隙《すき》に学園から去るのもいい。暗殺者としてのメアリは、冷酷無比にどう立ち回れば確実に任務を遂行できるか思考を巡らせている。

それでもメアリはステラの不安を取り払いたくて――冷酷な己を押し殺して、気づけば笑いかけていた。たとえこの手がステラの血に染まる運命でも、今だけは彼女を安心させたい。二律背反する自己欺瞞《ぎまん》だと分かっていても、メアリはそうすることを選んだ。

「えへへっ……ありがとね、メアリ」

ステラはメアリの答えを聞くと、ついさっきまでの不安が嘘《うそ》のように顔を綻《ほころ》ばせる。

そのまま特に意識することなく、ステラはごく自然に言葉を続けた。

「メアリ――大好きだよ」

「――――ッ!?」

メアリはその言葉をステラから告げられた瞬間、名状しがたい感覚に支配された。

雷に打たれたような衝撃を受け、火が灯《とも》ったように全身が熱くなる。心臓が早鐘を打ち、呼吸が乱れていく。いったい自分はどうしてしまったのか。

「あはは！　メアリが恥ずかしがってる顔、初めて見たかも」

「そんなこと――」

メアリは無邪気に笑うステラを見て、咄嗟《とっさ》に自分の顔を触ってしまう。

上気して熱を帯びた頬《ほお》は、彼女が指摘するように羞恥《しゅうち》によるものなのだろうか？

自問自答するが、一向に答えは出てこない。これまで何人もの秘蹟者《サクラメント》を手にかけた時でさえ、メアリの感情は凪《なぎ》のように揺らがなかった。最初は明確な怒りがあり、確固たる憎悪やある種の使命感さえあった。あの子を死に追いやった教国という国を、アグネス教の存在を、教義に耽溺《たんでき》する信徒たちを、この国の全てが許せなかった。胸の内に燻《くすぶ》る復讐《ふくしゅう》心に突き動かされ、メアリという少女は血に濡れた魔道を歩むことを選んだのだから。

人を殺せば殺すほど衝動じみた激情は徐々に消え失せ、最後には命じられたままに殺人を実行する殺戮機巧《スローター》が残った。だけど、それでいいと思っていた。喜怒哀楽という感情は、精神を疲弊させる不要な機能だ。余計な思考も単なる熱量《カロリー》の無駄遣いでしかない。

殺戮《さつりく》に酔うこともなく、淡々とただ与えられた作業をこなす——それが〈死神〉と呼ばれるまでのエージェントになった少女の生き方だったはずだ。

しかし——そんなメアリを見て、かつてのベイバロンは言った。

『今の貴様はつまらんな、メアリ』

『感情を削ぎ落とし、人形にでもなったつもりか？　それが格好良いと思っているのならやめておけ。感情とは人間が持つ最大の美点であり、利点でもある。憤怒、慟哭《どうこく》、嫉妬《しっと》、怨嗟《えんさ》、憎悪……激情はより大きな衝動や情念——ひいては上質な魔力を生み出す起爆剤だ』

『出会った時、怨嗟を叫び、喉笛《のどぶえ》を嚙《か》み切ろうと迫ってきた貴様の表情には、ときめきさえ覚えた。だが、今の貴様はどうだ。はたして貴様は、今日という一日の花を摘んでいるか？』

『ある哲学者曰く、「生きることは考えることである」——これは逆もまた然り。思考を止めて生きるだけならば、家畜と変わらんよ。生憎とワタシは家畜を飼っているつもりはないのでね』

『貴様にとって、生とはなにか？　最期の瞬間、その手にバラのつぼみは残っているか？　これは最後の宿題だ。せいぜい悩んでみろ、メアリ』

ベイバロンはエージェントとして完成したはずのメアリを「つまらない」と評した。

彼女の言うように、最初はメアリにも人並みの感情が備わっていたのかもしれない。

だけど、それは切り捨てた。ベイバロンの言葉を借りるのなら削ぎ落とした。

人間性を極限まで削り、己をひたすらに秘蹟者《サクラメント》を殺す存在として定義づけた。

その結果が〈死神〉という異名であり、少なくともメアリ自身はそう思っていた。

だが、この学園に来てから、そんな自分が徐々に変わっていくのを感じた。

これまで不要だと断じていたものが急に必要になり、見てくれだけでも必死に取り繕った。

だけど、否が応でも気づいてしまう。自分が、これまで年頃の少女として享受すべきだったものをなにひとつ持たず、任務以外に価値を見出せない空虚ながらんどうであると。

なるほど、と納得してしまった。とどのつまり、ベイバロンの言葉は正鵠《せいこく》を得ていた。

どうやら自分は、とてもつまらない人間だったらしい。

だけど――今はどうなのだろうか？　この瞬間、どんな顔をしているのだろうか？

メアリが沈黙していると、ステラは苦笑まじりに言った。

「ゴメン、流石にもう寝た方がいいよね。話に付き合ってくれて、ありがとね」

ステラが「おやすみ、メアリ」と告げて目を瞑《つぶ》ると、今度は比較的すぐに健やかな寝息が聞こえてきた。メアリはしばらく様子を見守ってステラの眠りが深くなったことを確認すると、部屋の外に出てドアの外側に一枚の札を貼る。

これはあらかじめ術式が込められた術符と呼ばれる道具で、魔力を供給することで記録された術式を簡易的に行使することができる。今回用いるのは探知の術式で、部屋の近くを誰かが訪れた際に術者であるメアリへ知らせる効果がある。

術符が正常に作動していることを確認すると、メアリは部屋の中へと戻って行く。

「リザは、まだ来ない。だから——」

メアリは足音を殺して、ベッドに歩み寄っていく。すやすやと穏やかな顔で寝息を立てるステラを見下ろし、太ももに巻いたホルスターから一振りのナイフを取り出す。

「やるなら……今しか、ない」

言い聞かせるように呟《つぶや》くが、メアリ自身もいつの間にかステラを殺す機会を先送りにしていることに気づいていた。ステラと接するようになり、メアリには迷いが生じていた。

——ステラを殺したくない。

だから、メアリはステラを殺さない理由を探し、必死に自分を納得させようとしていた。

最初は無事に任務を遂げるため。そして今は、襲撃者の正体を突き止めるため。

もっともらしい理由をこじつけ、芽生えた想いから目を逸《そ》らしてきた。

結局のところ、それは単なる自己欺瞞《ぎまん》でしかない。ココはメアリの心変わりを既に見抜いていたのかもしれない。暗殺者としてこれ以上にない失態にもかかわらず、優しい彼女はきっと見て見ぬふりをしていてくれたのだろう。こんな無様な失態を犯すとは〈死神〉の名が聞いて呆れるが、メアリ自身も笑ってしまうくらい滑稽《こっけい》だと思う。

いつの間にか心臓が早鐘を打ち、呼吸が乱れ、心拍数が上がっていく。必死に平静を保とうとするが、不意に耳障りな声が聞こえてきてゆっくりと声がする方を振り向く。

『なにを迷っている。殺せよ、〈死神〉。俺の喉《のど》を掻《か》き切ったように、その子を殺すんだ』

そこには先日、始末したはずのアーニヤが立っていた。

彼は血塗《ちまみ》れの司祭服《キャソック》を身に纏《まと》い、潰れた喉から怨嗟《えんさ》の声を撒《ま》き散らす。気づけばアーニヤ以外にも、部屋の中にはこれまでメアリが手に掛けた秘蹟者《サクラメント》たちが蠢《うごめ》いていた。

――ああ、いつもの幻覚か。

メアリは辟易《へきえき》しながら冷めた眼で彼らを見遣《みや》る。

彼女は時折、こうして自分が手に掛けた者を幻視する。彼らはメアリを責め、罪を問い質す。どうやら今晩は、いつもとは異なる趣旨で現れたらしい。

『今更怖じ気づいたか？　帝国の〈死神〉ともあろうものが！』

『お友達ごっこで情が湧いたか。なんとも笑いぐさだ』

『殺せ！　殺せ！　喉を掻き切り、首を撥《は》ね、顔を潰し、眼を抉《えぐ》り、舌を抜き、四肢を切断し、心臓にナイフを突き立て、身体中に傷を刻み、脳髄《のうずい》を掻《か》き回し、殺せ殺せ殺せ殺殺殺殺殺殺殺殺殺コロセコロセコロセココロコロセコロロコロロロセセセ――』

最後には壊れた蓄音機のように呪詛《じゅそ》を撒《ま》き散らすが、メアリはただ一言だけ。

「――黙れ」

メアリが短く吐き捨てた瞬間、ついさっきまで蠢《うごめ》いていた人影が消え去る。

呼吸を整えながら虚空を凝視すると、そこにはただ薄闇《うすやみ》が広がっているだけだった。

メアリはナイフの柄を固く握り締め、かつては忌み嫌っていた呼び名を口にする。

「私は……〈死神〉だ」

死神とは、命を奪う存在だ。

死神とは、死を与える者だ。

命を刈り取り、死という永遠《とわ》の眠りをもたらす。

帝国の殺戮《さつりく》人形であるメアリにとって、これ以上にない呼び名だろう。

「死神は迷わない。死神は考えない。ただ命を刈り、死という果実を摘み取る収穫者だ」

思考を停止させ、あらゆる感情を遮断《シャットアウト》する。

胸の内に渦巻いていた情動が途端に消え失せ、徐々に思考がクリアになっていく。

大丈夫、とメアリは呟《つぶや》く。自分はやれる。迷いはない。さあ、殺せ。殺すのだ。

幻覚にそそのかされたからではない。己の意思で、自分の判断で、自ら進んで。

〈死神〉はステラを殺す。今までも、これからも。ただの道具として、殺戮を遂行する。

「さようなら、ステラ・マリス──帝国のため、あなたには死んでもらう」

メアリは深呼吸をして、ベッドに視線を向ける。そこには健やかに寝息を立てるステラがいた。侵入者に備えて安全を確保するため、カーテンは引いていない。

雲の隙間《すきま》から月明かりが差し込み、淡い光がステラを照らし、幻想的な雰囲気を醸し出す。まるで一枚の絵画のように美しい光景だったが、今のメアリの心には響かない。

ステラの首筋に狙いを定め、躊躇《ためら》うことなくナイフを握る手に力を込める。せめて殺す時はひと思いに。それだけが暗殺者であるメアリが与えられる唯一の慈悲なのだから。


「メ、アリ──」


短剣を振り下ろす瞬間──ステラはメアリの名前を呼んだ。単なる偶然で、寝言なのは明白だ。現にステラは目を覚ますことなく、今もなおまどろみの中で揺蕩《たゆた》っている。

「──ッ、ゥ……!?」

刀身がステラの首に触れる瞬間、メアリは寸でのところで手を止めてしまう。

どうしてそんなことをしてしまったのか、自分でも分からない。ステラから名前を呼ばれた瞬間、雷に打たれたような衝撃を感じてしまった。ついさっきまで凪いだ海のように落ち着き払っていた心が、今は様々な情動が入り混じって嵐の様相を呈している。

「どう、して……？」

メアリは愕然《がくぜん》とした表情で呟《つぶや》くが、自分の頬《ほお》に違和感を抱く。

おそるおそる頬に手を当ててみると、そこには一筋の雫《しずく》が伝っていた。

まなじりから溢《あふ》れる涙は頬に滴り、やがてステラの顔へと落ちていく。

「どうして……私は、泣いているの？」

メアリは茫然《ぼうぜん》自失の体で呟くが、このままではまずいと咄嗟《とっさ》にステラから離れる。

今の落涙でもしかしたらと考えたが、どうやらステラはまだ寝ているようだった。

「こんな感情は、知らない。こんな感情は、要らない。わた、しは……私は、〈死神〉だ」

メアリは震える声で自分に言い聞かせ、再びステラにナイフを突き立てようとする。

「殺す――殺す、殺す、殺す……ッ！」

メアリは必死に歯を食いしばって鬼気迫る形相でナイフを振り下ろすが、いつの間にか自分の手が小刻みに震えていることに気づく。

震える手では狙いが定まるはずもなく、挙げ句の果てにはナイフを床に落としてしまう。

カランと床を転がるナイフの刀身に、メアリの姿が映り込んでいる。顔をくしゃくしゃに歪めて涙を流す顔は、まるで幼い子供が駄々をこねているようだった。

「あ……ああ……ああああああ、ああああああああああああああ――」

必死に押さえ込んでいた情動が決壊し、言葉にならない叫びが溢《あふ》れた。メアリは目を見開き、力なく床にへたり込む。こんなはずはない。こんなことはあってはならないはずだ。

——私は、ステラを殺せない。殺したくない。

受け入れがたい感情を自認した瞬間、メアリの中でなにかが壊れる音がする。

軍人として、魔術師として、秘蹟者《サクラメント》を殺す〈死神〉として——これまで自分を定義づけていたものが、一気に崩れ落ちていく。メアリはそれが恐ろしくて。堪らなく苦しくて。震える手で己の身体を抱き、がたがたと歯を打ち鳴らす。

「どうして、なの……！　どうして——」

止めどなく溢れる涙は床を濡らし、メアリは嗚咽《おえつ》混じりに呟《つぶや》く。

「これまでたくさん、殺してきたッ！　今更どんな顔で『殺したくない』、だなんて……」

メアリは声を押し殺して叫ぶ。今まで幾度となく帝国に仇なす秘蹟者を殺してきたが、それは任務として命じられたことで、手に掛けてきた人間のことを知ることはなかった。

無論、相手の能力や経歴など、任務に必要な情報は頭に入れていた。しかし、彼らがどのような人となりであるか——つまり、ひとりの、人間としての彼らを知ろうとしなかった。

だが、ステラの場合は違った。任務を遂行するため彼女に近づいた結果、メアリは単なる暗殺対象としてではなくステラ・マリスというひとりの人間を知ることになった。

「私は、この国が憎い……！　私から〝あの子〟を奪ったこの国の人間が憎い……ッ！」

秘蹟者たちを手に掛けてきたのも、ただ命じられたからではない。かつて奪われたものに対する復讐《ふくしゅう》を遂げるためだ。信仰という教義にすべてを委ね、利権を貪り悪逆を為す教国をメアリは憎悪している。だから殺した。いつの日かこの国から信仰という劇薬を絶やすため。帝国に対する忠誠など二の次で、メアリが望んでいるのは教国の破滅だった。

〈神羔《しんこう》の聖女〉が死ねば、聖女の再出現《リスポーン》によって今度は帝国がその身柄を確保するかもしれない。となれば病に伏せっている現教皇の崩御は避けられず、この国は未曾有の混乱に陥るだろう。帝国はその機会を虎視眈々《こしたんたん》と狙っている。そのための聖女暗殺なのだ。

ステラを殺せば、狂おしいほど待ち望んだ教国の滅亡に手が届く。

そんなことは、メアリだって理解している。だけど――

「それでも――ステラは殺せない。殺したく、ない」

メアリは消え入るような声で、心の奥底に燻《くすぶ》っていた願いを吐露する。この身に託された使命を放棄し、己に課した目的を諦め、かつて誓ったはずの復讐を手放す――すべてを捨ててでも、ステラを殺したくない。結局、それが今のメアリが導き出した答えだった。

「ねえ……私は、どうすればいいの？」

メアリは憔悴《しょうすい》しきった顔で呟くと、床に落ちたナイフを拾う。

己の気持ちに気づいたからか、涙は止まり身体の震えは治まっていた。

ステラを殺せないと分かった以上、襲撃者に備えてこのまま警護は続行しなければならない。安らかに眠るステラの顔が目視できずに、体育座りの形でうずくまる。

「教えてよ――マリー」

縋《すが》るように口から漏《も》れたのは、今もなおメアリの心を支配する少女の名前だった。

# 6

時は遡《さかのぼ》り、メアリがステラの部屋へ向かったのと時同じくして。

ココは寮の自室でスクラップブックを片手に物憂げなため息をついていた。

「はぁ……手がかり、見つからないなぁ」

襲撃者の正体を反教皇派と目星をつけたまではいいが、今日に至るまでこれといった証拠を得ることができていないのが現状だ。メアリから件《くだん》の襲撃者が姿を見せたという報告は受けていないので、まだ実害が出ていないのが不幸中の幸いである。

しかし、事態は急を要していることには変わらず、一刻でも早い犯人の特定が必要だ。

「〝星〟の周辺人物……クラスメイトや担任教師、貴賓寮の管理人や使用人たち。しらみつぶしに当たってみたけど、それっぽい手応えもなかったし」

本来、反教皇派というのは一般の信徒を隠れ蓑《みの》にしていて、誰もが尊敬する敬虔《けいけん》な聖職者が裏では反教皇派として活動していたという事例も決して少なくない。

彼らは同胞のみで通じ合い、そのネットワークは未だに解明されていない。

帝国でいうところの秘密結社、というのが近いイメージだろうか？

「あまり〝星〟とは関わり合いのない人間って可能性もないわけじゃないけど――」

そう考えると不可解なのは、タイミングだ。メアリの証言では事件当日、ステラがひとりになった瞬間を見計らったように襲撃者は現れた。それは四六時中、彼女を監視している――もしくは、ステラのスケジュールを把握しているということを意味している。

秘蹟者《サクラメント》の能力行使による消耗を考慮すると前者は考えにくいので、ココはステラにとって近しい人間が犯人ではないかと疑っていた。

「あるいは……その両方って可能性は？」

ココはこれまで襲撃者を単独犯として見ていたが、別の観点から思考を巡らせてみる。

まず、ステラを誘拐しようとした襲撃者。これは『姿を隠蔽《いんぺい》する』能力を持つ守護天使を保有している秘蹟者、という前提は変わらない。

件の人物を単独犯とするならば『隠蔽の力を持つ秘蹟者』かつ『〝星〟のスケジュールを把握している人物』というふたつの条件を満たす人物だと考えるべきだろう。

まず疑うべきなのは、ステラに最も近しいエリザベス。だが、メアリがステラに探りを入れたところ、彼女の象徴器は短剣で、姿を擬態するような能力もないとのことだった。

他にも持ちうる情報にフィルターをかけて絞り込んでみたが、条件に該当する人物はいなかった。そもそも、ステラのスケジュールを把握している人物が少なすぎる。

しかし、別の視点に発想を転換してみる。そもそも、襲撃者は本当に単独犯なのか？

もし、襲撃者にステラのスケジュールを把握している協力者が存在していたら――単独犯という前提は覆る。ステラの側で行動を監視する協力者と、誘拐に適した能力を有する実行犯。今回の事件はこのツーマンセルによって実行されたのではないか？

だとすれば、協力者は誰なのか？　襲撃者と協力者は何によって繋《つな》がっているのか？

「ダメだ……動機が分からない。多分、今回の事件の鍵はホワイダニット――つまり、どうして犯行に及んだのかという動機。それさえ分かれば……」

状況証拠を当てはめていくと、ひとりの人物が協力者の候補として浮上してくる。

確かに辻褄《つじつま》は合うかもしれないが、肝心の動機までは考えつかない。

彼女は何故、反教皇派と通じているのか――それを確かめるため、ココは決意を固める。

「気は引けるけど、多少のリスクは仕方ない……よね？」

メアリが身体を張って任務に当たっている以上、協力員としてベストを尽くさなければならない。彼女の〝星〟に対する態度に懸念はあるが、信じるしかないと己を鼓舞する。

「よし！　そうと決まれば――」

ココはピッキング用具や口紅型の単発銃といった工作用の道具をポケットに詰め、消灯時間を過ぎて静まり返る夜の学生寮から抜けだして校舎に向かっていくのだった。

# 第五章　騎士の矜持

*Keyword*

## 【守護天使】

御使い、天使とも呼ばれる存在。人が生まれながらに宿す神性。

守護天使には階級と位階が存在し、階級は希少性、位階は熟練度を表す。

位階は訓練や実戦で伸ばすことができるが、階級は先天的な指標で基本的に変動しない。

ただし、守護天使の階級は実力に比例せず、到達位階や秘蹟者との相性により戦況を覆すこともある。

守護天使の階級は熾天使《セラフィム》を頂点とし、智天使《ケルビム》、座天使《スローンズ》、主天使《ドミニオンズ》、力天使《ヴァーチェース》、能天使《パワーズ》、権天使《プリンシパリティーズ》、大天使《アークエンジェル》、天使《エンジェル》の九つの階級が存在する。

# 1

ステラの暗殺を断念した後、メアリにとって地獄のような時間が待っていた。

暗殺者としての使命と、ステラを殺したくない本音との間に板挟みになり、メアリの精神は憔悴《しょうすい》していった。ステラの命を奪う立場にありながら、彼女の命を守りたいという矛盾——これまで見て見ぬ振りをしてきた事実を突きつけられ、メアリは懊悩《おうのう》し、煩悶《はんもん》し、苦悩した。

幸い、時間はいくらでもあった。途中でリザが交代を申し出たが、メアリはそれを固辞した。どのみちこのまま寝ようとしても、満足に睡眠が取れないのは明白だ。

ならば、起きていた方がまだましだった。エリザベスが去り、ステラとふたりきりになるとメアリはステラの寝顔を眺めながら思考を巡らせる。

メアリにとってステラは——〈神羔《しんこう》の聖女〉とは屠所《としょ》の羊だった。

死の運命を背負わされた哀れな生贄《スケープゴート》の羊。やがて奇跡の代償に命を散らすのならば、いっそこの手で——少なくとも、ベイバロンから指令を下された時、迷いはなかった。

それがあの子を殺した自分にできる唯一の手向けだとメアリ自身も信じていた。

しかし、任務のためステラに近づき学園での生活を経て、徐々に彼女との関係性が変化していった。最初は単なる暗殺対象だったのに、いつしかステラ中心の生活に心地よさを覚えてしまった。ずっと『あの子とステラは別人だ』と言い聞かせていたのに、いつの間にかステラに彼女を重ねていたのかもしれない。メアリは己の弱さを自覚し嫌悪に陥っていた。

結局、自分はどこまでも中途半端なのだと。帝国のために私情を切り捨てて聖女を暗殺することもできず、帝国を敵に回してでもステラを守ることも決断できない。

――これから自分はどうすればいいのか？

寝息を立てるステラの横顔を眺めながら思考を巡らせるが、結局、答えは出なかった。

「もう、朝……」

気づけば青白い夜明けの光が窓から差し込み、空が赤紫色に染まっていた。

朝を告げる陽光に目を細め、メアリはぽつりと呟《つぶや》きを漏《も》らす。暗澹《あんたん》たるメアリの心境とは対照的に、窓越しの早天は鳥の囀《さえず》りと共に心地よい朝を演出していた。

「周囲に怪しい反応もなし。少なくとも昨晩は収穫がなかった」

複雑な心境のまま、メアリは朝を迎える。襲撃者が現れなかった安堵《あんど》、ステラを殺すことができなかった焦燥、今後自分がするべきかという迷い。

そして、寝ずの番をしたことによる疲労感も手伝い、爽《さわ》やかな目覚めとは程遠い状態だった。

メアリが少しでも身体をほぐそうとストレッチをしていると、

「ふわぁ～……眠い……あれ、なんでメアリが……？」

「――――」

ステラが目を覚まし、寝ぼけ眼のままぼんやりとメアリを見る。

その瞬間、メアリは言葉を失ってしまった。

「えへへ……そっか。昨日はメアリがお泊まりに来たんだっけ」

ステラは気恥ずかしそうに笑い、呆然と立ち尽くすメアリを見遣《みや》る。

それだけでついさっきまでメアリを苛《さいな》んでいた苦しみが、嘘《うそ》のように治まっていく。

「おはよ、メアリ。あれ？　どうかした？」

ステラは怪訝《けげん》そうに尋ねるが、メアリの視線は彼女に注がれていた。

「ああ、そうか……私、は——」

首を傾げるステラを見て、メアリは誰に言うでもなく呟《つぶや》いた。

メアリはベッドから上半身を起こしたステラの元に向かい、彼女の身体を強く抱きしめた。

「ちょっ——メ、メアリ!?　急にどうしたの？」

「もう少しだけ、このままでいさせて」

困惑するステラに謝りながらも、メアリは彼女を抱く腕の力を強める。

ステラの身体は驚くほど華奢《きゃしゃ》で、この小さな身体に聖女というあまりにも大きな運命を背負っているのだと考えると、強い憤りと同時に言い様のない愛《いと》しさがこみ上げてくる。

「ありがとう。あなたが生きていて、本当に……良かった」

ステラが生きている。彼女が自分に話しかけ、微笑《ほほえ》んでいる。

つい先日まで当たり前だった日常が、今では幾重もの奇跡が重なり成り立っていると理解できる。だから嬉《うれ》しかった。泣き出したくなるくらい、目の前に広がる光景が嬉しかった。

結局のところ、これが答えなのだろう。どんなに使命と本音の間で揺れ動いても、ステラが生きている——彼女に生きていて欲しい。それがメアリの望む心からの答えだった。

「もう……ビックリしたじゃない？」

「ゴメン……」

「ふふっ、別にいいわよ。あたしで良ければ、好きなだけこうしてていいから」

ステラは幼子をあやすようにメアリの頭を撫でながら答える。

多くを語らないメアリを追及せず、初めてさらけ出してくれた彼女の弱さを慈しむように微笑みを浮かべていた。

やがてメアリはステラから離れ、ついさっきまでの醜態を恥じて頭を下げた。

「急にゴメン。私は、どうかしていた」

「そうね。まさかメアリがあんなに甘えん坊だったなんて……」

深刻そうなメアリを茶化すように、ステラはにやにやと笑いながら言う。

「本当に、ゴメン」

「あはは、別に怒ってないわよ。むしろ、あんなメアリが見られて新鮮というか……」

「どういう意味？」

「ふっふーん、ナイショよ、ナイショ」

珍しく気落ちしているメアリの気を紛らせるように軽口を叩《たた》いていたステラだったが、何かに気づいたようにすっとんきょうな声を上げた。

「あっ！　メアリ、見ないで！」

「どうして？」

メアリはステラが急に叫ぶと、不思議そうに首を傾げる。

ステラは手で髪を押さえているが、どうしてそんなことをしているのか分からない。

「だって……多分、寝癖が酷《ひど》いでしょ？」

「今更？　もう、さっきから見てるけど」

メアリはステラがさも深刻そうに言うものだから、思わずくすりと笑ってしまう。

それを見たステラは「心外だ！」と言わんばかりに頬《ほお》を膨らませて抗議した。

「もうっ！　笑い事じゃないんだから～!!」

「ゴメン。可愛いな、って思って。気に障ったなら謝る」

「……可愛い、って言ってくれたから許す」

ステラは最終的にはメアリを許したようで、のそのそとベッドから降りる。

彼女が自己申告したように髪が普段よりも乱れていて、すぐに姿見の前に立って寝癖を探すように自らの髪をいじりはじめた。

「うぅ……今日もなかなか手強そうな予感」

「いつも、そんな感じなの？」

メアリは鏡の前で大きなため息をつくステラの様子を眺めながら尋ねる。

「今日はまだ大人しい方だけどね。昨日は自分でやったけど、時間がかかるからいつもはリザにブラッシングしてもらってるの」

ステラが化粧台《ドレッサー》から取り出したブラシを髪に通しながら答えると、メアリは思案顔になりおもむろに提案する。

「じゃあ、手伝おうか？」

「え!?　その……いいの？」

「上手くできるか、わからないけど」

メアリが「それでいいのなら」とつけ加えると、ステラは嬉《うれ》しそうな表情で頷《うなず》いた。

「えっと……それじゃ、お願いします」

「ん、分かった」

メアリはブラシを手渡されるとステラの背後に移動し、後ろから髪の状態を観察する。

まず、毛先を束にしてとかし、毛先がほどけたら次は髪の中間点から毛先へ。最後に髪の根元から毛先にかけていくと、ぼさぼさだったステラの髪は綺麗《きれい》に整えられていった。

「なんだかビックリ……もしかして昔、髪とか伸ばしてたの？」

さっきのブラッシングは比較的、長い髪――しかもくせ毛――に対する理想的なやり方だった。メアリの髪は長くないので、このようなブラッシングを行う必要はないはずだ。

だからステラは、思いついた理由をそのまま口にしてみたのだが、

「ううん。私はずっとこのくらいの長さ。だけど……」

メアリはゆっくりと首を横に振る。

「昔、頼まれてブラッシングしてた時期があって。その子もくせっ毛、だったから」

「そう、なんだ……」

メアリが答えると、ステラは神妙な顔で呟《つぶや》く。女の子にとって、髪は大切なものだ。身体の一部である以上は当然だが、『髪は女性の命』と言い切る者もいる。

そんな髪の手入れを任せられる相手とは、信頼関係が構築できている人間に限られるだろう。ステラにとっては、まさにリザがこれに該当する。

だが、メアリに髪の手入れを任せた人物とは、いったい誰なのだろう？　家族だろうか？

しかし、以前メアリは孤児院の出身だと聞いている。ならば友達？　もしかしたら——

ステラの脳内で様々な考えが目まぐるしく巡っていき、険しい顔のまま沈黙してしまう。

「あの……それって——」

——メアリにとって、その人はどんな人なの？

ステラは思わず口に出かけた問いを咄嗟《とっさ》に呑み込む。今しがた抱いた感情が醜い独占欲だと自覚した瞬間、叫びたくなるほど恥ずかしくなる。ついさっきまでとても幸せな気持ちだった

のに、己の浅はかな欲望のために自責の念に駆られる。

メアリは顔を俯《うつむ》かせるステラを見て、ブラシを化粧台に置いておもむろに口を開いた。

「昔、修道院で仲が良かった子がいた。さっき言ったのは、その子のこと」

「……どんな子だったの？」

メアリが説明を始めると、ステラの喉《のど》の奥に引っかかっていた問いが自然に出てくる。

昔に思いを馳《は》せるように、メアリは言葉を続けた。

「不思議な子だった。私よりも年上だったけど、どこか放っておけなくて……だけど、優しい子だった。私は彼女が大好きで、いつも一緒に行動していた」

懐古しながら語るメアリの表情は穏やかで、ステラは複雑な面持ちになる。

メアリとはまだ短い付き合いだが、最近はメアリの感情の機微が表情から読み取れるようになってきた。だからこそ、分かってしまう。きっと彼女の語る〝その子〟とは、メアリにとって大切な人なのだ。そのことをほんの僅《わず》かにでも悔しいと思ってしまったのは、胸の奥底で燻《くすぶ》る嫉妬《しつと》心によるものだろう。

メアリともっと仲良くなりたい。親密になりたい。彼女にとって唯一無二の存在になりたい。ステラ・マリスという人間の在りようを彼女の心に刻みつけたい。それはただの独占欲でしかない。自分の願いを自覚したはいいが、改めて己の欲深さに辟易《へきえき》する。

「その人は今、どうしているの？」

ステラはふと疑問に思ったことを尋ねてみる。さっきから気になっていたが、メアリの言い方はどうしてか過去形だった。それが意味することは――

「……今は遠い場所にいて、もう何年も会ってない」

「そ、そっか！　じゃあ、また会えるといいね」

メアリは僅《わず》かな逡巡《しゅんじゅん》を挟んだあと、淡々とした口調で答える。

ステラは自分の想像が杞憂《きゆう》だと分かり、安堵《あんど》の息を漏《も》らしながら答えた。

「ステラ様、メアリ様。起きていらっしゃいますか？」

するとノック音と共に、ドアを隔ててリザの声が聞こえてくる。

ステラは咄嗟《とっさ》に時計に視線を向け、慌ててドア越しに言葉を返した。

いつもより早めに起きたはずだが、いつの間にか普段の起床時間を過ぎていた。

「やだっ！　もうこんな時間!?　大丈夫、ちゃんと起きてるから！」

「では食堂へいらしてください。本日もメアリ様の朝食も用意しておりますので」

「分かった。すぐに行く」

閉ざされた扉の前に立つリザは、ふたりの返事を聞くと一言添えてから去って行く。

ステラは慌てて制服に着替え始め、メアリもパジャマから制服に着替えるのだった。

# 2

メアリたちは昨日のように三人で朝食を取り、いつもどおりに登校した。

今日のステラは教室でジェシカたちとぎこちないながらも談笑をしていて、学園は一日、平和そのものだった。メアリは遠巻きに新たな日常風景を眺めながら考えを巡らせていた。

――ステラを殺させないために、自分はどうするべきなのか？

ベイバロンから下された指令は、〈神羔《しんこう》の聖女〉の暗殺。理由なくこれに背くのは明確な裏切りだ。では、ステラを殺さないメリットを提示することができればどうだろう？

仮にステラを帝国へ亡命させれば、教国から戦力を削ぐと共に聖女という貴重な駒を得ることができる。信心深いステラを説得するのは骨が折れそうだが、暗殺以上のメリットを提示すれば、ベイバロンも最終的には首を縦に振るかもしれない。

そのためには根回し――協力員であるココの協力が必要不可欠だ。

ならば彼女の理解を得るため、全てを話すべきだろうか？

これも危険を伴う一種の賭けだ。ココがメアリの提言を背信行為とみなし、軍部に密告する可能性もある。果たして、ココは味方になってくれるのだろうか？

そんな考えが脳裏を過《よぎ》った瞬間、メアリはハッとした表情で愕然《がくぜん》とする。

愚かしい――他人に自分の生殺与奪の権利を握らせるなど、あってはならないことだ。

ココに協力させたければ、脅してでも従わせればいい。あるいは始末してしまえばいい。

これまでのように私情を挟むことなく、機械的に判断を下せばいいはずだ。

だけどメアリは無意識のうちに、ココを頼ろうとしていた。彼女の良心に縋《すが》り、情に甘えようとした。嘆かわしい。これが〈死神〉と恐れられたエージェントだというのか？

だが、不思議と納得してしまう。おそらく、既に〈死神〉は死んだのだ。ステラ・マリスという少女によって、完膚なきまでに殺された。これまで人を殺すことでしか己の役割を果たせなかった存在が、今度は誰かを救うことで役目を果たそうとする——致命的な狂いが生じている。感情なく数多《あまた》の秘蹟者《サクラメント》を手に掛けてきた帝国の〈死神〉はもういない。

ここにいるのは、ただのメアリだ。ならばどうするべきか？

帝国の後ろ盾もないただの少女はどう立ち回ればいい？

分からない。分かりたくない。本当は分かっているはずなのに。どうすれば——

頭の中がグチャグチャに塗りつぶされ、まともに思考することができない。窒息するような息苦しさのなか、メアリが顔を上げると心配そうに顔を覗き込むステラの姿があった。

「メアリ、大丈夫？」

「ステ、ラ……？」

メアリは目の前で慌てふためくステラをどこか他人事のように見ていた。

「大変！　顔色が真っ青だわ？　もしかして、風邪でも引いたのかしら？」

ステラはメアリの額に手を当て「熱はないみたいだけど」と表情を陰らせながら呟《つぶや》く。

「ううん、大丈夫。少し考え事、してただけ……だから」

額に触れている手の温《ぬく》もりを感じながら、メアリは小さく頭を振る。

どうやら相当顔色が悪いようだが、ステラの不安を少しでも払拭するべく取り繕う。

「本当に？　無理してない？」

「心配かけて、ごめん。でも、本当に大丈夫だから」

心配そうなステラに、メアリはこれ以上の詮索を避けるため無理やり押し通す。

「だったら……もうホームルームも終わったし、今日はすぐに帰りましょ？　いくらメアリが大丈夫だって言っても、やっぱり今日は早めに休んだ方が良いわ」

メアリが咄嗟《とっさ》に窓を見遣《みや》ると、外ではもうじき日が落ちようとしていた。

いつの間にか放課後になっていたようで、己の注意散漫を恥じる。これでは護衛失格だ。

「分かった。でも——少しだけ、寄りたい場所がある。いいかな？」

メアリはテキパキと帰り支度を整えると、ステラに向き直って告げる。

「あたしは別にいいけど……ちなみにどこへ行きたいの？」

「ルームメイトの教室。しばらく戻れないから、彼女に伝えたいことがあって」

「ふーん、メアリのルームメイトかぁ……あたしも挨拶《あいさつ》していい？」

ステラはなぜか乗り気な様子だ。

「別に……構わない、けど」

メアリは僅《わず》かな逡巡《しゅんじゅん》を挟んだ後、小さく頷《うなず》いた。

今後の方針を決めるため、まずはココと話す必要がある。本音を言えば、ココとの話し合いに、ステラが同席することは避けたい。しかし、ステラから極力目を離したくない現状、目の届く範囲にいてもらった方が良いのも確かだ。考えた末にメアリはステラを連れて、ココの教室に向かうことにした。

『ステラの前では、帝国式の暗号を用いれば問題ない。それに――』

使い魔を介した通信という方法もあるが、今回に限っては万が一にでも通話内容を傍受されるリスクを避けたい。何より直接顔を付き合わせながら対話した方が、交渉が決裂した場合でも対応できる。もしも、ココが協力を拒んだ時は――彼女を排除する必要がある。

「ねえねえ、メアリのルームメイトさんってどんな人?」

ふたりがココの教室に向かう道中で、ステラは興味津々といった様子で尋ねてくる。

「上級生。学年は二年」

「いやいや、そういうんじゃなくって……優しいとか、怖いとか、そういうのってないの?」

メアリは僅かな逡巡を挟んで答えるが、ステラは不服そうに問いを重ねてきた。

「多分、優しい……と、思う。あとは結構、お節介かも」

「ふーん……そうなんだ。お節介、かぁ」

メアリが仕方なく言葉を返すと、ステラはどこか複雑そうな表情で呟《つぶや》きを漏《も》らす。

「じゃあさ――メアリはその人のこと、好き?」

ステラが躊躇《ためら》いがちに口を濁らせて尋ねると、メアリは思わず足を止めてしまう。

咄嗟《とっさ》に視線をステラに向けるが、彼女はハッとしたような表情で口を押さえていた。

「あっ、いや……べ、別に変な意味じゃなくってね!? 友達として……いや、この場合は先輩として? 仲が良いのかなー、って思って……あはは、なに言ってるんだろ、あたし」

ステラはしどろもどろになりながら言葉を続けるが、メアリはどうしてさっきの問いに答えられなかったのか考える。

ココ・ボヌール、あるいはガブリエラ・シャネル。彼女との関係は明白だ。対外的にはルームメイトということになっているが、実情は同じ帝国に属するエージェントと諜報員《ちょうほういん》。共通の目的を果たすための間柄。ステラが言うような仲の良い隣人、というわけではない。

「それは……どう、だろう」

メアリは曖昧《あいまい》な返答で煙に巻こうとするが、ステラはそう易々《やすやす》と逃がしてくれない。

熱を帯びた視線でじっと見つめられると、メアリは何も答えることができなかった。

「教室……ついたから。少し、待ってて」

ふたりはしばらく互いに口を閉ざすが、いつの間にか目的の教室前まで辿《たど》り着いていた。

ステラに声をかけてから、メアリは逃げるように教室の中を覗き込む。

教室内には多くの生徒たちがたむろしていたが、肝心のココの姿は見当たらなかった。

「あの……少し、いいです——」

「おや！　君は確か先日の——こんなところで、どうしたんでありますか？」

メアリは教室から出ようとする生徒を呼び止めるが、偶然にもその人物は先日、ウルスラと一緒にいたやたら声の大きい風紀委員——リタ・カーシアだった。

「……今日は普通に喋《しゃべ》っているんですね」

「あっはっはっ！　普段からあんな張り切っていたら、疲れてしまうでありますよ」

リタは「職務中は少々気張りますが」と豪快に笑い飛ばす。

「ココは……ボヌールさんは、もう帰りましたか？」

「ココちゃんでありますか？　本日は欠席だと本官は伺っておりましたが……」

「——ッ、それは本当ですか？　早退ではなく、欠席……？」

「はい。朝のホームルームで先生が仰っていたので、間違いないであります！」

「……ッ!!」

メアリが途中で話を打ち切って踵《きびす》を返すと、リタは怪訝《けげん》そうな顔で首を傾げた。

様子を見守っていたステラが、心配そうに声をかけてくる。

「メアリ、どうだった？」

「今日は休み、だって……風邪でも引いたのかな」

「大変じゃない！　お見舞いに部屋へ戻ってあげたら？」

「別に、そこまで大事じゃないと思う。後で顔は出すけど、今はステラのこともあるし」

メアリが淡々とした口調で答えると、ステラは表情を陰らせてしまう。

自分がメアリの行動を縛っていると理解し、罪悪感から申し訳なさそうに顔を俯《うつむ》かせた。

「……ごめんなさい」

ステラの弱々しい謝罪を聞くと、メアリはもう少し言葉を選ぶべきだったと後悔する。

しかし、今のメアリには、ステラを気づかうような細やかな配慮ができなかった。

リタの話を聞いた限り、ココは今日、登校していない。寮の自室に待機させていたフギンを介してココの部屋の様子を確認するが、姿は見当たらなかった。

登校もせず、自分の部屋にもいない。これが意味することは、即《すなわ》ち――

ココは敵の手にかかっている。もしくは現在進行形で、交戦中である可能性が高い。

「ステラが謝ることじゃない。さあ、行こう」

メアリは胸中で渦巻く動揺を必死に押し殺し、先だって歩き始める。

本当は全てを投げ捨てて、すぐにでもココの捜索に向かいたかった。しかし、今からココの救出に向かっても、彼女を助けられるとは限らない。よしんば救出が叶ったとしても、ステラからメアリを遠ざけるのが敵の狙いかもしれない。そんな見え透いた罠《わな》に、引っかかるわけにはいかない。だからメアリは、ココを見殺しにする選択をした。

メアリは深呼吸をして思考をニュートラルに戻し、淡々と優先順位で行動を決定する。

昨晩、ステラのことであんなにも取り乱したにもかかわらず、今のメアリは自分でも驚くほど冷静だった。所詮、この程度の人間なのだ、と自嘲《じちょう》してしまう。

メアリはそのまま廊下を歩き出すが、ステラは顔を俯《うつむ》かせながら立ち尽くしている。

「ステラ、どうしたの？　早く帰らないと――」

「ねえ、メアリ。あなた……本当に、それでいいの？」

ステラはゆっくりと顔を上げて、真っ直ぐメアリを見据える。

その瞳《ひとみ》に射貫かれるようにメアリが言葉を詰まらせると、ステラは更に続けた。

「本当はその子のこと、心配なんじゃないの？」

「……別に。どうせ、大したことない」

「メアリの……嘘《うそ》つき」

ステラの口から『嘘つき』という言葉が出ると、メアリの胸の奥が急にざわついてくる。

――いったい、ステラは何を言っているのだろうか？

帝国のエージェントとして、まずは〈神羔《しんこう》の聖女〉の安全を確保するのが優先事項だ。

もし今、ココが絶体絶命の危機に瀕《ひん》していても――たとえ既に殺されていたとしても――諜《ちょう》報員《ほういん》など替えの利く存在だ。危機的状況に護衛対象を連れていく、などという愚行は犯せない。

メアリの判断がココを見殺しにすることになっても、いずれ代わりの諜報員が派遣されるだけだ。帝国軍という巨大な組織にとって、一介の諜報員など替えの利く部品でしかない。

無論、ステラはメアリの立場など知る由もないし、端から見ればメアリがルームメイトを軽視していると見られても仕方のないことだ。だから妥当な判断であるし、当然の選択とも言える。メアリが「これは仕方のないことだ」と自分に言い聞かせようとした瞬間、脳裏を過《よぎ》るのはココとの記憶だった。

『わたし、頑張るから！　そういうことは、お姉ちゃんにドーンと任せておきなさいっ』

『気合い入れておめかしもしたし、今日のメアリちゃんは世界で一番かわいいよ！』

『ねえ、メアリちゃん――』

出会ってほんの僅《わず》かな期間にもかかわらず、気弱な彼女の人なつこい笑顔が鮮明に焼きついている。馬鹿馬鹿しい。単なる諜報員、仕事上のパートナーにここまで感情移入するなど、あってはならない。メアリは未練を振り払うように、喉《のど》の奥から声を絞り出した。

「私は――嘘なんて、ついて……ない」

「だったら、あたしを連れて行けばいいじゃない!?　それができない、ってことは何か大変な事があったんじゃないの？」

確かに単なる風邪ならば、ステラを連れて見舞いに顔を出せばいい話だ。

焦っているとはいえ、こうも容易《たやす》く反論を許してしまったことをメアリは悔いる。

ステラは本気で怒っているようで、鬼気迫る形相で言葉を続けた。

「それに、今のメアリ。とっても辛そう、だから……そんなの見てられないわ」

「辛、そう？　私、が……？」

メアリはステラから泣き出しそうな表情で告げられ、咄嗟《とっさ》に自身の顔に手を当てる。

これまでどんなに追い詰められても、人前では表情をコントロールできていたはずだ。

だけど、ステラはメアリが辛そうだと言う。どうして彼女は、そんなことが分かるのか？

「どうして……そんなこと、分かるの？」

「分かるよ。だって――」

メアリが震える声で問いかけると、ステラは険しい表情をふっと和らげて言い放つ。

「あたしはメアリの親友、だもん」

たった一言、シンプルな答え。何ら根拠もない、一笑に付すべき言い草だろう。

しかし、それを聞いた瞬間、すっと腑《ふ》に落ちる。きっと彼女は、メアリ以上にメアリのことを理解しているのだろう。メアリは困ったように笑い、白旗を揚げるしかなかった。

「ステラは、すごいね。私のこと、お見通しなんだから」

「言ったでしょ？　あたしはメアリの親友、だって」

メアリは諦めたように苦笑すると、憑《つ》きものが落ちたような心地で笑ってしまう。

ステラは得意げに笑って、メアリの手を取って笑いかける。

「今すぐ、その子のところに行って。後悔、したくないでしょ？」

「うん……分かった。ありがとう、ステラ」

ステラに元気づけられると、メアリは覚悟を決めて彼女の瞳《ひとみ》を見据えた。

さっきとは打って変わって意思の光が宿るメアリの表情に、ステラは満足そうに頷《うなず》く。

「今から空き教室に行って結界を張る。私が戻ってくるまで、ステラはそこで待ってて」

メアリはステラを連れて空き教室へ入り、チョークで床にルーンを刻んでいく。やがて室内を基点とした結界が展開され、メアリは札のようなものをステラに差し出した。

「この結界は中からは容易に出られるけど、外からは侵入できない造りになっている。だから私が帰ってくるまで、絶対に外へ出て行かないで。いい？」

「うん、わかった。ちゃんと待ってるからね」

「もしもの時は、この札に向かって私を呼んで。すぐに駆けつけるから」

「分かった。メアリも無理、しないでね」

ステラはメアリから鳥の紋様が描かれた札を託され、それを胸に抱いて笑顔で見送る。

メアリは後ろ髪を引かれる思いだったが、迷いを振り払い教室から廊下へと躍り出る。

人目を憚《はばか》ることなく廊下を駆けながら、メアリは広域の走査術式を展開した。

「――Freya《フライヤ》！」

学園内で帝国式の魔術を使うのはリスクだが、結界術式を張ったことで吹っ切れた。

何よりも今はココの安否を確認することが先決だと判断する。

メアリが事前に登録していたココの魔力反応を探査すると、ある座標から反応が検知される。座標を、暗記した校舎の図面に当てはめると、反応があったのは意外な場所だった。

「反応は——資料室、から？」

校舎の外れにあるその部屋は滅多に人が立ち入らないのか、室名札に記載された文字もかすれていた。以前、メアリが中を確認しようとした時は、施錠されていたはずだが——

「鍵は……開いてる」

メアリがドアノブに手をかけて捻《ひね》ると、予想に反して資料室のドアが開いた。

放置された部屋特有の埃《ほこり》っぽい空気にむせそうになるが、構わずに中へと入っていく。

室内は間口が狭い割りに奥行きが長い。所狭しと並ぶ本棚を埋めるように、大量の本や資料が並べられている。周囲を警戒しながらカーテンで締め切られた薄暗い室内を進むと、本棚から本が崩れている箇所があることに気づく。目を凝らすと、そこには人が——ぐったりと床に倒れているココの姿があった。

「——ココ!?　大丈夫……？」

「あ、れ……メア、リ……ちゃ、ん？」

メアリが駆け寄って身体を起こすと、ココは朦朧《もうろう》としながらもメアリに気づく。

彼女の身体からは所々出血が見受けられたが、幸いにも今は止まっているようだった。

「えへへ……ごめん、ねぇ……迷惑、かけ……ちゃ……」

ココは弱々しく自嘲《じちょう》する。

「そんなこと、今はいい……！　いったい、どうしたの？」

「それ、は……あ、れ……？　〝星〟は……」

メアリがひとりでここにいることに気づき、彼女は朦朧としながらも懸命に問いかけた。

「ステラは、空き教室に結界を張って待たせてる。それよりも、あなたの教室に行ったらココが今日は登校してないって……だから、何かあったのかと思って――」

「ダメ！　ゴホッ、ツァ――」

ココはメアリの返答を聞くと血相を変えて叫ぶが、途中で苦しそうにむせてしまう。

メアリは彼女の背中をさすりながら声をかけるが、ココは頭を振って気丈に振る舞った。

「うう、ん……わたしのことは、いいから……早く戻って……!!」

「最初から、そのつもり。ココを治療したら、すぐに戻る」

「聞いて、メアリちゃん……わたしを襲ったってことは、犯人はこれ以上学園に残るつもりはない……つまり、犯人は今日、行動を起こすつもり……だからっ！」

苦痛に耐えながらも必死に訴えかけるココに、メアリは治療を施しながら答える。

「私は……昨日、ステラを殺そうとした。でも、できなかった。ふたりきりでこれ以上にない機会だったはずなのに、殺せなかった」

メアリはココに治療を施しながら、ぽつりぽつりと独白をする。

自ら背信行為を認める発言は、罪人が赦《ゆる》しを得るために行う告解のようでもあった。

「だったらいっそのこと、ステラを見殺しにしてしまえば……そう思いもした。ねえ、ココ……私は、どうすればいい？」

メアリは昨晩、ステラの暗殺を躊躇《ためら》った時から溜め込んできた感情を吐露する。

どうすればいいのか、ずっと考えていた。帝国のエージェントとしての立場と、ステラの友人としての自分を天秤《てんびん》に掛け、それでも今日この時まで答えを出せずにいた。

こうしてココに打ち明けることで、いっそのこと裏切り者と糾弾されれば楽になれる気がした。だけど同時に、ココならば味方になってくれるという醜い打算もあった。

これまでのメアリは、他者に決断を任せるような愚考は犯さなかった。だけど、今回ばかりは八方塞《ふさ》がりだった。だから、ココにすべてを打ち明け、重責から解放されたかった。

「あのね……メアリちゃんが〝星〟を殺したくないのは、わたしも薄々感じていた……帝国の人間として、それは背信行為だとは思う。正直な話、報告するべきか迷ってる」

治療を受け徐々に顔色が良くなってきたココは、ゆっくりとメアリを見て口を開く。

メアリは治療を続けながら、怯《おび》えるように表情を陰らせて身構える。

「でも、きっと……メアリちゃんの中では、もう答えが出てるんじゃないかな？」

続けられる言葉は優しい声色で、ココは穏やかな表情でメアリに問いかける。

「わたしを頼ってくれたことは、とっても嬉《うれ》しいよ。メアリちゃんがこんなふうに頼ってくれたのは、初めてだから。だけど……貴方の人生は、貴方のものだから。わたしにできるのは、その背中を押してあげるくらい、かな？」

ココが「だってわたしは〝お姉ちゃん〟だからね」と笑いかけ、メアリは愕然《がくぜん》と目を見開く。

「ココ……私、は――」

思えば自分の意思などないに等しい人生だった。帝国に、ベイバロンに、命じられるまま秘蹟者《サクラメント》を殺《あや》めてきた。そこにメアリ自身の意志など介在する余地もなく、知らず知らずのうちに思考放棄していたのだと気づく。だからこそ、ココは自分で選べと告げるのだ。

他人任せにせず、後悔しないように。己の人生を切り拓くのは、他ならぬ自分自身だと。

重傷を負い、自分のことで手一杯なのに、ココは必死にその大切さを伝えようとしている。

「私は、ステラを殺したくない。だからあの子を生かすことで、任務を果たしたい。ベイバロンを納得させるのは難しいかもしれない……けれど彼女を殺さない道を模索したい」

「そっか……話してくれてありがとう。ならわたしは、メアリちゃんの味方で居続けるよ」

メアリが覚悟を決めて答えると、ココはふっと笑みを零《こぼ》して言葉を返す。

「わたしはもう、大丈夫。だから、すぐに〝星〟の所へ戻って」

「……わかった、ココ。わたしは、もう――迷わない」

「……うん。しっかり、〝星〟を……あの子を、守ってあげてね？」

メアリの中でココの治療を優先したい気持ちとステラの安否を確かめたいという感情がせめ

ぎ合うが、最後にはココに背中を押されて立ち上がる。

歯を食いしばって謝るメアリに、ココは痛みに耐えながらも微笑《ほほえ》みかけた。

「それ、と……これを――」

ココが最後の力を振り絞って右手を差し出すと、紙の切れ端のようなものがあった。

メアリがそれを受け取るとココは緊張の糸が切れたのか、眠るように気を失ってしまう。

ココが気を失ったことを確認すると、メアリは資料室の小窓に視線を向け、その名を叫んだ。

「来て――フギン！」

瞬間、窓ガラスを破り、黒い何かが室内へと飛び込んでくる。

闇《やみ》に紛れるような漆黒の翼。猛禽類《もうきんるい》のような鋭い嘴《くちばし》と爪《つめ》を持ち、全長六十センチを越える体躯《たいく》を有する黒いワタリガラスは、メアリが寮の自室に待機させていた使い魔だった。

「術式起動――全天を見通す王座より《フリズスキャールヴ》!!」

自らの使い魔――フギンに向かって手をかざすと、メアリは足元から立ち上がる光芒《こうぼう》に包まれていく。やがて光が立ち消えると、そこにはついさっきまでの黒いワタリガラスではなく純白のワ、タ、リ、ガ、ラ、スがいるのみで、メアリの姿は消え去っていた。白いワタリガラスは床に倒れるココを一瞥《いちべつ》すると小さく囀《さえず》り、廊下に向かって飛び去っていくのだった。

# 3

時は遡《さかのぼ》り、メアリが資料室へと去った後。ステラは結界で守られた空き教室の中で、メアリやココがどうか無事であって欲しいと一心不乱に祈りを捧げていた。

自身も命を狙われている最中にもかかわらず、一人では心細いはずなのに。

決して恐怖に怯《おび》えることなく、ステラはただひたすらにメアリたちのことを想っていた。

しかし、不意に脳裏を過《よぎ》ってしまうのは、目を逸《そ》らしてきた己の弱さだった。

「メアリにとって、あたしは……なんなのかな?」

もはやステラにとってメアリはかけがえのない存在で、自分はメアリの親友だと自負している。幼い頃から侍女として自分に仕えてきたリザとはまた違った、ありのままの自分を受け入れてくれる大切な人――では、メアリにとって、ステラ・マリスという少女は?

メアリを送り出したのはステラだったが、そこに至るまで葛藤はあった。ずっと自分を見ていて欲しい。誰よりも優先して欲しい。いつまでも一番でありたい。嫉妬《しっと》。執着。拘泥。優越。澱のように沈殿する暗い感情に苛《さいな》まれながら、ステラはメアリの背中を押した。

自分のせいでメアリを後悔させたくない。何よりもそうすることで、少しでも醜悪な己の感情と折り合いをつけたい。そんな打算があったことも確かだった。

「ステラ様――ご無事ですか!?」

ステラが物思いに耽《ふけ》っていると、不意に外から教室のドアが開け放たれる。

そこには必死の形相をしたリザが立っていて、ステラは驚いたように目を丸くした。

「リザ！　どうしてここがわかったの!?」

「中庭で待っていてもおふたりがいらっしゃらないので、校内を探していたところ何やら急いでいるメアリ様に会いまして。簡単ですが事情を説明してもらい、この場所も教えていただいた次第です」

「ごめんなさい、リザ。本当なら連絡を入れるべきだったけど……」

「緊急事態です。これぱかりは仕方ないかと。そんなことよりも、早く校舎から離れましょう。ここは危険です」

ステラは、リザがメアリから直接事情を聞けた幸運を喜ぶ。

そのままリザの立つ入り口付近へと歩き出し、結界を越えて廊下へ出ようとする。

この結界は内側から出ることは容易だとメアリが言っていた。

しかし、脳裏を過《よぎ》ったのは、メアリの忠告だった。

『だから私が帰ってくるまで、絶対に外へ出て行かないで。いい？』

メアリは自分が帰ってくるまで外に出るなと言ったが、このままリザの言葉を信じてよいのだろうか？

「あのね、リザ。確認だけど……さっきメアリに会って、場所を聞いたのよね？」

「もちろんです。それがどうかいたしましたか?」

「じゃあ、もう一個だけ——今晩の献立って、なんだったかしら?」

ステラが真剣な表情で尋ねると、リザはキョトンとした表情で目を丸くする。

しかし、リザはふっと笑みを零《こぼ》すと、つらつらと答えていく。

「昨日も申しましたがカリフラワーのフリッテッレ、いわしのパスタ《パスタ・コン・レ・サルデ》、そら豆のポタージュ《マッコ・ディ・ファヴェ》、デザートにはレモンのジェラートを予定しております。ですが……状況次第では一、二品減ってしまうのはご容赦ください」

リザは「こんな時でもステラ様は食いしん坊ですね」とくすくす笑う。

ステラは目の前の人物がリザを騙《かた》った誰かと疑ってしまったが、杞憂《きゆう》だったらしい。

少なくとも言い淀《よど》む様子もなかったし、仮にリザと入れ替わった何者かが今晩の献立などという第三者からすればどうでもいい情報を把握している可能性も低いだろう。

よってステラは目の前に立っているのは紛れもないリザ本人だと判断し、今度こそ教室の外へと足を踏み出す。ステラは結界を踏み越えて廊下に出て、リザの隣に並び立った。

「急に変なことを聞いてごめんなさい」

「いいえ、事が片付いたときは、盛大にお祝いをしましょう。わたくしも手によりをかけて料理を振る舞いますので」

「ええ、楽しみにしているわ。そのためにも、今は頑張りましょう」

ステラとリザは互いに笑い合いながら会話を交わし、校舎の出口に向かって走り出す。

放課後になって時間が経過しているからか、校内に残っている人は見当たらなかった。

無事に玄関まで辿《たど》り着くと、ステラは貴賓寮の方向へ向かおうとする。

「ステラ様、お待ちください。敵もこちらの動きは把握しているはず。このまま寮に戻るのは危険です」

「じゃあ、どこに行けばいいの？　他に安全な場所なんて、職員室くらいしか……」

リザの意見はもっともだが、他に行く宛てもないのも確かだった。

教師たちのいる職員室は比較的安全かもしれないが、事を荒立てたくないステラにとっては避けたい場所でもある。しかし、こうなっては他に選択肢もないのかもしれない。

「わたくしにお任せください。この時のために、避難場所を確保してありますので」

「本当、なの？」

ステラが諦念《ていねん》に顔を曇らせると、リザは穏やかに微笑《ほほえ》みながら告げる。

「はい。ですからご安心を。さあ、こちらです」

ステラは先導するように歩き出すリザを追って、その後をついていく。

リザを追ってしばらく歩いていると、ふたりは学園の外れにある区画へと辿り着いた。

「ここって確か……昔使ってた礼拝堂があるのよね？」

ステラはこの場所に覚えがあった。現在の学園内にはふたつの礼拝堂が存在し、ここには老朽化して使われていない方の礼拝堂があるとステラは記憶していた。

「よくご存じですね。ここならおそらく襲撃者も存在を把握していないでしょうし、身を隠すのには最適かと」

ステラとリザが進んで行くと、木々に埋もれるように佇《たたず》む古びた礼拝堂が視界に飛び込んでくる。建物の壁にはツタが巻き付いていて、辺りに生い茂る雑草からしてお世辞にも手入れが行き届いているとは言い難い。

「さあ、こちらへどうぞ。鍵は開いています」

リザが礼拝堂の扉を開けると、古びた金属が擦《こす》れ合う不協和音が周囲に響き渡る。

二の足を踏むステラに構うことなく、リザは慣れた様子で壁に備えつけられた燭台《しょくだい》にマッチで火を灯《とも》す。最低限の灯りを確保すると、足を止めているステラに入室を促した。

「えっと……お邪魔しまーす」

ステラが覚悟を決めて礼拝堂の中に入ると、室内には淀《よど》んだ空気が充満していた。歩く度に舞う埃《ほこり》から察するに、人の出入りが絶えてから相応の期間が経過しているのだろう。

「ステラ様。ここで少しお待ちください」

リザは床にしゃがみ込むとおもむろに口を開いた。

「我、啓示《ツォフナト・パアネアハ》を解き明かす者なり――」

リザの言葉に呼応するように床の中心が淡く輝き始め、光は幾何学模様を描いていく。

ステラはその光景を目の当たりにして、愕然《がくぜん》とした表情で叫んだ。

「これは聖句——!?」

次の瞬間、ステラとリザは眩《まばゆ》い光に包まれ、ステラは思わず目を閉じる。

やがて閃光《せんこう》が薄らぎステラがおそるおそる目を開くと、ふたりはもといた部屋とは違う薄暗い地下室にいた。

「リザ……これはいったい、どういうつもりなの?」

「申し訳ございません。ステラ様には少しの間、ここで大人しくしていただきます」

ステラは不安に揺らぐ瞳《ひとみ》で、リザを見据える。

壁に備えつけられた燭台《しょくだい》がぼんやりと照らす地下室であっても、すぐ目の前にいるリザの表情がはっきりと覗える。リザは思い詰めた表情で、じっとステラを見つめていた。

「これからステラ様は反教皇派の人間と合流し、学園を離れていただきます」

リザが淡々と言葉を続けると、ステラは顔面蒼白《そうはく》になって言葉を失う。

ここまでくればステラにも、リザが一連の騒動に関与していることは理解できた。

しかし、事実がどうであっても、頭がそれをまったく受け入れない。どうして、リザが——全幅の信頼を置いていた人間の裏切りに、ステラの声は弱々しく震えていた。

「反教皇派? ねえ、リザ。なんの話か全然わかんないわ。きっと、あたしを驚かせるために、メアリと一緒になにか企んでるんでしょ?」

ステラは「そうでしょ？」と必死に動揺を取り繕うが、それは現実逃避でしかない。

リザは縋《すが》るように視線を向けるステラの肩を摑《つか》み、言い聞かせるように語気を強める。

「このまま学園に残っていても、ステラ様は聖女のお役目を果たして命を落とすだけです。だから、逃げるのです。反教皇派に全幅の信頼が置けるわけではありませんが、それでも聖女の奇跡をいたずらに浪費するような真似《まね》はしないはずです。ですから──」

鬼気迫る形相でまくし立てるリザを遮り、ステラは声を荒らげる。

「そんなの学園や教皇庁への裏切りじゃない！　あたしだけならまだしも、リザやロザリウム家まで罪に問われるのよ⁉」

リザの生家であるロザリウム家は代々、教皇庁に仕える家系である。そのような由緒ある家の人間が背信行為を犯せば──政治に疎いステラでも、訪れる末路は想像できる。

「わたくしや家のことなど、どうでもいいのです。ご自身のことだけをお考えください」

リザは動揺するステラを諫《いさ》め、苦虫をかみつぶしたよう渋面で答えた。

「嫌よ！　そんなことできないわ……!!　それに──」

ステラの脳裏を過《よぎ》るのは、これまで世話になったリザやロザリウム家の人々。そして、メアリの顔だった。彼女がいたからこそ、ジェシカたちとも友達になることができた。

「メアリとだって、ようやく友達になれたのに」

ずっと待ち望んでいた学園生活にようやく手が届いたのに──

ステラの口からメアリの名前が出た瞬間、リザは愕然《がくぜん》とした表情で目を見開く。

リザの顔は動揺から失望に変わり、最後には明確な憎悪へと変貌《へんぼう》を遂げた。

「どう、して……なのですか……」

リザは苦々しく歯を食いしばり、消え入るような声で呟《つぶや》く。

ステラは必死に説得するように訴えかけるが、

「ねえリザ、お願い。本当にあたしのことを考えてくれるなら考え直して……！」

「どうして——どうして、わかっていただけないんですか!?」

リザが堰《せき》を切ったように激昂《げっこう》すると、ステラは怯《おび》えて身体を震わせる。

恐怖で身を竦《すく》ませるステラを見て、リザはすぐ我に返って弱々しく言葉を続けた。

「わたくしは、ただ……あなたに生きて欲しい……それだけなのに、どうして——」

「リザ……」

俯《うつむ》きながら声を震わせるリザを目の当たりにして、ステラは言葉を失ってしまう。

ここまでリザを追い詰めたのは、間違いなく自分だと自責の念に駆られる。

ステラはどうすればリザを説得できるか必死に考えるが、一向に答えは出てこない。

「この際、ご理解いただけなくとも構いません。事が済んだら、わたくしをお恨みください。

どのようなお言葉でも、甘んじて受け入れます。ですので——」

リザはゆっくりと顔を上げ、泣き笑いのような表情で手を伸ばす。

きっとこの手に触れられれば、ステラは自らの意思と関係なく学園を離れることになる。それは絶対に嫌だ。だけど、今の自分では、リザから逃れることは難しい。

ステラは身を竦ませ、メアリから渡された札を強く握りしめた。

「お願い、助けて……メアリ――！」

祈るようにメアリの名前を口にした瞬間、ステラの呼びかけに応えるように手の中にあった札が輝く。光はやがて鳥の姿を象《かたど》り、純白の羽毛を有する一羽のワタリガラスが姿を現した。

「なっ……これは、いったい？」

純白のワタリガラスはリザを見据え、威嚇《いかく》するように啼《な》き立てる。続けざまにワタリガラスの身体が閃光《せんこう》を放ち始め、リザとステラの視界は光に埋め尽くされていった。

ステラはあまりの眩《まぶ》しさに目を細めるが、ふと声が聞こえてくる。耳朶《じだ》に響く声は、ステラが待ち焦がれた人のものだった。

「――ステラ!!」

視界を染め上げていた光が晴れ、ステラはおそるおそるまぶたを開ける。

そこには薄闇《うすやみ》の中でもまばゆく光る銀髪を揺らす少女が立っていた。彼女はステラがよく知る人物で、ここにいるはずのない人間――即《すなわ》ち、メアリ・マクダレンだった。

# 4

「フギン、お疲れ。もう、戻っていい」

突如として姿を現したメアリは、自分の肩に止まる漆黒のワタリガラスを一瞥《いちべつ》する。

同時にワタリガラスが淡い輝きを放ち、一枚の札に戻っていく。

ステラはメアリの札の紋様が、自分が渡された札の紋様に酷似していることに気づく。

「メアリ・マクダレン……！　どうして、ここに⁉」

「私はさっきまで資料室にいたはず、なのにね」

愕然《がくぜん》と尋ねるリザに、メアリは淡々と言葉を返す。咄嗟《とっさ》に出てしまった失言に、リザは思わず口を手で覆った。メアリは自分の手にある札と、ステラの手にある札を指して言う。

「この使い魔……フギンとムニンは北欧神話において、オーディンに付き添う一対のワタリガラスを原型にしたもの。基本的な機能は他の使い魔と同じだけど、フギンとムニンにだけ搭載された機能がある」

北欧神話において〝思考〟を司るフギンと〝記憶〟を司るムニンの二羽はオーディンに様々な情報を伝えるため、世界中を飛び回っているとされている。このエピソードをベースに作成されたフギンとムニンは、セット運用で真価を発揮する機能を有していた。

「『全天を見通す王座より《フリズスキャールヴ》』──互いの位置を入れ替えることができるこの機能を使って、私は資料室からここまでやってこられた」

制限として『一日一回のみ発動可能』や『範囲は半径三キロ圏内』、『同行できる人数は一名まで』など様々な条件があるが、メアリはこれを擬似的な瞬間移動に利用した。

「メアリ……？　本当に、あなたなの？」

ステラは手を伸ばせば触れられそうな距離に立つメアリを見て、愕然としながら尋ねる。

「遅くなって、ごめん」

メアリは小さく頷《うなず》き、そのままステラを抱き寄せた。

「ううん……そんなこと、ない。だってメアリは、こうして来てくれたんだもの」

ステラはメアリの胸に顔を埋め、彼女の服をぎゅっと摑《つか》む。こんな事態に不謹慎だと思うが、メアリが自分のために駆けつけてくれたことがなによりも嬉《うれ》しかった。

「エリザベス。ひとつだけ聞かせて欲しい」

メアリはステラを引き離して自分の背後に庇《かば》い、改めてリザに向き直り眼光鋭く問いかけた。

「理由を教えて。いったい、どういうつもり？」

――どうしてリザがこのような行為に及んだのか？

メアリにも現時点でいくつかの推論はあるが、それでも本人から直接聞きたかった。

「あなたは、ステラのことを一番に考えていたはず。なのに、どうしてこんなことを？」

「メアリ。リザは――」

ついさっきリザが語った話がステラの脳裏を過《よぎ》るが、咄嗟《とっさ》のところで言い出せなくなってしまった。リザは口を噤《つぐ》むステラを見て、毅然とした態度で答えた。

「ステラ様、隠し立ては無用です。わたくしはステラ様をお救いするため、この学園から連れだして反教皇派に引き合わせようとしただけのこと」

「反教皇派？　まさか、本当に――」

メアリはリザの告白を聞き、ココの仮説が正しかったのだと確信する。

「さて……いかがでしょう。納得していただけましたか？」

リザは口を噤んで逡巡《しゅんじゅん》するメアリを見て、余裕の笑みを浮かべる。

メアリはリザの笑顔に違和感を覚えていた。リザは自らの企みが暴かれて追い詰められているというのに、余裕すら感じさせる態度を崩していない。

「では、こちらの質問にも、答えていただきましょう」

リザは歪《いびつ》に口角を吊り上げ、嘲《あざけ》りを湛《たた》えた笑みを浮かべながら問う。

「どうして帝国の人間である貴方が、ステラ様を守ろうとするのでしょう？」

ステラは咄嗟にメアリを見る。

馬鹿馬鹿しいと笑い飛ばしたいが、当のメアリは苦々しい顔で押し黙っている。

その様子は暗にリザの言葉を認めているようで、ステラの不安を更に掻《か》き立てた。

「メアリが帝国の人間……？　う、そ……よね？」

ステラは引きつった笑みを浮かべ、縋《すが》るようにメアリに尋ねる。

彼女の瞳《ひとみ》は不安と動揺に揺れ、声も弱々しく震えていた。

「…………」

メアリは考える。ステラを安心させるため、詭弁《きべん》を弄《ろう》することは簡単だ。

この場において、リザの発言を真実だと肯定できる人間はメアリしかいない。

つまり、メアリがリザの言い分を否定すれば、それが真実であっても立証は不可能だ。

そうなればステラは、メアリとリザのどちらを信じるか二択を強いられる。強引に自分を連れ去ったリザと、それを助けに来たメアリ――どちらを信じるべきかは明白だろう。

「ねっ？　メアリもそんなの嘘《うそ》だって言ってよ？」

「……ゴメン」

メアリはなおも縋るように尋ねるステラに、消え入るような声で答える。

ステラを丸め込むことは容易《たやす》いが、メアリにはそれができない。

メアリの視線は、目の前のリザを捉えている。背後のステラの表情は見えないが、彼女が息を呑む音が聞こえた。自分はステラの信頼を裏切ってしまった――胸の内でチクリと何かが痛む感覚があったが、メアリはそれを無視して眼前のリザを見据える。

「おや、驚きました。否定しないのですね」

「私が認めなくても、あなたは証拠を摑《つか》んでいる」

メアリは意外そうに呟《つぶや》くリザに、「そうでしょ?」と視線を向ける。

「いつから、気づいてたの?」

「最初から……と言いたいところですが、貴方の正体を知ったのはつい先日のことです」

メアリが答えを期待せずに投げかけた問いに、リザは苦々しい表情で答える。

「貴方が敵国の人間だと知っていれば、あのような真似《まね》は——ええ、本当に腹立たしい。自分の見る目のなさに、心底呆れてしまいます」

リザはギリッと歯を固く食いしばり、忌ま忌ましげにメアリを睨《にら》みつける。

彼女の表情はメアリに対する敵愾心《てきがいしん》——そして、己に向けた自己嫌悪の発露だった。

「ステラがお茶会の帰りにさらわれかけた時……あなたはわたしを目撃者に仕立て上げるつもりだった。そういうこと?」

メアリが当時のことを思い返してみると、頭の隅に引っかかっていることがあった。

些細《ささい》なことだが、リザが事件に関わっていたとすればそれらの違和感が徐々に繋《つな》がっていく。

「お茶会の日、あなたは片付けをすると言って、貴賓寮に残った。でも、普通に考えれば、〈騎士〉であるあなたが、ステラを夜にひとり歩きさせるような真似はしないはず」

人目がある場所や時間帯を除いて、ステラの〈騎士〉であるリザが彼女から目を離すことは珍しい。メアリの戦闘力が認められてからは別だが、あの段階でステラとメアリをふたりきりにすることには作為的なものを感じる。

「だけど、あなたは、ステラに私の見送りをすることを薦めた。まるで私とステラをふたりきりにさせて、私を誘拐の目撃者に仕立て上げるため――そうとも考えられる」

――リザにはステラとメアリをふたりきりにする必要があったのだ。

「当初の目論《もくろ》みではあの日、ステラ様は貴方の目の前で連れ去られ、学園から姿を消す予定だった。あなたという目撃者によって第三者による誘拐が立証され、ステラ様の名誉を傷つけることなく聖女の使命から解放される……そのような筋書きでした」

リザはメアリの推論を聞くと、自嘲《じちょう》気味に笑いながら真相を告げる。

思えば、ステラとの仲を取り持ってくれたのは、他でもないリザだった。

彼女は自分が望む目撃者を作り上げるため、メアリを利用したのかもしれない。

しかし、メアリの脳裏にはあの時、リザの浮かべていた表情が鮮明に焼き付いている。

『たとえこれがわたくし自身のわがままだとしても、ステラ様にはご学友と楽しいひとときを送って欲しい。そう思ってしまうのです』

『どうかこれに懲《こ》りず、今後ともステラ様のことをよろしくお願いします』

『わたくしが力になれるか自信はありませんが……ステラ様のためならば、精いっぱいやらせていただく所存です』

感情の機微に疎いメアリにさえ分かるほど、彼女はステラのことを心から慮《おもんぱか》っていた。

あの表情も、声も、言葉でさえ、すべてがメアリを利用する筋書きのためだったのか？

「エリザベス。あなたは矛盾している。ステラを学園から連れ去るつもりなら、どうして私との仲を取り持ったの?」

リザがメアリを誘拐の目撃者に仕立てるだけなら、他にもやりようはあったはずだ。

極論、無関係の第三者がそこに居合わせるだけでも、彼女の狙いは充分に遂げられる。

ならばリザはどうして、不確定要素を増やすような真似《まね》をあえて行ったのか?

「それ、は……」

リザはメアリからの追及が想定外だったのか、思わず言葉を濁す。

「矛盾など——矛盾なんて、していない。ステラ様は心を許せる友人を待ち望んでいた」

リザはかつて『自分ではステラの友人たり得ない』と吐露した。

教皇庁の人間である自分が側にいる限り、ステラに聖女の使命を想起させてしまう。

だから、しがらみとは無関係な友人が、ステラの側にいてくれれば——

リザはそう思い立ったからこそ、メアリに声をかけたのだ。

「だから、信じたのです。たとえ僅《わず》かな間だとしても、貴方ならばステラ様の善き友人になっていただけると……」

「リザ……」

ステラは泣き出しそうな顔で、消え入るような声で呟《つぶや》くリザを見つめる。

リザがどうしてこのような行為に及んだのか。その一端は既に説明されていたが、今の言葉を聞いてより動機に理解が及ぶようになった。

どうしてリザはあそこまで、メアリとステラの仲を取り持とうしていたのか——

その根底にあるのは己の無力さの自覚と、ステラに対する深い愛情によるものだった。

「リザ……あたしは……」

ステラはリザの真意を知り、どうすればいいのか分からなくなってしまう。

こんなにもステラのことを考え、己の処遇さえ擲《なげう》って差し伸べたリザの手を振り払ってもいいのか？　このまま帝国の人間であるメアリの元についていていいのか？

すべてが分からなくなって立ち尽くすことしかできず、自分が情けなくなってくる。

「なのに、どうして……どうして、ステラ様を裏切ったのですか!?」

リザは動揺が隠せないステラを一瞥《いちべつ》し、続けて恨みがましい視線をメアリへ向ける。

ステラを背で庇《かば》うメアリを鋭く睨《にら》み、リザは怨嗟《えんさ》を吐き出すように叫んだ。

「確かに私は、帝国の人間。〈神羔《しんこう》の聖女〉の暗殺を命じられ、この学園へ潜入した」

メアリは激昂《げっこう》するリザを真っ直ぐ見据え、ゆっくりと顔を上げる。

既に動揺や焦燥はなく、確固たる意思の宿った眼差《まなざ》しを向けながらメアリは口を開く。

「だけど、今は帝国の人間としてではなく——ただのメ、ア、リ、・マ、ク、ダ、レ、ン、として、友達を守るため私はここにいる」

ステラはメアリの口から〝友達〟という言葉が出た瞬間、反射的に顔を上げる。

だが、リザは嫌悪感を隠そうともせず、吐き捨てるように問い糾《ただ》す。

「ふざけるのも大概にしてください！　今更、そんな戯言《たわごと》を信じろと？」

「諧謔《かいぎゃく》を弄《ろう》しているつもりはない。私は本気」

「あれだけステラ様の信頼を裏切り、踏みにじった人間が……どの口でそのような――」

「確かに、私はステラを騙《だま》した。信頼を裏切った。でも、それはあなたも変わらない」

「なん……ですって？」

メアリが毅然とした態度で言い返すと、リザは愕然《がくぜん》と目を見開く。

息を呑むリザに対して、メアリはおもむろに問いかける。

「使命を投げ出して、学園から逃げ出したい……ステラは、あなたにそう言ったの？」

メアリに尋ねられた瞬間、リザは言葉を失ってしまう。

「そんなこと……言う、わけないでしょう。ステラ様は人一倍、使命感が強いお方です。間違っても聖女のお役目を投げ出して、自分だけが逃げ出したいなどとは……」

咄嗟《とっさ》にあらかじめ用意していた建前を口にするが、リザの声は僅《わず》かに震えていた。

「だったら、どうして？　この計画には、ステラの意思は一切介在していない。あるのはあなたのエゴだけ。違う？」

「ち、違う！　わたくしは、ただ――ステラ様のことだけを、考えて……」

リザはふるふると頭を振って、己に言い聞かせるように呟《つぶや》く。

今日の計画実行に至るまで、ステラのためという大義名分を疑うことすらしなかった。

だが、メアリが口にしたように、自分はステラの意思を尊重していたといえるのか？

おそらくステラに計画を事前に打ち明けていたら、彼女は首を縦に振らなかっただろう。

たった今、リザが口にしたように、ステラ・マリスという少女はそのような人間だ。

真に彼女のことを思えば、反対されるとわかっていても説得を試みるべきだったのか？

メアリの言葉によって、自己犠牲を厭《いと》わなかったリザの信念に迷いが生じる。

「ステラ、聞いて欲しい」

メアリは狼狽するリザを見据えながら、背後のステラに声をかける。

視線はリザに向けたままなので、ステラがどのような顔をしているのかは分からない。

もしかしたらステラは、自分とは二度と口を利きたくないと思っているかもしれない。

「黙ってて、ゴメン。だけど……今だけは、私のことを信じて欲しい」

メアリはそれでも言葉を続ける。これが命を狙う暗殺者の言葉なのだから、我ながら滑稽《こっけい》だとも思う。だけど、今のメアリにできるのは、ただ真摯《しんし》に言葉を紡ぐことだけだ。

「だから、ステラの気持ちを、聞かせて欲しい。だって――」

メアリの視線の先には、今にも自責の念に押し潰されそうなリザの姿がある。

リザは自分がステラの友人たり得ないと自嘲《じちょう》したが、そもそもそれが間違いなのだ。

「間違ったことをしていたら、それを叱ってあげるのも友達の役目」

メアリはゆっくりとステラの方を振り向き、「そうでしょ?」と視線を投げかける。

メアリがステラの友達であるように、リザもまたステラにとってかけがえのない友人のはずだ。だから、友人が間違ったことをすれば、それを止めることがステラの役割だと。

「そうね……きっと、メアリの言うとおりだわ」

ステラは言葉の意味を嚙《か》み締めるように脳裏で反芻《はんすう》し、小さく頷《うなず》いた。

メアリの隣に並ぶと、ステラは意を決したようにリザへ視線を向ける。

ステラの表情は強張《こわば》っているが、メアリが小さく頷くと彼女はおもむろに口を開いた。

「ゴメンなさい、リザ。あたし、やっぱりこのまま行けないわ。あなたを見捨ててまで、自分だけ助かろうなんてどうしても思えないの」

ステラは己の胸に手を当て、嘘《うそ》偽りのない気持ちを告げる。

リザのことが大切だから、たとえ本人の意思であろうと彼女を犠牲にすることはできない――心優しいステラらしい答えだったが、リザにとっては拒絶の言葉でもあった。

「そう、ですか……わかりました」

「わかってくれたのね!? そうよ、リザならきっと――」

俯《うつむ》いていたリザは、ゆっくりと顔を上げる。

ステラは安堵《あんど》したように息をつき表情を明るくしたが、

「こうなっては仕方ありません。ステラ様の意思に関係なく、計画を強行するのみです」

リザが感情の抜け落ちた顔で告げると、底冷えするような声にステラは絶句する。

——こんな顔をするリザは知らない。

幼い頃から互いのことを知っているはずなのに、ここに来てステラはリザのことが分からなくなってしまった。

「そんなこと、させない」

メアリはステラを庇《かば》うように前へと出る。

リザはメアリの対応を宣戦布告と受け取り、右手を虚空へと伸ばした。

「いいでしょう。ならば——」

次の瞬間、リザを中心に濃密な魔力が発生し、彼女の背後から何かがゆらりと姿を現す。

揺蕩《たゆた》う靄《もや》のように形を為さないソレは、神性の具現とも呼べる代物である。

曰く、予言者が記した『律法《トーラー》』において御使いと称されるソレは、ただその場に在るだけで秘跡を起こす叡智体《インテリジエンス》。即《すなわ》ち、天使——彼女たちが守護天使と称する存在である。

「我が守護天使。汝《なんじ》の力を与え給え——〝基礎〟より〝勝利〟を経て〈形成〉へ至れ《ツァディー・イェツィラー》」

リザが聖句を唱えると背後で揺らぐ靄が集束し、彼女の手には古めかしい短剣が現れた。

メアリもホルスターからナイフを取り出し、臨戦態勢に入るとリザに問いかける。

「その短剣が、あなたの象徴器《アトリビュート》？」

「答える義務はありませんので、ご想像にお任せします」

一切の遊びがないメアリの表情に対して、リザは薄く微笑《ほほえ》みかける。

象徴器とは自らの守護天使を象徴する道具で、〈形成〉位階へ達した秘蹟者《サクラメント》が能力を行使する際に具現化する。象徴器の形態は武具、道具、概念、など様々で個人差があるが、中でも武器の形態がオーソドックスとされる。リザの象徴器は短剣の形態だと推察されるが、象徴器には特殊な能力が付与されているものもあるので、一概に外見のみで判断できない。

「基底形態《ベイシス・フォーム》〈剣を鳴らすもの《ヒョルスリムル》〉——起動」

象徴器の短剣を構えるリザに応じるように、メアリもまた獲物のナイフを右手に携える。

そのままナイフを床に突き立てるとその箇所を起点に、ステラだけを包む結界が展開された。

「ステラ。ここで大人しくしていて」

「どうして⁉ あたしも一緒に……‼」

ステラは結界に閉じ込められ、魔力で構成された障壁を叩《たた》きながら必死に訴えかける。

彼女を戦いに巻き込みたくないメアリは、淡々とした口調で告げる。

「この後、必ずステラの力が必要になる。だから、それまで待っていて欲しい」

「……ッ、わかった。でもね、メアリ。リザのこと……お願いね？」

拳《こぶし》を堅く握り絞めながらステラは引き下がる。

ステラはメアリの意図を理解しているようで、リザを一瞥《いちべつ》して自らの想いを託した。

「うん。任せて」

メアリが改めてリザに向き直ると、彼女は律儀にもふたりのやり取りが終わるのを待っている。そんなリザを見て、彼女もステラを傷つけるつもりがないとメアリは再認識した。

# 5

「さて……これでお互い、気兼ねなく戦えるようですね」

メアリとリザは互いに睨《にら》み合うが、リザの方から仕掛けてくる様子は見受けられない。息を呑むような緊迫感の中で、メアリは思考を巡らせる。

魔術師が秘蹟者を相手取る場合、最初に行うのは相手の天使を看破することだ。臨機応変に術式を使い分ける魔術師と異なり、秘蹟者は己の守護天使という術式しか持たないため、応用力は魔術師に軍配が上がる。

だが、天使——そこから紐《ひも》解かれる天使術——とは単なる術式とは桁《けた》違いの純度を有する神秘であり、魔術では到底再現できない超常的な事象を容易《たやす》く引き起こす。

元来、天使とは神聖にして侵すべからずもの。人間では太刀打ちできない超常の存在。事実はどうあれ、アグネス教徒たちはそのように教義を定め、長い年月をかけて信仰を注ぎ込んできた。狂気の域に達した彼らの曇りなき信仰は、天使を強固な偶像へと引き上げている。よって徒人が天使を害する――ましてや倒すことなど不可能だが、何事にも例外は存在する。

その例外こそ、魔導の理《ことわり》を修めた魔術師である。

天使の完全性とは「未知の神格化」に他ならない。たとえば嵐の化身であるワイルドハント、洪水が神格化された東洋の龍など、人間は古くから自然現象などの未知に神を見いだしてきた。

未知とは脅威そのもの。知らないから恐ろしい。分からないからおぞましい。

人間は古くから人智の及ばぬ代物を神聖視し、神として祭り上げることで精神の均衡を保ってきた。いかなる理不尽であっても〝神〟の所業なら甘んじて受け入れるしかない――

だが、魔術師は違う。未分類の〝神〟という概念を紐《ひも》解き、どのように信仰が注がれたのか分析し、神秘を完膚なきまでに解体する――未知より定義された神秘を解析し、分類し、暴き立てるのが魔術師という人種だ。未知が脅威ならば、既知は脅威を取り除く手段に他ならない。

たとえば相手の天使が火に関する伝説を有していれば「その天使は火を司る」と定義し、「火の弱点は水であり、火を司る天使には水が有効である」というように脆弱《ぜいじやく》性を付与する。

これは本来、弱点が存在しないはずの天使に『火を司る』という定義を与え、未分類を分類することにより、その完全性を毀損《きそん》させることで付け入る隙《すき》を生み出す魔術師の戦い方である。

そのため秘蹟者《サクラメント》との戦闘で魔術師に求められるのは、いち早く相手の天使の正体を看破する観察力と知識量、天使の有する伝説から弱点を紐付け、対抗する術式を構築する機転と発想力。

つまり、対秘蹟者の戦闘における勝敗はこの段階で明暗が分かれ、天使の看破が長引けば長引くほど魔術師側にとって不利になっていく。相手の守護天使の詳細は名の知れた秘蹟者ならば事前調査で判明することもあるが、そうでない場合は戦闘の中で答えを導き出すしかない。

無論、相手が天使術を行使する隙を縫って術者を排除するという手段もあるが、眼前のリザのように天使術に錬達している秘蹟者を相手には、そのような幸運は望めないだろう。

となれば、メアリがやることは決まっている。序盤は相手を攻め立て守護天使の情報を引き出し、正体を看破した後にしかるべき術式で打破するのみ。

そして、これはメアリが得意とする戦闘スタイルでもある。

「――――ッ！」

メアリは均衡を破り、リザにナイフを投擲《とうてき》すると同時に駆けだして間合いを詰める。

だが、リザはナイフを避けようともせず、短剣の切っ先をメアリに向けて聖句を唱えた。

「わたしは喜びをもって、救いの泉から水をくむ――――！」

リザの構える短剣の先から一雫《ひとしずく》の水が滴り、一気に膨張して水の壁となる。

投擲されたナイフは水の壁に飲まれ、完全に動きを止めた。

「凍結せよ――――Ｉｓ《イス》！」

メアリが叫ぶとナイフに刻まれた氷結《イス》のルーンが明滅し、水の壁が氷へと変化していく。

リザへ肉迫しながら、メアリは更なるルーンを唱えた。

「爆《は》ぜよ、Hagall《ハガル》」

「──くっ……!?」

メアリが続けざまに雹《ハガル》のルーンを唱えた瞬間、氷壁に亀裂が入って轟音《ごうおん》とともに爆ぜた。

リザは至近距離から散弾銃《ショットガン》のような氷の飛礫《つぶて》を浴び、咄嗟《とっさ》に両手を交差させて防御する。

顔面への直撃こそ防げたが、いくつかの氷塊ががら空きの下腹部を貫こうと迫った。

「小癪《こしゃく》、な──!!」

リザが叫ぶと彼女の足元を中心に水柱が立ち上がり、水の奔流は氷塊を呑み込んだ。

なんとかメアリの奇襲を防ぐと、リザは淀《よど》みなく高らかに聖句を謳《うた》い上げる。

「もろもろの国は多くの水の鳴り轟くように、鳴り轟く。しかし、神は彼らを懲《こ》らしめられる──」

聖句を詠み上げるとリザの頭上には球状の水が出現し、滞空する球体から放たれた水の奔流は轟音を響かせながらメアリに襲いかかった。

メアリは咄嗟に後方へ飛び退いて回避するが、水の奔流は追尾するように軌道修正する。

メアリは照準を定められないような速度で疾走し、水の奔流を躱《かわ》しながら徐々にリザに迫っていく。リザとギリギリの逃走劇を繰り広げるなか、メアリはついに彼女へと肉迫した。

「主はその僕《しもべ》を贖《あがな》われた──背信者に平穏はなし!!」

リザはメアリを迎え撃つように短剣を掲げ、聖句を紡いで更なる術式を発動する。

滞空していた球体状の水がビー玉サイズまで圧縮された後に解き放たれ、射出された水流はウォータージェットの原理で鋭利な刃物へと変貌《へんぼう》を遂げた。

「────ッ！」

放たれた水の刃は、常人では反応できない音速に達していた。だが、これは魔術師と秘蹟者《サクラメント》、常軌を逸した異能者たちの戦い────メアリは最小限の動きで水の刃を躱《かわ》すと、一足飛びでリザの懐に踏み込んだ。

「……ッ！　もろもろの国は多くの水の鳴り轟くように、鳴り轟く。しかし、神は彼らを懲《こ》らしめられる──」

リザはさっきと同様の術式の発動を試みた。自分を中心に水柱を発生させれば、メアリは近づけなくなる。だが、メアリも二度目ともなれば、リザの対応は想定済みだった。

リザの詠唱が終わり、術式が発動する瞬間、メアリは彼女の足元へナイフを投擲《とうてき》した。

「──ッ、Thorn《ソーン》……!!」

リザの足元から噴き出した水柱に阻まれ、メアリは後方に吹き飛ぶ。

だが、同時にナイフの刀身に刻まれた荊《ソーン》のルーンが発動した。

「これ、は──ッ、グゥ、ァ!?」

リザが床に刺さるナイフに気づいた瞬間、迸《ほとばし》る電流が彼女の身体を駆け抜けていく。

荊のルーンの特性は遅延と足止めだが、これに加え北欧神話における雷神《トール》を象徴している。

メアリは最初に攻撃を防がれた際、「リザの術式は自身を中心に展開され、効果範囲が水柱の外周に限られている」と仮説を立てていた。つまり、攻撃を阻む強固な結界であっても、内部には効果が及ばない。リザの反応を見る限り、メアリの仮説は正しかったようだ。

「……ッ、面妖《めんよう》な、術を……それが魔術というものですか？」

リザは電流に身体を貫かれるが、ふらつきながらも持ちこたえて立ち上がる。

どうやら致命傷には至っていないようで、皮肉めいた言葉をメアリへ向けた。

「そちらこそ、器用な真似《まね》をする。純水を精製して、電撃を緩和したの？」

メアリは淡々と言葉を返しながらも、リザの様子を観察しながら思考を巡らせる。

通常、水は電気を通す導体として位置付けられているが、不純物をまったく含まない純水は逆に絶縁体となる。大気中の水分を収束させた水は調達が容易だが、不純物が多いため雷系の術式とは相性が悪くなる。だから、リザはメアリの電撃を防げないと判断した瞬間、理論純水を絶縁体として展開し、ダメージを軽減したのだとメアリは推察していた。

咄嗟《とっさ》に純水を利用するという発想もさることながら、不純物を一切含まない理論純水を精製する芸当は、リザが高度に水を操作ができることの証左だった。

『ここまでで確認できたヒントは、象徴器の形状と扱っている属性のふたつ』

メアリは今までの戦闘で得た情報を整理し、リザの守護天使について思考を巡らせる。

普通の魔術師でも知識さえあれば、秘蹟者《サクラメント》の守護天使の正体を看破することができる。

しかし、アグネス教の聖書には外典や偽典、更には口伝でのみ伝えられる伝説など、アグネス教徒以外では知られていない情報が多く存在している。逆に聖書で語られる天使が他の宗教や神話に紐《ひも》付けられ同一視されている事例もあり、これらの情報は魔術師しか知り得ない。

メアリはかつてアグネス教徒で現在は魔術師という異色の経歴を持ち、秘蹟者と魔術師の両方の視点を有しているため、他の魔術師に比べて天使の看破には長けている。

短剣を象徴器とする守護天使にはいくつか心当たりがある。かといって同一の天使であっても象徴器の形状には個人差があり、象徴器の形状のみで正体を断定することは不可能。

次にリザは主に水の術式を用いていたので、彼女の守護天使は水の属性を有している。

高度な操作性を有していることから、リザ自身との相性も良好だと考えられる。

以上のヒントから水の属性と短剣の象徴器という条件を持つ天使とは――

「あなたの守護天使。その名は――〈神の正義〉、ザドキエル」

メアリは確信めいた物言いで、導き出された天使の名を告げた。

ザドキエルとは、アグネス教の聖典で言及される天使のひとりである。

〈神の正義〉を意味する名を持つこの天使は『水』と『記憶』を司ることから、リザの使用していた術式の属性と合致する。

ザドキエルの登場する伝説として『信仰を試された聖人が己の息子をナイフで刺して生贄《いけにえ》に捧げようとした瞬間、神に遣わされ試練に立ち会ったザドキエルがそれを止めた』というものがある。この伝説からザドキエルの象徴器の候補として短剣が挙げられる。

「まさか、初見で見抜かれるとは想定外でしたが……」

リザはメアリの推論を聞き、驚いたように目を丸くする。

「いかにも——我が守護天使の名はザドキエル。木星の守護者たる主天使《ドミニオン》です」

リザはこれ以上隠しても意味がないと判断し、己の守護天使の名を口にした。

『主天使は第四位の階級の天使。加えて彼女はまだ第三位階の〈形成《イエツィラー》〉——』

メアリは小さく息をつくと、眼前のリザを見据えながら思考を巡らせる。

天使には第一位の熾天使《セラフイム》を頂点として九つの階級が存在し、主天使は第四位に該当する。位階は秘蹟者の熟練度に応じて変化するが、階級は生まれ持った天使の純度の指標で基本的に変化しない。メアリは過去に格上の階級や位階の秘蹟者に勝利したこともあり、そういった意味ではリザを相手取ることに怯《おび》えや不安はない。

しかし、とメアリは考える。さっきから頭の片隅に明滅している違和感の正体とは——

「戦闘の最中に——なにを悠長に考えているのですか⁉」

リザは動きを止めたメアリを見て、苛立《いらだ》ちを隠そうともせずに声を荒らげる。

荒ぶる彼女の感情に呼応するように、濃密な魔力が彼女の背後から立ち上っていった。

「さめよ、さめよ、力をまとえ、主の御腕よ。さめよ、代々とこしえに、遠い昔の日々のように。ラハブを切り裂き、龍を貫いたのはあなたではなかったか――右の御手、聖なる御腕によって主は救いの御業を果たされる！」

リザが唱える聖句は、原始混沌《こんとん》を司る海竜《ラハブ》を葬り去った神の偉業を讃《たた》えるもの。よってこの術式によって生じるものは、文字どおり神の御腕――即《すなわ》ち、水で象られた巨大な腕。

三メートルを優に超える巨大な水腕は、天井を舐《な》めるようにメアリへと迫った。

「――――ッ！」

メアリは壁を伝って室内を縦横無尽に駆け巡り、迫り来る水腕の追随を躱《かわ》していく。

リザの放った術式は聖書における伝説を元にしたもので『ラハブを切り裂き、龍を貫いたのはあなたではなかったか』という文言どおり、斬撃と刺突の両属性を併せ持つ攻撃である。つまり、防御の術式を展開しても刺突の属性によって突破される恐れがあり、メアリは防御ではなく回避を選択していた。

「四大より生じる元素霊《エレメンタル》よ。乾き、冷たき、土の精《ノーム》。我が手に宿り、敵を呑め――」

だが、メアリもこのまま逃げに徹するつもりもなく、攻撃の余波で吹き飛んだレンガの欠片《かけら》を摑《つか》むとルーン文字を刻み、迅速に呪文を唱えていく。メアリが後方にそれを投げつけると術式が発動し、レンガは巨大な土壁に変化して水腕を真正面から受け止めた。

「その程度で——!!」

リザの叫びに呼応して水腕は土壁を乗り越え、メアリを呑み込もうと襲いかかる。

「残念。その程度で、あなたの術式を防ぐには事足りる」

だが、突如として水腕は勢いを失い、最後には一滴残らずに土壁に吸収されてしまった。

「馬鹿な……!?」

リザは渾身《こんしん》の攻撃を難なく無力化され、呆気に取られてしまう。

「あなたの天使、ザドキエルの属性は水。そして、水は四大元素《エレメント》において〝液体〟〝冷〟〝湿〟の要素を持つ属性。だから、これに対して〝固体〟〝冷〟〝乾〟の要素を持つ土属性の術式を使った」

メアリは淡々と言葉を向けるが、リザの目に宿る闘志は未だ潰えていない。

「……ッ、さめよ、さめよ、力をまとえ、主の御腕よ。さめよ、代々とこしえに、遠い昔の日々のように。ラハブを切り裂き、龍を貫いたのはあなたではなかったか——主の御腕!!」

リザは同様の術式を発動させ、再び出現した水腕は今度こそメアリを呑み込もうとする。

だが、メアリは動じることなく右手を前に出し、静かに呪文を謳《うた》い上げる。

「海を、大いなる淵の水を、干上がらせ、深い海の底に道を開いて、贖《あがな》われた人々を通らせたのは、あなたではなかったか——我が前に道を拓け、葦の海《ヤム・スーフ》」

メアリが唱えたのは『葦《あし》の海』——秘蹟者《サクラメント》たちが聖句と呼ぶものであり、リザが術式の基盤とした神の御業《みわざ》に対応する秘蹟《ひせき》である。かつて海を割り窮地を救った伝説を元にする術式によって、メアリに迫っていた水腕は真っ二つに割れて消滅してしまう。

「なっ――これは葦《あし》の海の奇跡!? どうして、魔術師が聖句を……ッ!」

リザは魔術師がなぜ自分たちの聖句を扱っているのか理解出来ず、愕然《がくぜん》とする。

メアリはその隙《すき》を逃さず、一気にリザへ肉迫して懐に飛び込んで手にしたナイフを首筋めがけて振るう。この至近距離ではたとえ秘蹟者《サクラメント》であろうと、逃れることは難しい。

事実上の〝詰み〟であったが、ナイフの刃が届く瞬間。

「――――」

リザは安堵《あんど》したように表情を弛緩させ、泣き笑いのような表情を浮かべた。

メアリは死を受け入れたようなリザを目の当たりし、寸でのところでナイフを止める。

リザの首筋からは血が滴るが、傷はあくまで薄皮を裂く程度に留まっていた。

「どう、して……?」

リザは状況を理解できず、唖然《あぜん》と呟《つぶや》くことしかできない。おそるおそる視線を目と鼻の先にいるメアリに向けるが、彼女は今にも泣き出しそうな顔で刃を押しとどめていた。

「ふざ、け……ふざ、けるなぁ――!!」

リザはメアリが自分の殺害を躊躇《ためら》ったと理解し、表情を憤怒に染めていく。

彼女らしからぬ感情的な怒号を上げ、メアリを押し倒して叫ぶように問い質した。

「わたくしに、情けをかけたつもりですか⁉」

「……せ……ない」

メアリは小さく消え入るような声で呟いた。

「私には、殺せ……ない」

「殺せ、ない？　これまで何人も秘蹟者《われわれ》を殺してきたんでしょう⁉　今更、甘いことを――」

リザは胸ぐらを摑《つか》んでメアリを引き起こし、赫怒《かくど》に染まった表情で真意を問い質す。

「あなたを殺せば……ステラが、悲しむ」

首元を締め上げられながらメアリがか細い声で告げると、リザは言葉を失ってしまう。

「確かに私は、あの子を殺すためここへやって来た。だけど、自分でも分からない」

メアリが胸ぐらを摑まれたまま言葉を続けると、リザはハッとした表情をする。

「今更、そんな戯言《ざれごと》を――ッ……！」

リザは苦虫を嚙《か》みつぶしたような顔で言い淀《よど》む。

「あの日の夜。ステラが誰かに襲われたと知った時、気づけば身体が動いていた。さっきだって、同じ……いてもたっても、いられなかった」

メアリはあの日、ステラが襲撃者に襲われた時、考える前に身体が動いていた。

無論、『暗殺の完遂前に対象をさらわれるわけにはいかない』という大義名分はあったが、格好
結局は単なる自己欺瞞《ぎまん》でしかない。事実、メアリはあの後、ステラの部屋に招かれた際、

の機会だったのにもかかわらず、ステラを殺すことができなかったのだから。

「矛盾しているって、分かっている。だけど、背中を押してくれた子がいた」

メアリはリザから視線を逸《そ》らさず、彼女の瞳《ひとみ》を真っ直ぐ見据えてココの言葉を思い返す。

『貴方の人生は、貴方のものだから。わたしにできるのは、その背中を押してあげるくらい、かな？』

どうして今、メアリがここにいるのか？　ココに背中を押され、気づいた答えを告げる。

「私は……ステラのことが、好き。だから、悲しい顔をして欲しくない」

メアリの返答を聞き、リザは手を離してしまう。

リザの耳に、後方から必死に叫ぶステラの声が聞こえてくる。

「リザ！　お願い、メアリを殺さないで……!!」

「それ、は……できかねます」

ステラは必死に結界へ手を叩《たた》き付けるが、堅牢な障壁はびくともしない。

なおも懸命に訴えかけるステラの姿を振り返り、リザは弱々しく答えた。

「彼女は貴方を殺すため帝国から派遣された人間です。このまま見逃すわけには――」

「いいえ。違う……違うわ」

ステラは静かに頭を振り、思い詰めた顔で言葉を続ける。

「メアリは、あたしを殺す気なんてないんだから」

リザはステラの確信めいた物言いに、心臓を鷲掴《わしづか》みされたような錯覚を抱く。

「リザだって、本当は気づいてるんでしょ!?　もし、メアリがその気だったら、あたしを殺すチャンスなんていくらでもあったはずよ……？」

ステラの言うとおり、リザの目が届かない時、暗殺を実行する機会があったはずだ。

それも一度や二度のことではない。昨晩に至っては深夜から朝方まで、メアリはステラとふたりきりの状況だった。

「それ、は……慎重を期して、ただ機会を窺《うかが》っていただけかもしれません」

リザが縋《すが》る思いでその場しのぎの答えを返すと、ステラはきっぱりと否定する。

「そうじゃないわ！　メアリは、あたしを殺せない。いいえ、殺したくないと思ってるの」

「お戯れを……もしや、先ほどの詭弁《きべん》を信じていらっしゃるとでも？　それこそ、信用に値する言葉ではない。ステラ様に取り入るためのたわ言でしょう」

リザがずっと前から抱いていた違和感は、徐々に確信へと変わっていく。

理由は分からないが、ステラは自分がメアリに狙われているのを知っていた――もしくはメアリの正体を知っていたのではないか？

リザの脳内には、そのような仮説が過《よぎ》っていく。

「昨晩のことよ。夜中に目が覚めた時、メアリはナイフを持ってそれをあたしに振り下ろそうとしていたわ」

「…………ッ!?」

ステラが独白するように言葉を続けると、リザは悔しさから己の唇を噛《か》み締める。

あの時はまだ、メアリの正体を知らなかったためステラの護衛を任せた。

今にして思えば、暗殺者を密室へと招いた軽率な判断は唾棄《だき》すべき愚行だった。

自分自身を殺してやりたいほどの手痛い失策だと内心で自責する。

「でも、不思議と怖くはなかったの。もしかしたら、夢を見ているのかと思ってた」

ステラはそのまま「メアリはどうしたと思う?」と視線をリザに向ける。

リザが沈黙を守っていると、ステラは穏やかな表情で言葉を続けた。

「メアリは、泣いていた――一生懸命、ナイフで刺そうとしていたけれど、最後には『私にはできない』って泣いてた」

ステラの口から告げられた言葉は、リザにとって衝撃的なものだった。

帝国の人間――それも軍人ならば、教国の人間など人とすら扱わないというのが国内における認識である。そんな帝国軍人が、暗殺対象を殺したくないと涙を流すのか?

にわかには信じがたい話だが、ついさっきメアリが口にした言葉が脳裏に過《よぎ》っていく。

『あなたを殺せば、ステラが悲しむ』

『あなたと戦っている最中も、ずっと考えていた』

『私は、ステラのことが好き。だから、悲しい顔をして欲しくない』

リザは考える。メアリがリザの命をその手に掛けた瞬間、彼女は「ステラが悲しむ」という理由で躊躇《ためら》った。そんなことはあり得ないはずだ。なのに、どうして——?

「リザの話を聞いて、あれは夢じゃなかったって分かった。確かにメアリはあたしを殺そうとしたけど、それでも殺せないって……だから今も、こうして駆けつけてきてくれた」

リ、リザが聞かされていた冷酷な帝国軍人の像と、今のメアリが大きくずれていく。

メアリ・マクダレンという少女は、結局のところ敵なのか? それとも——

なにを信じればいいのか分からなくなってしまった。

「リザ、話を聞いてあげて。メアリにも、何か事情があるのかもしれない。だから——」

ステラの言葉を聞きながら、リザは必死に懊悩《おうのう》する。

どうする? どうすれば——脳内が真っ白になって、思考がまったくまとまらない。

「…………ッ!」

メアリは混乱するリザの様子を見て、ステラを囲い込んでいた結界を解除する。

今のリザに必要なのは、自分ではない。呪縛に囚われたリザを救えるのは、彼女のことを想い、寄り添ってきたステラだけだと判断した。

結界が解除されると、中から出てきたステラがふたりの元へ向かって駆け寄ってくる。

リザはおそるおそるステラを見遣《みや》るが——

「ステラさ——」

ステラはリザの横を走り抜け、床にへたり込んでいるメアリの元へ駆けていく。

しゃがみ込んでメアリと視線を合わせると、ステラは慌てた様子で矢継ぎ早に尋ねた。

「──メアリ!!　大丈夫!?」

「私、は……大丈──」

ステラはメアリの答えを待たず、彼女の身体を強く抱きしめる。

「もうっ!　ほんっっっ、とうに心配したんだから……!!　どこか怪我《けが》してない?」

メアリは驚いたように目を瞬かせ、ふっと小さく微笑《ほほえ》みながら声をかけた。

「私は大丈夫。だから、落ち着いて」

「本当?　無理してない?」

「うん。平気だから、安心して」

メアリはゆっくりと立ち上がり、心配するステラへ念を押すように言葉を続ける。

続けて視線をリザに向けるが、彼女は茫然《ぼうぜん》自失の体でメアリとステラをただ眺めていた。

「リザ……」

ステラはメアリの服の裾を指先で摑《つか》むと、不安に揺れる瞳《ひとみ》でリザを見遣《みや》る。

「あ、あぁ……どうして、わたくしは──」

リザは両手で自らの口を押さえ、嗚咽《おえつ》を漏《も》らしながら己へ問いかける。

──自分はいつから間違ってしまったのだろうか?

# 6

エリザベス・ロザリウムは、代々教皇庁へ仕える名家に生まれた。

リザは大抵のことはそつなくこなす器用さに恵まれたが、神童と呼ばれる程の才覚を有した姉の存在によって幼少期から大きな挫折《ざせつ》を経験した。

周囲の人間は姉を天才と讃《たた》え、あくまでただ優秀な妹には微塵《みじん》の期待も注がなかった。

『お前に秘蹟者《サクラメント》の仕事は不向きだ。悪いことは言わない。普通の生活を送りなさい』

リザは姉から直々に凡人の烙印《らくいん》を押されても、当主である父親に直訴して特別にとある役目を仰せつかることになる。その役割とは〈神羔《しんこう》の聖女〉の侍女――年齢が近い彼女に仕え、身の回りの世話をする付き人の仕事だった。

本来は姉に来ていた話だが、秘蹟者の育成機関を首席で卒業して既に前線で活躍していた彼女は多忙で断るつもりだったらしい。

今代の〈神羔の聖女〉は僻地《へきち》の孤児院から教皇庁に保護されたばかりで、教皇庁の膝《ひざ》元である中央での生活にまだ慣れていないということだった。彼女に会う前は正直複雑な心境だった。

〈神羔の聖女〉は奇跡の行使の代償として、自らの命を捧げる。つまり彼女は教皇庁にとって、都合の良い生贄《スケープゴート》でしかない。だから無駄に情が湧けば、やがて訪れる別離に感情を掻《か》き乱される。自分はこの仕事を足がかりにして教皇庁で地位を築き上げていくのだから、そんな些事で心を乱すわけにはいかない。聖女のことはあくまで道具として——人のカタチをした消耗品としてみればいい。リザはそんなふうにたかを括っていた。

「はじめまして、聖女様。本日から侍女として身の回りの世話などを仰せつかったエリザベスと申します。なにかあればご遠慮なくお声がけくださいませ」

数日後。リザは件《くだん》の聖女——ステラと対面を果たし、取り繕った笑みで彼女を迎える。

「こちらこそ、はじめまして！　あたし、ステラっていうの。今日からよろしくね」

リザが体裁を整えただけの慇懃《いんぎん》な挨拶《あいさつ》を終えると、ステラは満面の笑みで挨拶を交わす。

ステラの反応を見て、リザは驚きを禁じ得なかった。目の前の少女は生贄《いけにえ》の役目を負わされているというのに、明るく振る舞っていた。

もしかしたら〈神羔《しんこう》の聖女〉に選ばれた人間の末路を知らないのではないか？

少女の明るさが無知故のものだと決めつけ、リザは意地悪くも問いを投げかけた。

「ところで……ステラ様は〈神羔の聖女〉のお役目をご存じでしょうか」

「もちろん！　あたしの力は教皇猊下《げいか》をお救いするためにあるんでしょ？」

「流石です。ステラ様はご自分の責務をしっかりと自覚されているのですね」

リザはにっこりと微笑《ほほえ》みながら「やはりか」と内心で失笑する。

あくまで推測だが、教皇庁はステラに〈神羔の聖女〉が奇蹟の代償として彼女の命を必要とすることを伏せている。ステラが教皇——ひいては教国——のために喜んですべてを差し出すような教育を施した頃合いを見計らって、残酷な真実を告げる――敬虔《けいけん》な信徒ならば喜んで身を差し出し、命惜しさに逃げ出すことはない。教皇庁らしい陰湿なやり口だ。

「ええ！　だからね、あたし――明日にだって、死んでしまっても構わないわ」

リザの予想を裏切って、ステラは笑顔のまま続ける。

「は……？　もしかして、奇跡の〝代償〟をご存じなのですか？」

「代償っていうのは分からないけど……お役目を果たせば、あたしは死んじゃうのよね？」

あっけらかんと答えるステラに、リザは唖然《あぜん》とする。それは自身の推測が外れたからではない。目の前の少女は、あたかも当然と言わんばかりに現実を受け入れている。ありえない。

あるいは彼女の信仰とは、死を恐れないほどに深いものなのだろうか？

「恐ろしくは……怖くは、ないのですか？」

「どういう意味？」

「ですから……貴方は将来的に、命を捧げることを強要されているのですよ？　恐ろしくはないのですか？」

リザは苦々しく言葉を続ける。まだ幼い少女を相手に、自分はなんて残酷なことを問うているのか――そんな罪悪感から歯切れの悪い言葉になる。

「そんなこと、怖いに決まってるじゃない」

けれど、ステラはようやく得心がいったのか「面白いことを聞くのね」と笑みを零《こぼ》した。

「だったら、どうして――」

リザはステラの反応に理解が及ばず、視線を逸《そ》らして消え入るような声で尋ねた。

「それがあたしの役目だから」

短く、ただひとことだけ言葉が返ってくる。

リザがはっとして視線を戻すと、ステラは穏やかに笑いながら続けた。

「あたしがね、聖女に選ばれたからみんなも喜んでくれたわ。院長先生も『ちゃんと役目を果たしなさい』って言ってくれたの。それにね、孤児院にもたくさんお金が入ってきたから、みんなだってお腹いっぱいご飯が食べられるの」

ステラは目を輝かせながら「それからね！」と言葉を紡いでいくが、それ以上はリザの頭の中には入って来なかった。彼女は孤児院が自分を売ったことに気づいている。

聖女や秘蹟者《サクラメント》を教皇庁に引き渡した者には、莫大な協力金が支払われる。故に教国内の孤児院は競うように孤児をかき集め、いつか発生する聖女や秘蹟者を血眼になって探している。当然、抱え込む人数が増えれば増えるほど、孤児たちは劣悪な生活環境を強いられる。心ない人間の中にはこういった施設の経営方針を〝牧場〟などと揶揄《やゆ》する者もいる。

もっとも、正常な家庭であっても子供に聖女の資格である聖痕《スティグマ》が顕現すれば喜んで教会に差し出すし、それが模範的な信徒であるというのがこのウァティカヌスという国だった。

聖女に選ばれた本人たちも、各々が課せられた使命を全うしている間は地位と名誉が約束される。しかし、命を対価に奇跡を行使する〈神羔《しんこう》の聖女〉だけは違う。

たとえ役目を果たしたとしても、その先にはただ〝死〟という結果しか残らない。死んでしまえば、地位も名誉も残らない。最後に遺されるのは、教国のために命を捧げた殉教者などという無意味な称号しかない。いわば、〈神羔の聖女〉という役目はただの貧乏くじでしかなく、選ばれた当人にとってはただただ迷惑な代物なのだ。

だからリザは、体の良い生贄《スケープゴート》の役目を負わされたステラに同情していた。

同時にステラが悲観に暮れ、嘆きながら使命を受け入れていると考えていた。ところが眼前の少女は、目を背けたくなるような重責を負わされながらも平然と笑っている。

周囲の人間による勝手な期待を一身に背負い、己の役割を果たそうとしている。

リザには理解できなかった。自分が同じ立場なら、己の境遇を嘆き、世界を呪い、失意の底に沈みながら諦めていただろう。なのに、どうして――

「――――」

リザは混迷を極める思考から逃れるように、目の前のステラを見遣《みや》る。

ステラはいつの間にか両手を胸の前で組み、目を瞑《つぶ》って静かに祈りを捧げていた。

「やめて、ください……どんなに祈っても、貴方の運命は変わらないのですよ？」

リザは声を震わせて、そんなことは無駄だと告げる。死の恐怖から逃れるために祈りを捧げても、ステラが〈神羔の聖女〉で在り続ける限り、死という運命からは逃れられない。

「いいえ、違うわ。今はあなたのために祈っているの」

けれど、ステラはまぶたを開け、ゆっくり首を横に振る。

「わたくしの、ために？」

リザが呆気に取られて理由を問うと、祈りを終えたステラは微笑《ほほえ》みながら答える。

「だって、あなた。とても悲しそうな顔しているんですもの。だから、早く笑顔になれるようにって、神様へお願いしていたの」

無邪気に微笑むステラを目の当たりにして、リザは言葉を失ってしまった。

目の前の少女は目を覆いたくなるような境遇に置かれているのにもかかわらず、あろうことか初対面のリザを心配して祈りを捧げていたのだ。

思えばこの瞬間——はじめて出会った時から、リザはステラに対して無関心を貫けなかった。

リザのぽっかりと空いていた胸の穴は、いつしかステラで満たされるようになっていた。情にほだされれば、いずれ訪れる別れが辛くなると分かっていたのに。いつしかステラの幸せを心から願うようになっていた。時が経つにつれ身を焦がす情念はなりを潜め、ステラと一緒に過ごしていくうちに苛烈《かれつ》な自己顕示欲や上昇志向もいつしか消え去っていた。

——ああ、主よ。どうかお願いです。不信心な私は、どうなってもいい。でも、この自分以外に優しすぎる少女が、せめて天命を全うできるように——そう考えるに至ったのだ。

脳裏を過《よぎ》った過去の光景に昔日を回顧する彼女のまなじりから涙が溢《あふ》れる。

「そう、だ……だから、わたくしは──」

リザは誰よりもステラの幸せを願っていたはずなのに、いつしか彼女の意思を無視して自分勝手な救いを押しつけてしまった。本来ならばステラに相談して本人が納得できるような手段を模索すべきだった。だけど、リザの選んだのは真逆の手段だった。

その選択の根底にあるのはステラへの深い敬愛だが、同時に彼女から拒絶されることを恐れていた。過ちを自覚したリザは、その場に立ち尽くして止めどなく涙を流す。

「ねえ、リザ。あたしの話を聞いてくれる？」

ステラは一旦メアリから離れて、視線をゆっくりとリザに向けた。

「やめて、ください……わたくし、は──」

リザはステラに声をかけられ、怯《おび》えるように身体を震わせる。

自分は裁かれるべきだと理解している。犯した罪の重さも同様に。だけど、怖かった。己が愛し、敬ってきた人から直接、引導を渡されることがどうしようもなく恐ろしい。

「リザ、お願い。少しでいいから、話を聞いて欲しいの」

ゆっくりと歩み寄るステラに、リザは一歩、また一歩と覚束《おぼつか》ない足取りで後ずさる。

手を伸ばせば容易《たやす》く触れられる距離にもかかわらず、両者を隔てているのは罪悪感という心の壁。罪の意識に怯えるリザを見て、ステラは穏やかな表情のまま言葉を続けた。

「これまでのあたしにとって、聖女としての使命こそが何よりも優先すべきことだった」

ステラは苦笑交じりに独白し、聖女として教皇庁に迎えられた日の出来事を思い返す。

孤児院を訪れた教皇庁の役人がステラを聖女だと告げた時、周囲の人間はこぞってステラを祝福した。彼らが聖女の奇跡を正しく理解していたのか、今となっては分からない。

〈神羔《しんこう》の聖女〉の本質が生贄《いけにえ》だと知ったとしても、変わらぬ祝福を上げたとも思う。

だから、幼いステラにも、これは非常に名誉なことなのだ――それだけは分かった。

同時にこうも考えた。自分は選ばれた人間なのだから、相応の役目を果たさなければならない、と。そんな責任感に突き動かされ、ステラは今日まで生きてきた。

だから『学校へ通いたい』というささやかな願いが叶った時でさえ、いつか来る使命によって訪れる別離を慮《おもんぱか》り、近しい友人を作らないように他者を遠ざけた。

「今までのあたしは、ただ漠然と聖女としての使命を背負っていた。実はね、この境遇を恨んだこともあった。だけど、そんなあたしだから得られた出会いもあるの」

――そんな考えが変わったのはいつからだったろうか？

ステラの脳内を過《よぎ》ったのは、メアリと教室で初めて言葉を交わした時の光景だった。

『ステラ・マリスさん。私、あなたと友達になりたいの』

メアリは周囲と壁を作っていたステラに対して、そんな壁を飛び越えてステラの領域へ踏み込んできた。ステラも当初は「なんてヤツなんだ」と憤ったものだが、メアリの空気を読まない無遠慮さは、ステラの凝り固まった考えを徐々に変えていった。

「メアリと出会って、気づいたの。あたしは聖女としての使命を受け入れたふりをして、ただいじけてただけだって。物わかりのいい良い子を演じても結局、自分の殻に閉じこもってた」

ステラは気づいてしまった。これまでの自分は己の境遇を呪い、いじけていただけだと。

失うことが怖くて、手を伸ばすことを躊躇《ためら》っていた。いつかなくしてしまうのなら、最初から諦めてしまえば悲しくないと思っていた。だけど、それは間違いだった。何度拒絶されてもめげずに向かってくるメアリを見て、己の愚かしさに気づくことができた。

だからステラは行動を起こす前に、それらしい理由をつけて自己欺瞞《ぎまん》に浸っていた自分と決別することを選んだ。

「あたし、今の生活が好きよ。メアリやジェシーたち……それから、ずっとそばにいてくれたリザと一緒のひとときが、かけがえのないものだと思えるの」

「ステラ様……」

ふわりと自然体で微笑《ほほえ》むステラを、リザは息を呑んで瞠目《どうもく》する。

無知ではなく、諦念《ていねん》でもなく、自嘲《じちょう》でもなく、すべてを受け入れた上での笑顔。

ステラのこんな表情を見たのは、リザも初めてのことだった。

リザは言葉を失い、食い入るようにステラを見つめる。

「今が楽しいのは、メアリだけのおかげじゃない。これまでずっと、リザがあたしのことを支えてくれたから」

「わたくし、が……？　いや、それは——」

——自分にそんな言葉をかけてもらう資格はない。

そう言おうとするリザを遮るように、ステラは言葉を続けた。

「ううん。リザは真面目だから『そんなことない』って言うと思うけど、あたしにとってあなたはかけがえのない大切な人なの」

夜中に悪夢を見た時、寝つくまでリザが読み聞かせをしてくれた。風邪を引いた時は、ずっと側にいて看病をしてくれた。なにもない時も、リザがずっと見守ってくれていた。

ステラ・マリスという人間を構成する要素のひとつとして、間違いなくエリザベス・ロザリウムという少女は必要不可欠だった。

「あなたのおかげ、今日まであたしはここまで来られた。聖女の使命に押し潰されそうになった時も、リザがいたから今日まで生きてこられた」

リザはさっきも『逃げてもいい』と言ってくれた。

自分のことを犠牲にしてでも、ステラの幸せを願っているとも。

やり方こそ強引だったが、それは真摯《しんし》にステラのことを思っているが故の行動だった。

ステラは意を決して、リザに向かって大きく足を踏み出した。

リザはもう逃げることなく、涙に滲《にじ》んだ瞳《ひとみ》でステラを見つめている。

リザの震える身体に手を伸ばすと、ステラは彼女を優しく抱き寄せて告げた。

「あなたがあたしの幸せを願ってくれるように、あたしもリザには幸せになって欲しいの」

「違う……わたくしに、そんな資格は……そのような言葉をかけていただけるような人間ではないのです……!!」

ステラを拒絶するように、リザは必死に声を張り上げる。

罪悪感に苛《さいな》まれ、嗚咽《おえつ》の混じった声で、これまで抱え込んできた感情を吐露した。

「きっとあたしたち、似たもの同士だったのね。互いが互いのことを考えてるけど、自分のことだけは蔑《ないがし》ろにしてる」

ステラはリザが初めて見せた弱さを包み込むように、彼女の震える身体を抱きしめる。

リザの本音を聞いた今のステラには、どうして彼女が今回の計画を考えたのか理解できるような気がした。かけがえのない大切な人のため、自身を捧げることすら厭《いと》わない──

端から見れば自己犠牲の精神に溢《あふ》れた美談だが、本質は他者とのぶつかり合いを忌避する臆《おく》病《びょう》さかもしれない。ステラも今まで、使命という大義名分に逃げていたから分かる。

「この命は、いつか使命に捧げるものかもしれない。だけど──」

ステラは柔らかな微笑《ほほえ》みを口元に携え、今もなお罪悪感に苛まれるリザに笑いかける。

聖女の使命を理由に他者と深い関係を築けなかったステラと同様に、リザもまた拒絶されると分かっていたからこそステラに全てを黙して計画を強行した。

前者が「やがて失われる関係だから」という理由に対して、後者は「事前に話せば反対される」という理由だが、両者に共通するのは「相手の反応を決めつけてしまっている」ということである。両者は『相手を信じ切れなかった』という点で通じている。

ステラは友人が自分の死を乗り越える可能性を信じ切れず、リザはステラを説得して賛同を得た上で計画に協力してもらうという可能性を排除した上で行動していた。

相手を慮《おもんぱか》るといえば聞こえが良いかもしれないが、両者が納得のいく答えを出したいのならば、その過程で嫌われたとしても本音でぶつかり合うべきだった。

「だけど、あたしは聖女になったから、リザに出会えた。この学園でメアリとも友達になれた。運命を呪うことは簡単だけど、あたしは絶対に後悔なんてしない」

これまで運命に翻弄され続けた少女は、毅然とした表情で自らの答えを告げる。

拒絶されても諦めず、何度もぶつかってくるメアリの姿を見て、ステラが得た答えだった。

「ねぇ、リザ。あたしたち、もう随分と長い付き合いだけど……きっと、まだまだ話し合うべきことがあると思うの」

ステラは思う。きっと自分は、リザとの関係に甘えていたのだと。

だからリザをもっと知りたい——彼女だけが罰せられるようなことにはしたくない。

「だから、ね。あなたの話をもっと聞かせて。あたしのこともいっぱい話すから」

ステラがリザの肩に回していた手を離すと、目の前には顔を涙で濡らした年相応の少女が立っていた。今まで忘れていたが、リザとはたったひとつしか年が違わない。

だからこれが自然な姿で、本来あるべき関係なのだと改めて思った。

「ステラ、さま……はい。わたくしも、貴方ともっとお話がしたいです。もっと、もっと――

ずっとお側にいたいです……!!」

リザは嗚咽《おえつ》を漏《も》らすが、彼女の泣き顔はステラと分かり合えた嬉《うれ》しさに満ち溢《あふ》れていた。

普段の大人びた姿とはかけ離れているが、ステラはこれが等身大のリザだと理解する。

ステラは頑なに閉ざされたリザの心の扉を開き、ふたりは喜びを分かち合った。

## 7

「……良かった」

メアリは一連のやり取りを見守っていた。

ふたりが分かり合えたことが自分のことのように嬉しくて、メアリは安堵《あんど》の息を漏らす。

しかし、事態が収束したことで、浮き彫りになっていく問題がある。

ここまでのリザの発言は、彼女にメアリの正体を話した人物――この事態を意図的に起こした第三者の存在を示唆していた。その問題を解決しない限り、まだ終わらない。メアリが改めて警戒を強めた瞬間、微量だが周囲に魔力の揺らぎを察知する。

「Freya《フライヤ》――!」

メアリは咄嗟《とっさ》に走査の術式を起動。神経を研ぎ澄ませ、揺らぎの発生点を探った。反応があった場所はステラたちの後方で、距離にして二メートル程。靄《もや》のように揺らぐ異質な魔力は先日、ステラを襲った人物——あの時、感じた不気味な魔力と酷似していた。

メアリは今に至るまで感知できなかった自分の迂闊《うかつ》さを呪うが、あの襲撃者は隠形《おんぎょう》に特化した能力の守護天使を有する秘蹟者《サクラメント》だと推測できる。彼の人物は事件後に追跡どころか痕跡《こんせき》を辿《たど》ることさえさせず、隠形に能力を振り切ればメアリにも察知できないレベルで気配や痕跡を消すことができる可能性がある。そして、今になって気配を察知できるようになったということは、襲撃者が隠形を解除して攻撃に転じようとしている証左でもあった。

「ステラ！　エリザベス——!!」

メアリは叫ぶようにふたりの名を呼び、靴底に刻んだ車輪《ラド》のルーンを発動して疾走する。急激な加速の余波で床に敷き詰められたレンガが砕け、周囲に粉塵《ふんじん》が巻き上がっていく。

メアリからステラたちの距離は三メートルほどだが、既にステラの後方には空気を焦がす雷が迸《ほとばし》っている。次の瞬間には文字どおり、光の速さで無防備なふたりを貫くだろう。

『間に、合え——ッ!!』

極限状態に追い込まれた故か景色がモノクロになり、目に映るものすべてがスローモーションのようにゆっくりと流れていく。

コマ送りの視界の中で、メアリの声に気づいたリザが咄嗟にステラを背中で庇《かば》う。

しかし、このままでは為す術なく、ふたりは雷によって焼き払われてしまうだろう。

メアリは必死に思考を巡らせる。このまま、ふたりを攻撃の範囲外へと運び出せるか？

——駄目だ。間に合わない。相手の術式の速度が想定以上だ。

では、攻撃そのものを防ぐのは？

——これも間に合わない。今からではろくな障壁も展開できない。

ならば、術式そのものを無効化すれば？

——やはり、間に合わない。相手の守護天使を分析できていない以上、難しい。

瞬きの間に脳内で何度もシミュレーションを繰り返すが、やはり相手の攻撃を防ぐ手立ては見つからない。しかしながら、それはあくまで自身の安全を考慮した上での話だ。

「Thorn《ソーン》——雷神の加護よ！」

決断と共にメアリの世界が動き出す。視界が色づき、早送りのように景色が流れ始める。

メアリはナイフに刻まれた茨《ソーン》のルーンを発動させ、雷神トールの神格を抽出する。

刀身からは雷が迸り、幾重にも棘《とげ》を伸ばした茨《いばら》のような形状となっていった。

「は、あぁぁぁぁ——ッ!!」

メアリが雷撃とステラたちの中間点に割り入ると、雷撃はまるで吸い込まれるようにメアリが構えたナイフへと向かっていく。

「ア、グッ……Othel《オセル》！」

メアリがナイフで雷撃を受けた瞬間、彼女の身体中に激しい雷が駆け巡っていく。

激痛に顔を歪めながらも、メアリは咄嗟《とっさ》に四大の土を象徴する継承《オセル》のルーンを床に刻む。避雷針のように雷を床へ逃がすが、満足な防御術式を起動していなかった故に受けたダメージは甚大だった。見た目こそ損傷は深くないが、雷撃に込められていた呪詛までは軽減できておらず、メアリはそのまま力なく床に倒れ込んでしまう。

「えっ——メ、アリ……？」

ステラは状況が理解できず、床に身を投げ出しているメアリを呆然と見ていた。

「くっ……いったい、なにが……!?」

リザは傍らで茫然《ぼうぜん》自失に陥るステラを肩で抱き、状況を把握しようと周囲を見渡す。

たったいま、背後からの不意打ちに気づいたメアリが、身を挺して自分たちを守ってくれたことまでは理解できた。現にメアリはその際に傷を負ったようで、床に倒れ込んでいる。

リザが後方を見遣《みや》ると、虚空には黒い靄《もや》が浮かんでいる。靄は徐々に人間のような形を象《かたど》り、床に降りるなり緊迫した場にそぐわない酷《ひど》く軽い調子で口を開いた。

「ありゃりゃ——ちゃーんと仕留めた、と思ったんだけどなぁ。ざぁんねーん」

やがて姿を覆い隠していた靄が晴れ、人影の素顔が露《あら》わになっていく。

「はぁ……っく……ユディト、メラリ……！」

メアリは姿を現した襲撃者——即《すなわ》ち、メアリとステラの担任教師であるユディト・メラリを見て、ふらつきながらも立ち上がって彼女を睨《にら》みつけた。

「ココを襲ったのも……あなた、なの?」

メアリはユディトの前に立ち塞《ふさ》がり、ステラへの接近を牽制《けんせい》する。

後ろにいるステラが息を呑む音が聞こえたが、メアリは続けて問いを投げかけた。

「ピンポーン、大正解！　でも、ちゃーんと生かしておいたんだから、そこら辺は感謝してくれてもいいんじゃない？　これでも結構、気を遣ったつもりなんだけどなぁ」

「白々しい。私たちを〈神羔《しんこう》の聖女〉の誘拐犯に仕立て上げるつもり……だったんでしょ?」

「うーん、またしても大正解！　流石、帝国の〈死神〉様は優秀ね。花丸をあげましょう」

メアリは敵愾心《てきがいしん》を露わにするが、対照的にユディトは軽薄に笑いながら答えた。

資料室でのココの惨状が脳裏を過《よぎ》り、メアリは度し難い怒りを覚えた。

「一つ訂正しておくわね。貴方たちはわたしを反教皇派だと思ってたみたいだけど、それは半分正解で半分は不正解。確かにわたしは反教皇派の力を使ってこの学園に潜り込んだけど、別に連中の傀儡《かいらい》になったつもりもないわ。つまり――最初からわたしは個人的な目的のために、反教皇派を利用させてもらったってことね」

ユディトはメアリの感情の機微を察してか、挑発するように続ける。

ココの推理では反教皇派がメアリたちを利用しているという想定だったが、実際はユディト個人がメアリたちと彼女に協力した反教皇派の両方を利用していたのだ。

「あの子がいろいろと嗅ぎ回ってたのは知ってたけど、計画に支障はなさそうだから泳がせておいたのよね。だけど……流石に今回は少ーし、調子に乗っちゃったみたいねぇ」

メアリはその独白を聞き、やはりココが真相に迫っていたことを確信する。

となればユディトの犯行動機に関しても、自ずと答えは導かれる。

だが、先刻受けた傷の影響は大きく、意識を集中させなければ目の前の景色が白んでいく。

メアリがふらついて片膝《ひざ》をつくと、後方から靴音が聞こえた。

「メアリ！　ねえ、メアリ！　大丈夫⁉」

霞んでいくメアリの視界に、駆け寄るステラの顔がぼんやりと映る。

メアリは咄嗟《とっさ》に「大丈夫」とかすれた声で答えるが、体内に渦巻く呪詛《じゅそ》のせいで満足に呼吸できない。何度も解呪《ディスペル》を試みてはいるが、術式を解明できていない以上、成功の望みは薄い。

「ユディト先生――いったい何故、あなたがこのような真似《まね》を……ステラ様の境遇に理解を示してくれたからこそ、今回の計画に協力してくれたのではないですか⁉」

リザは敵愾心《てきがいしん》を剝《む》き出しにして、ユディトを詰問する。

少なくともリザはそう認識し、教皇庁の内部情報を反教皇派のユディトに提供していた。

ユディトとリザは共に〈神羔《しんこう》の聖女〉であるステラを救うため協力していたはずだ。

「勘違いしないで、エリザベスさん。さっきのアレは用済みになった貴方を始末するためにやったけよ。大事なステラさんを傷つけるつもりは微塵《みじん》もないから」

「なっ――」

ユディトが笑顔のまま告げると、リザは言葉を失ってしまう。

「あれは仕方なかったのよ。本当は貴方にマクダレンさんを始末させた後、残った貴方をサクッと片付ける予定だったのに。まさか話し合いで和解しちゃうなんてねぇ」

ユディトは悩ましげに嘆息した。

「どうして……貴方はステラ様をお救いするため、力を貸してくださったのでしょう!?」

「ぶっぶー、不正解！　わたしは〈神羔の聖女〉を救うとは言ったけれど、ステラ・マリスという個人を助けるなんて一度たりとも口にした覚えはないけど?」

徐々にユディトの表情から人間的な感情が抜け落ちていく。最後には底冷えするような冷笑を浮かべ、昆虫のような不気味な眼差《まなざ》しをステラへ向けた。

「わたしが本当に欲しいのは貴方の中にあるものよ――ねえ、今代の〈神羔の聖女〉さん?」

「あたしの、中……?」

ユディトが歪《いびつ》に口角を吊り上げて嘲笑《あざわら》うと、ステラは怯《おび》えるように声を震わせた。

「聖女の死に伴って発生する再出現《リスポーン》という現象。これは条件を満たした少女が、聖女の死をトリガーに同じ奇跡を発現させるというもの。死亡から再出現までの期間は数時間から数週間まで振れ幅があるけど、これが聖女の総数が変わらない理由でもあるわね」

ユディトは意味深に笑みを深め、まるで授業を行うように説明を始める。

世界には十人の聖女が存在し、各々が異なる奇跡を冠している。また、聖女の総数は常に十人と決まっていて、当該の聖女が死亡した際には新たな聖女が発現する。

この仕組みは再出現《リスポーン》と呼ばれるが、歴史的に数多くの聖女を擁《よう》してきた教国でさえその仕組みを充分に解明できていなかった。

「まず、新しい聖女となる条件――これは聖識の儀式を迎えていない少女であること。逆に既に聖識の儀式を迎えて、〈活動〉位階に達した人間は対象にならない。つまり、秘蹟者《サクラメント》は聖女にはなれない。秘蹟者の天使術と聖女の奇跡は別物であることが分かるわね」

聖識とは一定の年齢を迎えたアグネス教徒が、己の守護天使を知るために行われる儀式である。守護天使は基本的に宿主しかその名を知り得ないが、聖識者《せいしきしゃ》と呼ばれる秘蹟者は宿主本人の同意を得た上で守護天使の名と階級を鑑識することができる。

「さて、長々と再出現の仕組みについて説明してきたけど……ここからが本題ね。では、問題です。そもそも聖女の奇跡とは、どこからやってくるのでしょうか？」

ユディトは微笑《ほほえ》みながらステラを見るが、瞳《ひとみ》には底冷えするような冷酷な光を湛《たた》えている。

「先代の聖女との間に何の関係もないにもかかわらず、奇跡という力を明確に引き継いでいる。聖女には〝先代〟との間に連続性があると仮定できる。つまり、死によって存在が消失する――死ねばそこまでの――わたしたちとは違い、聖女とは連続性と非連続性を同時に内包する特異な存在であるということ。つまり、たった今まで普通の少女だった存在が、次の瞬間には聖女なんて代物に変性する——改めて考えるとホント狂ってるわよね、この仕組み《システム》」

ユディトは軽い調子でやれやれと肩を竦《すく》めるが、薄い笑みを口元に浮かべながら続ける。

「わたしが欲しいのは、特異点となり連続性を有した魂に蓄積されたもの——貴方の中にある歴代の〈神羔《しんこう》の聖女〉たちの記憶や人格といった情報。ああ、それさえあれば……！」

ユディトはうっとりと恍惚《こうこつ》の表情を浮かべるが、狂信的な熱を帯びた眼差《まなざ》しは目の前のステラではなく彼女の中に在るものへと向けられていた。

「わたしは、もう一度——あの子に会える!!」

ユディトは謳《うた》い上げるように、両手を広げて高らかに言い放つ。

歯をむき出しにして獰猛《どうもう》に笑う姿は、獲物を前に舌なめずりをする肉食獣を想起させた。

「あなたの、狙いは……先々代の〈神羔の聖女〉——そうでしょう？　元〈騎士〉ユディト・メラリ!?」

「元〈騎士〉って……じゃあ、ユディト先生は——」

メアリが苦悶《くもん》に顔を歪めて問いただし、ステラとリザは愕然《がくぜん》とユディトに視線を向ける。

「ココが残してくれた手がかり……歴代の聖女と〈騎士〉の名簿。先々代の〈神羔の聖女〉と共に、あなたの名前が記されていた」

あの時、ココが差し出したのはとある帳簿の紙片だった。ココは単独で真相に辿《たど》り着き、最後の力を振り絞ってメアリへこの事件の鍵となる情報を托したのだろう。ユディトはココを無力だと嘲笑《あざわら》ったが、メアリを真相へ導いたのは紛れもなく彼女だった。

「〈騎士〉を拝命した者が、どうしてこのような真似《まね》を……!?」

「エリザベスさん。あたし、言ったわよね？『あなたの気持ちは痛いほど分かる』って。アレはね、あながち嘘《うそ》じゃないのよ。わたしが〈騎士〉だったからこそ――ねぇ？」

狼狽《うろた》えながら必死に問いかけるリザを見て、ユディトは薄く微笑《ほほえ》みかける。

「かつてのわたしは愚かだった。〈神羔《しんこう》の聖女〉にとって使命をまっとうすることこそが何より誉れだと疑わず、あの子もそれを望んでいると勘違いしていた。だから笑顔で彼女を教皇猊《げい》下《か》の前へと送り出して、〈騎士〉の役割を果たせたのだと心の底から誇っていたわ」

リザはユディトの独白を聞きながら己の記憶を辿《たど》る。

教皇庁の記録ではステラの先々代にあたる二十代目の〈神羔の聖女〉は使命を全うし、生涯を終えたという。だが、今から八年前。ステラの先代である二十一代目の〈神羔の聖女〉は、教皇庁が再出現を観測する前に死亡。その後、ステラに聖女の証である聖痕が出現し、教皇庁は正式に彼女を二十二代目の〈神羔の聖女〉に認定した。

ユディトの言葉が真実であれば、彼女は〈騎士〉の役目を果たしたことになる。同じく〈騎士〉の命を拝した者として、主を死地へ送り届けるその心境は察するに余りある。

「だけど――それは大きな間違いだった。学園を卒業した後、検邪聖省へ入ってからしばらくして、荷物が届いたの。そこにはあの子に貸した本と、中に挟まっている手紙があった。そこにはなんて書いてあったと思う？」

その手紙は一見すると聖書の一節を書き出したものにしか見えなかったが、ユディトにはそれが数秘術《ゲマトリア》による換字法《テムラー》であると理解できた。好奇心旺盛だった先々代の聖女は数秘術によって聖書の新たな解釈を探求していた。敬虔《けいけん》な信徒であるユディトは呆れつつも、彼女に付き合っていた。つまり、これはユディトへ宛てられた遺書とも解釈できる。

『死にたくない。もう一度だけ、ユディに会いたい』

暗号を解読した当時のユディトは、己が間違っていたことにようやく気づいた。

「結局のところ、わたしは〈騎士〉なんて大層な役目をもらっておきながら、あの子のことをなにひとつ理解できていなかった。最期の瞬間まで頼ってくれた彼女の思いを、わたしは信仰という美酒に酔いしれて見逃した。いや……見ようともしなかった」

リザは先々代の〈神羔の聖女〉が遺した言葉を聞き、胸が締めつけられるように痛む。

ユディトは〈騎士〉であるリザの気持ちが分かると言ったが、それは過去の自分をリザに重ねているのだろうか？　確かにユディトから声をかけられなければ、リザに待っていたのはステラを見殺しにする未来だったのかもしれない。

「だからね、ステラさん。わたしはただ、あの子に一目会って謝りたいの。それ以上のことは望まない。許されなくても構わない。本当にそれだけでいい」

ユディトは独白を終え、祈りを捧げるように両手を胸の前で組む。

彼女の凄惨《せいさん》な過去を語られたステラたちは、ただ口を閉ざすことしかできなかった。

「だから今日まで、すべてを捧げてきた。この学園に教師として赴任するため、自分の足を切り落とした。反教皇派の連中の靴を舐《な》め、必死に取り入った。そう、すべてはこの日のため——」

メアリは続けられたユディトの告白を聞き、愕然《がくぜん》と目を見開いた。

身体的欠損を負って前線を退きこの学園へやって来るため、彼女は自らの足を切断した。

もはや狂気としか思えない執着だが、それ故に彼女は止まらない。

ユディトは目的を果たすためならば、他人どころか自分ですら喜んで捧げるだろう。

「まずは貴方の魂を解析してあの子の情報を抽出し、ステラ・マリスの人間性に引き出した記憶や人格を上書きする。それさえ叶えば……あたしはもう一度、あの子に会うことができる！」

ユディトは僅《わず》かな沈黙を挟み、雷撃を纏《まと》わせた右手を伸ばして凄絶《せいぜつ》な笑みを浮かべる。

狂気に彩られた瞳《ひとみ》はステラではなく、彼女の内にある誰かを捉えていた。

「やらせ、ない……ッ！」

ここまで必死に回復に専念してきたメアリは、残された力を振り絞ってホルスターからとあるナイフを引き抜きノーモーションから投擲《とうてき》する。その銘は〈神縫い〉。

かつて救い主と呼ばれた男を十字架へと縫い付けた聖遺物《レリック》である〈ヘレナの聖釘〉の欠片《かけら》が埋め込まれた、文字どおり神すらも縫い付ける対神兵装。

天使と秘蹟者《サクラメント》にとって天敵とも呼べるこの武器は、メアリにとっての切り札である。

ユディトまで距離にして、僅か一メートル足らず。練達した秘蹟者とはいえ、至近距離からの不意打ちは避けきれない。ユディトは身動きすらできず〈神縫い〉を受けるが――

「残念でした――あたしが感傷に浸るためだけに、長々と話していたとでも思う？」

〈神縫い〉の刃がユディトを捉えた瞬間、彼女の姿が蜃気楼《しんきろう》のように揺らぎ消える。

メアリは愕然と目を見開き、忽然《こつぜん》と姿を消したユディトを追跡しようと試みる。

『どうして？〈神縫い〉の刃は確かに命中した、はず……なのに――』

ユディトを捉えたはずの〈神縫い〉は、カランと金属音を響かせて床に転がる。

弾かれたわけではなく防がれた様子もなく、実体のない蜃気楼を攻撃したようで――

「神の雷霆《らいてい》は何人も捉えること能わず――勉強不足ね、マクダレンさん？」

「なっ――!?」

メアリはユディトの行方を必死に追うが、不意に目の前から声が聞こえてくる。

ユディトが、互いの吐息さえ聞こえてきそうな距離でニッコリと微笑《ほほえ》んでいた。

まるで瞬間移動したかのような光景に、メアリは咄嗟《とっさ》に反応することすらできない。

「来たれ、我が守護天使。その御名《みな》は――神の雷霆《ラミエル》」

ユディトが己の守護天使の名を告げると、彼女の背後の空間が揺らぎ始める。

次の瞬間、ユディトを中心に濃密な魔力が発生し、彼女の背後から何かがゆらりと姿を現す。揺蕩《たゆた》う靄《もや》のように形を為さないソレは、ただその場に在るだけで秘跡を起こす叡智体《インテリジェンス》。

即《すなわ》ち、天使――彼女たちが守護天使と称する存在である。

『ラミエルが司るのは、雷霆《らいてい》の他に幻影――つまり、あの靄は視覚を欺く幻視の能力……!?』

ラミエルは階級第七位の権天使《プリンシパリティーズ》であり、神の雷霆の名を冠することから雷を象徴とする天使である。加えてラミエルは、幻視を支配する存在とも伝えられていて、秘蹟者《サクラメント》との戦闘に練達したメアリの認識を欺いていた理由も説明できる。

これらの伝説から推測すると雷と幻視を操るのがラミエルの能力で、象徴器も雷霆と幻視の靄という二種類の形態を有していると推察できる。

「我が守護天使。汝《なんじ》の力を与え給え――〝基礎《レーシ》〟より〝栄光《エ・イエ》〟を経て〈形成《ツィラー》〉へ至れ」

ユディトが謳《うた》うように聖句を詠み上げると、彼女の手にはラミエルの象徴器である雷霆が集う。迸《ほとばし》る雷はロングソードの形状を象《かたど》り、ユディトの手には雷霆の剣が顕現した。

「さようなら、帝国の〈死神〉さん。先に地獄で待っててね」

「ッ、ガァ……ゥ、ア――ッ!?」

ユディトがロングソードの剣先をメアリへ向けると、刀身から迸る雷がメアリを貫く。

咄嗟《とっさ》の防御も虚しく、血液が沸騰するような激痛がメアリの身体を駆け抜けていった。

「嫌ぁぁぁ！　メアリ――!?」

「……ッ、メアリ様……」

床に膝《ひざ》をつき絶叫するメアリの惨状を目の当たりにし、ステラは半狂乱で叫んだ。

リザは不甲斐なさに唇を噛《か》み締め、床に倒れ込むメアリを見ていることしかできない。

「さあ、次はエリザベスさんの番ね。大丈夫、〝アレ〟と違って苦しめずに――」

ユディトは笑みを深めてロングソードの切っ先をリザへと向けようとするが、

「待、て……お前の……相手は、私……だ……ッ!!」

床に這いつくばったメアリがユディトの足首を摑《つか》む。

メアリの鬼気迫る形相は彼女が瀕死《ひんし》の重体であることを忘れさせた。

ユディトは一瞬、虚を突かれ動きを止める。

「流石に、ソレ――笑えないわよ？」

ユディトは苛立《いらだ》たしげに顔をしかめ、ロングソードをメアリの胸に突き立てる。

念を押すように刀身を深々と突き進め、ユディトは聖句を詠み上げ術式を発動させた。

「裁きはここに――雷霆の震駭《ラーム・ラミエル》」

「――ガッ、アウ……!?」

メアリの心臓を貫いたロングソードから雷撃が駆け抜け、名状しがたい激痛によって思考を塗りつぶす。メアリは呻き声を漏《も》らし、身体を痙攣《けいれん》させた。

「いい加減、目障りよ。害虫は害虫らしく、さっさと果てなさい」

「アッ、ガァ……ウ、ァ……!?」

ユディトがゴミでも振り払うように刀身を無造作に振るうと、メアリはステラたちの頭上を越えて地下室の壁に叩《たた》き付けられる。

メアリは激しく喀血《かっけつ》し、断末魔を上げて力なく床へ倒れ込んだ。

「う、そ……よね?」

ステラは油の切れた機械仕掛けの人形を彷彿《ほうふつ》させる動きで、ゆっくりと後方を振り返る。

視界の先には壁に叩き付けられ、ぐったりと身を投げ出すメアリの姿があった。

「嫌ぁぁぁ!　メアリ——!?」

肉を焼く焦げ臭い匂い。床に広がっていく血だまり。身じろぎひとつしないメアリ。

ステラは眼前に広がる惨状を見て、半狂乱で叫びながらメアリの元に駆けた。

「ステ、ラ……」

メアリの揺れる視界に、ステラの姿が映る。

『ああ——そうか。今度こそ、私は死ぬんだ』

メアリは徐々に薄れていく意識の中で、ずっと気がかりだったことを自問する。


——ねぇ、マリー。私、あなたみたいになれたのかな?

最期の瞬間、走馬灯のように脳裏に過《よぎ》ったのは、今も記憶に刻まれた少女の笑顔だった。

# 第六章　煉獄にて

*Keyword*

## 【聖遺物《レリック》】

使用者に強力な力を与えるマジックアイテム。

術者への影響力は凄まじく、未熟な術者が扱えば聖遺物の力に取り込まれて暴走状態に陥る。

本来はアグネス教における諸聖人の遺骸や遺品を指す言葉だが、魔術の世界では神性を宿す遺物を聖遺物と総称している。

帝国の聖遺物研究機関〈先史遺産研究局〉はアグネス教に係る聖遺物の管理・蒐集を行う教皇庁の典礼秘蹟聖省と聖遺物を巡って幾度となく衝突し、血みどろの抗争を繰り広げている。

# 1

ステラはメアリの元へ駆け寄り、意識を失った彼女の身体を抱き起こす。

服が血で汚れても構わず床に膝《ひざ》をつき、ステラは必死にメアリの名前を呼んだ。

「メアリ！　ねえ、メアリ!?　お願いだから目を覚ましてよぉ……!!」

ステラが何度声をかけても、身体を揺さぶってみても、メアリは目を覚まさない。

腕に抱いたメアリの肉体からぬくもりが伝わってくるが、おびただしい出血によって体温が失われるのは時間の問題だ。絶望に打ちひしがれ、ステラの頭は真っ白になった。

「どうして……なんで、メアリがこんな目に……」

やがてステラは声をかけることをやめ、メアリの胸に顔を埋めて身体を震わせる。

どう見ても手遅れだ。自分のために戦ってくれた友人を見殺しにしたという無力感に打ちひしがれ、ステラは嗚咽《おえつ》を漏《も》らしながら弱々しく声を絞り出すことしかできない。

「メアリ様……」

リザがふたりの元に近寄り、メアリの惨状と泣き崩れるステラの姿を目の当たりにしてそっと目を伏せる。たとえ天使術で応急処置を施したところで、このような重態を治癒させることができない。つまり、メアリを助ける手立ては、もう――

『いや、方法はたった、ひとつだけ存在する。ですが……』

リザからその提案を口にすることはできない。何故ならばそれを使えば、全てが水泡に帰してしまう。リザの覚悟やメアリの挺身《ていしん》も、全てが無駄になってしまう。

「『主よ、永遠の安息を彼らに与え、不滅の光で彼らを照らしてください。彼らが安らかに憩いますように』――とんだ邪魔が入ったけど……次の貴方の番ね、エリザベスさん?」

ユディトはおもむろに口を開き、悲しみに暮れるふたりとは対照的に穏やかな口調で死者への祈りを捧げる。そして、雷霆《らいてい》を纏《まと》わせたロングソードの切っ先をリザへと向けた。

「わたくし、は……」

リザはユディトから明確な殺意を浴び、悔しさのあまり唇を噛《か》み締める。

ステラはメアリの胸に顔を埋めたままで、身じろぎすらしない。このままではリザもメアリと同じ運命を辿《たど》り、ステラはユディトの手に堕ちるだろう。ステラを守らなければと自らを奮い立たせるが、胸の中の臆病《おくびょう》な自分が「今更なにができる?」とせせら笑う。

守りたかったステラを傷つけ、メアリをみすみす死に追いやったのはリザ自身だ。

そんな愚か者が今更どんな面を下げて、ステラを守るなどと宣《のたま》うのか?

リザはこみ上げる諦念《ていねん》に支配され、身体が動かない。しかし――

『あなたが死んだら、ステラが悲しむ』

不意にメアリの言葉が脳裏を過《よぎ》る。

我に返って顔を上げると、視線の先にはメアリの死体に顔を埋め悲嘆に暮れるステラの姿がある。その光景を見た瞬間、リザの胸中に沸々と滾《たぎ》る感情があった。

「さあ、祈りは済んだ？　裁きはここに――雷霆の震駭《ラーム・ラミエル》」

ユディトが術式を発動し、ロングソードの剣先から雷の奔流が放たれる。

雷撃は空気を切り裂きながらリザを貫こうとするが――


「それは――こっちの台詞、だぁぁぁッ!!」


リザは雄叫《おたけ》びに近い声を上げ、雷撃の前へ立ちはだかる。

足元に這い寄る絶望を振り払い、右手に持った短剣を掲げて術式を発動させた。

「わたしは喜びをもって、救いの泉から水をくむ――!!」

リザの象徴器《アトリビュート》である短剣の切っ先から一雫《しずく》の水が滴り落ちると、一瞬でそれは巨大な水の障壁へと膨張し雷撃を真っ向から受け止める。

「ふざけるのも大概にしなさい、メアリ・マクダレン！　貴方が死んだらステラ様が悲しむんです!!　自分だけ格好をつけて、それでおしまいなんて――」

リザはメアリとの戦いで用いた術式によって不純物を含まない純粋を精製し、絶縁体として機能する純粋を障壁として展開する。

「わたくしは……絶対に、認めてやるものかぁぁぁ――ッ!!」

リザが猛々《たけだけ》しく叫びながら攻撃を防ぎ、行き場を失った雷撃は部屋の壁に四散する。

既にリザの心は折れたものだと思っていたユディトは、ギリギリのところで動いた彼女の行動にほんの少しだが意外そうに目を丸くした。

「ふーん……まだ、やるつもりなの？」

ユディトは戦意を取り戻したリザを目の当たりにして、嗜虐《しぎやく》的に口角を吊り上げる。

「はぁ……はぁ……はぁ――」

リザは肩で息をしながらも、眼前のユディトを揺るぎない意思の宿った瞳《ひとみ》で見据えた。

「リ、ザ……？」

ステラは覚悟していた衝撃が訪れず、不思議に思いゆっくりと顔を上げる。

彼女の前に立っていたリザは、おもむろに口を開いた。

「ステラ様。そこで泣いていても、メアリ様は助かりません」

「だって……！　もう、メアリは……」

ステラは腕に抱くメアリに視線を落とし、今にも泣きそうな顔で呟《つぶや》く。

こうしているうちにも彼女の身体からは温《ぬく》もりが失われていき、やがてこれはメアリだったものへと変わってしまうだろう。そんなことは嫌だ。メアリを死なせたくない――何度もそう強く思うが、彼女を救う方法はたったひとつしか思い浮かばない。

「そのとおりです。残念ながら彼女の命は、失われつつあります。たとえ天使術であっても、死者を蘇らせることはできません」

リザは「ですが」と言葉を区切り、ゆっくりと諭すような口調で言葉を続ける。

「貴方ならば……貴方だけは、例外です。ステラ様には、それができる」

リザが告げた言葉の意味——それは即《すなわ》ち、〈神羔《しんこう》の聖女〉であるステラがその身に宿す奇跡。自らの命を代償に、死者を蘇らせる唯一無二の御業だった。

「そんなこと、できないわ！　だって……」

ステラだって、そんなことは真っ先に考えた。メアリのために、命を投げ出すことは怖くない。だけど、それは明確な裏切りだ。自分を拾い上げてくれた教皇庁や、今までずっと側にいてくれたリザの信頼を冒涜《ぼうとく》する背信なのだから。

「ステラ様。お優しい御方。このエリザベスに免じて、今だけはご自分が本当にしたいことをなさってください」

最後の最後まで自分ではなく、誰かのために迷ってしまう心優しき少女のために。

彼女をずっと側から見てきたリザは、背中を押すように優しく語りかける。

「聖女の責務も、教皇庁への恩義も、学園での立場も、そんなことは考えずともいいのです。どうか、後悔のない選択を……どうか、お願い申し上げます」

ユディトの手にかかっても、ステラは最期の瞬間に後悔する。奇跡的に生き延びても同様に。メアリを救えた可能性を選ばない、という決断をしたことは彼女の心を苛《さいな》むはずだ。

無論、リザもその選択の先に待っているのが、ステラの死であることは理解している。

メアリの命が救われれば、リザが擲《なげう》ったものすべてが無に帰してしまうことも分かっている。それでもリザは、最後に取り戻して欲しかった。

年頃の少女が当たり前にそうするように、柵《しがらみ》に囚われずただ己の衝動に従う行為——つまるところ、ステラのわがままを言って欲しかった。

「ステラ様。わたくしはあのような不義を働きましたが、それでも貴方のためならば如何《いか》なる命令にも従います。ですから、どうぞご命令くださいませ」

ステラに告げた瞬間、リザはようやく理解する。きっと自分は、彼女のわがままを聞いてあげたかっただけなのだと。反教皇派と通じて亡命させようなどと大立ち回りをしてしまったが、結局のところステラに少しでも自由でいて欲しかった。

「こんなことなら……もっと、話し合っておくべきでしたね」

リザが今更だと苦笑を零《こぼ》すと、背中越しにステラの声が聞こえてくる。

「リザ。あたし……メアリを助けたい」

ステラの声はさっきまでのように弱々しいものではなく、確固たる決意を感じさせるものだった。長年連れ添ってきたリザには分かる。これはステラが吹っ切れた時の声だ。

「ええ、ステラ様。貴方ならば、そうおっしゃると存じておりました」

「だからお願い、リザ。時間を稼いで欲しいの」

「かしこまりました――このエリザベス、己が身命を賭して時間を稼ぎましょう」

主からの命を受けると、リザの身体には力がみなぎってくる。

リザはステラから預けられた信頼を胸に抱き、ユディトを真正面から堂々と見据えた。

「ねえ……何ソレ？　貴方、本気なの？」

ふたりの様子を眺めていたユディトは、苛立《いらだ》ちを隠そうともせずに問いかける。

リザはステラに奇跡を使わせないために教皇庁を裏切ったはずなのに、今の言動はリザが奇跡の行使をけしかけているようにしか見えなかった。どう考えても矛盾している。

「ええ、もちろん」

「はぁ？　貴方は奇跡を使わせないために、裏切ったんでしょ？　それなのにそこの帝国軍人に奇跡を使う？　馬鹿みたい。本末転倒じゃない、ソレ」

「理解していただくつもりはございません。わたくしはステラ様が悔いなき選択をし、それを遂げる手助けをするだけです。それがわたくしの願いであり、本懐なのですから」

リザが宣戦布告をするように言い放つと、ユディトはおもむろに頭を掻《か》きむしりながら鬱陶《うっとう》しそうに吐き捨てる。

「興ざめだから黙ってたけど……ステラさんが死んでも、わたし的には問題ないのよね」

ユディトは盛大にため息をつき、感情のこもらない平坦な声で告げる。

「私がこの地下室に展開した結界――霊魂の牢獄《アニマ・カルケル》はこの場に限って聖女が死亡しても再出現

を発生させず、魂を死体に留める。保って数時間程度だから、あくまで保険だけどね」

　だからこそステラをここへ誘導し、魂の解析を行う予定だった。結界はあくまで再出現を防ぐための処置だったが、結果的に功を奏する形となる。たとえステラが奇跡を行使しても、彼女の魂は結界内に留まる。つまり、ユディトにとって、どう転んでも結果は変わらない。ステラを生かしたまま確保するのが最良だが、焦りを感じるほどでもない。つまるところ、ユディトにとってリザとステラの行動は、単なる悪あがきでしかない。

「それに――貴方だって位階における優位性を理解していないわけじゃないでしょ？」

　守護天使には位階と呼ばれる四段階の形態が存在し、これが高位になるほど守護天使の力を引き出すことができる。ふたりの守護天使をこの位階に当てはめると、リザのザドキエルが第三段階の〈形成〉であるのに対し、ユディトのラミエルは第二段階の〈創造〉。

　たったひとつの位階の差が天と地ほど実力差を生み、基本的に下位のものが上位に勝つことは例外的な事例を除けばほぼ不可能。


「だからと言って、おめおめと引き下がるわけにはいきませんので」

　彼我の実力差を理解してもなお、リザの闘志は揺るがない。

「あっそ。じゃあ――目障りだから、とっとと死んでくれない？」

　ユディトは、感情のこもらない声で会話を打ち切る。

同時に雷霆《らいてい》の迸《ほとばし》るロングソードを振るうと、雷鳴と共に雷がリザへと向かって行く。

「リザ……!?」

ステラは迫りくる雷を目の当たりにして、矢面に立つリザを案じて叫ぶ。

ラミエルの象徴である神雷の威力は、嫌というほど痛感している。ましてや自分という重荷を背負って戦い抜くことなど、リザに負担を強いるだけではないのか？

「ステラ様、ご安心を。わたくしは――今度こそ、貴方との約束を果たしてみせる！」

リザはステラの不安を払拭するように、眼前に迫る雷撃を真っ直ぐ見据える。

神の雷霆、とはよく言ったものだ。さっきはなんとか防げたが、何度も防ぎきることは難しい。ユディトが言ったように、相手の位階は〈創造〉。〈形成〉位階のリザでは厳しい戦いだと理解している。しかし、リザは決めた。自分勝手な善意の押しつけでなく、愛する主《ひと》が初めて口にした心からの願いを叶えるため、なんでもしてみせると。

『ならば問いましょう――汝《なんじ》にとっての正義とは？』

リザの脳内に不意に声が響き、時計の針が止まったように世界が動きを停止した。

「この声……貴方はもしかして……ザドキエル、なのですか？」

『然り。我は汝の裡《うち》に宿り、神の正義を為す御使いなり』

声の主――リザの守護天使であるザドキエルは「さあ、答えよ」と告げる。

リザは突然の出来事に驚くが、問いの意味を吟味するように逡巡《しゅんじゅん》し、やがて口を開いた。

「わたくしにとっての正義……それは、あの方の幸せ。我が正義は常に彼女と共に在る。ステラ・マリスという少女が、悔いなき生を全うすること。そのためなら、不信心だと罵られても構わない。背信者という誹《そし》りも甘んじて受け入れます」

自分は模範的な信徒ではない。かつては理不尽を呪い、醜い自己顕示欲に溺《おぼ》れていた。そこに救いの手を差し伸べてくれたのは、他でもないステラだった。だからリザは神を信じる以上に、ステラという少女を信じている。それがリザにとっての信仰とも言える。

信徒としてあるまじき発言をしているのは承知の上だ。だけど、ここで嘘《うそ》八百の美辞麗句を並べ立てるべきではないと思った。

『その正義が行き着く果てが彼女の死……であっても、同じ事が宣《のたま》えると？』

ザドキエルの言うとおり、ステラが奇跡を行使する時間を稼げても、待っているのは代償による死だ。リザの行動は、大切な人間を死に追いやろうとしているのかもしれない。

ザドキエルはすべてを見透かした上で、その先に意味はあるのかと問うているのだろう。

「ええ——ステラ様自身が願い、選んだ道と共に在る。それが他ならぬ彼女の選択ならば……最後まで付き従うのが、わたくしにとっての正義なのです」

リザは微塵《みじん》の躊躇もなく答える。

迷いを振り払った晴れやかな表情で、確かに意味はあるのだと告げた。

『よくぞ答えました、エリザベス——汝《なんじ》こそ、我が同胞たり得る殉教者でしょうや』

ザドキエルは厳めしかった声調を和らげ、リザを祝福するように告げる。

予想外の反応に、リザは驚いたように目を丸くしてしまう。

「殉教者……？　わたくし、が？」

『汝は執着を断ち切り、己が正義に殉じました。その功績を認めましょう。否、我だけは認めなくてはなりません。そうでなくては、なにが神の正義《ザドキエル》ですか』

これまでのリザはステラの命を救うため、彼女の意思を省みなかった。それは独善であり、執着だ。だが、今のリザはステラ本人の選択を尊重し、彼女が自身の命を捧げようとしても、ステラの意思を尊重し、願いを叶えるため己が全てを捧げて奮闘している。思考放棄ではなく、無責任な放任でもない。苦悶《くもん》と懊悩《おうのう》の末に、リザは答えを導き出したのだ。

ザドキエルはそんなリザの姿に、かつて己が立ち会った神の試練を思い返す。

彼《か》の男は不妊の妻との間に年老いてからもうけたひとり息子を生贄《いけにえ》に捧げよ、と神から命じられた。愛すべき我が子を捧げることを男は嘆き苦しんだが、悩み抜いた末に息子を生贄に捧げるべくナイフを振り上げた。だが、彼の手を止めたのは、神から遣わされ試練に立ち会った御使い――ザドキエル――だった。

『その子に手をかけるな。指一本ふれてはならぬ。今こそ神を畏れるお前の心がわかった。お前は、自分の子、ひとり子さえ、わたしのために惜しまなかったのだから』

ザドキエルは男に神の言葉を告げた。己以上に大切なひとり息子をも惜しまない男の献身が神の心を打ち、試練は成し遂げられたのだと。

これを契機に信仰の父と讃《たた》えられた殉教者の姿と今のリザを重ね合わせ、この者こそ殉教者と称するに相応《ふさわ》しい、と声の主――リザの守護天使――は告げているのだ。

『胸を張りなさい、同胞よ。我が力は神の正義の下に――今こそ、燔祭《はんさい》を阻む刻なのです』

ザドキエルが告げた瞬間、世界が再び動き始める。

視界の先には嘲笑《あざわら》う難敵。

眼前には空気を裂いて迫る神雷。

背後には――何に変えてでも守るべき主《ひと》。

「そなたの手を童に按ずるなかれ。また、何をも彼になすべからず」

リザはゆっくりと腕を上げ、握る短剣の切っ先を雷撃に向けて聖句を唱え始める。

「我、今、そなたが神を畏るるを知る。そなたの子、すなはち、そなたのただひとりの子をも我が為に惜まざれば――」

リザは脳内に響く声に導かれるまま、滔々《とうとう》と聖句を詠み上げていく。

表情には恐れはなく、託された信頼に応えるべく覚悟を決めた騎士の気高さがあった。

「我が守護天使、その名は神の正義《ザドキエル》。心優しき我が天使よ、汝《なんじ》が秘跡を我に与え給え――」

聖句を唱え終えると、自らの裡《うち》から力が励起していく感覚がある。

脈動する力へ応えるように淡い光がリザの身体を包み、やがて輝きは彼女の背後に集束し人形を象《かたど》っていく。燦然《さんぜん》と輝く頭頂の光輪、光で編まれた四枚二対の翼を持つ存在。

神の正義の名を持つ天使——ザドキエルの像《ビジョン》を背後に従え、リザは滔々とその名を叫ぶ。

「〝勝利〟より〝慈悲〟を経て〈創造〉へ至れ《カフ・ベリアー》——【神はその独子を賜えり《アドナイ・エレ》】!!」

放った雷撃が光に吸い込まれ、ユディトは視界を白く塗りつぶす閃光《せんこう》に目を細める。

——この現象は知っている。秘蹟者《サクラメント》が己の守護天使に位階を昇華させる際に生まれるもの。

通称・天国への階段《ヘヴンス・ラダー》。まさか今この瞬間、ザドキエルは進化を果たしているのか?

「これ、は——」

閃光が晴れて視界が回復すると、ユディトは愕然《がくぜん》とした表情で呟《つぶや》く。

彼女の目の前には短剣を掲げたまま毅然として佇《たたず》むリザの姿があり、背後には物質界である王国《マルクト》へ降り立った彼女の守護天使——神の正義《ザドキエル》が寄り添っている。

「……この状況で〈創造〉位階に到達した、っていうの?」

たった今までの余裕は一気になりを潜め、ユディトは遊びのない表情で呟く。

本来、学園を卒業する時点で〈創造〉位階へ到達できる秘蹟者は一握りしかいない。

天使術の基礎である〈活動〉や発展系である〈形成〉とは異なり、〈創造〉位階への到達には大きな壁が存在する。理由のひとつとして、自らの守護天使との相性が関係してくる。

〈創造〉の条件は〝承認〟。〈活動〉の発現条件は〝自覚〟、〈形成〉は〝理解〟であるのに対し、〈創造〉の条件は〝承認〟。

つまり、天使から秘蹟者に力を貸したいと思われなければ至れない。

〈活動〉と〈形成〉はあくまで秘蹟者《サクラメント》自身によるものなので、技術の習得を行えば多くの人間が扱うことができるが、〈創造〉は別物で守護天使の意思がすべて。つまるところ、自らの守護天使に認められる必要がある。故に相性が物を言い、いかに天使術を巧みに扱える秘蹟者でも、守護天使との相性に恵まれずに〈形成〉位階で留まっているという話も決して少なくない。

ユディトはいち秘蹟者として、そのような事例を多く見てきた。

だが、目の前のリザは、壁を突破して〈創造〉位階へと到達した。

その契機を作ったのが他でもない自分自身だと悟り、乾いた笑みがこみ上げてくる。

「すごい……すごいわ、リザ!!」

ステラは興奮冷めやらぬ様子で、リザの功績を讃《たた》える。

彼女は宣言どおり、ユディトの攻撃を防いでみせたのだ。

「さあ、ここはわたくしが食い止めます。ステラ様はご自分がなさるべきことを……!!」

リザは依然として厳戒しながら、相対するユディトを見据えて背後のステラに告げた。

ステラはリザの背中から気概を感じ、小さく頷《うなず》き改めて視線をメアリに向ける。

痛ましい姿に胸が締めつけられるが、ステラは覚悟を決めてメアリの胸に手を当てながら聖句を唱え始める。悲嘆に暮れる姿は既になく、その表情には揺るぎない決意があった。

「世の罪を除き給う神の小羊、我らを憐《あわ》れみ給え。世の罪を除き給う神の小羊、我らを憐れみ給え。世の罪を除き給う神の子羊、我らに平安を与え給え――」

ステラが聖句を口にした瞬間、彼女を中心に淡い輝きが発生していく。輝きは眩《まばゆ》い閃光《せんこう》へと変化し、立ち上っていく光芒《こうぼう》の中でステラは一心不乱に聖句を詠み上げていく。

やがてステラの身体が輝きを放っていき、背中に翼のような紋様が浮かび上がっていく。

「主よ、我らの祈りを聴き給え。父よ、我らの祈りを聴き容れ給え。天主よ、あわれみ給え。御子よ、あわれみ給え。聖霊よ、我らをあわれみ給え――」

紋様は光の翼となり、ステラは三対六枚の光翼を羽ばたかせながらメアリへと手をかざす。

天使術や魔術とは似て非なる事象――即《すなわ》ち、奇跡を行使する者。それこそが聖女。

奇跡という特殊な力を身に宿す存在であり、彼女たちが行使する力は文字通り奇跡と称するに相応《ふさわ》しい代物である。その中でもステラが口にした聖名が司る奇跡とは――

「神よ、我が霊を御手に委ねます――第一奇跡・神贄の子羊《アニュス・デイ》」

ステラがその名を口にした瞬間、眩い光がメアリを包み込んでいく。

同時に激しい虚脱感がステラの身体に訪れ、意識が段々と遠ざかっていくのが分かる。

『ああ……これが奇跡の代償。でも――』

ステラは強制的に意識を刈り取られそうになるなか、最後の力を振り絞って祈りを捧げる。

「メアリ……絶対にあなたは、死なせない――!!」

ステラは文字どおり全身全霊で奇跡を行使する。不意に糸が切れたように身体と意識が切り離され、ステラはメアリの胸に倒れ込んで昏倒《こんとう》した。

「これ、で……きっと、だいじょう……ぶ……」

指一本も動かないほどに困憊《こんぱい》し、あとはゆっくりとまぶたが下りていくのに任せるだけ。

『でも──メアリと一緒に、また学園に通いたかったなぁ』

ステラは確かな達成感と僅《わず》かばかりの寂寥《せきりょう》に包まれ、完全に意識を手放そうとする。

その瞬間、不意に脳裏にとある声が聞こえてくる。

『安心して。貴方も、メアリも──わたしが絶対に、死なせないから』

──あなたは、誰？

ステラは尋ねようとするが、もはや思考を維持する気力すら残されていない。

そして、ゆっくりとまぶたを閉じて、意識を閉ざしていくのだった。

## 2

ステラが意識を失ってから、どのくらいの時が経ったのかは定かではない。

時間の概念を失い、微睡《まどろ》みの中深く揺蕩《たゆた》っていた意識が浮かび上がってくる。

「あれ……ここ、は──」

ステラはゆっくりとまぶたを上げ、ぼんやりとした頭でさっきまでの出来事を思い返す。

今のステラが立っているのは、もといた地下室ではない見ず知らずの場所だった。

「ここは……どこ、だろ？」

ステラはどうやら建物の中にいるらしく、周囲を見渡すと白亜の壁や天井が目に入った。経年による黒ずみが見受けられるが、決してみすぼらしい印象はない。積み重ねてきた歴史のような威厳を感じさせる雰囲気の建築物だった。ステラがモザイク模様に貼られたタイル地の廊下を進んでいくと、少し開けたホールのような場所に行き着く。

「綺麗《きれい》……見渡す限り、ブドウ畑ね」

ステラは窓の外に見える景色を一望し、感嘆の声を漏《も》らす。どうやらこの建物は四方を畑に囲まれているようだった。周囲には渓谷に添うようにブドウの木が植えられ、ホールの反対側の壁にある窓からは中庭の景色が伺える。

「あれは聖堂……それじゃ、ここは教会？」

細くそびえ立つ物見の尖塔と、敷地の中心に鎮座する巨大な建物。

それがなんであるか、ステラには心当たりがあった。

「ううん、違う。きっと、ここは――」

渓谷のそばに位置し、ブドウ畑の中にぽつんと立つ建物。かつてメアリが自分の出身地だと言った折に、ステラは気になって調べたことがある。その時の情報とこの建物の地理的特徴が、不思議なほど符号する。ステラは記憶を必死に辿《たど》り、建物の名前を口にした。

「ノヴェツェラ修道院——でも、どうして？」

たったいままで学園にいたはずなのに、どうして自分はこんな所にいるだろうか？

ステラは混乱する思考を懸命にまとめながら、冗談交じりに呟《つぶや》く。

「天国……ってわけじゃない、よね？」

『そうね。どちらかといえば、煉獄の方が近いかも』

ステラがひとり言を呟いた瞬間、唐突に声が聞こえてくる。

「えっ——だ、誰……ッ!?」

驚いて咄嗟《とっさ》に周囲を見渡すが、周囲にはステラ以外の人間は見当たらなかった。

『あはは、驚かせてごめんね。でも、安心して。アタシはアナタたちの味方だから』

警戒を露《あら》わにするステラに、どこか聞き覚えのある声の主は窘《たしな》めるように続ける。

声はステラの内側から聞こえていて、脳へ直接語りかけてくるようでもあった。

「その声、もしかして——」

意識を失う直前のことを思い返すと、誰かが語りかけてきていたような気がする。

今こうして脳内に響く声は、あの時の声と同じようにも思えてきた。

『アナタの想像どおり、ここはアルト。アーディジェ地方にあるノヴェツェラ修道院よ』

「アルトって確か、メアリの出身地……よね？」

『そうだね。つけ加えると、ここは八年前――聖歴一九二二年四月十日のノヴェツェラ修道院』

「八年前？　それって……」

声の主が告げる言葉が引っかかり、ステラは怪訝《けげん》そうな顔になる。

その日付はステラにとっても大きな意味を持つ。何故ならばその一週間後にあたる一九二二年の四月十七日は、ステラに聖痕が発現し二十二代目の〈神羔《しんこう》の聖女〉になった日だった。

「いや、ちょっと待って！　もしかして、あたしは過去にいるってことなの？」

ひとまず脳裏を過《よぎ》った疑念を頭の片隅に追いやり、ステラは状況を確認するために尋ねる。

端から聞けば荒唐無稽《こうとうむけい》なステラの問いにも、声の主は冷静に答えた。

『うーん、正確に言えば……過去ではなく記録、じゃない？　まあ、アタシも正直、全部は分かってないんだけどね』

「どういうこと？　ねえ、さっきから意味が分からないわ。いったい、あなたは何者なの？」

『アタシの正体は後回し。でも、これだけは知っていて欲しいの。ここはメアリの記憶が作り上げた場所。あの子はずっと……死に瀕《ひん》している今でさえ、この日に囚われ続けてるんだから』

「メアリが!?　それって、どういう意味なの？」

ステラは意味深な口ぶりに説明を求めるが、廊下の先から歩いてくる人影に気づく。

慌てて視線を向けると、ふたりの少女が談笑しながらこちらに向かって歩いていた。

頭にヴェールを被《かぶ》りワンピース型の聖服に身を包んでいるということは、彼女たちはこの修道院に属している修道士だろう。つまり、見つかると面倒なことになりそうだ。

「今日の儀式、楽しみだねー」

「う、うん……でも、私はちょっと心配かも……」

ステラは咄嗟《とっさ》に柱の陰に身を隠すが、タイルを踏む靴音が徐々に近づいて来る。

少女たちが迫り、ステラは必死に息を殺す。

「ああ……どうか見つかりませんように」

『慌てなくても大丈夫よ。今のアタシたちは、誰にも見えてないただの影法師なんだから』

ステラが天を仰ぎながら呟《つぶや》くと、内から聞こえる声はあっけらかんと告げる。

「もうっ！　そういうことは、早く言って――」

どこかマイペースな様子に調子を崩され、ステラは呆れ顔で抗議しようとする。

しかし、その最中、先ほどの修道女が視界に映り込み、思わず言葉を失ってしまった。

活発な少女と気弱な少女という真逆の組み合わせで、年齢は十歳前後だろうか。まだあどけない修道女たちは聖服を身にまとい、歩く度に胸にかけた銀の十字架《ロザリオ》が揺れている。

「あはは！　だいじょぶ、だいじょうぶー。なんとかなるって!!」

「もうっ、マリーったら適当なんだから……」

マリーと呼ばれた少女は、にっこりと微笑《ほほえ》みかける。

くりくりとした碧《あお》の瞳《ひとみ》とヴェールから零《こぼ》れる眩《まばゆ》いブロンドのくせっ毛は、まるで聖画像に描かれた天使が抜け出してきたような愛らしさがある。浮かべる笑顔は咲き誇る大輪の向日葵《ひまわり》を思わせ、彼女が誰からも愛される存在だとステラに感じさせた。

だが、それよりもステラの視線は、もうひとりの少女へと釘付けになった。

「私、本当に心配で……今日まで天使様の声とか聞いたことないし……」

「もー！　メアリは心配性だなー」

マリーとは対照的に、不安そうに顔を曇らせる少女。

ヴェールから覗く絹糸のような銀髪と、吸い込まれそうな深さを持つ瑠璃色《るりいろ》の瞳――間違いない。ステラの前には、八年前のメアリがいた。

「メアリ……ッ!!」

ステラは反射的にメアリの手を摑《つか》もうとするが、幻影のようにすり抜けてしまう。

『無駄よ。さっきも言ったでしょ？　多分これは過去に起こった記憶が、再生されているだけ――メアリが見てい、い、い、い、いる悪夢、って言えばいいのかな。部外者であるアタシたちは干渉できない』

呆れたように声が告げ、唐突に景色が切り替わる。気づけばステラは講堂のような場所に立っていた。突然の出来事に驚いたステラは咄嗟に周囲を見渡す。

一際目立つ場所に位置する祭壇《アルター》と背後に設置された煌《きら》びやかな祭壇画《アルタービース》。頭上を見上げればドーム状の天井に描かれたフレスコ画。

多少の差異はあれ、この場所が何であるか、察することができた。

「ここは……もしかして、さっき窓から見えた聖堂？」

広々とした聖堂には大勢の子供が押し込まれていて、興奮した様子で囁《ささや》き合っている。

ミサや礼拝などとは違い、どこか物々しい雰囲気に包まれているような気がした。

「ねえ、さっきのはなんなの？　さっきのって、メアリよね!?　それに――」

『ゴメンね。悠長に説明してる暇はないみたい。さあ、儀式が始まるわよ』

ステラは映画の場面転換のように入れ替わった光景に戸惑うが、声は構わずに説明を続けた。

その声はこれまでのように飄々としたものではなく、どこか苦々しい感情が滲《にじ》んでいた。

「それではみなさん。これより聖識の儀式を執り行います」

院長らしき人物が告げた瞬間、パイプオルガンの重厚な音色が講堂内に響き、儀式の始まりを告げる。ステラは聖識という単語にハッとした顔をした。

「聖識、って……」

『貴方の知るものと相違ないわよ。表向きには、ね』

明らかに声のトーンが下がった。ステラは不安そうな表情で儀式を見守る。

聖識とは、ある一定の年齢を迎えたアグネス教徒が、己の守護天使を知るために行われる儀式である。守護天使は基本的に宿主しか名を知り得ないが、聖識者《せいしきしゃ》と呼ばれる秘蹟者《サクラメント》は、宿主本人の同意を得た上で特別な術式を用いることでその守護天使の名と階級を鑑識することができる。聖識の儀式とはいわばより優れた守護天使を見つけるための選別作業であり、高位の天使を宿している者は秘蹟者としての教育を受けるため、孤児院から専門の教育機関へと移るのが常となっている。

修道院や孤児院には聖識によって提供された秘蹟者候補の数や守護天使の階級によって教皇庁から報奨金が支払われ、この報奨金によってこれらの施設は運営されている。

教国において身寄りのない子供たちを養育する修道院や孤児院は立派なビジネスで、万が一にも階級がトップの熾天使《セラフイム》を宿した者を送り出せば巨万の富を得ることができる。それを夢見て、子供たちに劣悪な環境を強いて運営を続けている養護施設も少なくはない。

「主なる神よ。いま御前にあるメアリを、あなたが永遠の恵みによって、ご自身のもとに近付け、救いの約束を与えてください。いま聖霊を豊かにお注ぎくださり、聖識の水を聖別してください」

周囲の視線を一身に集めながら説教壇《パルピット》に登壇したのは、聖識者と思《おぼ》しき神父だった。

男が謳《うた》うように式文を詠み上げると、メアリが子供たちの列から一歩前に出て壇上へと向かって行く。祭壇から少し離れた席に座っていたマリーが大きく手を振ると、メアリは緊張を僅《わず》かに和らげて小さく手を振り返す。メアリは祭壇の前までやって来ると頭を垂らすように跪《ひざまず》き、聖識者は小瓶を取り出して中に入った液体をメアリの頭上から振りかけた。

瓶からこぼれ落ちた液体がメアリの頭に触れた瞬間、淡い光と化して周囲に漂い始める。

「主の御名によって、その聖霊の御名をいざ告げん――かくあれかし《アーメン》」

聖識者が術式を発動すると、メアリの背後から靄《もや》のような影が立ち上ってくる。

それが彼女の守護天使だと分かると、周囲の子供たちは興奮冷めやらぬといった様子で口々に囁《ささや》き合う。

「天使だ！　天使だ！　あれがメアリの守護天使だ!!」「どんな天使かな！　すごい天使かな!?　大天使《アークエンジェル》？　権天使《プリンシパリティーズ》？　それとも能天使《パワーズ》？」「いやいや、違うって。力天使《ヴァーチエース》、主天使《ドミニオンズ》、座天使《スローンズ》じゃない？」「もしかしたら、智天使《ケルビム》かも！」「それじゃあ、それじゃあ、僕にも言わせて。きっと熾天使《セラフイム》、熾天使様さ!!」

囃《はや》し立てる子供たちの狂騒とは裏腹に、ステラはどうしようもない胸騒ぎに苛《さいな》まれていた。

ついさっき、声の主は「ここがメアリの悪夢」と言った。ならば自ずと想像がつく。

むしろ杞憂《きゆう》であればどんなに良いか――ステラは祈る心地で儀式を見守るが、完全に姿を現したメアリの守護天使を目の当たりにして言葉を失ってしまった。

「しに、がみ――」

ステラの言葉を代弁するように、聖識者の男は愕然《がくぜん》と言葉を漏《も》らした。

顔面蒼白《そうはく》のまま身体を震わせる様子は、まるで恐ろしいものに遭遇したようだった。

いや、事実、男は遭遇してしまった――闇《やみ》そのものをまとったかのような黒衣に身を包み、巨大な鎌をその手に携えた恐ろしき死を司る御使いに。

曰く、人間の魂を管理する四大天使〈死を告げる者《アズラエル》〉と同列に語られるもの。

曰く、熾天使でありながら、信心深い教徒ほど名を口にすることを憚《はばか》る恐ろしき天使。

曰く、死を運び、死を連ね、死を創りだす冷酷無比な月の支配者。

あらゆる死に言祝《ことほ》がれ、遍《あまね》く死に呪われた御使いの名は——

「秘蹟者《サクラメント》！　今すぐに、この女を拘束してくれ……!!」

聖職者が懇願するように声を張り上げると、壁際で控えていた男たちは互いに目配せする。

男たちは統制の取れた動きで壇上に上がり、抵抗する間も与えずメアリを床に組み伏せた。

「お願い！　メアリを離して!!　離して、ってば……!?」

マリーは群衆をかき分けて祭壇まで辿《たど》り着くが、他の男たちによって羽交い締めにされてしまう。マリーが取り押さえられたことを確認し、秘蹟者《サクラメント》の中のひとりが象徴器を顕現させる。

「我が守護天使。汝《なんじ》の力を与え給え——〝基礎〟より〝栄光〟を経て〈形成〉へ至れ《レーシエ・イエツイラー》」

男の守護天使は破壊者《ゲノヒム》の名を冠するマシト。

罪を犯した人間を裁く地獄の天使であるマシトは懲罰を司り、拘束能力に秀でている。マシトの象徴器であるこの鞭《むち》は、たとえメアリの守護天使が規格外の存在であっても自由を奪う。

「天主よ、憐れみ給え《キリエ・エレイソン》。御子よ、憐れみ給え《キリエ・エレイソン》。聖霊よ、憐れみ給え《キリエ・エレイソン》——」

男はメアリをマシトの鞭で拘束し、守護天使の力を封じる。次にもうひとりの男が三度の祈りを口にして、大振りのナイフをメアリの左胸へと目がけて振り下ろした。

「メアリィィィィィィ――ッ!?」

マリーは羽交い締めにされながら悲痛な叫びを上げる。拘束を振りほどこうともがいて必死に手を伸ばすが、壇上のメアリには届かない。マリーの手はただ虚しく虚空を掴《つか》むだけだった。

「マ、リー……」

マリーの声が届いたのか、意識を失いかけたメアリが朦朧《もうろう》としながら呟《つぶや》く。

男たちに押さえつけられるマリーに手を伸ばすが、無情にもナイフはメアリの心臓を捉える。鮮血が飛び散り、祭壇の下で取り押さえられていたマリーの頬《ほお》に血が付着する。メアリの傷口からとめどなく血が流れ、磨き上げられた大理石の床を紅色に塗りつぶしていった。

「離して！　はな、せ……ッ!!」

マリーは致命傷を負ったメアリを見て、強引に拘束を振りほどこうと暴れる。

男は既にメアリが致命傷を負ったことを見届けると拘束の手を緩め、マリーは転がるように足をもたつかせながら祭壇に上がっていく。

「メアリ！　ゴメン、ゴメンねぇ……アタシ、なにもできなかった……」

「マ、リー……来て、くれた……んだ」

マリーはメアリの元へ駆け寄り、力なく身を投げ出したメアリを抱き起こす。

何度も必死に呼びかけているとメアリがうっすらとまぶたを開ける。

マリーは床にできた血だまりで服が汚れることさえ厭《いと》わず、涙を流しながら謝った。

「泣かないで、マリー――私、あなたの笑顔が好きだから」

メアリは泣きじゃくるマリーを安心させるように、必死に喉《のど》の奥から言葉を振り絞る。

最後の力を振り絞って微笑《ほほえ》みかけると、ゆっくりとメアリのまぶたが下りていく。

生命活動を維持していた心臓は鼓動を止め、身体はだらんと力なく弛緩していった。

この瞬間、メアリという少女は明確な死を迎え、マリーの腕の中で息を引き取った。

「お願い、神様……もう掃除だってサボらないいし、お裁縫の練習も一生懸命やるから……メアリが助かるなら、他にはなにもいらない……だから――」

事切れたメアリを身体に縋《すが》り、マリーは嗚咽《おえつ》交じりに身体を震わせる。

死者の復活など聖書の説話でしかない。そんなことは分かっている。しかし、かけがえのない友人を見殺しにした無力さや罪悪感に打ちひしがれたマリーは、ただ神に縋ることしかできなかった。それでも、強く願う。不可能を可能にするあり得ざる力――文字どおりの奇跡を。

『――なら、願いなさい。かくあれかしと望むのなら、あなたにはそれができる』

「え……誰？　アナタ――う、ぐっうぅうっぅ……ッ!!」

不意にマリーの脳内へ声が響く。咄嗟《とっさ》にメアリの胸に埋めていた顔を上げて周囲を見渡すが、声の主は見当たらない。そして間もなく、背中に焼きごてを当てられたような激痛が走り、マリーは呻き声のような叫びを上げる。メアリを拘束していた男たちは急に叫ぶマリーを一瞥《いちべつ》するが、単なる癇癪《かんしゃく》と判断したのか顔を見合わせるだけその場に留まっていた。

「こ、れ……が……き……せ……メ……リ──」

まるで雷に打たれたような衝撃と共に、脳内へ大量の知識が洪水のように流れ込んでくる。

自分という存在が、何かに上書きされていくような感覚が全身を駆け巡っていく。

マリーは情報の激流に飲まれかけるが、必死に耐えて意識を保つ。

現実時間のわずか数秒──無限に等しい体感時間の果てに、マリーはすべてを理解した。

「教えてくれて、ありがとう。アタシなら、メアリを助けることができる……そういうことね？」

頭がハンマーで殴られたように酷《ひど》く痛むが、そんなことはどうでもいい。

今のマリーは、さっきまで知り得なかったことが分かる。自分が何になったのか──何ができるのか。すべてが手に取るように理解できる。このあと、自分がなにをすべきかも同様に。

『そう。あなたは選べる人なのね。なんだか……ちょっと、羨ましいな』

最後にそう言い残し、声はもう聞こえなくなった。

マリーは袖で頬《ほお》を伝う涙を乱暴に拭《ぬぐ》い、おもむろに口を開いた。

「ごめんなさい、名前も知らないアナタ。見逃してくれて、ありがとう。これからアタシがすることは、きっと許されるものじゃないけれど──」

メアリを見殺しにした自分の無力さも、儀式の際になにもできなかった後悔も、こうして最期の瞬間すらメアリに心配をかけてしまった情けなさも、今は関係ない。

後悔も、悔恨も、贖罪《しょくざい》も、すべてを置き去りにしてでも成し遂げなければならないことがある。

それは他の誰でもなく、今のマリーにしかできないことなのだから。

「それでも、アタシはメアリに生きてて欲しい。きっと、メアリは怒ると思うけどね」

最後にふっと笑みを零《こぼ》し、マリーは表情を引き締める。

そこには悲しみに暮れる姿は既になく、揺るぎない決意を湛《たた》えた顔でマリーは口を開く。

自然と頭の中に浮かんだ言葉——力ある聖なる詩を諳んじ始めた。

「世の罪を除き給う神の小羊、我らを憐《あわ》れみ給え。世の罪を除き給う神の小羊、我らを憐れみ給え。世の罪を除き給う神の子羊、我らに平安を与え給え——」

マリーが聖句を唱えた瞬間、祭壇の下に立ち尽くしていたステラはハッと我に返る。

壇上ではマリーを中心に淡い光が発生し、立ち上る光芒《こうぼう》の中で彼女は一心不乱に聖句を詠み上げている。ステラはその聖句を知っていた。

「そんな！　あれは〈神羔《しんこう》の聖女〉の聖句——」

呆然とステラは呟《つぶや》く。あれはメアリを救うため、ステラが口にした聖句とまったく同じもの。

つまり、〈神羔の聖女〉の奇跡を行使するうえで必要な聖句。それが意味することはひとつ。

「あの子が……マリーがあたしの先代……二十一代目の〈神羔の聖女〉だったの？」

思い返してみれば、ヒントはいくつかあった。

再出現が発生した場合、新たな聖女は意味記憶――いわゆる知識――にすり込みが行われ、自らに与えられた奇跡の詳細、聖句など奇跡の行使に必要な方法、そういった今まで知り得なかったことが唐突に理解できるようになる。つまり、聖女になる前には知りえなかった知識や情報が、再出現によって聖女になった瞬間、常識のように己の知識として備わる。

この現象は〝啓示〟と呼ばれ、聖女が受ける最初の通過儀礼《イニシエーション》とされる。

ユディトはこの仕組みを『たった今まで普通の少女だった存在が、次の瞬間には聖女なんて代物に変性する』と評していたが、それはあながち間違いではない。

ステラも経験があるが、その感覚は筆舌に尽くしがたい。

そして、啓示を受ける際、なかには激しい苦痛を感じる者もいるらしい。先ほどマリーが苦しんでいたのは、啓示が原因だとステラは思い至った。

「主よ、我らの祈りを聴き給え。父よ、我らの祈りを聴き容れ給え。天主よ、あわれみ給え。御子よ、あわれみ給え。聖霊よ、我らをあわれみ給え――」

視線を祭壇に戻すと、マリーの背中には翼のような紋様が浮かび上がっていく。

ついさっきまでメアリを拘束していた男たちや修道院の職員、他の子供たちも、目を疑うような神聖な光景に呆然と立ち尽くすことしかできなかった。

「あの子が……マリーが〈神羔《しんこう》の聖女〉なら、確かにメアリは助かる。でも……」

誰もが神秘的な光景に目を奪われるなか、ステラは痛みに耐えるように表情を曇らせる。

ステラをこの世界に招いた声の主はここが八年前――聖歴一九二二年四月十日だと言ったが、この日付はステラにとっても大きな意味を持つ。何故ならばその一週間後の四月十七日はステラに聖痕が出現し、聖女となった日であるからだ。

聖女の再出現は先代の聖女の死によって、次代の聖女が生まれる仕組みである。

聖女の死から再出現の期間はおおよそ一週間程度。つまり――この日、〈神羔の聖女〉の奇跡は二十一《マリー》代目の死によって、二十二《ステラ》代目に受け継がれたことを意味している。

ステラは以前、リザに先代である二十一代目の〈神羔の聖女〉について尋ねたことがあった。

教皇庁には神託機関《オラクルムマキナ》と呼ばれる装置が存在する。所有者に神託を与える聖遺物〈洗礼者の聖首〉を核としたこの装置は、聖女の再出現に反応して出現座標を特定して記録を残す。

現状、聖女の出現を検知する装置はこの神託機巧しか存在せず、教国は他国に先んじて聖女を確保することに成功している。しかし、神託機巧には決して看過できない欠点もあった。

通常、聖女が死亡すると数時間から数週間の間に新たな聖女が再出現するとされるが、神託機械が反応を検出するのは最速でも一週間前後とされている。

つまり、神託機械が再出現を検出した座標に聖女が留まっている保証はなく、更に踏み込んで言えば生存も保証できない。極論、検出時点で聖女が死亡している、ということもありえる。奇跡の代償に命を捧げる〈神羔《しんこう》の聖女〉ならば尚更にリスクが高い。

リザ曰く、ステラの〝先代〟である二十一代目〈神羔の聖女〉は教皇庁が身柄を保護する前に命を落としたらしい。だが、そういった事例は稀《まれ》で、非常に珍しいことだとリザは説明した。

当時のステラは単なる好奇心で尋ねたが、まさか件《くだん》の名も知らぬ〝先代〟がメアリの友人だったとは夢にも思わなかった。

ステラは残酷な偶然——あるは皮肉な運命——に唇を噛《か》み締めるが、壇上のマリーは聖句を唱え終えようとしている。このあと訪れる結末から目を逸《そ》らしたくなるが、それでも必死に抗《あらが》ってマリーの生き様を自らの目に刻みつけようと歯を食いしばる。

「父よ、私の霊を御手に委ねます——第一奇跡・神贄の子羊《アニュス・デイ》」

マリーは最後の聖句を告げ、メアリに己の手をかざす。

三対六枚の光翼はメアリを包み込んで身体の傷を癒やしていき、彼女の肉体はもとの状態へと戻っていく。それは単なる治癒ではなく、人の身体が在るべきカタチへと回帰させる御業——即《すなわ》ち、世の罪を取り除く神の小羊のみが為せる奇跡である。

「あ、れ……わた、し……」

メアリは死の淵から意識を引き上げられ、ゆっくりと目を開いていく。

視界に飛び込んできたのは、燦然《さんぜん》と輝く翼を背中から生やしたマリーの姿だった。

「良かったぁ……成功、したんだ」

「マリー……？　えっ、どうして？」

マリーは意識を取り戻したメアリを見て、安堵《あんど》したように笑みを零《こぼ》す。

「もしかして、マリーが？」

メアリがおそるおそる胸に手を当てると、傷は痕も残らないほど癒えている。

ついさっきの出来事なんて、なかったかのようだと錯覚してしまう。

「へへっ、凄《すご》いでしょ？　ぶっつけ本番だったけど、アタシにかかればこんなもんかな」

「ありがとう――なんでか分からないけど、全部マリーのおかげだよ!!」

メアリは感極まって抱きつくと、胸いっぱいの感謝を伝える。

理由は分からないが本来なら死んだはずの自分は、こうして命を取り留めている。

死に対する恐怖から解放された安堵の気持ちもあったが、何よりも大好きなマリーと別れなくて済む――彼女の心は歓喜に満ちていたが、それも束の間のことだった。

「お礼にとっておきのお菓子あげるね！　マリーも前に美味しいって言ってたヤツで――」

「ゴメンね、メアリ……それはちょっと、無理……かな」

「えっ……マリー？」

メアリが嬉々《きき》として語っていると突然、マリーの徐々に呼吸が乱れていく。

苦しそうに呼吸を乱しながらも、マリーは必死に笑顔を作って告げた。

「アタシね、これ以上は……保たない、かも」

「マリー？　ねえ、マリー!?　どうしたの？　どうしちゃったの!?」

メアリはマリーの変調を目の当たりにして、思考を掻《か》き乱されながら何度も問いかける。

「あはは……ガラじゃないけど、アタシね……聖女になった、みたい」

今にも泣き出しそうなメアリを見て、マリーは気恥ずかしそうに笑う。

「〈神羔《しんこう》の聖女〉の奇跡は死者の復活だけど……その代償として、聖女自身の命を捧げなければならない……本当は、勝手に使っちゃいけないんだけど――」

「マリー！　もう、喋《しゃべ》っちゃダメ！　お願い、だから……」

「だけど、仕方ない……よね。だって……」

血の気の失せた顔で痛々しく笑いかけるマリーに、メアリは声を震わせる。

今にも泣き出しそうなメアリを見て、マリーは額に脂汗を滲《にじ》ませながら続けた。

「アタシにとって、メアリより大切な人なんて……いない、から……」

メアリに向かって、マリーは穏やかな表情で笑いかけた。

顔面蒼白《そうはく》で急速に生気が失われていくのが見て取れるが、それでも最後の力を振り絞る。

「ねえ、メアリ……愛《いと》しい貴方。泣かないで」

マリーはメアリの頬《ほお》へと手を添え、優しく語りかける。

幼い頃から姉妹同然に育ってきたメアリは、マリーにとって実の妹のような存在だった。

だから最期の瞬間まで、お姉さんらしく在りたい。

泣きじゃくるメアリの涙を指で拭《ぬぐ》い、マリーは穏やかに笑いかけた。

「メアリ——貴方を愛してるわ。だから……生きて。幸せになるのよ」

マリーが最期の言葉を告げると、身体からは一切の力が抜け落ちる。たった今まで頬を撫でていた手はだらんと弛緩して床へと垂れていた。

物言わぬ屍《しかばね》になったマリーを目の当たりにして、メアリは茫然《ぼうぜん》自失に陥る。

数秒前まで言葉を紡いでいたマリーの唇を指でなぞるが、もう息や言葉を吐き出すことはない。左胸に手を当てても、命を刻む鼓動は感じられない。ここに在るのはマリーではなく、既にマリーだったものでしかない。

ようやく現実を思い知り、メアリは両手で顔を覆いながら力の限り叫んだ。

「あ……あ、ぁ……あああ、あああああああ、あぁぁぁぁぁぁ——ッ！！？！？！」

メアリの痛ましい慟哭《どうこく》が聖堂内に響き、荒ぶる感情に呼応するように力の奔流が彼女の身体から溢《あふ》れ出す。天使術における〈形成〉位階の行使——メアリは誰に倣《なら》うわけでもなく、その方法を理解していた。

「私は……もう、神様になんて祈らない。だから、これが死神でも悪魔でも、構わない」

メアリは最後の理性が残っているうちに、事切れたマリーを優しく床の上に寝かせる。

ふらふらと立ち立ち上がり、血走った目で遠巻きに様子を伺う男たちを睨《ね》め付けた。

「〝基礎〟より〝美〟を経て〈形成〉へ〈至れ《サメフ・イエツイラー》――お前たちは……」

獣が唸るように低い声で敵意を露《あら》わにすると、メアリの右手には巨大な鎌が出現する。

刃渡り一メートルを裕に超えるソレは、本来の用途から逸脱した役目を担うものだ。

作物ではなく人の命――即《すなわ》ち、魂を刈り獲ることに特化した代物である。

「絶対に、許さない……!!」

理解が追いつかない状況に唖然《あぜん》としていた男たちも、メアリの手に顕現した鎌を目の当たりにし、臨戦態勢へと移って身構える。同時に聖堂内の子供たちを逃そうと誘導するが、既にパニックに陥っているため講内は阿鼻叫喚《きょうかん》の様相を呈していた。

「マシト――奴の動きを阻め!」

秘蹟者《サクラメント》の男のひとりがメアリへ鞭《むち》を振るい、マシトの権能で再び拘束しようとするが、

「邪魔」

メアリが動じることなく鎌を振るうと、男の鞭はバラバラに引き裂かれていく。同時に男の背後から断末魔めいた叫び声が響き、彼の中から守護天使の存在が消失していった。

「なん……だと?」

男は信じられない光景を目の当たりにして、愕然《がくぜん》の声を漏《も》らすことしかできない。

より高位の天使を相手取った場合、力負けして象徴器の力を無効化されることはあるが、消

耗した力を回復させれば再び力の行使は可能となる。

だが男はたった今まで己の裡《うち》に存在していた天使の存在を感じ取ることができなかった。

「ははっ、なるほど。こりゃあ、確かに……」

メアリは一瞬で男の眼前へ肉迫し、身の丈を裕に超える大鎌を振りかぶる。

男は憎悪に燃えるメアリの瞳《ひとみ》に魅入られ、身じろぎすらせず迫る刃を見据えていた。

その姿はまるで──死神、そのものだった。

大鎌は男の首を刈り取り、壊れた散水機《スプリンクラー》のようにおびただしい血飛沫を撒《ま》き散らす。

そこから展開される光景は、地獄絵図としか呼べない代物だった。守護天使の力を暴走させたメアリを止めるため多くの人間が応戦したが、全てが返り討ちに合い聖堂は血の海と化した。

「酷《ひど》い……どうして、こんなことに……」

ステラはあまりの凄惨《せいさん》さに顔を覆い、痛ましげに声を漏らした。怒りに支配されながら鎌を振るうメアリの慟哭《どうこく》から、彼女がいかにマリーのことを想っていたのか伝わってくる。

『この事件は騒ぎを聞きつけた帝国軍によって鎮圧されるまで続いて、以降、ノヴェツェラは帝国の支配下に置かれることになった』

「ノヴェツェラは帝国軍の侵略行為で占領された、って聞いていたけど……」

『当然ね。教国もたったひとりの少女に村一つが潰滅させられた、なんて口が裂けても言えないでしょうし』

軍事協定の締結後にノヴェツェラは教国へと返還されたが、失われた数年の間に何があったのか。住民たちは決して語ることはなかった。

無論、帝国側が箝口令《かんこうれい》を敷いていたのも要因だったが、数少ない生き残りとなった当時の住民たち自身が、あの惨劇をなかったことにしたかったというのが最大の理由だった。

「だけど……どうしてこの村の人たちは、教皇庁へ報告をしなかったの？」

メアリが身に宿す守護天使は教義において、畏怖《いふ》の念を注がれる存在だ。かといって、その場で異端審問紛いの私刑を行っていいわけではない。

たとえ危険な存在であろうとも、相応の協議を経て処遇を決めるべきだろう。

『内地の人間には分からないでしょうけど……この村において信仰とは救いであり、絶対遵守の戒律《ルール》でもあるの』

淡々と答える声からは、行き場のない憤りと嫌悪が滲《にじ》んでいた。

『ノヴェツェラは教皇領へ加えられた歴史が浅くて、国境沿いにあるため隣国からの侵略に備える必要があった。つまり、有事には教国に守ってもらう必要があった』

ノヴェツェラは歴史的に、様々な国の占領下へ置かれてきた。

教国の統一運動によって多くの教皇領が合併し現在の首都への遷都を行った際も、北部に位置するアルトは未回収の領地と称され、永らく他国の支配を受けていた。

その後、紆余曲折を経てノヴェツェラは教国の領地として返還され、ついに安息を得たと思われた住民に待っていたのは、新たに浮上する問題だった。

『だけどね……信徒としての歴史が浅いノヴェツェラを優先して守るほど、教国もお人好しじゃなかった。そこで村人たちは考えたの——自分たちが内地の人間も及ばぬほど敬虔《けいけん》な信徒となり、信仰を体現すれば必ずや救いの手が差し伸べられると』

戦時中という世情もあって国境に隣接するノヴェツェラは、教国攻略の足がかりとして他国から狙われていた。住民たちの緊張は日に日に高まり、追い詰められた彼らはひとつの答えを導き出す。

『結果的にノヴェツェラ住民の信仰は、度を超したものへと成り果てた。聖書の記述を拡大解釈し、教義に反した者は厳しく罰した。隣人同士で監視を行い、互いが疑心暗鬼に陥った。今思えば、あんなものは信仰と呼べない……ただの狂信よ』

声が吐き捨てると、ステラは言葉を失ってしまう。戦時中の緊張と、地方特有の閉塞感。明日の生活にさえ怯《おび》える日々の末、辿《たど》り着いた答えが信仰というのは皮肉な話である。

『その過程であの修道院が設立された。前身となった施設は真っ当なものだったけど、当時は既に単なる〝牧場〟でしかなかった。教国の信頼を得るため身寄りのない子供を集め、秘蹟者《サクラメント》の適性がある者は献上品として内地に出荷していたわ』

孤児院出身のステラも構造自体は理解している。アグネス教は教義において堕胎が禁止され、望まぬ子供を授かった際は孤児院へ預けるのが一般的だ。孤児はしかるべき教育を施され聖別の儀式を迎え、適性がある者は教皇領内の秘蹟者《サクラメント》育成機関へと送られていた。

「そんなノヴェツェラの人間が、メアリの天使の存在を知ったら……」

『彼らは内地の人間に、事が露呈することを恐れた。だからあの場でメアリを始末して、守護天使が発現したこと自体をなかったことにしようとした』

「でも、誤算だったのは……メアリが自力で守護天使の力を引き出したこと。あとは――」

ステラは「もうひとつの誤算はマリーが〈神羔《しんこう》の聖女〉の力を発現させていたこと」と口にしかけて呑み込んだ。

「ねえ、あなたは誰なの？　メアリの過去を見せて、あたしになにをさせたいの？」

目の前に広がる光景は、騒ぎを聞きつけた帝国軍の一団が修道院へと乗り込んできたシーンへと移り変わっていた。メアリは銃器で武装した軍人たちを次々と薙《な》ぎ払っていったが、指揮官らしい眼帯をつけた女軍人によって強引に組み伏せられていた。

その瞬間、記録の再生は中断され、目の前にはぼんやりとした薄闇《うすやみ》だけが広がっていく。

『最初に言ったはずよ。アタシの目的は貴方とメアリを死なせないこと。それに――もうアナタはアタシの正体なんてとっくに気づいているんでしょ？』

どこか確信を持った口調で、声の主は問いかけてくる。

ステラがこの場所に来てから、ずっと引っかかっていたことがあった。

今も脳内に響く、どこか聞き覚えのある声。奇跡を行使して意識を失う前に聞こえたものだからと思っていたが、ステラは八年前にもこの声を聞いていたはずだった。

「『聖女とは連続性と非連続性を同時に内包する特異な存在』──これはユディト先生が立てた仮説で、あたしはいまいちピンとこなかったんだけど……でも、思い出したの」

再出現で新たな聖女は啓示を受ける際、何者かの声を聞くという。

その正体は救世主の御使いや過去の聖人など様々な説が囁《ささや》かれているが、ステラが考えるに真相はもっと単純な話かもしれない。

「八年前──あたしは聖女として啓示を受けたとき、あなたの声を聞いた」

ユディトの仮説が正しいのならば、ステラの魂には過去の〈神羔の聖女〉たちの情報が蓄積されている。啓示による声の正体とは、先代の聖女による知識と奇跡の引き継ぎではないのか？

つまり、この声の主の正体は──

『ええ。アタシの名前は、マリア・パンテラ』

声の主が名を告げると、ステラの目の前にひとりの少女が姿を表す。

ステラは彼女の姿に見覚えがあった。何故ならば──

『近しい人……メアリからはマリー、って呼ばれていたわ』

姿を表したその少女はたった今、メアリを救うため己の命を擲《なげう》ったマリーその人であった。

『アタシは二十二代目の先代《アナタ》にあたる二十一代目──つまり、アナタの〝先輩〟ってことね』

マリーは困ったように笑い、「正直、あまり自覚ないんだけどね」とつけ加える。

「つまり、さっきまであたしが見ていたのは……」

『さっきまでの光景は、八年前に起きた出来事。メアリとアタシが体験した記憶であり記録。これはあくまで仮定だけど……もしかしたらここは、メアリが今も見ている走馬灯のようなものかもしれない』

ステラがハッとした様子で呟《つぶや》くと、マリーは思案顔になって言葉を連ねていく。

マリーの仮説を聞き、ステラはどうしても気にかかったことを尋ねる。

「それって——つまり、メアリはここにいるの⁉」

『ええ、断言するわ。メアリはここにいる。それはアナタも認識できるはずよ？』

鬼気迫る形相で問うステラに対し、マリーはやんわりと諭す。

ステラはその意味を咀嚼《そしゃく》するため、マリーの言葉を脳内で反芻《はんすう》した。

「そうか……八年前、マリーはメアリを救うため〈神羔《しんこう》の聖女〉の奇跡を使った。それって、あたしも同じことだったんだ」

ステラ自身、いまだに〈神羔の聖女〉の奇跡の全貌《ぜんぼう》を理解しているわけではない。

何度も奇跡を行使できる他の聖女と違って、〈神羔の聖女〉は己の命を代償にするという特性上、ただ一度の奇跡を行使してその生涯を終える。つまり、奇跡の研究をする余地がない。

だから〈神羔の聖女〉の奇跡は、いまだにブラックボックスな部分が多い。

『〈神恙の聖女〉の奇跡は「魂の分配」。魂――つまり、生命エネルギーを補塡して、死に逝く者を生き存《いなが》えさせるもの。八年前、奇跡を行使した時、アタシはメアリの魂に触れた』

「同じように奇跡を行使したあたしも、メアリの魂に触れた。だから、その存在を感知できる……そういうことなのね？」

ステラの推論を最後まで聞き、マリーは小さく微笑《ほほえ》みながら頷《うなず》いた。

『メアリはずっとあの日に囚われて、今この瞬間も苦しんでいる。あの子は……メアリはもう充分に苦しんだ。だからアタシは、メアリを解放してあげたいの』

マリーは不安に揺れる瞳《ひとみ》でステラを見て、真摯《しんし》に言葉を紡いでいく。

彼女自身、あの日の決断が間違っていたとは思っていないが、それでも自分のせいでメアリは今も苦しんでいる。その後始末を自分の後輩に任せるなど責任転嫁もいいところだ。

それでも、マリーはステラを頼るしかなかった。彼女の助けを得なければメアリは救えない。

「だけど……あたしは、奇跡を使っちゃったから……」

ステラは表情を陰らせながら答える。

〈神恙の聖女〉の奇跡を使った以上、自らの死は避けられない。

そんな状態でメアリを助けることができるのだろうか？

『最初に言ったでしょ？　『アナタもメアリも、〝まだ〟死んでいないから』って」

ステラの不安を払拭するように、マリーはステラの手を取って必死に訴えかける。

『アタシと違って、アナタもメアリもまだ死んでない。だから諦めないで。万が一にも可能性があるなら、賭けてみるしかないでしょ？　だって――』

ステラの手を握り、マリーは真摯《しんし》に言葉を紡ぐ。

熱っぽく語る表情に一瞬だけ寂しさが滲《にじ》むが、それでもマリーは懸命に続けた。

『あの子にだって、幸せになる権利がある。それはメアリひとりじゃできないことなの。ステラ、アナタが隣にいないとダメなのよ』

「あたしが、隣に……」

マリーの言葉に、ステラは思わず息を呑む。

ステラはメアリを助けたい一心で奇跡を行使したが、それは代償として自分の命を差し出す選択に他ならない。〈神羔《しんこう》の聖女〉の奇跡とはそういうものだ。

しかし、マリーが言うように、またメアリと一緒に生きていけるのなら――

そこまで望んでもいいのだろうか？　口にするのも憚《はばか》られる欲深さではないのか？

『お願い。メアリを助けてあげて。他の誰でもなく、これはアナタにしかできないことだから』

――もう、アタシにはそれができないから。

縋《すが》るように告げるマリーの言葉の端々からは、メアリに向けた深い愛情が滲んでいる。

できることなら、マリー自身がメアリの隣に立っていたいはずだ。

だけど、それはもう叶わない。だからマリーは、ステラに想いを託そうとしている。

彼女の本音に触れ、ステラは本当の意味で〈神羔の聖女〉を受け継いだような気がした。

「ええ、メアリのため——そして何よりも、あたしのためになんだってやってみせるわ」

ステラは覚悟を決め、勝ち気に笑ってみせる。

背中を押してくれたリザや自分に想いを託してくれたマリーの言葉を胸に抱き、ステラは最後まで足掻《あが》くことを決めた。

「ありがとう。アナタならそう言ってくれると信じてた」

ステラはマリーを真っ直ぐ見据え、躊躇《ためら》いなく頷《うなず》いた。

毅然とした後輩の姿を見て、先代の〈神羔の聖女〉は安堵《あんど》したように微笑《ほほえ》んだ。

# 3

ステラとマリーが邂逅《かいこう》を果たしていた頃、メアリはゆっくりと意識を覚醒《かくせい》させる。

映写機のフィルムが切り替わるように、記憶の再生が止まる。メアリが己の手を見遣《みや》ると、血塗《ちまみ》れだった両手は何事もなかったように綺麗《きれい》だった。そもそも、今のメアリは幼い少女ではない。ついさっきまで見ていた光景は過去の再演であり、かつて犯した罪の記録に他ならない。

メアリ・マクダレンとは単なる偽名でなく、メアリがかつてノヴェツェラ修道院で暮らしていた時の名前だった。実在していた戸籍を使うのは理に適《かな》っているが、この偽名を目にした時はベイバロンらしい悪趣味だと呆れたものだ。

「そう、か……」

メアリは自らの犯した罪を改めて自覚し、嗚咽《おえつ》するように声を漏《も》らす。

もしも願いが叶うのならば、自らの存在を最初から消し去りたい。自分さえいなければあの日、マリーは死ぬことがなかった。あんな天使を身に宿していなければ――

「ううん、違う……全部、自分のせい。だから、私は――死神になりたかった」

死神とは、命を奪う存在だ。

死神とは、死を与える者だ。

命を刈り取る代わりに、死という永遠《とわ》の眠りを与えるものだ。

死神は迷わない。死神は考えない。ただ生命を刈り、死という果実を摘み取る。命を刈り入れる者。無慈悲な魂の収穫者。無慈悲に死を運び、誰からも恐れられる孤独な殺戮《さつりく》装置。

メアリは人ではなく、単なる機械になりたかった。ならば、それはどうしてなのか？

秘蹟者《サクラメント》を殺すことで世界を良くしようなんて、自己欺瞞《ぎまん》にも程がある。

教国を滅ぼすことで、平和が訪れるなんて微塵《みじん》も思っていない。

自分を突き動かすもの。メアリを構成する狂おしいほどの情念。

過去のメアリ・マクダレンと、現在のメアリ・グリームニルを繋《つな》ぎ止めているもの。

身を焦がすように滾《たぎ》るような憎悪は、外ではなく内へと向けられた激情だった。

結局のところ、メアリは己を世界で一番憎んでいる。マリーが聖女の力を使って自分を助けたと知った時、我を失うほどの怒りに支配されたが、それは己に向けられたものだった。

自分という存在が許せなかった。親友を犠牲にして、のうのうと命を繋いでいることが我慢できなかった。醜悪に生き恥をさらす己を許して欲しかったが、彼女を許せる人間は既に存在しない。そういった自責の念が今のメアリを作り上げ、彼女は贖罪《しょくざい》の場を求めるようになった。

死んですべてを投げ出したい衝動に襲われても、マリーに救われた命を捨てることができず、結局は生きることも死ぬことも選べなかった。

帝国から命じられるがまま秘蹟者を手にかけてきたのも、死地に赴き己を死線に晒《さら》し続けることで死に場所を求めていたのかもしれない。やはり、メアリという少女は八年前のあの時、既に死んでしまったのだろう。ここにいるのはただの残骸、あるいは空虚な抜け殻。自死も選べず、罪過からも目を背ける緩慢な自殺志願者だ。亡者という表現が相応《ふさわ》しいのかもしれない。

そんな成れの果てが、唯一縋《すが》った贖罪の機会。〈神羔《しんこう》の聖女〉の暗殺を命じられた際、ようやく楽になれると思った。かつてマリーが宿していた奇跡を受け継いだ少女。彼女を殺せば呪縛から解き放たれる――だけど現実は真逆で、結局ステラを殺すこともできなかった。

あまつさえ彼女を守るために、呆気なく死を選んでしまったのだから。どこまでも中途半端で、愚かで、情けない。そんな自分が死神なんて、とんだ笑いぐさだと自嘲《じちょう》する。

「ねえ――あなた、死神なんでしょ？」

俯《うつむ》かせていたメアリの視界に影が落ちる。それがおかしくて、思わず笑ってしまった。

この場所に光なんてないはずなのに、鈍い輝きを放つ湾曲した刃が首に突きつけられている。

どこか見覚えのある大鎌を見て、メアリはゆっくりと顔を上げた。

まるで闇《やみ》そのものを纏《まと》ったような黒衣。目深に被《かぶ》った外套《がいとう》のフードに覆われた端正な顔。

そして——手に握られているのは、刃渡り一メートルを裕に超える大鎌。死の概念が擬人化されたような男の出で立ちは、八年前のあの日から変わらないものだった。

「ねえ……殺してよ。あの日、私は死ぬべきだった」

メアリが弱々しく呟《つぶや》くと、その目から一筋の雫《しずく》が頬《ほお》を伝っていく。

今、ここに在るのは、かつてメアリだったもの。その成れの果てが弱々しく懺悔《ざんげ》する。

メアリにとって、マリーは誰にも代え難い唯一無二の存在だった。修道院の貧しい暮らしであっても、マリーがいれば良かった。親や家庭がなくともマリーさえいれば、他にはなにも要らなかった。なのに——他でもないメアリ自身が、マリーを死に追いやった。

メアリにとって聖女の奇蹟とは、呪いに等しいものだった。あの日、マリーの奇蹟によって命を救われてから、メアリの心にはぽっかりと大きな穴が空いたままだ。

「ううん、違う……きっと、メアリ・マクダレンはもう、死んでいる」

メアリはふっと唇を歪め、自らを嘲《あざけ》り笑う。

マリーを亡くした無念さ、彼女を死に追いやった罪悪感、自分ひとり残された悲しみ——

後悔はいつしか呪詛《じゅそ》と化してメアリを侵し、今やメアリの身体は呪いで形作られていた。

こんなものがメアリ・マクダレンであるはずがない。マリーが愛し、命を賭して救った人間が、こんなにもおぞましい代物に成り果てたのだと信じたくない。だけど、認めざるを得ない。

だから、もう幕引きだ。断頭台にかけられる罪人のように、メアリは力なく頭を垂らす。

「お願い……私を、殺して？」

男は懇願され、口を閉ざしたまま大鎌の刃をメアリの首筋に這わせる。

鋭利な刃が、僅《わず》かにメアリの柔肌を裂く。傷口から血が滴るが、メアリは表情を和らげ安堵《あんど》する。死を受け入れそっと目を瞑《つぶ》るが、いくら待っても覚悟していた瞬間は訪れない。

メアリがおそるおそる目を開くと、男の視線は彼方へと向けられていた。

幽鬼のように感情の抜け落ちた表情で、メアリが同じ方向へ目を向けると――

「――メ……リ……」

声が聞こえてくる。それはメアリがよく知る人の声だった。

あり得ない。ここは己の罪に焼かれ続ける煉獄《れんごく》。こんな場所に、彼女は相応《ふさわ》しくない。

死に瀕《ひん》してなおも往生際の悪い――都合の良い妄想だと決めつけ、思わず自嘲《じちょう》する。

だけど、一縷《いちる》の希望に縋《すが》るように、メアリはそのまま目を凝らす。

「――メアリ……ッ!!」

確かに、メアリの元へ声が聞こえてきた。他でもない、彼女の声が。

視界の先にはぼんやりとした薄闇《うすやみ》が広がっているだけだが、その中にぽつんと明滅する光が生まれる。最初こそ頼りなかったそれはやがて一条の光明となり、暗闇《くらやみ》を裂くようにメアリへと近づいて来る。数十メートルから十数メートル、更に肉眼で視認できる距離まで——まるで夜空を駆ける彗星《すいせい》のように、暗闇を切り裂いて彼女は走り寄ってきた。

「ステ、ラ……？」

メアリは信じられないものを目の当たりにして、驚きのあまり言葉を失う。

無限に広がる闇を突き抜けて、ステラはメアリの前へ辿《たど》り着く。彼女の身体を覆う淡い光が周囲を柔らかく照らし、陽だまりのような煌《きら》めきがメアリを包み込んでいく。

温かい、とメアリは思った。ここには温度なんてないはずなのに、うららかな春の陽差しに包まれたような心地よさを全身で感じる。

ステラは息を荒らげ苦痛に耐えるように顔を歪ませるが、へたり込んでいるメアリを見下ろすと開口一番に尋ねた。

「はぁ……はぁ……はぁ——大丈夫、メアリ!?」

ステラはしゃがみ込んで、メアリの頬《ほお》に手を添える。そのまま心配そうに顔を覗き込むと、メアリが泣き濡らした痕跡《こんせき》を見て痛ましそうに表情を陰らせた。

「どう、して……？」

ついさっきまで首に突きつけられていた鎌は既になく、男の姿も消え去っていた。

ここは生と死の狭間であり、メアリが作り上げた都合の良い煉獄《れんごく》――死の間際に揺蕩《たゆた》っている走馬灯に過ぎないはずだ。だというのにどうして、ステラが存在しているのか？

「あのね、メアリ……あたし、聖女の力を使ったの」

ステラは一瞬だけ躊躇《ためら》うが、すぐに覚悟を決めてメアリを見据えて口を開いた。

しかし、メアリはステラの言葉を聞いた瞬間、彼女の肩を掴《つか》んで叫ぶように問い質す。

「なん、で……ステラまで――自分が何をしたのか、分かってるの!?」

メアリは激情に身を任せるまま声を荒らげるが、徐々にまなじりから涙が溢《あふ》れていく。

ポロポロと大粒の涙が頬を伝い、メアリは嗚咽《おえつ》を漏《も》らしながら身体を震わせた。

「うん、分かってる……きっとメアリは怒るだろうなって思ったけど、それでも私はこの力をあなたのために使いたかった。メアリに死んで欲しくなかった」

ステラは感情を剝《む》き出しにするメアリを見て、驚いたように目を丸くした。

それから困ったように笑い、言葉を紡いでいく。彼女の表情は穏やかで、そこには死に対する恐怖は微塵《みじん》もなく、ただメアリに対する親愛の情のみがある。

「だけどね、これは私が自分で決めたことだから。どんなに愚かで裏切り者と後ろ指を指されても、メアリから叱られても――この思いは否定させない」

――ああ、この顔は知っている。記憶に焼きついて、決して忘れることができなかった。

まったく別人のはずなのに、どうしてもあの子が最期に浮かべた表情と重ねてしまう。

「あのね、メアリ。あたし、ちゃんと自分で決めたの。周囲の人から望まれたからとか、誰かがやらなくちゃいけないからとか、そんな大義名分なんかじゃない」

——かつて、私を救ってくれたひと。すべてを賭して、命を繋《つな》いでくれたひと。

お姉さんのような友達で、いつも臆病《おくびょう》な私の手を引いてくれた、かけがえのないひと。

「あたしは、あなたに生きて欲しい。これが自分勝手なエゴだったとしても。たとえその結果、世界を敵に回したとしても——この気持ちだけは、絶対に変わらないから」

——あの時のマリーも、ステラのように晴れやかな顔をしていたのだから。

「わた、しは……私に、そんな価値……」

メアリは顔を俯《うつむ》かせながら答えると、頬《ほお》を伝う涙が足元の暗闇《くらやみ》に吸い込まれていった。

「ううん。違う、違うわ。メアリ。それはあたしが決めることだから。世界中の人がメアリを責めたって——たとえ、それがメアリ自身だとしても、あなたの価値は貶させない」

メアリはステラに抱きしめられ、心地よい充足感に包まれる、耳元で囁《ささや》きかけるステラの言葉が、彼女の温《ぬく》もりが、ずっと欠けていた心の隙間《すきま》を埋めていくような気がした。

「ねえ、メアリ。あたしは、あなたを助けるために奇跡を使ったことを後悔なんてしていない。きっと、マリーさんも同じ気持ちだった……今の私なら、そう断言できる」

ステラは「なんせ後輩だからね」と少しおどけてみせる。

おそるおそるメアリが顔を上げると、目の前で笑いかけるステラと目が合う。

揺るぎのない意思を宿した瞳《ひとみ》は煌々《こうこう》と輝き、メアリを捉え決して離さない。

「もしも、あなたが自分を許せないのなら……その罪をあたしにも背負わせて。それはきっと、今代の……二十二代目の〈神羔《しんこう》の聖女〉であるあたしにしかできないことだから」

メアリはステラの言葉を聞いた瞬間、ようやく気づくことができた。

きっと自分は、誰かに赦《ゆる》されたかった。この世界に存在してもいいと言ってもらいたかった。マリーが身命をなげうって、命を救うに値するものだと肯定して欲しかった。

ステラは全てをくれた。かつてのマリーと同じように、命を賭してメアリを救うという選択のみが、彼女に赦しを与える唯一無二の方法なのだから。

「ゴメン、メアリ……もう、時間がない、かも」

ステラは弱々しく囁くと、力なく身体をメアリに預けてくる。

メアリは突然の出来事に、慌ててステラを見遣《みや》る。歪めた顔は生気が抜けたように青白く、ステラは呼吸を荒らげていた。

「ステラ……？　ステラ！　どうしたの!?」

「あはは……さっきまでは、なんとか気合いでごまかしてたけど……メアリに会えて少し、安心しちゃった……かも……」

力なく笑いながらも気丈に振る舞うステラを見て、メアリは己の不明を恥じる。

ついさっき、ステラは『聖女の力を使った』と口にした。ならば、当然の結果だ。

ステラは死ぬ。メアリが殺したのも同然だ。過去の光景がフラッシュバックする。

「い、嫌……ステラ！　しっかりして!!　わた、し……は――」

――私は、また見殺しにすることしかできないのか？

それは嫌だ。絶対に嫌だ。ステラと別れたくない。離れたくない。せっかく、互いに全てをさらけ出して分かり合えたのに。ステラを失いたくないと思った矢先、そんな甘えを見透かされたようだった。かつてのマリーのように、自分は同じ過ちを犯してしまうのか？

メアリの脳裏に八年前のあの日、マリーを看取った時の記憶がフラッシュバックする。

『安心して、メアリ――この子は死なせたりしないわ』

メアリの不安を取り払うように、ステラの背後から声が聞こえた。

鈴を転がすような美しく澄んだその声は――

「マリー……なの？」

メアリが声に導かれるまま顔を向けると、ステラの背後にはひとりの少女が立っていた。

つぶらな碧眼《へきがん》と眩《まばゆ》いブロンドのくせっ毛。咲き誇る大輪の向日葵《ひまわり》を思わせる笑顔。

忘れるはずがない――彼女の姿は、メアリの記憶に深く刻まれたマリーそのものだった。

「でも……どうして、マリーはここにいるの……？」

メアリにとって、それが一番知りたいことだった。

八年前のあの日、既に死んでいるマリーがなぜここにいるのか？

これもまたメアリ自身が見ている走馬灯に過ぎないのか？

『あのね、メアリ。〈神羔《しんこう》の聖女〉の奇跡は「魂の分配」……あの日、〈神羔の聖女〉になったアタシは、聖女の奇跡を使って死に逝くアナタに自分の魂の何割かを移植したの』

マリー自身、自分がどのようにメアリを救ったのか理解したのは、全てが終わった時だった。

死に瀕《ひん》していたメアリのために、マリーは自分の魂でメアリの欠損した魂を補填した。

それはメアリの魂の中に一部とはいえマリーの魂が同化したということであり、今回ステラが奇跡を行使したことが呼び水となり、一時的に活性化を果たしていた。それは文字どおり、奇跡のような現象だ。

「だからね――」

――アタシ、ずっとメアリと一緒だったんだよ？

マリーがはにかみながら告げると、メアリの目には涙が滲《にじ》んでいく。

「そっ、か……マリーは、いつも……一緒だったんだね」

あの日からずっと、ずっとずっと後悔していた。失われたものを取り返したくて、必死に足《あ》掻《が》いていた。だけどそれは、絶対に手が届かないもので――そんなことは百も承知で、煉獄《れんごく》の炎に焼かれるように復讐《ふくしゅう》という贖罪《しょくざい》に明け暮れていた。

きっと見当違いだとは頭の隅で理解していた。だけど、そうやって自分自身を騙《だま》さないと罪の意識に押し潰されそうだった。そんな自己欺瞞《ぎまん》を他でもないマリーに見られていたと思うと、メアリは消えてしまいたくなる。

『あの日から、あなたはずっと負い目に感じてるみたいだけど……アタシ、怒ってるから』

「マリー……？」

『アタシはあの時、奇跡を使ってメアリを助けたことを、まったく後悔なんてしてないんだから。だからそうやって気に病んで、自分を追い込んで欲しくない。アタシの人生を——友達のために命を賭けた一世一代の晴れ舞台を否定しないで』

マリーが告げると、メアリの脳裏についさっきステラが告げた言葉が過《よぎ》る。

『あたしは、あなたに生きて欲しい——たとえ世界を敵に回しても、この気持ちだけは絶対に変わらないから』

『世界中の人がメアリを責めたって——たとえそれがメアリ本人だって、あなたの価値は貶させない』

聖女の奇蹟を行使した時、マリーとステラは同じ気持ちだった。メアリという人物を救うために命を擲《なげう》っても構わない——彼女たちはそう思い、考え、決断した。

『だけど……もしも、それでメアリが罪の意識から逃れられない、っていうならさ。アタシの分まで、幸せになって。特別にそれでチャラにしてあげる』

「なに、それ……全然、チャラになってないよ」

泣き笑いの表情を浮かべるメアリを見て、マリーは静かに笑いかける。

マリーは最後の別れを惜しむように微笑《ほほえ》むと、ステラに視線を向けた。

『さて――ぶっつけ本番だけど……ステラ、やれるわね？』

「うん、分かった……メアリに寄りかかって休ませてもらったし、あたしは大丈夫よ」

ステラはメアリから身体を離し、気丈に笑ってみせた。

それがやせ我慢であることは、他でもないマリー自身がよく分かっている。

「ふたりとも……なにをするつもりなの？」

メアリは不安に揺れる瞳《ひとみ》で、示し合わせるように言葉を交わすマリーとステラを見遣《みや》る。

マリーはメアリを落ち着かせるように、言葉を続けていく。

『これからステラと一緒に、〈神羔《しんこう》の聖女〉の奇跡を使う』

「〈神羔の聖女〉の奇跡の代償は、聖女本人の命なんでしょ……！　そんなことしたら――」

メアリはマリーの言葉を聞いた瞬間、反射的に叫ぶ。

聖女の奇跡は、代償と呼ばれるある種のコストを要する。

代償の重さは奇跡の強大さに比例する。その中でも『死者を蘇らせる』という破格の奇跡に対する代償は『聖女本人の命を捧げる』というあまりに重いものだ。

八年前のマリーのように、ステラまで命を失ってしまうことをメアリは看過できなかった。

『大丈夫よ、メアリ』

マリーはメアリを抱きしめ、あやすような口調で言う。

するとメアリの身体の震えは止み、ざわついていた心も自然と落ち着いていった。

『今のメアリは、死んでからあまり時間が経過していない……つまり、欠けた魂の量はかなり少ない。だからその分をステラが補完しても、自分の命までは失わない』

「でも、それはマリーの時だって……」

『だから、アタシが協力する。ふたりがかりで奇跡を制御して、必要な分だけの魂をメアリに分配する。それができれば、アナタたちは死ななくて済む』

マリーはメアリから離れ、穏やかな表情のまま告げる。

メアリは顔を俯《うつむ》かせ、泣き出しそうな表情で弱音を零《こぼ》してしまった。

「そんなこと――」

――そんなことが本当にできるのだろうか？

そう言いかけた瞬間、誰かがメアリの手を優しく握った。

「メアリ。あたしを……あたしたちを信じて」

メアリがハッとして顔を上げると、そこには柔和に笑いかけるステラが立っていた。

たった今まで苦しそうにしていたのに、それでもステラは晴れやかな表情で告げた。

「正直、上手くいくかは分からない。でも……あたしは、メアリと一緒にいたい。これからも——ずっと、ずっと……あなたと共に、生きていきたいの」

ステラはメアリの手を取り、真摯《しんし》に本当の気持ちを連ねていく。

これまで死に怯《おび》えてきた少女は「共に生きたい」と——他でもないメアリと共に生きていきたいと自らの願いを口にした。

ステラの覚悟を目の当たりにして、メアリは万感の思いを胸に自らの願いを吐露してしまう。

「わた、しも……私、だって……ステラと、一緒に……いたい、よぉ！」

メアリは恥も外聞もなく、泣きじゃくりながら嗚咽《おえつ》した。

こんなにも罪深く醜悪な自分を赦《ゆる》し、ともに歩んでくれるかけがえのないひと。

ステラと一緒に生きていきたい。ステラを失いたくない。それが嘘《うそ》偽りのない願いだった。

『安心して、メアリ。だって……そのために、アタシがいるんだから』

マリーは微笑《ほほえ》ましそうに、泣きじゃくるメアリの頭を撫でる。

そのままステラに目配せをすると、ステラも真剣な表情で頷《うなず》いた。

『行くわよ、ステラ。アタシがリードするから』

「うん……分かった。じゃあ——」

マリーとステラは一旦、メアリから離れ、互いに手を重ね合わせたまま、まずステラが聖句を唱え始める。ふたりを中心に淡い輝きが発生し、やがて輝きは眩《まばゆ》い閃光《せんこう》へと変化していく。

「世の罪を除き給う神の小羊、我らを憐《あわ》れみ給え。世の罪を除き給う神の小羊、我らを憐れみ給え。世の罪を除き給う神の子羊、我らに平安を与え給え――」

立ち上っていく光芒《こうぼう》の中でステラは一心不乱に聖句を詠み上げる。彼女の身体が輝きを放ち、背中に翼のような紋様が浮かび上がっていった。

『主よ、我らの祈りを聴き給え。父よ、我らの祈りを聴き容れ給え。天主よ、あわれみ給え。御子よ、あわれみ給え。聖霊よ、我らをあわれみ給え――』

マリーも重ねるように聖句を唱え始め、彼女の背中にも同様の紋様が浮かび上がっていく。

紋様は実体を持った光の翼へと変化していき、ふたりには三対六枚の光翼が出現した。

「『父よ、私の霊を御手に委ねます――第一奇跡・神贄の子羊《アニュス・デイ》』」

ステラとマリーは聖句を唱え終えると、ふたりは膝《ひざ》を折って頭《こうべ》を下げる。

それはまさしく神に捧げる祈りであり、聖女の奇跡を呼び起こすトリガーとなるものだ。

「――ッ、ゥ……!?」

『大丈夫、ステラ。落ち着いて、ね？』

ステラは奇跡を行使した瞬間、己の裡《うち》で荒れ狂う力の奔流に意識を刈り取られかける。

だが隣にいるマリーが手を握って声をかけると、力が徐々に制御されていく。

不思議な感覚に驚きながら、ステラは徐々に平静さを取り戻していった。

「ありがとう、マリー。もう、大丈夫だから」

『ええ、それじゃあ――』

マリーは気丈に振る舞うステラを気遣いつつ、手を繋《つな》いだまま感覚を共有していく。

完全にステラの魂と同調を果たすと、マリーは重ね合わせた手をメアリの胸へとかざす。

同時にメアリの身体が淡い輝きを放ち、その光がステラとマリーの手に集束していった。

『くっ……これ、で――』

「終わった……の？」

集束した輝きは光球となり、マリーはそれをステラの胸へと押し込んでいく。

マリーの手が触れた瞬間、ステラの中へ温かなものが流れ込んでくる。冷え切っていたステラの芯《しん》に火が灯《とも》り、失われていた熱が戻ってくるような感覚があった。

乱れていた呼吸が回復していき、ステラの顔色も徐々に戻っていった。

「ありがとう、マリー。もう、大丈夫みたい」

「ステラ！　本当に……本当に、良かった……!!」

メアリは嗚咽《おえつ》交じりの声で歓喜する。

ステラはそんなメアリを愛《いと》おしそうに見つめ、慰めるように頭を撫でた。

『ねえ、メアリ。あの時は言えなかったこと……今だから言えることがあるの』

マリーは生命の危機を乗り越えたふたりを見て、安堵《あんど》したように息をつく。

「……マリー？」

そのまま彼女がおもむろに口を開くと、メアリは不思議そうにマリーを見遣《みや》った。

『アタシはアナタと――メアリと出会えて、本当によかった』

――ずっと、この言葉を届けたかった。

そうすればメアリは罪の呪縛に囚われず、もっと幸せな人生を送れたかもしれない。

後悔は尽きないが再び巡り会えた運命に感謝し、マリーは心からメアリに笑いかけた。

「うん、私も……マリーと出会えて、本当に幸せだった……ッ!!」

かつてマリーに命を救われたことはメアリにとって、贖罪《しょくざい》への呪縛となり彼女を厳しく戒める鎖となっていた。だが、改めてマリーの言葉を聞いて、きっと自分は命の責務から目を背けてきただけなのだと気づかされた。

己の人生は自分だけのものであり、そこに贖罪という自己欺瞞《ぎまん》を当てはめて生きるのは、身命を擲《なげう》ってまで命を繋《つな》いでくれたマリーへの冒涜《ぼうとく》になってしまう。

だからこそ、メアリは改めて誓う。今度こそ、自分の人生に責任を持とうと。

此度《こたび》もステラに救われたこの命。その責任を全うするために、メアリはもう逃げない。

『さて、と……今度こそお別れの時間だね』

マリーは魂の供給を無事に終了すると、握っていたステラの手を名残惜しそうに離す。

彼女の身体は徐々に透き通っていき、上空から差し込む光も眩《まばゆ》さを増していた。

「マリー……本当に、ありがとう。あなたがいなかったら――」

『どーいたしまして。〝先輩〟として少しは役に立てたようで良かったよ』

ステラが深々と頭を下げて心から感謝の言葉を伝えると、マリーははにかみながら言う。

マリーがいなければ、自分は他の聖女と同様に命を落としていた。

だが、それ以上に再びメアリと一緒に生きていけることが、何よりも喜ばしかった。

かつて自分と同じ決断を下し、その志に殉じた〝先輩〟の在り方をステラは尊敬していた。

いつか自分も彼女のようになれるだろうか――そんなことを思いながら別れを告げる。

「マリー……私、は……」

『メアリも湿っぽい顔しないの。大丈夫。アタシはこれからも……アナタの中で生き続けていくんだから』

マリーは今にも泣き出しそうなメアリを見て、「笑ってお別れしよ?」と笑いかけてくる。

メアリは涙を拭《ぬぐ》い、命の恩人――世界でふたりきりの親友に、とびきりの笑顔を向けた。

「ばいばい、マリー」

『さようなら、メアリ。ステラと幸せにね』

メアリがマリーと別れの言葉を交わした瞬間、急にマリーが遠ざかっていく。

ステラとメアリが死を免れた以上、ふたりが帰るのは現実世界に他ならない。

対してマリーは――死者は死者の在るべき場所へ戻るのだ。

マリーとメアリを隔てる壁はあまりに大きく、たった今までの邂逅《かいこう》も奇跡が幾重にも重なった上での出来事――文字どおり、〝奇跡〟のようなものだった。

やがてメアリとステラの意識が遠のき現実に引き戻されていく。

その最中、ステラがメアリの手を握り、ふたりの視線が絡み合う。

不思議と笑みがこみ上げ、メアリたちは互いに笑い合った。

もう離れないようにしっかりと指を絡ませ、ふたりは現実へと戻っていくのだった。

# 4

現実世界に戻って行くメアリたちを見送ると、マリーの輪郭は徐々にぼやけていく。

役割を終えた役者が舞台から降りるように、目的を果たしたマリーも消え去るのが道理だ。

それはマリーも当然の結末だと認識しているし、納得もしている。

一抹の寂しさこそ感じているが、最期に巡り会えた幸運にただ感謝していた。

「あら……」

消滅の瞬間を迎えようとするマリーの前に、いつの間にか黒衣をまとった男が巨大な鎌を携えながら悠然と佇《たたず》んでいた。男の視線はついさっきまでメアリたちが立っていた場所に向けられていて、彼は何を語るべくもなくただじっとその先を眺めている。

「久しぶりね、メアリの天使様――あの時以来、かしら?」

マリーは他者を寄せ付けない異質さを醸し出す男に、恐れることなく声をかける。

既にほとんど消えかけているが、自らの役割を果たしたマリーは消滅までの僅《わず》かな時間を使って男の隣に並び立っていた。

「メアリを守ってくれて、ありがとね」

マリーが微笑《ほほえ》みかけながら礼を述べても、男は決して言葉を返すことはない。

しかし、メアリが死の淵をさ迷っているなか、最後の最後で彼女の命を繋《つな》ぎ止めていたのは他ならぬ彼だとマリーは知っている。

「村のみんなはアナタのことを死神、なんて恐がっていたけど……アタシ、そんなふうに思えなかったのよね」

無言で佇《たたず》む男に、マリーは「メアリの天使様だからかな?」と冗談っぽく笑う。

「この後の戦いで、メアリにはきっとアナタの力が必要になってくる。だから——あの子に力を貸してくれないかしら?」

マリーが真剣な眼差《まなざ》しを向けると、男は僅かに首を縦に揺らす。

見逃してしまいそうなほどに僅かな反応だったが、マリーは満足げに笑みを浮かべた。

「ありがとう。やっぱりアナタってば、素敵な天使様ね」

マリーは安堵《あんど》したようにはにかんで、ゆっくりと目を瞑《つぶ》って終わりを受け入れようとする。

しかし、目の前で明滅する微《かす》かな光球に気づき、マリーはそれを抱き寄せた。

「そっか……アナタも言葉を伝えたい人がいるのね。ええ、いいわよ。乗りかかった船だし、ちゃんと送り届けてあげる」

マリーが男へと目配せをすると、男が無言で手を差し出す。

「だって――アナタにはいつぞやの借りがあるんですもの。あの時、アタシのことを『選べる人』って言ったけど……アナタだって、きっとそうなれるはずよ」

マリーの抱く光球は、導かれるように彼の手の中へ吸い込まれていく。

「さようなら、天使様。そして、名前も知らないアタシの先輩。どうか悔いなき選択を」

マリーはふっと小さく笑みを零《こぼ》し、別れた友人たちへと思いを馳《は》せるのだった。

# 5

ステラがメアリに奇跡の行使をしている最中、リザとユディトの戦いは苛烈《かれつ》を極めていた。

ユディトは時間を稼ぐため防戦に徹するリザを容赦なく攻め立てるが、リザの守護天使、ザドキエルの〈創造〉【神はその独子を賜えり《アドナイ・エレ》】を完全に突破することができずにいた。

「チィッ……ッ、しつこい!!」

「やらせません――ザドキエル！」

ユディトはまたしても攻撃を阻まれ、苛立《いらだ》ちを隠そうともせずに舌打ちする。

「はぁ……はぁ……はぁ……」

リザは呼吸を乱しながらも不撓《ふとう》の決意を示すようにユディトを見据えた。

「驚いたわ。まさか付け焼き刃の〈創造〉をここまで自分のものにするなんてね」

ユディトは皮肉めいた口ぶりで言うが、彼女の言葉に偽りはない。

目の前にいる少女は、紛うことなき才覚を有した秘蹟者《サクラメント》である。

──だが、それがどうしたという。自分のすることは変わらない。

ユディトはここまでの慢心の一切を頭から振り払い、リザを脅威として認定する。

「百雷よ──我が手へ集え！」

ユディトが追撃の雷撃を放つが、一条の雷が幾重にも分岐して多方向からリザを襲う。

「……ッ、ザドキエル！」

リザの叫びに呼応してザドキエルが光翼を羽ばたかせると、雷は完全に消え去っていく。

攻撃を阻まれてもユディトは動じることなく次々と雷撃を放ち、リザも同様に攻撃を防いでいく。目の前で起きる不可解な現象に、ユディトは思考を巡らせた。

『妙ね……ザドキエルの象徴は水と記憶。雷霆《らいてい》と幻視を象徴するラミエルに対して、特別に相性が良いワケではないはず』

だというのに、リザは難なくユディトの攻撃を凌《しの》いでいる。これまで遠距離から攻め立てていたユディトは、認識を阻害するラミエルの靄《もや》をまとい、リザに向かって肉迫する。

「これなら、どう!?」

「──甘い!!」

ユディトは踏み込むと同時に、リザの喉笛《のどぶえ》を目がけて雷霆のロングソードを突き出すが、急に見えない手に腕を掴まれたように、動きが止まってしまった。続けざまに刀身に纏《まと》わせた雷を近距離から放とうとするが、いつの間にか雷は消え去っている。

「なるほど。攻撃を阻まれた……というよりも、攻撃する意思そのものを打ち消された。そう言ったほうがしっくりくるわね」

ユディトは即座に後方へ飛び退き、一旦、リザとの距離を取る。

これまでの不可解な状況を整理して、ユディトはとある仮説を組み上げていた。

「貴方の〈創造〉──その能力の根源にあるのは〝燔祭《はんさい》の阻止〟でしょう?」

ザドキエルは聖書において『神の試練を受けて息子を生贄《いけにえ》に捧げようとした父親を止めた』というエピソードを持つ。リザの〈創造〉位階とはこの『生贄を阻んだ』という伝説を敷衍し、『ザドキエルはいかなる殺傷行為も阻む』という現象を引き起こしているのではないか──それがユディトの辿《たど》り着いた結論だった。

「────ッ!?」

仮説を聞かされたリザが愕然《がくぜん》と目を見開くと、ユディトは自身の考えが正しかったことを確信した。

「攻撃を阻まれ隙《すき》を晒《さら》したわたしに反撃しなかったことを鑑みるに、その〈創造〉は防衛に特化……もしくは能力を発動している間は攻撃をすることができない、ってところ？」

〈創造〉位階の能力は現実に干渉して、効果の及ぶ範囲に守護天使が有する権能を展開する。だが逆を言えば権能によって行動を強制されるのは術者本人も同様である。一見すると強力無比な能力に見えても、その破格さを打ち消すデメリットが存在する場合もある。

数多《あまた》の死線を潜り抜けてきた秘蹟者《サクラメント》としての勘が、ユディトにそう告げていた。

「正直なところ、貴方の成長は目を見張るものがある。この窮地において、よくぞ己の守護天使に認められたわね。流石はロザリウムの血筋、といったところかしら」

ユディトは讃《たた》えるように言葉を連ね、教師として彼女の成長を素直に賞賛する。

「だけど——身につけたばかりの能力でどうにかなるほど、秘蹟者同士の戦いは甘くない」

だが、今のユディトは教師としてではなく、己が目的を果たすためこの場にいる。

故にこれ以上の讃辞はなく、リザを排除するために聖句を謳《うた》い上げた。

「汝《なんじ》の悲嘆《なげき》と苦悩《くるしみ》の衣を脱ぎ捨て、永遠《とこしえ》に神より来る栄光の優美《うるわ》しきを纏《まと》え、神より来る正義の重衣《かさねごろも》を纏い、汝の頭《かしら》の上に永遠者《えいえんしゃ》の栄光ある冠を戴け——」

聖句の詠唱と共に、ユディトの纏っていた黒い靄《もや》が背後に集束して人形《ひとがた》を象《かたど》りだす。

姿を現したのは、雷雲の如き靄を纏い、雷を迸《ほとばし》らせる天使——即《すなわ》ち、神の雷霆の名を冠するユディト・メラリの守護天使、ラミエル《ラミエル》の像《ビジョン》。

「〝栄光〟より〝峻厳〟を経て〈創造〉へ至れ《メム・ベリアー》——【神雷、触れること能わず《ラーム・ハーゾーン》】」

ユディトが〈創造〉位階の力を解放した瞬間、彼女の姿が蜃気楼《しんきろう》のように揺らめく。

そして、ユディトの隣には、同じくラミエルの雷霆《らいてい》を纏わせたロングソードを手に持つもうひとりのユディトの姿があった。ユディトはひとり、ふたりと姿を増やしていき、最終的に十人ものユディトがリザとステラを包囲するように立ち並んでいた。

「これ、は——」

リザは自分たちを囲うように姿を現した十人のユディトを目の当たりにして、呆気に取られながら声を漏《も》らす。彼女たちは嗜虐《しぎゃく》的な笑みを湛《たた》え、困惑するリザを嘲笑《あざわら》っていた。

『冷静に考えれば、これは術式によって生み出された分身……ですが——』

動揺を必死に押しとどめ、リザは思考を巡らせる。

ラミエルは幻視を司る天使。故にこのユディトたちもまた、その権能によって生成された囮《デコイ》である。少なくともリザはそう判断していたが、気にかかる点もある。

「まるでどれも本物のようだ——多分、そう思ってるんじゃない？」

「————ッ!?」

リザは図星を突かれ愕然《がくぜん》と目を見開く。

天使術でも分身を精製する術式は存在するが、あくまで術者のマナを切り出して作成されるため、マナの量を比較すれば自ずと本体と分身は識別できる。だが、ユディトの場合、どの分身もマナの量は均等——その徹底ぶりは術者本人と見分けがつかない程の精度だった。

よってこのままでは術者本人を見分ける、という定石が通用しないことになる。

「ある意味、それは正解かもね。確かめてみる?」

「ザドキエル——ッ!」

ユディトは意味深に笑みを深め、続けて数人のユディトがリザ目がけて雷撃を放った。

リザは咄嗟《とっさ》に【神はその独子を賜えり《アドナイ・エレ》】を発動して初撃を防ぐが、間髪を入れずに第二撃が容赦なく襲いかかってくる。

「くっ……!?」

リザもこの戦いの中で自覚したことだが【神はその独子を賜えり】を再使用するまでには、数秒のタイムラグが発生している。

これまではユディトが様子見で攻撃を行っていたことも幸いしてボロを出さずに済んだが、彼女の〈創造〉は手数に重きを置いたものでこの数秒の隙《すき》が致命傷となってしまう。

『このままでは、防御が間に合わない……ッ!?』

リザは懸命に次の【神はその独子を賜えり】を間に合わせようとするが、無情にもラミエルの雷は四方八方から容赦なく降り注いでいた。

ここでもう一度攻撃を防ぎきったところで、結果は変わらないだろう。まさに万事休す。

リザの脳裏に自身を盾にして少しでも時間を稼ごうという考えが過《よぎ》った瞬間、

「──なお、そこに十分の一が残るがそれも焼き尽くされる。切り倒されたテレビンの木、樫の木のように。しかし、それでも切り株が残る。その切り株とは聖なる種子である」

リザの背後から声が響き、目の前に投げ放たれた一枚の護符が巨大な樫の木と化す。

ラミエルの雷は吸い込まれるように樫の木へと標的を変え、樫の木は幾条もの雷を一身に受けて避雷針の役割を果たし燃え尽きて消えていった。

「なん……ですって？　いったい、どうして──」

完全に仕留めたと確信していたユディトは愕然《がくぜん》と声を漏《も》らす。信じられないものを目の当たりにしたように瞠目《どうもく》し、リザの背後から姿を表した人影を凝視した。

「樫の木は北欧において、雷避けの象徴として知られている。あなたの天使が雷を扱う以上、この方法が的確だと判断した」

ユディトの視線の先には、ステラに支えられながら立ち上がるメアリの姿があった。

淡々と言葉を述べるメアリの態度が癪に障り、ユディトは感情的に声を荒らげた。

「そうじゃない！　どうして、お前たちが──ふたりとも同時に生きている、い、い、い、い、い、いるッ!?」

ユディトは混乱していた。瀕死《ひんし》だったメアリがステラの奇跡で蘇ったのは分かる。

しかし、奇跡の代償として命を失うはずのステラがまだ生きていることが理解できない。

「〈神羔《しんこう》の聖女〉の奇跡は聖女の命と引き換えに、他者を蘇生する……なのに、何故──」

「それに答える義理はない。現実にステラは生きている。ただ、それだけのこと」

ヒステリックに声を荒げるユディトに、メアリは冷静に言葉を返す。

〈神羔《しんこう》の聖女〉の奇跡について表面的にしか知り得ないユディトに対し、メアリはマリーとの邂逅《かいこう》を経てその本質を理解している。

「あり得ない！　どうやってそんなことを……そんな方法があるなら、あの子だって……」

ユディトは自らの手で顔を覆い、弱々しく声を震わせた。

かつてユディトが〈騎士〉として寄り添った先々代である二十代目の〈神羔の聖女〉。無知故に彼女を見殺しにしたユディトにとって、奇跡を行使したのにもかかわらず生き長らえているステラを、認めるわけにはいかなかった。単なる私怨《しえん》や八つ当たりだとしても、そんなものは使命を全うし命を落とした彼女への冒涜《ぼうとく》に他ならない。

メアリとユディトが睨《にら》み合うなか、リザは混乱する頭でステラに視線を向けた。

「メアリ様だけでなく、ステラ様まで……？」

「えーっと……説明しなきゃいけないことはたくさんあるんだけど……」

リザが尋ねると、ステラは気恥ずかしそうにはにかんだ。

リザもユディトと同様の認識なので、どうしてステラまで無事だったのか理解が追いついていなかった。だが、もうそんなことはどうでもいい。今、ステラが目の前に立っている——その事実だけで、リザはどうしようもなく救われた心地になった。

リザは涙でぼやけた視界のなか、泣き笑いのような表情で万感の思いを込めて告げた。

「おかえりなさいませ、おふたりとも。本当に……よかった」

「ただいま──リザッ!!」

ステラはまなじりに涙を滲《にじ》ませながら晴れやかに笑い、リザの胸へ飛び込んでいく。

死の淵から無事に生還を果たしたステラと、彼女を信じて待ち続けたリザの微笑《ほほえ》ましい姿を視界に収めると、メアリは改めてユディトへと視線を向ける。

「ユディト・メラリ──あなたの企みは潰えた。大人しく、投降するべき」

ユディトは顔を俯《うつむ》かせて口を閉ざす。やがて彼女の身体は小刻みに震え始め、くぐもった笑いを漏《も》らしながらゆっくりと顔を上げた。

「……失敗？　何を言ってるの？　むしろ好都合じゃない!!　〈神羔の聖女〉が存在する限り、わたしの計画は潰えていないんだから！　アハッ、ハハハッ──アハハハハアッツッ!!」

ユディトは嗜虐《しぎゃく》的な笑みを浮かべ、おかしくて堪らないとけたたましく哄笑《こうしょう》する。

狂乱の光が宿る視線をメアリへ向け、ユディトはおもむろに口を開いた。

「人の子よ、聞け──神敵者たる獣《マゴグ》の民、ユディト・メラリが告げる」

ユディトはブラウスの襟を摑《つか》み、乱暴に胸元をはだけさせる。露《あら》わになった柔肌には奇妙な紋章のような記号が刻まれていた。数字の六を三つ重ねたような奇妙なデザインの刻印が鈍い輝きを放ち始めると、ユディトはポケットから古めかしい鎖を取り出す。

「その男は墓を住処《すみか》とし、如何《いか》なる人も、枷《かせ》や鎖でさえも、彼の者を繋《つな》ぎ止めることはできない。すべての枷を砕き、あらゆる鎖を裂き、昼夜となく慟哭《どうこく》する霊に憐《あわ》れみをもって神はその名を問い、男は答えた――」

滔々《とうとう》と詠み上げられる聖句と、ユディトの手に握られた鎖。

それが何を意味しているのか理解した瞬間、メアリは愕然《がくぜん》とした表情で目を見開いた。

「まさか、ゲラサにおける悪霊祓いの伝説――」

「いかにも！　我が名は軍勢《レギオン》――我ら、多きが故なり!!」

ユディトが大きく手を広げて高らかに告げた瞬間、彼女が握っていた鎖が鈍い輝きを放つ。

鎖は意志を持ったようにユディトの身体へ巻きつき、その現象はユディトの分身にまで及んだ。黒い鎖に包まれながらもユディトの哄笑《こうしょう》は止まらなかった。

「悪霊レギオンの鎖……信じられない。帝国でさえ匙《さじ》を投げた聖遺物を持ち出すなんて」

メアリは目の前で繰り広げられるおぞましい光景に、顔をしかめ吐き捨てるように言う。

悪霊レギオン。聖書において語られるこの悪霊は軍勢《レギオン》の名を冠している。

聖書の記述曰く、救い主はある時、墓場に住む男と出会った。男は昼夜にわたり泣き叫び、石で己を傷つけていた。男は鎖で身体を拘束されても足枷《あしかせ》を砕き、鎖で縛めても千切ってしまうため、もはや何人たりとも自分を止めることはできないと男は嘆いた。

　この男の身体には大量の悪霊が取り憑《つ》いていて、男を憐れんだ救い主が名を尋ねた際も「我々は〝個〟ではなく〝群《レギオン》〟である」と答えた。

　その後、レギオンは救い主によって男の身体から二千を超える豚の群れへと移され、この御業をもってして悪魔払いの奇跡が誕生した。

　ユディトが持っていた鎖はかつてレギオンを繋ぎ止めるために使用されていたもので、『悪霊レギオンを使用者の体内へ召喚する』という悪名高い聖遺物である。

「ア、アアアアアアア――アアアアアアアアアアアアアッ！！！！！！！！！」

　異変はすぐに起こった。ユディトの守護天使であるラミエルの翼は純白から爛《ただ》れた黒へと変色し、頭頂部に戴く光輪も鈍い輝きに染まっていく。

　ラミエルの変調と同時に、ユディトを覆っていた鎖に亀裂が入っていった。

「アハッ、ハハハッ――アハハハハハッ！！！！！」

　ユディトは身体を覆う鎖を引き裂き、けたたましく哄笑しながら口元を歪《いびつ》に吊り上げる。

　さっきまでとは比べものにならない禍々《まがまが》しい魔力が溢《あふ》れ出し、対峙しているメアリたちを徐々に蝕《むしば》んでいく。

「あれは――堕　天《フォーリン・ダウン》」

　リザは変貌《へんぼう》したラミエルの姿を目の当たりにし、愕然と呟《つぶや》きを漏《も》らす。

「堕天って確か……秘蹟者《サクラメント》が教義に反した行いに手を染めると、守護天使の力が反転して暴走するっていう？」

「それはあくまで教科書での話。堕天の要因はいくつか存在するけど、あれは聖遺物の力を借りて意図的に堕天を引き起こしている」

天使術の授業における堕天の説明は、あくまで秘蹟者たちの離反を戒めるための方便であり真実とは異なる。

「たとえば秘蹟者の精神状態による堕天の場合、術者本人は錯乱状態に陥って守護天使の力を暴走させることがほとんど」

メアリは「だけど」と言葉を区切ってユディトを見据える。

「正気かどうかは怪しいけど…彼女は錯乱していないし、守護天使の力も暴走させていない。いわば、正しく狂っている状態。もっとも、聖遺物の力によるところが大きいけれど」

メアリは守護天使を堕天させた秘蹟者を相手取った経験もあるが、眼前のユディトは彼らと全く別物だ。堕天によって錯乱状態に陥り力を暴走させた秘蹟者は、単調な攻撃をしてくるので対策は取りやすい。だが、今のユディトは精神状態こそ怪しいが、聖遺物のバックアップによって堕天させた己の守護天使を制御しており、秘蹟者としての技量を保っている可能性が高い。

「さあ、終わりにしましょう。これを使った以上、もう時間は残されていないわ」

ユディトが告げると、分身たちを覆っていた鎖も次々と砕ける。

彼女たちはユディトと同様に堕天したラミエルを背後に従え、それだけでは飽き足らず爆発的に数を増やしていく。不幸中の幸いはここが地下室だったため、分身の数は百を超えたところで留まったことだった。

もし屋外であれば文字どおり無尽蔵の分身が場を埋め尽くしただろう。際限なく増え続け、地下室を埋め尽くすユディトとその分身は嘲《あざけ》り笑いながらメアリたちを包囲する。

「葦《あし》を差し出し百雷振り撒《ま》き、全天、焔《ほのお》に包まれん」

「巨砲の喉《のど》奥より吐き出される濛々《もうもう》たる煙、蒼穹《そうきゅう》を真暗に染め上げる」

「そこから発する唸り声。轟然《ごうぜん》たる大音響を立て大気を充たし」

「無数に繋《つな》がる雷霆《らいてい》と鉄《くろがね》の弾丸の霰《あられ》とを、悪魔の吐物が如く汚らしくも吐きちらし」

「大気の臓腑を無惨にもことごとく引き裂かん――」

けたたましい哄笑《こうしょう》と共に行われる呪文の輪唱。主を讃《たた》え御使いを奉じる聖句とは本質的に異なる呪いの言葉。即《すなわ》ち、呪詛《じゅそ》による無限カノンへ呼応するようにユディトたちが手をかざすと、呪いを帯びた雷が彼女たちの掌から迸《ほとばし》っていく。

ひとつの詠唱を多人数で分担する場合、高度な術式の制御と他者との同調が必要になってくる。

しかし、元よりひとりから分かたれた分身たちは驚嘆すべき精度で同調を成立させ、一切の瑕疵《かし》もない呪文の同時詠唱が本来必要な工程を大幅に省略させている。

「エリザベス！　結界を展開するから、時間を稼いで……！」

メアリはその芸当がいかに規格外か理解していて、即座に防御用の結界を展開しはじめる。

その上で詠唱を必要としない簡易的なものではあの攻撃は到底防げないと判断し、傍らのリザに目配せしながら迅速に術式を組み上げていく。

「承知しました――ザドキエル！」

リザはメアリの意図を汲《く》み、己の守護天使であるザドキエルに働きかける。

今の自分ができうる限り最高強度の【神はその独子を賜えり《アドナイ・エレ》】を発動させる。

「堕天《フォーリン・ダウン》――黙示の雷霆《アポクリッセ・レミエール》!!」

数多《あまた》のユディトたちが同時に雷を放つと、まるで雨霰《あられ》のように激しい雷の雨がメアリたち目がけて降り注ぐ。リザは臆することなくメアリとステラの前に立ち、己の〈創造〉位階である【神はその独子を賜えり】を発動させた。

「ザドキエル、わたくしに最後の力を――【神はその独子を賜えり】……ッ！」

リザは容赦なく降り注ぐ雷の雨をどうにか防ぐが、彼女の顔は苦悶《くもん》に歪んでいた。

「――クッ、ァ……長くは保ちません！　後は任せました……!!」

ユディトが看破したように【神はその独子を賜えり】は破格の防御性能を誇る代わりに、効果の持続時間は短い。更に能力の再使用までに時間を要する。

つまり、単発の攻撃には無類の強さを発揮するが、絶え間なく放たれる攻撃とは相性が悪い。故に稼げる時間は僅《わず》か数秒だが、今のメアリにとってこの数秒は値千金だった。

メアリはポケットから防護処理されたケースを取り出し、中からペン型の注射器を取り出す。

「人神核、限定解除――励起形態《エアレーゲン・フォーム》」

メアリは針先を自らの腕に突き刺し、ボタンを押し、アンプル内の液体を体内に注入した。

薬液が注入された瞬間、全身の血が沸騰したような激痛が駆け巡る。

「ツウ、ア――――!?」

暑い、寒い、痛い、辛い、熱い、苦しい、怠い、怖い、恐ろしい、甚《いた》い――

様々な感覚と感情が絶え間なくせめぎ合い、意識を手放しそうになる。

〈智慧の角笛《ギャランホルン》〉――かつて北欧神話の主神であるオーディンが片目と引き換えに、多大なる智慧《ちえ》を手に入れたとされるミーミルの泉。その成分を参考に調合された霊薬は、メアリの体内にある人神核に作用する。聖遺物を取り込んだ影響で堕天状態に陥ったユディトのように、人間が聖遺物の力を完全に引き出すことは難しい。そこで人神核として埋め込まれた聖遺物には、術者への負担を軽減するための安全装置《リミッター》が設けられ、力を制限して運用されている。

〈智慧の角笛〉は一時的に安全装置を停止させ、聖遺物本来の力を引き出すことができる。

だが、当然ながらその代償は重く、この霊薬を投与された術者は反動で数日間はまともに動けなくなり、最悪の場合、聖遺物の暴走によって破滅を迎える。

　文字どおり最後の手段だが、この切り札を使うタイミングは今しかない。


「メアリ！　大丈夫……!?」

「ス、テラ……」

　常人ならば既に発狂する責め苦に耐えるメアリに、横合いから声がかけられる。

　ステラが心配そうに顔を覗き込んでいて、彼女の瞳《ひとみ》は不安に揺れていた。

「だい、じょうぶ……だけど、手……握って……」

「手を握ればいいの？　本当にそれだけでいいの？」

　メアリが必死に喉《のど》の奥から声を絞り出すと、ステラは戸惑いながらも頷《うなず》いて手を握る。

　冷え切っていた身体に灯《とも》が灯ったように熱が入り、嵐のような激痛も徐々になりを潜めていく。右目の視界が赤く明滅しているが、その程度は然したる問題ではない。

「……ありがとう、ステラ。もう、大丈夫だから」

　ステラはメアリに「無理しないで」と言いかけるが、途中で思い止まる。

　メアリだけでなく今も時間を稼いでいるリザも、ステラのために命を削って戦っている。

　ならば自分にできることは彼女たちを信じることだけだと、ステラは決意を固めた。

「神槍の管理権限により降神対象《セイズコナ》を〈剣を鳴らすもの《ヒヨルスリムル》〉から〈神々の娘《レギンレイヴ》〉へ移行……戦乙女因子《ワルキューレファクター》、

並列起動。詠唱圧縮術式〈守護の呪歌《クヴェラ・ガンドル》〉、開始──」

メアリは握っていた注射器を床へ投げ捨てると、淀《よど》みない口調で詠唱を始める。

戦乙女《ワルキューレ》──北欧神話の主神オーディンが生み出したとされる半人半神の乙女。

メアリは己の人神核から戦乙女の神格を術式に最適化した因子として抽出し、北欧における降霊術である巫術《セイズ》を用いて自らと対象の戦乙女を同一化することで能力を行使している。

戦乙女にはそれぞれ固有の能力が存在し、例に挙げるなら普段メアリが好んで使用する〈剣を鳴らすもの〉の能力は剣戟──大量の短剣の召喚し、自由に操作する能力である。

基本的に戦乙女は単一の能力を宿しているが、唯一の例外が〈神々の娘〉。

戦乙女という種の記録を目的に作られた〈神々の娘〉には、すべての戦乙女の因子が記録されている。つまり、〈神々の娘〉を経由すれば、あらゆる戦乙女の因子を行使できる。

無論、〈神々の娘〉の因子は術者への負担が多く、メアリも普段は使用を控えている。

しかし、今のメアリは〈智慧の角笛《ギャランホルン》〉により人神核の制限を取り払ったことで〈神々の娘〉の力を十全に行使することができ、一時的にすべての戦乙女の能力を行使することが可能となる。

「ある日、女が降りて来ぬ、多き、貴《あて》なる母刀自《おんとじ》が。仇に手枷《かせ》を付くる者、敵の軍《いくさ》を止むる者、足の枷をば味方より、切りて解きたる者もあり！　足の枷鎖《かさ》より逃れ出よ、敵の手より逃げのびよ──〈軍勢の戒め《ヘルフィヨトル》〉!!」

「なっ——動き、がぁ……!?」

　一秒に満たない刹那にまで圧縮された高密度の詠唱によって、ユディトとその分身たちの動きが鈍っていく。敵軍を縛する戦乙女〈軍勢の戒め《ヘルフィヨトル》〉は軍勢――つまり、対象の数が多いほど足止め効力を増す。数を増したことが仇となり、ユディトたちの攻撃は中断されてしまう。

「エリザベス！　後は任せて……‼」

「メアリ様！　あとは、任せました……ッ‼」

ユディトの攻撃が止むと、メアリはエリザベスに目配せし攻勢に転じる。

〈軍勢の戒め〉の効力が切れた瞬間、ユディトは逆上しながら攻撃を再開する。

「舐《な》める、なぁぁぁ――ッ‼」

再び数多《あまた》の雷がステラたちを襲うが、メアリは右手を前にかざし己が裡《うち》に在る〈軍勢の守り手〉の因子を発現させる。

「白鳥《しらとり》の羽衣《うい》を脱ぎ捨て、亜麻糸紡ぐ死の乙女よ。今再びその白き羽衣を纏《まと》いて戦場《いくさば》を駆け、雄壮なる戦士の骸を運ばん――〈軍勢の守り手《ヘルヴォル・アルヴィトル》〉！」

叫ぶように告げるとメアリを中心に光の壁が発生し、降り注ぐ雷の雨からリザとステラを守る。苛烈《かれつ》をきわめるユディトの猛攻を真正面から凌《しの》ぐその姿は、まさしく彼女自身が巨大な盾と化しているようでもあった。

しかし、その最中。メアリの表情は険しく、苦痛に耐えるように顔を歪ませていた。

『やっぱり……思いのほか、負荷が大きい』

〈智慧の角笛《ギャランホルン》〉は「被験者の無事は保証できない」といういわく付きの代物。こうして攻撃を耐え忍んでいる間にも、体内の人神核がいつ暴走してもおかしくない。

戦いが長引けば不利になると判断し、メアリは残された力を振り絞って攻勢へと転じる。

「〈鎧の乙女《ブリュンヒルデ》〉、〈力強き娘《スルーズ》〉、並列展開！　はあぁぁぁぁぁ――ッ!!」

メアリは悲鳴を上げる身体に鞭《むち》を打ち、障壁《ブリュンヒルデ》と身体強化《スルーズ》を展開しながらユディトに向かって疾駆する。リザとステラを守る〈軍勢の守り手〉も維持しているため、肉体にかかる負荷は増加している。しかし、足取りは軽く、ユディトの分身を次々と撃破しながら肉迫していく。

「この中から術者本人を捜し当てれば、突破口はある――そう思ってるの？」

激しい雷の雨の隙間《すきま》を縫って迫るメアリを見ても、ユディトたちは動じることなく笑う。

愉悦を湛《たた》えた獰猛《どうもう》な笑みが、獲物を前に舌なめずりする肉食獣の群れを想起させた。

「残念。不正解よ。何故なら――我が名は軍勢《レギオン》！　既にこの身は〝個〟ではなく、数多の分身を得た〝群〟なんだからぁ!!」

ユディトは大きく手を広げ謳《うた》うように告げ、けたたましく哄笑《こうしょう》する。

今のユディトは軍勢の具現たる悪霊レギオンそのものであり、そもそもどれが本体という考えこそが間違いとも言える。既にユディト・メラリという〝個〟は消失し、悪霊レギオンという〝群〟と化した彼女は、そのすべてを滅さない限り消滅しない。

しかし、メアリはユディトの愉悦を斬り伏せるように、おもむろに口を開いた。

「ユディト・メラリ――勘違いしているのは、あなたのほう」

聞き捨てならない言葉に冷や水を浴びさせられ、ユディトは咄嗟《とっさ》にメアリを見遣《みや》る。

その瞬間、ユディトの全身が総毛立つ。眼光鋭くこちらを見据える瞳《ひとみ》――今のメアリはユディトという〝群〟の中からひとりの〝個〟に狙いを定めている。

「たとえレギオンの力を取り込み、己を二千の軍勢へ変生させたとしても――聖遺物を持っているのはたったひとりだけ」

「馬鹿馬鹿しい……！　もしそうだとしても、この中からそのたったひとりを見つけられるワケないでしょ!?」

ユディトはたったいま感じた怖気の正体を理解するが、馬鹿馬鹿しいと一笑に付す。

確かに軍勢と化した分身はすべてが本体だが、ユディトをレギオンたらしめている力の源――即《すなわ》ち、聖遺物はただひとつだけ。唯一の弱点を見抜かれ動揺するが、数百を超える分身の中から聖遺物を持つ本体を探し出すことなど不可能だとたかを括っていた。

「……ッ、ゥ」

メアリが狙いを定めたユディトに辿《たど》り着く瞬間、ついに肉体の負荷が限界を迎える。

身を守っていた盾も砕け、まとっていた障壁も消え去り、〈智慧の角笛《ギャランホルン》〉の効力が切れていく。

切り札を出し切り力尽きるメアリの姿を見て、ユディトは思わず勝利を確信した。

しかし――〈智慧の角笛〉はここに至るための布石でしかなく、メアリの切り札は他にある。

「お願い……力を、貸して――」

メアリはあの夢の中で感じた己の守護天使を強くイメージする。

黒衣を纏《まと》った男。〝死神〟と恐れられていた天使。

メアリはかつて、あの力を畏れ、忌み嫌っていた。

だからこそ自分にはお似合いだと自嘲《じちょう》して、〈死神〉と呼ばれることを受け入れていた。

だけど、今は違う。己の守護天使を心から受け入れ、彼の力から目を逸《そ》らさない。

大切なふたりの親友――マリーとステラのおかげで自らの守護天使と向き合う覚悟が持てるようになったのだから。だから、もう――メアリは迷わない。

「〝基礎《サ》〟より〝美《メ》〟を経て〈形成《フ・イェツィラー》〉へ至れ――来い、我が守護天使。その名は、神の命令《サリエル》!!」

己が守護天使の名を告げると、体内を駆け巡る力の奔流、即ち、膨大な魔力が精製される。

荒れ狂う魔力の奔流を一息の間に手懐《てなず》け、掌に力を集中させるとその中に現れたのは鈍色《にびいろ》に輝く巨大な鎌だった。

「魔術師が天使術を⁉　いいや、そもそも――大鎌の象徴器《アトリビュート》ですって⁉」

ユディトは愕然《がくぜん》と目を見開き、狼狽《うろた》えながら叫ぶ。

巨大な鎌を振りかぶるその姿はまるで死神であり、大鎌を象徴器とする守護天使は教国の歴史の中でも一柱しか存在しない。その天使の名は――サリエル。

〈神の命令〉の名を持つこの天使は最上位階の熾天使《セラフィム》に数えられ、死を司り魂の管理を担う。サリエルが有する権能は断罪。堕ちた天使を裁き、命を刈り取る処刑人である。即《すなわ》ち、サリエルの能力は対天使に特化したもので、その本質は天使を裁く天使ということになる。

「ああ――視える」

サリエルの力を解き放った瞬間、メアリの瞳《ひとみ》は金色へと変化していた。

煌々《こうこう》と輝きを放つ彼女の瞳は、ユディトの守護天使であるラミエルに死を与えるための道筋を捉える。メアリは数多《あまた》の分身の中からレギオンの鎖を宿したユディトを見つけると、大鎌を振るって肉体の中にある聖遺物へと刃を潜らせる。

「ッ、ア――ば、か……な……!?」

ユディトの胸に深々と刺さった大鎌の刃は肉体を傷つけず、彼女の守護天使とそこに根付く聖遺物を的確に破壊する。レギオンの鎖が崩壊すると周囲を覆い尽くしていた分身が次々と消え失せ、ユディトは愕然《がくぜん》としながら床に膝《ひざ》を折る。

魂の管理者であるサリエルの権能は『万物に死を与える』というものであり、たとえ天使や聖遺物であっても例外ではない。本来、エーテル体である守護天使は死という概念を持たず、宿主の死によってしか消失しない。サリエルの力は万物に死という概念を与え、天使であっても逃れることはできない。

「わたしの軍勢《レギオン》、がァ……！　既に〝群〟であるわたしがぁ、こんなところでぇぇぇ――!!」

「既に聖遺物は砕けた。あなたは、もう……ただの人間」

メアリは愕然とした表情で、喚《わめ》くユディトを見下ろしながら端的に告げる。

「い、嫌……ここで倒れるわけには――わたしはまだ、あの子に……ッ!!」

メアリの大鎌によって聖遺物を砕かれ、守護天使を失い、命すらも奪われかけていることはユディト自身が身をもって思い知っている。

急速に自らの命が失われていく感覚に、ユディトの表情は恐怖に支配されていた。

「お願い……わたしは、どうなってもいい！　だけど、あの子は……あの子、だけは――」

既にユディトの四肢は力を失い、みっともなく床へと倒れ込む。それでも無様に這いつくばって逃げようとするが、もはや前に進む力も残っていない有様だった。

「……ユディト先生」

「ステ、ラ・マリス――は、ははは……滑稽《こっけい》なわたしの最期を笑いに来たの？」

必死に足掻《あが》くユディトの前に立っていたのは、他でもないステラだった。

ユディトは諦めたように力なく皮肉をぶつけ、最後の力を振り絞りステラを見上げる。

「お前が……お前さえいれば、わたしは……わたし、は――」

「もういいの、ユディト先生。先々代の……二十代目〈神羔《しんこう》の聖女〉は――レジーナさんは、先生を恨んでなんかいないんです」

ステラはしゃがみ込み、ユディトの震える手を取って諭すように語りかける。

だが、それがユディトの逆鱗《げきりん》に触れ、彼女は苛立《いらだ》たしげに吐き捨てた。

「吐き気が出る綺麗《きれい》事ね……生者が死者の遺志を語るなんて、厚顔無恥も甚だしい。同情や憐憫《れんびん》であの子を騙《かた》らないで……貴方にいったい、あの子のなにが分かるというの……？」

「いいえ、分かります。だって、彼女は——レジーナさんは今、あたしの中にいるんだから」

ステラが物怖《ものお》じすることなく言い放つと、ユディトは愕然《がくぜん》と目を見開く。

確かに彼女の中にレジィの魂があると推測したのは、他でもないユディト自身だ。

しかし、違和感があるのは、その口ぶりだった。これではまるで——

「ユディ——ゴメンね。私の遺した言葉のせいで、ずっとあなたを苦しめることになって」

目を閉じて小さく深呼吸をして、ステラはゆっくりとまぶたを上げる。

まるで別人になったようなステラの変化に、ユディトは驚きのあまり息を呑む。

「レ、ジィ……？　本当に、レジィ……なの？」

「うん……本当はもう会えないと思ってたけど……ステラさんが少しだけ時間をくれたの」

「あ、あぁ……レジィ、レジィ、レジィ——わたし、ずっと……貴方に、謝りたくて……」

ステラの身体を借りたレジィに抱きしめられ、ユディトは胸の中で涙を流す。

レジィは泣きじゃくる彼女の頭を撫でながら、慈しむように微笑《ほほえ》んで言葉を続けた。

「ううん、ユディが謝ることなんて全然ないよ。あなたはずっと〈騎士〉として――かけがえのない親友として、私に寄り添ってくれたんだから」

「でも！　わたしは……レジィを、見殺しに……」

「確かにお役目を果たす直前、恐ろしくなってしまったのは本当よ。でも、最期の瞬間――あなたとの思い出があったから、私は怖くなかったの」

レジィが手記を遺したのは、単なる気まぐれだった。少しでも生きた証を遺したいが、みっともなく未練を連ねた言葉をそのまま残すのは気が引けた。結果があの暗号文だったが、ステラを経由してことの顛末《てんまつ》を知った時は深い悲しみと後悔の念に支配された。

だからレジィは、ユディトが囚われた呪縛を解けるのは、自分しかいないと悟った。そのためにマリーとステラ――そして、魂の管理者であるサリエルの力を借りて、ここまで舞い戻ってきた。かつての〈騎士〉に言葉を伝えるため、様々な偶然と縁を手繰り寄せ、レジィはユディトの前に再び姿を現したのだった。

「だからね、ユディ。お礼を言わせて。私の〈騎士〉になってくれてありがとう。私の友達になってくれてありがとう。こんなにも私のことを想ってくれて――本当にありがとう」

「ああ、レジィ……そうか、わたしは貴方に謝りたかったんじゃなくて……きっと、こう言って欲しかったんだ……」

ユディトはかつての親友に抱き留められ、嗚咽《おえつ》まじりに呟《つぶや》いた。レジィの言葉を聞いた瞬間、ずっと胸を焦がすように滾《たぎ》っていた激情が途端に消え去っていく。

「もう、楽になっていいんだよ。貴方は今日までたくさん間違ってきたかもしれないけど、ひとりでよく頑張ったね。今度はあなたの罰を私にも背負わせて欲しい。駄目、かな？」

「それは、ダメ……これはわたしが犯した罪で、自分自身で贖《あがな》うべきものだから」

ユディトの心は不思議と穏やかになっていき、晴れ晴れとした心地で答える。

それは記憶の中にある高潔な〈騎士〉の姿。万感の思いを抱くレジィの眦《まなじり》には涙が光る。

「そっか。やっぱり……ユディは、強……い……ね」

「ははっ、そんなことない……ああ、もう時間みたい。レジィ、愛し……て――」

ユディトを抱きしめる腕に力を込め、レジィは親友が遺した最期の言葉を聞き届ける。

レジィはとめどなく涙を流しながらも、必死に笑顔を作って親友を見送った。

「さようなら！　大好きだった私の〈騎士〉!!　さようなら！　私が愛した大切なひと……!!　さようなら――私、貴方と出会えて……本当に、良かった……ッ!!」

レジィは目的を果たすと、穏やかな顔でまぶたを下ろしていく。彼女の意識が抜け落ちて糸が切れた人形のようにステラが気を失うと、メアリはその身体を受け止めた。

――もしかして、ステラはこのまま目を覚まさないのではないか？

不安が脳裏を過《よぎ》り胸の奥底がざわつくが、ステラはゆっくりと目を開けた。

「メ、アリ……？　あのひとは……レジーナさんは？」

ステラは心配そうに自分を見つめるメアリを見て、朦朧《もうろう》としながら問いかける。

「安心して。彼女はちゃんと、言葉を伝えられたから」

「そっか……えへへ、本当に……良かっ、た──」

メアリの言葉に安堵《あんど》して笑いかけると、ステラは再び目を閉じる。

小さく寝息を立てる姿を見届けると、メアリはステラを床に下ろしてから自分も崩れるように膝《ひざ》をついた。ここまで必死に〈智慧の角笛《ギャランホルン》〉による心身への負担に堪えてきたが、その反動が急速にメアリの身体へ訪れる。緊張の糸が切れ、一気に意識が途切れていく。

「貴女たち、大丈夫ですか!?　救護班は早くこちらへ──」

意識を失う直前、聞き覚えのある声が地下室に響き、誰かが駆け寄ってきたような気がしたが、それが誰か確認する気力は今のメアリには残されていなかった。

# エピローグ

## 死神は聖女の騎士となる —

*The Grim Reaper and the Saint*

その後、旧礼拝堂に駆けつけたウルスラたち生徒会の面々の救護によって、校舎で気を失っていたココを含めた全員が迅速な対応で治療を受け、大事に至ることなく事態は終息した。

メアリは『全天を見通す王座より』を用いて旧礼拝堂に向かった際、入れ替わったムニンを生徒会室に向かわせ救援としてウルスラを呼んでいたのだった。

後日、メアリの見舞いに訪れたウルスラは「急にカラスが生徒会室に飛び込んで来て大騒ぎだったのですよ?」と苦言を呈していたが、言葉とは裏腹に彼女の顔はどこか安堵したような表情だった。そして、一週間の静養を経て、最低限の傷が癒えた頃。

メアリはココの部屋で本国と連絡を取り、今回の事件についての報告を行っていた。

「——以上が今回の任務における途中経過の報告となります」

「主犯のユディト・メラリは堕天の影響で死亡し、聖遺物も同時に消失を確認。学園側は今回の事件をユディト単独の犯行として断定し、捜査もそれ以上の進展はなし……か」

通信術式によって投影された画面に映るベイバロンは、メアリの報告を復唱しながら口元に薄い笑みを浮かべていた。

「ご苦労。おおよその状況は把握した。しかし、レギオンの鎖に獣の民か——メアリ。どうやら貴様は、つくづく運が良いらしいな」

　ベイバロンはくつくつと笑いを噛《か》み殺す。そもそも、ユディトが口にした獣の民という言葉について、メアリは何も分かっていない。ベイバロンはなにか知っているような口ぶりだったが、彼女が語らない以上、詮索すべきではないだろう。

　集中すべき話題はこの後にあり、メアリはそこに全神経を注ぐべきだと判断した。

「しかし、驚いたよ。〈智慧の角笛《ギャランホルン》〉を使ったらしいが、その後の経過はどうだね？」

「いえ、特には……重篤な副作用は、現段階では確認していません」

〈智慧の角笛〉を使用した直後は片目の視界に異常があったが、今は特に症状は残っていない。あくまで一時的な副作用だと判断し、メアリは報告していなかった。

「よろしい。ならば経過を観察し、本国に帰還した際には一度、博士《ドク》に看てもらえ。あの人でなしのことだ。貴重な献体《サンプル》が増えて大いに喜ぶことだろう」

　形式張った問答を繰り返した後、ベイバロンは口元の笑みを深めて話を切り出した。

「さて、メアリ……貴官からの報告は以上とのことだが——本当に、それだけかね？」

　画面越しにベイバロンと視線が合うと、心臓を鷲掴《わしづか》みされたような心地になる。

　動揺を決して面に出さないように、平静さを必死に保ちながらメアリは尋ねた。

「それは……どういう意味、でしょうか？」

「なあに、言葉どおりだよ。まだ報告が済んでいない事柄や、漏《も》れている出来事がないかと思ってね。どんな些細《ささい》なことでも構わない。どうだね？」

ベイバロンは楽しげに笑うが、猛禽類《もうきんるい》を思わせる鋭い瞳《ひとみ》は冷徹にメアリを見据えている。

今回の報告は事件の辻褄《つじつま》が合う範囲で、メアリにとって都合の良い事実のみを抽出し、つなぎ合わせたものに過ぎない。

〈智慧の角笛《ギャランホルン》〉の使用などはそのまま報告した一方で、ステラが奇跡の行使をして生還したことや、リザが反教皇派に通じていたことなどは伏せてある。

事件後にステラやリザと口裏を合わせ、学園側にも同様に伝えていた。

もしも〈神羔《しんこう》の聖女〉が奇跡を行使しても命を落とさなかったなどという事実が知られれば、帝国や教皇庁は血眼になってステラの確保に動くだろう。それだけは避けたかった。

リザが反教皇派の協力者であったことを隠すことについては本人から強い反対があったが、ステラの根気強い説得によりリザが折れる形で決着した。

これによって学園側や帝国側は、ユディトの単独犯であると結論づけたのだった。

また、メアリが帝国の人間であるという事実も同様に、ステラとリザが口を閉ざしたことにより、学園側にメアリの正体が露呈する最悪の事態も免れた。

当事者である三人が口を閉ざせば真実は闇《やみ》へと葬り去られ、ステラは平穏な日々へと戻ることができる。それはリザにとっては教皇庁、メアリにとっては帝国への明確な裏切りだったが、奇しくもふたりの意見は見事に一致していた。

現在、リザは今回の事件について報告するため、学園から離れて教皇庁に向かっている。

リザはステラを危険に晒《さら》した責任を問われるかもしれないが、彼女はステラを守るためメアリとの約束を果たし、これから教皇庁やロザリウム家という強大な敵を相手取って戦うことを選んだ。それは辛く苦しい茨《いばら》の道になるかもしれないが、メアリはリザを信じている。

――ステラのためならば、互いに祖国でも欺いてみせる。

リザと誓い合った決意を胸に、メアリはまた強大な敵を前に毅然とした態度で言葉を返す。

「少なくとも――私が認識している限りは、なにも。それとも件《くだん》の〝星《シュテルン》〟が昨日、何を食べたか……などと些細なことを閣下はお知りになりたいので？」

メアリのささやかな皮肉が気に入ったのか、ベイバロンはおかしそうに手を叩《たた》く。

「はっはっはっ！　いやはや……よもやお前が皮肉を口にするなど、考えもしなかったよ」

「……ありがとう、ございます」

にやにやとからかうように笑いながら言われると、メアリは少しむず痒《がゆ》くなってくる。

どうにか最初の鬼門を突破したことに安堵《あんど》するが、すぐに気を引き締め次の言葉を待つ。

「では、今後の任務についてだが……幸か不幸か今回の騒動の間に、教皇は一命を取り留めた。早急に〈神羔の聖女〉の奇跡が必要になることはなくなったが、現在の状況は好ましくない。学園側も今後は〝星〟への監視を強めるだろうし、教師の犯行ともあれば内部調査も行わざるを得ないだろう。つまり、暗殺のハードルはより高くなってしまった」

語る言葉とは裏腹に、ベイバロンは愉快そうに口元を歪める。

しかし、メアリにとって、これは千載一遇のチャンスだった。

「閣下――私にひとつ考えがございます」

固唾《かたず》を飲んで口を開くと、ベイバロンは「いいだろう」と興味深そうに目を細める。

無言のまま続きを促され、メアリは上擦りそうになる声を必死に押さえて口を開いた。

「〝星〟は今回の一件で、私に心を許しています。ならば彼女を説得して亡命を決断させれば、帝国は貴重な聖女を手中に収めることになります」

「なるほど。一挙両得を狙う、というわけか。もしもお前の企てが上手くいけば、我が国の国益は計り知れないものになるだろう。確かに素晴らしい提案だよ」

ベイバロンは両手を広げ、賞賛するように笑いかける。

真意を推し量るように向けられた真紅の瞳《ひとみ》は、メアリを射貫くように捉えていた。

「だが――絵空事をそのまま真に受けるほど、愚かではないつもりだ。メアリ・グリームニル。貴様は〝星〟に亡命を教唆し、必ずや帝国へ連れ帰る……そう言っているのだな?」

表面上は笑顔のままだが、ベイバロンの目は依然として冷徹な光を帯びたままだった。

ベイバロンはメアリの一挙一動を見逃すまいと、鋭い眼差《まなざ》しを向けて問いかける。

「提言を却下するのは簡単だが、今回の功労者は貴様だ。よって、チャンスを与えよう。いつぞやの宿題――その答え合わせといこうか。満足のいく回答であれば、便宜を図ってやろう」

——メアリ・グリームニル、あるいはメアリ・マクダレンにとって、生とはなにか？

それはかつてベイバロンから課された問いかけ《リドル》であり、メアリの答え如何《いかん》ですべてを決すると彼女は言っている。将校とはいえ個人の判断で今後の作戦の如何を決めるなど軍人として許されない蛮行だが、ベイバロン・ビーレイグにはそんな常識は通用しない。

ベイバロンは不敵に笑いながら「どうする？」とメアリを見据えている。

今ならば、この提案をなかったことにできるかもしれない——弱気な自分が顔を出しそうになるが、ここで退けばいずれまたステラの暗殺を命じられるだろう。

しかし、メアリは誓った。この命をステラのために使い、彼女を守り続けると。

だからもしも、ベイバロンが自分の提案を却下すれば、帝国そのものを敵に回すことさえも厭《いと》わない——確固たる決意を持って、メアリは言い放つ。

「それは、わからない……だから私は今も、その答えを探し続けている」

メアリが迷いを振り払った表情で答えると、ベイバロンが自分に向ける真紅の瞳と視線が交わる。ガラス玉のように無機質な瞳はメアリの頭の先から爪先《つまさき》に至るまで、値踏みするように睨《ね》め回していた。互いに無言になり、場には静寂が満ちる。

息が詰まりそうな静けさのなか、メアリの心臓は張り裂けそうなくらい早鐘を打っている。

しかし、永遠に続くと思われた沈黙を破ったのは、意外にもベイバロンのほうだった。

「ククク、アハハハハハッ——！　生きることは考えることならば、道半ばにある者へ答えを求めることがそもそも無粋だったか。よろしい、満点ではないが及第点をくれてやろう」

　ベイバロンはクツクツと肩を震わせ、さも愉快げに笑い声を上げる。

　メアリもそんな彼女の姿は初めて見たので、ポカンと呆気に取られていた。

「提案を了承しよう。この任務、しばらく貴官に預けるがいいかね？」

「え……？　本当に、ですか？」

　メアリは想定外の反応に思わず唖然《あぜん》とするが、ベイバロンはからかうように笑う。

「これは貴官の提案だろう？　そんな反応をされては、考えを改めざるを得ないが」

「い、いえ――身命を賭しても、必ずや作戦を遂行してみせます」

「食べろ、飲め、遊べ、死後に快楽はなし《エデ・ビベ・ルーデ・ポスト・モルテム・ヌッラ・ウォルプタース》――今後も励めよ、メアリ。やはり、人間とはこうでなくてはな」

　メアリが慌てて敬礼をすると、ベイバロンは最後に独りごちて通信を遮断する。

　室内には静寂が訪れ、メアリは崩れ落ちるようにイスへ腰を落とす。

「えっと……メアリちゃん、大丈夫だった？」

　通信が切れた頃合いを見計らって、ココが室外からドアを開け、顔を覗かせてくる。

　メアリは入念な人払いと隠匿の術式を施していたが本国との通信ということもあり、ココに見張りを任せていた。

「うん。多分……大丈夫、だと思う」

「そっか。お疲れ様、メアリちゃん」

ココはドアを閉めて室内に入ると、労《ねぎら》うように笑いかける。

ちなみに今日は珍しく眼鏡《めがね》をかけているので、ココの性格は素の状態に近い。

「ビーレイグ閣下はなんて？」

「私に一任する、そう言っていた。これでひとまずは、なんとかなった……はず」

ココはどっと疲れた顔で答えるメアリを見て、話題を変えるように話を切り出した。

「えっと……いろいろあったけど、みんなが無事で良かったねっ！」

ココは冗談交じりに笑って気丈に振る舞うが、包帯や眼帯など怪我《けが》の痕跡《こんせき》が所々に見受けられ、事件当日に負った傷はまだ癒えていない。

「良くない。傷、まだ痛むんでしょ？」

メアリはおもむろに立ち上がると、ココの目の前まで歩み寄っていく。

「……へ？」

「早く、良くなるといいね」

心配そうに顔を曇らせるメアリを目の当たりにして、ココはきょとんとしてしまう。

事件の後、メアリは明確に変わっていた。表情からは以前より感情が伝わってくるし、こうして誰かを気にかける言動も多くなっていた。出会った当初、まるで人形のようだった少女は、もうそこにはいなかった。メアリをここまで変えたのは、他でもなく――

「そういえば……今日はこれから、ステラちゃんのところへ行くんでしょ？」

「うん。そろそろ時間だから、行ってくる」

ココは任務上の識別記号ではなく、ステラの名前を口にする。

メアリは気恥ずかしそうにはにかむと、僅《わず》かにだが口元を綻《ほころ》ばせた。

「今日は本国との通信のためだったけど、いつでもこの部屋に帰ってきていいからね？」

事件の後、メアリは正式にステラの使用人として貴賓寮への移住が決まった。

ココはそれが寂しくもあったが、笑顔でメアリを見送ることを決めていた。

「うん……わかった。またココや寮長に会いにくる」

メアリはココに笑いかけ、小さく頷《うなず》いて部屋の出口に向かって歩いていく。

ドアノブに手をかけて出て行こうとした瞬間、メアリは不意に振り返ってココを見た。

「ココ――いつも、ありがとう。これからも、よろしくね」

「…………へ？」

「じゃあ、いってきます」

突然の出来事に不意を突かれ、ココはポカンとした顔になってしまう。

メアリがそのまま部屋から出ていくと、部屋の中にはココだけが残される。

「うん……いってらっしゃい、メアリちゃん」

メアリが告げた感謝の言葉や「いってきます」の挨拶《あいさつ》を、噛《か》み締めるようにココは答える。

普通のルームメイトにとってなら日常茶飯事のやり取りだが、ふたりにとっては初めての体験だった——生まれや出会い方さえ違えば、もっと早く彼女とこんな他愛ないやり取りを交わせていたのだろうか？

そんな仮定は無意味だと分かっている。ココは諜報員《ちょうほういん》、メアリはエージェント。両者の立場は変わらず、所詮は帝国に誓った忠誠という点でのみ繋《つな》がっているに過ぎない。

今の名前も、関係も、すべては紛い物。任務を遂行する上で必要な仮初めの姿でしかない。

「だけど……わたしは決めたんだ。メアリちゃんを、見守るって。たとえそれが帝国への裏切りになったとしても、この気持ちは変わらない。だから——」

ココが決意を胸に窓の外へと視線を向けると、軽やかな足取りで駆けていくメアリの姿が目に入る。嬉《うれ》しさを全身から滲《にじ》ませる友人の姿が嬉しくて、ふっと表情を緩めてしまう。やがて背中が見えなくなるまで、ココは優しい眼差《まなざ》しで見届けるのだった。

メアリが待ち合わせ場所である中庭へ到着すると、既にステラはベンチに腰をかけて空を眺めていた。メアリは逸《はや》る気持ちを抑えきれず、小走りで彼女の元へ駆けていく。

「——ステラ！」

「メアリ!?　もうっ、そんなに慌てて来ないでも良かったのに……」

ステラが呆れ顔で言うと、メアリは視線を逸《そ》らしてぼそっと小さく呟《つぶや》く。

「だって……早く、ステラに会いたかったから」

「ふふっ、あたしは逃げないから大丈夫よ？」

メアリが自分と同じ気持ちだったことが嬉《うれ》しくて、ステラは微笑《ほほえ》みを浮かべる。

愛《いと》おしさが胸の奥から溢《あふ》れ、このままメアリを抱きしめたい衝動に駆られる。

「さあ座って、メアリ。早速、お茶にしましょう」

ステラは抱えていたバスケットの中から道具を取り出し、メアリに紅茶の入ったカップを差し出す。

「今日はお茶菓子も、あたしが用意したのよ」

「そうなんだ。どんな味がするか。楽しみ」

メアリはカップを受け取り、ステラと互いに視線を交わして笑い合う。

そこからとりとめのない世間話に花を咲かせ、互いのカップが空になった頃。

ステラはしみじみと呟《つぶや》きを漏《も》らした。

「でも……こうしてまた、メアリとお茶できるなんて思ってもみなかったわね」

「そうだね」

木々の間から柔らかな陽光が降り注ぎ、そよぐ風が微睡《まどろ》みを誘う。手には美味しい紅茶と茶菓子。隣には愛しいひと。このまま時が止まってしまえば良いのにとメアリは思うが、

「あのね、ステラ――」

ゆっくりとこちらを振り向くステラを見つめ、メアリは意を決して言葉を続ける。

「私は、きっとあの子を……マリーをステラに重ねていたんだと思う」

事件の後、メアリは自分の素性を嘘偽《うそ》りなくステラに話した。

既にリザやユディトから語られていたことだが、自分の口からしっかり説明したいというメアリの願いをステラは受け入れてくれた。その上でメアリが帝国の人間だということを伏せて事件の供述を行い、口裏を合わせてくれていた。

だけど、あの時——メアリはどうしても、この思いを口にすることができなかった。

「八年前のあの日……マリーは聖女の奇跡を行使して、私を助けてくれた。だから私にとって〈神羔《しんこう》の聖女〉は特別な存在で……だから、ステラのことも——」

「うん……知ってる。メアリがマリーのことをどれだけ想って、これまで生きてきたのか」

「そんな綺麗《きれい》なものじゃない。私はただ、許されたかった。自分のせいでマリーが死んでしまったことが……あの子を殺してしまったことが、どうしても許せなくて……だけど、私を許してくれる彼女はもう、いなくて……その代わりに、ステラを守ろうとした」

ベイバロンから任務の内容を聞いた時、すべてに決別できると思っていた。

だけど、実際にステラと出会ってからはそれらしい理由をこじつけて使命を先延ばしにして、あまつさえユディトの魔手から命を賭して守ろうとした。

自分でも呆れてしまうほど矛盾した行動だったが、今なら納得がいく。

「結局のところ、私はきっと、あの人……ユディトと同じ、だった」

メアリは顔を俯《うつむ》かせ、声を震わせる。脳裏を過《よぎ》るのはユディトの姿だった。かつて〈神羔《しんこう》の聖女〉を見殺しにしたことを悔やみ、贖罪《しょくざい》のために凶行に及んだ〈騎士〉だったひと。

彼女が犯した罪は決して看過できるものではないが、その行動原理はメアリに通じるものがある。もう訪れることのない贖罪の機会を求め、永遠にさ迷い続ける亡者――

一歩間違えば、メアリもそうなっていたかもしれない。そう考えると身の毛がよだつ。

「ううん、違う。違うわ、メアリ」

「……ステラ？」

ステラが穏やかな口調で言うと、メアリはおそるおそる顔を上げる。

「たとえそうだったとしても、あなたがくれた言葉があたしを変えてくれた。自分の殻に閉じこもって世界を閉ざしていたあたしを、あなたが外へ引っ張り出してくれた。全部、あなたのおかげなの。あなたがくれたものが――あたしにとって、あなたがすべてなの」

ステラは震えるメアリの頰《ほお》に手を添え、にっこりと微笑《ほほえ》みかける。彼女の笑顔は晴れ渡る青空の下で咲き誇る大輪の向日葵《ひまわり》のようで、メアリの目は釘付けになってしまう。

「あの子――マリーだって、きっと同じよ。メアリから大切なものをたくさんもらって、その一部を返したんだと思う。あたしが彼女の立場だったら、同じことをすると思う」

ステラは死の淵をさ迷っていた際、マリーと出会ったことを思い返す。メアリと出会えて良かったと心の底から笑った彼女の姿を思い描き、目の前のメアリを改めて見つめた。

「その気持ちは嬉《うれ》しい。だけど……もう二度と、聖女の奇跡は使わないで」

ステラが自分を助けるため奇跡を行使したと聞いた時、メアリは驚き以上に深い絶望を感じた。マリーのみならず、ステラにまで――ふたりの〈神羔の聖女〉の繋《つな》ぎ止められたこの命の罪深さに、メアリは筆舌に尽くしがたい後悔を味わった。もう二度とあんな思いはしたくない。それ以上に、ステラには自分の命を大切にして欲しい。

「嫌よ」

「……え？」

「メアリのお願いでも、それは絶対に嫌。もしも、メアリが死んじゃったら、あたしは迷わずに聖女の奇跡を使う。止められても、非難されても、蔑まれても、あたしは自分の意思で、大切なひとを守る」

ステラは冗談っぽく笑いながら軽い調子で言うが、毅然とした面持ちで言い放つ。

「だってこれはあたしが決めることで、自分自身が向き合うべきものだから」

自らの意思で考え、悩み、決断する。その上でぶつかり合って、全力で相手に向き合う。

かつて望まれるままに聖女を演じ、生殺与奪の権利を他者に委ね、すべてを諦めていた少女の姿は既になかった。

「だからね、メアリ。きっかけは、誰かと重ねていたんだっていい。代替品でも構わない。だけど──これからは、あたしだけを見て?」

ステラは宣戦布告するように言い放ち、最後には悪戯《いたずら》っぽく笑ってみせる。

そんな彼女を見るとメアリは思わず、くすっと笑みを零《こぼ》してしまった。

「まったく……やっぱり、ステラにはかなわない」

ステラは暗に「自分を守りたいのならば、まずはメアリ自身の命を大切にしろ」と言っている。これは困った。とても難題だ。命よりも大切なものを守るためには、まず己を守らなければならないとは──だけど、ある意味ステラらしい要求だ、と内心で苦笑する。

ひとまずどうやってステラを説得して、帝国への亡命を決意させるか。

或いはそれ以外の手段を模索し、ベイバロンの目をいかにかいくぐるか。もしくは──

考えることは尽きず、これから取り組むべき問題は山積みだ。どのような道に進んだにせよ、今後、メアリたちの歩む道は辛く苦しい茨道《いばら》だろう。

道中では艱難《かんなん》辛苦が降り注ぎ、この選択を悔いる時もあるかもしれない。だけど──

「分かった。ずっと、ステラを見ている。だから、約束して?」

こちらを不思議そうに覗き込むステラの手を握って、メアリはふっと笑みを零す。

「あなたは、私が守る。だから、ステラ。共に生きよう、これからも側にいて欲しい」

メアリは春の雪解けを思わせる柔らかな微笑《ほほえ》みを浮かべ、ステラの手の甲に口づけする。

そこには理不尽に打ちひしがれ、世界を呪っていた少女の姿は既になかった。

――この身体は呪いではなく、マリーとステラ、かけがいのないふたりの愛でできている。

長い旅路の果てに辿《たど》り着いた答えを胸に、メアリは新たな一歩を踏み出した。

「うんっ――ずっと一緒だよ、メアリ！」

ステラはその変化を微笑《ほほえ》ましそうに見届け、やがて弾けるように笑いかける。

彼女たちの行く末が如何《いか》なる結末を迎えるのか。それは、まだ分からない。

だけど、今だけは――束の間の休息を満喫し、年頃の少女のように笑い合うのだった。

# あとがき

突然ですが、みなさんは『ラストエリクサー症候群』という言葉をご存じですか？

これはRPGで入手数が限られる稀少な消費アイテムを温存したままゲームをクリアしてしまう現象を指す俗語です。なんでこんな話をしたのかと言うと、本作が「ラストエリクサーみたいなヒロイン」という着眼点で始まった企画だからです。まず『能力を使ったら死ぬヒロイン』と『絶対にヒロインの能力を使わせない主人公』という構図が生まれ、最初は主人公がヒロインを守る側でしたが「主人公がヒロインと敵対する立場に立ち、能力を使わせる前に命を狙う方がエモいのでは？」となって主人公の所属勢力や性別が変わり、紆余曲折あって現在の形に落ち着きました。当初とはほぼ別物ですが、結果的に面白くなったのではないでしょうか？

さて、今回はあとがきが短いので足早ですが、最後に謝辞を述べさせていただきます。

担当編集者のY様。本作の原稿は改稿を重ねるごとに良くなっていく手応えが強く、打ち合わせの度に気づきが多く勉強になりました。いつも的確な指摘をありがとうございます。

イラストを担当していただいた南方《みなかた》先生。メアリたちの命を吹き込み、最高の形で本作の世界観を描いていただき感謝の念に堪えません。どうぞ今後ともよろしくお願いいたします。

最後に読者のみなさま。本が売れないと嘆かれる昨今、貴重な出会いに感謝を。本作が面白かったら是非、ご友人やSNSなどで話題にしてくれると嬉《うれ》しいです。

子子子子《ねこじし》　子子子《こねこ》

## 参考文献

ジェフリー・W・デニス『ユダヤ 神話・呪術・神秘思想事典』柏書房、二〇二〇年

マルコム・ゴドウィン『天使の世界』青土社、二〇〇四年

グスタフ・デイヴィッドスン『天使辞典』創元社、二〇〇四年

ミルトン『失楽園（上・下）』岩波書店、一九八一年

ルドルフ・シュタイナー『神智学 超感覚的世界の認識と人間の本質への導き』イザラ書房、一九七七年

マイケル・フィッツジェラルド『黒魔術の帝国』徳間書店、一九九二年

横山茂雄『増補 聖別された肉体』創元社、二〇二〇年

谷口幸男（訳）『エッダ 古代北欧歌謡集』新潮社、一九七三年

谷口幸男（訳）『アイスランドサガ』新潮社、一九七九年

谷口幸男（訳）『スノリ「エッダ」〈詩語法〉訳注』、「広島大学文学部紀要」第43巻No・特輯号3、一九八三年

高橋輝和『古語ドイツ語の呪文における異教の共生と融合』、岡山大学大学院文化科学研究科「文化共生研究第2号」、二〇〇四年

ラーシュ・マーグナル・エーノクセン『ルーンの教科書』国際語学社、二〇一二年

ポール・ジョンソン『ルーン文字 古代ヨーロッパの魔術文字』創元社、二〇〇九年

W・E・バトラー『魔法修行 カバラの秘法伝授』平河出版、一九七九年

ダイアン・フォーチュン『新装版 神秘のカバラー』国書刊行会、二〇〇四年

秋端勉『実践魔術講座 リフォルマティオ 上・下巻』三公社、二〇一三年

泉田昭、宇田進、山口昇、他『新聖書講解シリーズ』いのちのことば社

## 参考資料

『日本語の聖書』 http://bible.salterrae.net/

# ガガガ文庫11月刊

## 死神と聖女 ～最強の魔術師は生贄の聖女の騎士となる～

著／子子子子《ねこじし》 子子子《こねこ》

イラスト／南方《みなかた》 純《すなお》

「死神」と呼ばれる暗殺者メアリと、自らの死を使命とする「聖女」ステラ。二人は出会い、残酷な運命に翻弄されてゆく。豪華絢爛な全寮制女子学園を舞台に繰り広げられる異能少女バトルファンタジー！

ISBN978-4-09-453156-5（ガね1-1）　定価957円（税込）

## 少女事案 炎上して敏感になる京野月子と死の未来を猫として回避する雪見文香

著／西《にし》 条陽《じょうよう》

イラスト／ゆんみ

雪見文香。小学五年生、クールでキュートな美少女で、限定的に未来が見える――そして何故か、俺の飼い猫。夏の終わりに待つ「死」を回避するためペットになった予知能力少女と駆ける、サマー×ラブ×サスペンス。

ISBN978-4-09-453160-2（ガに4-1）　定価836円（税込）

## スクール＝パラベラム 最強の傭兵クハラは如何にして学園一の劣等生を謳歌するようになったか

著／水田《みずた》 陽《あきら》

イラスト／黒井《くろい》ススム

十代にして世界中を飛び回る〈万能の傭兵〉こと俺は現在、〈普通の学生〉を謳歌中なのであった。……いやいや、史上最高の傭兵にだって休暇は必要だろ？　さあ始めよう、怠惰にして優雅な、銃弾飛び交う学園生活を！

ISBN978-4-09-453161-9（ガみ14-4）　定価836円（税込）

## 衛くんと愛が重たい少女たち3

著／鶴城《かくじょう》 東《あずま》

イラスト／あまな

小動物系男子・衛くんは、愛が重たすぎる少女たちに包囲されている！　いろいろのり越えて、元アイドルの従姉・京子と相思相愛中!!　そしてついに、お泊まり温泉旅行!?

ISBN978-4-09-453163-3（ガか13-7）　定価814円（税込）

GAGAGA

ガガガ文庫


# 死神と聖女
## ～最強の魔術師は生贄の聖女の騎士となる～

子子子子 子子子


発行　2023年11月25日　初版第1刷発行

発行人　鳥光 裕

編集人　星野博規

編集　湯浅生史

発行所　株式会社小学館
〒101-8001 東京都千代田区一ツ橋2-3-1
［編集］03-3230-9343　［販売］03-5281-3556

カバー印刷　株式会社美松堂

印刷・製本　図書印刷株式会社




Printed in Japan ISBN978-4-09-453156-5

# 第19回小学館ライトノベル大賞 応募要項!!!!!!!!!!!!!!!!!!!!!!!!!!!!!!!!!!

## ゲスト審査員は田口智久氏!!!!!!!!!!!!!

（アニメーション監督、脚本家。映画『夏へのトンネル、さよならの出口』監督）

**大賞：200万円＆デビュー確約**

**ガガガ賞：100万円＆デビュー確約**

**優秀賞：50万円＆デビュー確約**

**審査員特別賞：50万円＆デビュー確約**

**スーパーヒーローコミックス原作賞：30万円＆コミック化確約**
（てれびくん編集部主催）

## 第一次審査通過者全員に、評価シート&寸評をお送りします

**内容** ビジュアルが付くことを意識した、エンターテインメント小説であること。ファンタジー、ミステリー、恋愛、ＳＦなどジャンルは不問。商業的に未発表作品であること。
（同人誌や営利目的でない個人のWEB上での作品掲載は可。その場合は同人誌名またはサイト名を明記のこと）

**選考** ガガガ文庫編集部＋ゲスト審査員 田口智久
（スーパーヒーローコミックス原作賞はてれびくん編集部による選考）

**資格** プロ・アマ・年齢不問

**原稿枚数** ワープロ原稿の規定書式【1枚に42字×34行、縦書き】で、70〜150枚。

**締め切り** 2024年9月末日 ※日付変更までにアップロード完了。

**発表** 2025年3月刊『ガ報』、及びガガガ文庫公式WEBサイト GAGAGA WIREにて

**応募方法** ガガガ文庫公式WEBサイト GAGAGA WIREの小学館ライトノベル大賞ページから専用の作品投稿フォームにアクセス、必要情報を入力の上、ご応募ください。

※データ形式は、テキスト（txt）、ワード（doc、docx）のみとなります。
※同一回の応募において、改稿版を含め同じ作品は一度しか投稿できません。よく推敲の上、アップロードください。
※締切り直前はサーバーが混み合う可能性があります。余裕をもった投稿をお願いします。

**注意** ○応募作品は返却致しません。○選考に関するお問い合わせには応じられません。○二重投稿作品はいっさい受け付けません。○受賞作品の出版権及び映像化、コミック化、ゲーム化などの二次使用権はすべて小学館に帰属します。別途、規定の印税をお支払いいたします。○応募された方の個人情報は、本大賞以外の目的に利用することはありません。